Mein Dank gilt meiner Familie! ♥
Dafür, dass ihr mir die Zeit gegeben habt,
die diese Geschichte brauchte,
um geschrieben zu werden.

Ein besonderer Dank geht an
meine Testleserinnen:
Christine, Corinna und Lisa

Janey L Adams

Romanze in D-Dur

1. Band

Roman

Bibliografische Information der Deutschen Nationalbibliothek:
Die Deutsche Nationalbibliothek verzeichnet diese Publikation in der Deutschen Nationalbibliografie; detaillierte bibliografische Daten sind im Internet über http://dnb.dnb.de abrufbar.

Copyright © 2016 by Janey L. Adams

Umschlaggestaltung: nach einem Entwurf der Autorin
(Foto: istockphoto.com / Yuri)

Herstellung und Verlag: BoD – Books on Demand, Norderstedt

ISBN: 978 3 7431 1393 0

Kapitel 1

Hilferuf

Ein tiefes Stöhnen entfuhr meiner Kehle, als ein penetrantes Klingeln in mein Bewusstsein drang und mich aus dem Traum riss. Mit rasendem Herzen lag ich im Bett und versuchte vergeblich, das Bild von klaren, grauen Augen abzuschütteln, die mit intensivem Blick auf mich gerichtet waren.
Eine halbe Minute später eroberte mein Verstand die Kontrolle über den Körper zurück. Ich identifizierte das Klingeln und tastete auf dem Nachttisch nach dem Handy.
"Hallo?", nuschelte ich und strich mir mit der anderen Hand meine wirren Haare aus dem Gesicht.
"Na endlich nimmst du ab! Du musst mir unbedingt helfen, Ally."
Ich stöhnte auf, jetzt leicht genervt. Wer, außer meiner verrückten besten Freundin, würde an einem Samstagmorgen so früh anrufen?
Ich warf einen kurzen Blick auf den Wecker und hätte heulen mögen. "Ginger, komm schon, es ist *viertel nach sechs!* Spinnst du?" Matt ließ ich mich aufs Kissen sinken.
"Es ist ein Notfall!" Gingers Stimme klang eindeutig zu munter für diese unchristliche Zeit. Zudem schien sie auch noch ein Lachen zu unterdrücken.
Ich hingegen hätte ihr jetzt gern ein Kissen aufs Gesicht gedrückt, damit sie still wäre.

Ergeben wartete ich auf den Strom an Worten, der unweigerlich kommen würde. Und der mich sicherlich erneut, wie so häufig, schier in den Wahnsinn treiben würde.
"Ally", sie zog das y unerträglich lang, ein sicheres Zeichen dafür, dass es ihr wirklich wichtig war. "Bitte, du musst mir helfen. Kannst du schnell zu mir kommen? Gabe scheint wie ein Stein zu schlafen. Bitte, ich brauche dich." Sie holte einmal kurz Luft und sprach schnell weiter. "Kannst du eine Zange mitbringen? Am besten deinen gesamten Werkzeugkoffer. Und den Ersatzschlüssel zur Wohnung, ja? Es ist wirklich ein Notfall!"

Werkzeugkoffer?

Ich schüttelte den Kopf. Das war typisch für Ginger. Doch ich vermied es, nach der Art des Notfalls zu fragen. Ein gebranntes Kind scheut das Feuer, sagte man nicht so?

"Bin gleich da", grummelte ich ergeben und legte auf.

Keine drei Minuten später war ich mit meinem Fahrrad auf dem Weg. Die Haare ungekämmt, doch mit geputzten Zähnen. Den kleinen Koffer mit dem Werkzeug hielt ich mit der rechten Hand am Lenker fest, da meine Rostlaube von Rad schon seit Jahren keinen Gepäckträger mehr besaß. Dies war wieder einer jener Tage, an denen ich bereute, noch keinen Ersatz besorgt zu haben.

Das laute Quietschen der Kette versuchte ich zu überhören. Ebenso wie das Schleifgeräusch, welches nicht nur nervte, sondern mich auch noch - im wahrsten Sinne des Wortes - ausbremste.

Entnervt hielt ich das Rad nach nur wenigen Metern an und steckte mir Hörer ins Ohr. Ich drehte die Musik auf meinem Handy laut, dann trat ich wieder in die Pedale.

Die Morgenluft besänftigte meine grimmige Stimmung mit jedem weiteren Meter, den ich zurücklegte. Nur wenige Autos waren unterwegs, was mir ausnehmend gut gefiel. Die Sonne kroch langsam am Himmel empor, die Schatten des beginnenden Tages wurden kürzer.

Knappe zehn Minuten später schloss ich mein Rad an einem Laternenpfahl an.

Mit dem Ersatzschlüssel öffnete ich das schwere Holztor zu dem ehemaligen Lagerhaus, in dem Ginger sich seit zwei Wochen ein cooles Loft mit einem Mitstudenten teilte.

Ich keuchte die extrem steilen Treppen hinauf, die zur Wohnungstür im zweiten Stock führten.

Als ich - nach Atem schnappend - aufschloss, wurde ich einmal mehr von einem leichten Neidgefühl überrollt.

Ich trat in den schmalen Eingangsbereich, dessen Betonboden mit einem knallroten Teppichläufer belegt war. Über das Sicherheitsgeländer schaute ich in das riesige Wohnzimmer hinunter.

Die Wendeltreppe nach unten lag der Tür gegenüber.

Die Fensterfront des Lofts zog sich über zwei Etagen, gab den Blick frei auf einen parkähnlichen Hinterhof. Rechts und links vom Eingangsbereich führten Hängebrücken mit stabilen Holzbohlen weiter in die Wohnung hinein.

Ich warf einen kurzen Blick nach rechts durch eine verglaste Wand, um einmal mehr meine absolute Traumküche anzuschmachten.

Dann wandte ich mich nach links. Kurz überlegte ich, ob ich so mutig sein und einfach in Gingers Schlafzimmer gehen sollte.

Doch ich entschied mich dagegen. Beim letzten Mal war ich ungewollt Zeugin geworden, wie biegsam ein menschlicher Körper beim Geschlechtsakt sein kann. Die Betonung liegt auf *kann*, denn ich selbst wäre niemals im Leben imstande, meine Beine auf solche Weise hinter dem Kopf zu verknoten ...

Tief Luft holend betrat ich die kurze Brücke, die zu den Schlafzimmern und zum Bad führte. Die Bohlen schwankten sanft unter mir. Vor den abgehenden Räumen war wieder fester Betonboden. Ich blieb vor der Schlafzimmertür meiner besten Freundin stehen.

"Ginger?", rief ich laut, um mich bemerkbar zu machen. "Wo steckst du, in deinem Zimmer?"

"Natürlich", erklang ihre gedämpfte Stimme.

"Ist die Luft rein? Wenn nicht, dann setze ich keinen Fuß hinein."

"Rein ist hier gar nichts, aber du kannst trotzdem reinkommen." In ihrer Stimme erkannte ich ein Lächeln.

Ich drehte am Türknauf und drückte leicht gegen das weiß lackierte Holz, bis die Tür aufschwang.

Ein kurzer Blick reichte aus, um Ginger im Bett zu entdecken. Natürlich war sie nicht allein. Sie und ihr Lover saßen recht einträchtig im Bett, beide mit dem Rücken ans Kopfende gelehnt, das bis zur Zimmerdecke hinaufreichte.

Ginger studierte Architektur und Design, und das Kopfteil ihres Bettes, das sie aus wiederverwertetem Holz und Eisenstangen gebaut hatte, war eines ihrer vergangenen Projekte.

"Na, was gibt es denn für einen Notfall?" Ich war ziemlich stolz darauf, dass es mir gelang, gelassen zu klingen.

Meine heißen Wangen sprachen allerdings eine andere Sprache ... Wie ich es hasste! Mein Hang zum Rotwerden war bislang von niemandem zu toppen gewesen, jedenfalls nicht von den Menschen, denen ich begegnet war.

Sie schenkte mir ein schiefes Lächeln.

Der blonde Kerl mit dem nackten Oberkörper sagte mit tiefer Stimme: "Hi."

Ich deutete ein Lächeln an, das nur den Bruchteil einer Sekunde hielt. Das war die netteste Begrüßung, die ich für diesen Typen übrig hatte. Gott sei Dank verbarg die Bettdecke die untere Hälfte seines Körpers.

Ich lenkte mein Augenmerk auf Ginger, und sie räusperte sich: "Nun, ich kann dir auch nicht sagen, *wie* das passiert ist ... Irgendwie ..." Eine kleine Bewegung zwischen dem Pärchen fing meinen Blick ein. "... hat es einfach klick gemacht. Und, naja ..." Sie wedelte mit der linken Hand.

Ich trat zwei Schritte näher an das überdimensionale Bett heran, reckte den Kopf ein wenig. Nun konnte ich sehen, dass ihr schmales Handgelenk an dem Kopfende angekettet war. Mit Handschellen ...

Ich tat einen tiefen Atemzug. "Der Schlüssel?", fragte ich hoffnungsschwach mit matter Stimme.

"Keine Ahnung, im Eifer des Gefechtes ..." Sie schüttelte sacht den Kopf, sodass ihre langen, roten Locken das Kopfkissen streiften.
"Ach Ginger ...", seufzte ich. "Ich will ja nicht blöde fragen, aber was ist mit ihm?" Ich deutete auf den Halbnackten.
"Nick", sagte er mit dunkler Stimme. Er wedelte seinerseits mit der rechten Hand, die offensichtlich im anderen Ende der Handschelle feststeckte.
"Tut mir leid, ehrlich! Ich fürchte, du musst hier zwischen uns klettern, damit du uns losmachen kannst. Ich weiß, wie unangenehm es für dich sein muss." Sie wandte den Kopf zu Nick und sagte mit bedeutungsvollem Unterton: "Du musst wissen, Ally ist noch Jungfrau."
Er bekam riesige Augen.
Das allein war ausreichend, um Hitze in meine Wangen steigen zu lassen.
Viel schlimmer jedoch war die sanfte Stimme, die von der Schlafzimmertür her erklang: "*Jungfrau?* Habe ich das richtig verstanden?"
Mein Kopf ruckte so heftig herum, dass ich mir fast den Hals verknackste.
Und da stand er, Gabe. Der Mann, der mir meinen unschuldigen Schlaf seit zwei Wochen zur Hölle machte. Genau genommen hatte ich ihn erst fünf Mal getroffen, seitdem Ginger bei ihm eingezogen war, aber das war nicht relevant.
Für einen Moment versetzte mir sein amüsierter Blick regelrecht einen Schlag, der mich in Atemnot brachte. Schon spürte ich, wie meine Wangen heißer wurden.

Hektisch wandte ich mich wieder dem Bett zu, denn ich wollte ihn nicht ansehen.
Es war zum Verrücktwerden!
Ich musste nicht hinschauen, um sein attraktives Gesicht mit der geraden Nase und dem markanten Kinn zu sehen. Dunkelbraune Haare, leicht wellig, die er für meinen Geschmack etwas zu lang trug. Seine ebenso dunklen, fast wie mit einem Lineal gezogenen Augenbrauen machten ihn in meinen Augen zu einem verteufelt attraktiven Mann.
Viel zu attraktiv, wenn man mich danach fragen würde. Neben ihm kam ich mir fast unscheinbar vor, vielleicht weil er so dunkel und ich das absolute Gegenteil davon war.
Doch was mich an ihm am meisten in den Bann zog, das waren seine klaren, hellgrauen Augen, umrahmt von dichten, dunklen Wimpern. Nie zuvor hatte ich so schöne Augen gesehen.
Ärgerlicherweise schienen sie bis auf den Grund meiner Seele blicken zu können. Das war ein weiterer Grund, warum ich es lieber vermied, ihn anzusehen.
"Also, Ally, jetzt bin ich ehrlich neugierig. Jungfrau, hm? Stimmt das?"
Weshalb, *zum Teufel*, musste der Kerl auch noch eine solche Stimme haben? War sein Äußeres noch nicht waffenscheinpflichtig genug?
Ich stöhnte verhalten auf, denn seine Stimme reichte aus, damit ich eine Gänsehaut nach der anderen bekam. Dieser tiefe, leicht grollende Unterton, gepaart mit der Sanftheit von rotem Samt.
Genervt verdrehte ich die Augen.

Meine Arme verschränkte ich fester vor der Brust, als es nötig gewesen wäre.
Ich weigerte mich, ihm zu antworten. Rein aus Prinzip!
Mit Mühe versuchte ich mich daran zu erinnern, weshalb ich überhaupt hier war. Gabes Anwesenheit verwirrte mich so stark, dass ich vollkommen vergessen hatte: Es war Gingers prekäre Lage, wegen der ich hier war, nicht die Stimme ihres Mitbewohners.
Ein Schauder durchlief mich, als ich seine leisen Schritte näher kommen hörte, bis er direkt hinter mir zum Stehen kam. Als ich spürte, wie sich sein Gesicht von hinten meiner rechten Wange näherte, sprang ich erschrocken einen Schritt zu Seite.
Spöttisch lächelnd, den Mund schief verzogen, sah er mich an. "So schreckhaft, Ally? Ich habe nichts Böses im Sinn."
"Mir ganz egal, was auch *immer* du im Sinn hast. Nur komm mir nie wieder so nahe!" Ich sah ihn flüchtig an, allerdings mit finster gerunzelter Stirn.
"Aber wenn wir etwas an deiner Jungfernschaft ändern wollen, dann werde ich dir noch *sehr viel näher* kommen müssen." Seine Stimme flüsterte fast, wobei sein Ton um eine ganze Nuance gefallen war.
Mir blieb fast das Herz stehen ob dieser Worte. Verärgert schnaubte ich laut. "Nicht in einer Million Jahre, also zieh Leine."
Er ließ ein sanftes Lachen hören, was mir einen weiteren Schauer über den Körper jagte. Ich hasste mich dafür, dass mein verflixter Körper der Stimme meiner Vernunft so gar nicht gehorchte.
"Gabe?" Die weibliche Stimme kam aus dem Flur.

In der Tür erschien eine rassige Rothaarige. "Ich muss jetzt los. Bekomme ich noch einen letzten Kuss zum Abschied?"

Ich musste tatsächlich zwei Mal hinschauen, denn ich konnte nicht glauben, dass an ihr alles echt war. Sie sah einfach *perfekt* aus! Nicht einen Makel konnte ich entdecken.

Alle anderen im Raum ignorierend, trat sie mit federnden Schritten zu Gabe, reckte sich an ihm hoch und spitzte die Lippen. Er tat ihr den Gefallen, neigte den Kopf und küsste sie leidenschaftlich.

Ein Stöhnen war ihre Antwort. Dann strich sie mit den Händen über seinen Oberkörper und sah ihm vielsagend in die Augen. "Ruf mich an, Honey, wenn du wieder Zeit für mich hast." Kurz darauf war sie verschwunden.

Ich grübelte, ob ich mir die Augen reiben oder laut lachen sollte. Das hätte eine dieser albernen Szenen aus *"Reich und schön"* sein können.

Gleichzeitig hätte ich ihm am liebsten eine runter gehauen. Ich konnte mir diese Regung nicht erklären. Vielleicht lag es daran, dass er mich gerade in gewisser Weise angebaggert hatte?

Augenscheinlich ließ er wirklich nichts anbrennen in Bezug auf seinen Frauenverschleiß ...

"Also", setzte Ginger mit leicht nörgelnder Stimme an, "wie geht es weiter? Ich möchte endlich das Bett verlassen, denn ich muss wirklich *ganz dringend* auf die Toilette."

Ich starrte sie an, vorübergehend hatte ich sie vollkommen vergessen.

"Oh, ja." Meine Augen glitten automatisch zurück zu den Handschellen. "Sei... Seitenschneider?", stotterte ich. "Ich kann auch erst nach dem Schlüssel suchen."
Sie klang extrem genervt. "Ally, ich scheiße auf den Schlüssel. Mach einfach hin."
Mit der Hand fuhr ich mir kurz durch die Haare, dann bückte ich mich und stellte den Werkzeugkoffer auf den Boden. Die Schlösser schnappten hoch, und nur Augenblicke später hielt ich die Zange in der Hand.
Die Anwesenheit von Gabe, der vollkommen entspannt an der Wand lehnte, versuchte ich aus meinem Bewusstsein zu verdrängen.
Neben dem Bett blieb ich wie angewurzelt stehen. Mir wurde klar, dass es sich wirklich nicht umgehen ließ, zwischen die beiden zu klettern, wenn ich an die Handschellen herankommen wollte. "Äh ..."
"Komm schon. Du kannst das. Ich muss *wirklich* aufs Klo. Also, bitte, beeil dich, ja?" Sie warf mir einen flehenden Blick zu.
Unwillkürlich drehte ich mich eine Winzigkeit zu Gabe, den Seitenschneider ausgestreckt in der Hand, jedoch ohne ihn anzusehen.
Doch seine sanfte Stimme machte meine geringe Hoffnung unverzüglich zunichte. "Keine Chance, Ally. Dein Job, nicht meiner."
Ich warf ihm einen wütenden Blick zu. "Dann verschwinde wenigstens, wenn du schon nicht bereit bist zu helfen."
Er grinste unverschämt. Seine folgenden Worte hätte ich gern überhört: "Aber dann würde mir ja der Anblick von deinem süßen Hintern entgehen ..."

"Oh man, ich hasse Männer", murmelte ich, nahm all meinen Mut zusammen und kletterte aufs Bett. "Hey, macht mal Platz. Oder muss ich auch noch über eure Beine krabbeln?"

Meine Stimme war nicht ohne Grund extrem flach, denn das hier war der Höhepunkt aller peinlichen Momente meines bisherigen Lebens. Gerade *weil* ich den permanenten Blick spüren konnte, den Gabe nicht von meinem Po nahm. Doch zur Hölle mit ihm!

Ich biss die Zähne zusammen und überwand, auf allen Vieren krabbelnd, den letzten Meter bis zum Kopfende.

Es dauerte eine halbe Minute, dann hatte ich Gingers Handschelle entzwei. Mir fiel die Kinnlade herunter, denn ohne ein Wort zu sagen sprang sie auf und lief splitterfasernackt hinüber ins Badezimmer.

Mit strengem Blick wandte ich mich an Nick: "Wehe dir, du steigst aus diesem Bett, bevor ich das Zimmer verlassen habe. Oder du wirst es für den Rest deines Lebens bereuen." Vielsagend wedelte ich mit der Zange vor seinem Gesicht.

Nick verzog den Mund zu einen halb amüsierten, halb genervten Grinsen und nickte knapp.

Von Gabe kam ein leises, aber umso nervtötenderes Lachen.

Tief einatmend setzte ich den Seitenschneider an. Die unterdrückte Wut, die diese absurde Situation in mir auslöste, verlieh mir eine Kraft, die sich äußerst positiv auswirkte. Die Handschellen fielen nach einer knappen Sekunde mit einem leisen Klirren in den Spalt zwischen Matratze und Kopfteil.

Die Zange fest in der Hand haltend, rollte ich mich vom Bett hinunter und lief zu meinem Werkzeugkoffer. Rasch warf ich den Seitenschneider hinein und schlug den Deckel zu.

Unverzüglich stapfte ich, mit dem Koffer in der Hand, zur Tür. Ohne Gabe auch nur einen Blick zu gönnen, trat ich in den Flur hinaus.

Gerade riss ich schwungvoll die Wohnungstür auf, als ich die Stimme meiner Freundin hinter mir hörte: "Hey, bleib doch noch zum Frühstück."

Ich drehte mich nicht um, denn einmal nackte Ginger reichte mir für einen Tag, ach was, für ein ganzes Jahr. "Sorry, ich kann nicht. Ich muss zur Arbeit. Wir sehen uns am Abend." Ohne eine Antwort abzuwarten, lief ich eilig die Treppenstufen hinunter.

Als ich das Fahrradschloss aufmachte, hatte ich das unbestimmte Gefühl, beobachtet zu werden, konnte aber niemanden sehen. Achselzuckend schwang ich mich aufs Rad.

Kurz sah ich hoch zu den Fenstern der Wohnung. Gabe war nicht zu übersehen, wie er am Fenster stand. Die strahlende Morgensonne ließ sein weißes T-Shirt aufleuchten.

Irritiert wandte ich den Blick ab und wollte gerade kräftig in die Pedale treten, als Stephen vor mir auftauchte. Er stellte sich so vor mein Rad, dass ich nicht wegfahren konnte.

"Hey, Ally." Er grinste mich an.

"Hey", murmelte ich, verspürte aber keine Lust, mit Gabes bestem Freund zu reden.

"Kommst du nachher auch zur Party?"

"Ja. Lässt du mich, bitte, vorbei? Ich muss los zur Arbeit."

"Wo arbeitest du denn?"

"An einer Tankstelle. Weshalb interessiert dich das?"

Stephen zuckte mit den Schultern und grinste breit.

"Kannst du mir jetzt endlich aus dem Weg gehen?" Mit leichtem Stirnrunzeln blickte ich zu ihm auf. Allmählich begann ich mich zu ärgern.

"Wenn du mir versprichst, auf der Party mit mir zu tanzen, dann ja." Sein Grinsen konnte ich nur als idiotisch bezeichnen.

"Vielleicht." In meiner Stimmung hätte ich fast alles versprochen, um hier wegzukommen. Ich schielte zu den Fenstern hinauf. Gabe stand noch immer dort, die Arme vor dem Oberkörper verschränkt.

"Hey, komm schon. Versprich mir einen Tanz. Ansonsten verlange ich einen Kuss als Wegezoll ..." Mit belustigt funkelnden Augen sah er auf mich herunter.

Sprachlos vor Überraschung ließ ich es zu, dass er sich blitzschnell zu mir herabbeugte und mich mitten auf den Mund küsste.

Ich fauchte ihn an: "Was fällt dir ein, du Arsch? Schon mal was von fragen gehört?"

Sein Grinsen wurde noch breiter. "Klar doch. Aber was, wenn du *Nein* gesagt hättest?"

"Das hätte ich auch getan! Und jetzt mach dich vom Acker, du Idiot." Stinksauer stieß ich mich vom Boden ab, um dem Fahrrad Schwung zu geben, und fuhr ohne Rücksicht auf Verluste los.

Stephen machte in letzter Sekunde einen Satz, um mir auszuweichen, dann war ich an ihm vorbei.

Kapitel 2

Einzugsparty

Den ganzen Tag lang, während der Arbeit, konnte ich die Szenen vom Morgen nicht aus dem Kopf bekommen. Gut, wenn ich ehrlich war, dann war es lediglich zu zehn Prozent die alberne Geschichte mit Ginger. Die restlichen neunzig Prozent trugen den Namen Gabe.
Ich kam einfach nicht dagegen an. Wo war der verflixte Knopf, den ich drücken musste, um diesen Typen aus meinen Gedanken zu scheuchen?
Es war fast neun Uhr, als ich die Doppelschicht beenden und die Tankstelle verlassen konnte.
So schnell ich konnte, radelte ich nach Hause. Im Eiltempo duschte ich und zog mir eine saubere Jeans an. Dazu irgendein schlichtes Shirt und meinen heißgeliebten Cardigan. Ich liebte die dunkelrote Farbe des weich fallenden Stoffes, der sich herrlich sanft an die Haut schmiegte.
Knappe zehn Minuten später schloss ich das Fahrrad an der gleichen Straßenlaterne an wie schon am Morgen.
Das Eingangstor stand weit offen. Ich ging langsam die Treppen hinauf, die ich hasste. Sie waren einfach zu steil und schienen nie zu enden. Ich gönnte mir zwei Minuten vor der Wohnungstür, um zu Atem zu kommen.

Bevor ich anklopfen konnte, ging die Tür auf, und Gabe stand vor mir.

"Hey, Ally. Komm rein, du brauchst nicht schüchtern sein."

Ich hasste mich dafür, aber sein Lächeln verwandelte meine Knie in weichen Pudding.

Er stand jedoch so ungünstig in der Tür, dass kein Platz vorhanden war, um an ihm vorbei zu kommen.

Das ärgerte mich so gewaltig, dass ich lautstark schimpfte: "Na, dann geh auch aus dem Weg."

"Ich würde so ziemlich *alles* für dich machen. Du brauchst nur zu fragen."

"Erspare mir deine Zweideutigkeiten. Lass mich einfach vorbei, okay?"

"Oh, schlechte Laune?" Aus halb geschlossenen Augen blickte er mich an.

"Ja, in der Tat. Besonders jetzt, weil ich überhaupt nicht mit dir reden will! Lässt du mich also vorbei, oder nicht?" Grimmig starrte ich in seine Augen.

Wunderschöne Augen, wie ich mir widerwillig eingestand.

"Hm", machte er, als müsste er erst einmal darüber nachdenken.

"Hör zu, ich hatte einen beschissenen Tag, okay? Wenn du die gleiche Masche abziehen willst wie dein Kumpel, von wegen Wegezoll und so eine Scheiße, dann wirst du den morgigen Tag nicht mehr erleben. Darauf gebe ich dir mein Wort!"

"Hey, mal langsam, ja? Was immer Stephen macht, halt mich da raus. Ich habe es noch nie nötig gehabt, einer Frau einen Kuss zu stehlen."

Gabe schien extrem verärgert, aber gleichzeitig auch irgendwie selbstzufrieden zu sein.
"Oh, natürlich." Kurz lachte ich auf. "Ich vergaß, ich habe es ja mit Mr. Womanizer zu tun. Wie schön, dass es genügend hirnlose Häschen gibt, die dir freiwillig hinterherlaufen." Langsam wurde ich es müde, mit ihm zu streiten. "Jetzt gib endlich die Tür frei."
Ich drückte mich entschlossen an ihm vorbei. Dabei musste ich seine Schulter aus dem Weg schieben, sonst wäre ich gegen ihn gelaufen.
In der Mitte der Treppe, die nach unten ins Wohnzimmer führte, blieb ich stehen, um nach Ginger Ausschau zu halten. Der Raum war voller Menschen. Und wie viele davon kannte ich? Wenn ich Gabe und Stephen dazuzählte, dann genau drei ...
Erstaunlicherweise hielt sich die Lautstärke noch in Grenzen. Dennoch mochte ich keine Partys. Diese Menschenmenge machte es mir wieder einmal bewusst. Aber als Gingers beste Freundin war es so etwas wie meine Pflicht, bei ihrer Einzugsparty dabei zu sein. Missmutig verzog ich den Mund.
Erst nach einer guten Weile entdeckte ich sie. Wie erwartet, saß sie auf dem Schoß eines Mannes und knutschte mit ihm. Kopfschüttelnd beobachtete ich sie einige Sekunden, dann wurde mir erst bewusst, dass es nicht Nick war. Ich seufzte. Es war so typisch für Ginger, dass ich doch wieder lächeln musste.
Mit den Augen suchte ich den riesigen Raum ab, in der Hoffnung, irgendwo etwas zum Trinken zu finden.
An der Wand neben dem Kamin entdeckte ich eine provisorische Bar.

Ich bahnte mir einen Weg durch die Menschenmasse. Staunend blieb ich vor unzähligen Flaschen stehen, die an der Tankstelle sicher nicht weniger als zwei der breiten Schnapsregale eingenommen hätten.
Verrückt, wer soll das alles trinken?
Ich stellte den Whisky, den ich mitgebracht hatte, dazu.
Unentschlossen ließ ich den Blick über die Auswahl gleiten, bis ich etwas entdeckte, was ich kannte. Mein Herz machte einen freudigen Hüpfer. Jetzt brauchte ich nur noch einen Eiswürfel, dann wäre ich fast wieder glücklich.
"Suchst du etwas Bestimmtes? Vielleicht kann ich dir ja behilflich sein."
Ich kniff die Augen zusammen, als hätte ich Schmerzen. Mit Mühe konnte ich ein Stöhnen unterdrücken.
War Gabe mir nachgelaufen? Aber noch wichtiger war die Frage, wie ich ihn wieder loswerden konnte.
Ich entschloss mich dazu, ihn einfach zu ignorieren.
Denn ich mutierte zu einer Person, die ich nicht ausstehen konnte, wenn er in meiner Nähe war. Ich war dann aggressiv, genervt und auf Streit aus. Von meiner normalen Höflichkeit war in seiner Gegenwart nichts mehr übrig. Kurz gesagt, ich ging mir selbst auf den Keks.
Unter dem Tisch entdeckte ich eine riesige Kühlbox. Sie war bis zum Rand mit Eiswürfeln gefüllt.
Ich nahm mir das kleinste Glas, das ich finden konnte, und ließ einen einsamen Eiswürfel hineingleiten, ehe ich nach der schwarzen, bauchigen Flasche griff.

Der Verschluss knackte, als ich den Deckel abschraubte. Zufrieden goss ich das Glas fast voll und stellte die Flasche wieder zurück.
"Interessant. Sahnelikör? Höchst aufschlussreich."
Gabes Stimme war ein samtenes Raunen. Ich spürte, wie eine Gänsehaut meine Arme überzog.
Was hatte ich eigentlich verbrochen, um mit einem solchen Typen gestraft zu werden?
Abermals stieg Wut in mir hoch, aber mir war bewusst, dass sie gegen mich selbst gerichtet war. Denn, wie heftig mein Verstand sich auch gegen ihn wehrte, mein Körper reagierte auf ihn in einer Weise, die ich nur als Verrat bezeichnen konnte.
Ich hielt mich nicht für oberflächlich, Schubladendenken bemühte ich mich in der Regel zu vermeiden. Doch bei Gabe machte mein Verstand eine Ausnahme. Oder waren es meine Vorurteile ihm gegenüber?
Schon an dem Tag, als ich ihn zum ersten Mal traf, hatte mich sein verteufelt gutes Aussehen so stark verunsichert, dass ich aus reinem Selbsterhaltungstrieb meine Schutzwälle verdreifacht hatte.
Lebhaft klangen mir noch Gingers Worte in Erinnerung: "Du, ich muss dir erzählen, was Gabe mir vor meinem Einzug gesagt hat. Ich hatte ihn ja vorgewarnt, dass ich ab und an eine männliche Begleitung anschleppen würde. Darauf hat er erwidert, dass ich seine Frauen total ignorieren kann, denn er würde unter keinen Umständen dieselbe ein zweites Mal mitbringen."
Und an diesem Morgen hatte ich selbst mitbekommen, dass er definitiv kein Kind von Traurigkeit war.

Dass er einen ähnlichen Lebensstil an den Tag legte wie Ginger, disqualifizierte ihn für mich augenblicklich. Vielleicht lag es schlicht an meiner Erziehung, aber ich glaubte an Liebe und an eine lebenslange Beziehung.
Zu blöd nur, wenn man den eigenen Körper nicht unter Kontrolle hatte. Denn ein einziges Lächeln von ihm schien meinen Verstand auszuschalten.
Energisch schüttelte ich die Gedanken aus dem Kopf. Es wurde Zeit, Abstand zu ihm zu bekommen.
Entschlossen ging ich um Gabe herum und tauchte in der Menge unter. Irgendwo hier war Ginger, und sie konnte gefälligst auch ein anderes Mal rumknutschen! Verärgert und gleichzeitig ratlos schaute ich mich um.
"Hallo, du siehst so verloren aus." Ein blonder Surfertyp stellte sich mir in den Weg.
"Das mag daran liegen, dass ich kaum jemanden kenne."
"Das können wir leicht ändern." Mit einem breiten Lächeln hielt er mir die Hand entgegen. "Ich bin Justin."
Automatisch erwiderte ich das Lächeln. "Ally", sagte ich und schüttelte seine Hand.
"Leute, sagt mal Hi zu meiner neuen Freundin Ally." Er legte eine Hand in meinen Rücken und schob mich zwei Schritte zu einer kleinen Gruppe, die aus zwei Frauen und drei Männern bestand. "Ally, das sind John und seine Freundin Kelly. Die beiden Turteltauben hier heißen Jennifer und Joseph. Und das ist Will."
"Hey. Bist du neu an der Uni? Ich habe dich nie zuvor gesehen." Will blickte mich interessiert an.
"Ginger hat mich eingeladen. Wir sind beide an der UCLA, studieren aber nicht das Gleiche."

"Oh, dann bist du also *die* Ally! Gingers beste Freundin? Wir studieren mit ihr zusammen Architektur, erstes Semester. Du studierst Kunst, nicht wahr?"
"Ja. Ich bin aber schon im siebten Semester."
"Hey, dann bist du, räumlich gesehen, nicht weit von uns entfernt. Wir können ja mal im Skulpturengarten zusammen zu Mittag essen." Justin strahlte mich an.
Unverbindlich lächelte ich ihn an, sagte aber nichts dazu.
"Ally, da bist du ja endlich!" Ginger fiel mir um den Hals und warf mich mit ihrem Schwung fast um. "Ich sehe, du hast meine verrückten Kommilitonen schon kennengelernt."
"Ja. Ich war auf der Suche nach dir, als Justin mich angesprochen hat." Erstmals nahm ich einen Schluck von dem Likör. Das Eis war fast komplett geschmolzen und mein Getränk damit total verwässert. "Scheiße", murmelte ich enttäuscht und verzog den Mund. Ich wandte mich an Ginger: "Bin gleich wieder da, ich hole mir rasch ein neues Getränk."
Ich bahnte mir einen Weg zur Küche, wobei es schwierig war, an den vielen Leuten vorbeizukommen, die auf der Treppe standen. In der Küche selbst war keine Lampe eingeschaltet. Doch das schwache Licht, das vom Wohnzimmer her durch die Glaswand fiel, war ausreichend. Bedauernd kippte ich den Inhalt des Glases in den Ausguss.
"Schmeckt der nicht?"
Aufgeschreckt fuhr ich herum.
Die restlichen Tropfen des Getränks spritzten auf den weißen Boden. "Scheiße!"

Wütend blickte ich auf Gabe, der an dem gläsernen Esstisch saß. Mein Herz schlug mit einem Mal viel zu schnell.
"Sorry, ich wollte dich nicht erschrecken. Ich dachte, du hattest mich gesehen."
Weshalb klang seine Stimme so anders als vorhin?
"Nein. Und ich wünschte, es wäre auch so geblieben", sagte ich gereizt.
Mit einer Hand angelte ich nach einem Wischlappen, der über der Spüle hing. Ich hielt ihn unter den Wasserhahn und wrang ihn wütend aus. Dann kniete ich mich auf den Boden und begann, den Likör aufzuwischen.
"Ally, lass das doch. Morgen früh kommt die Putzfrau." Er stand auf und kam auf mich zu.
Ich ersparte mir eine Antwort und wischte auch noch den Rest auf. "Wäschetonne?"
Mit unergründlichem Ausdruck in den Augen sah Gabe auf mich herunter, dann sagte er langsam: "In meinem Schlafzimmer ..." Ein Lächeln zog um seinen Mund, das meine Knie weich werden ließ. "Soll ich dir den Weg zeigen?"
Hatte ich etwas anderes erwartet?
"In deinen Träumen", murmelte ich, stand auf und warf ihm den Lappen entgegen, den er, dem Dämmerlicht zum Trotz, elegant auffing. "Bring ihn selbst weg."
"In Ordnung", lenkte er ein. "Hat der Likör nicht geschmeckt?
Kurz überlegte ich, nicht zu antworten. Da er mich weiterhin abwartend ansah, murmelte ich: "Das Eis war zu schnell geschmolzen."

"Möchtest du einen Plastik-Eiswürfel haben, damit dein Getränk nicht mehr verwässert?"
Ich verschränkte fest die Arme.
"Nicht zu fassen! *Du* kannst nett sein?"
"Ja, in der Tat. Ganz im Gegensatz zu dir, wie mir scheint ...", gab er sachlich zurück. Er öffnete das Eisfach vom Kühlschrank, nahm eine Schale heraus und hielt sie mir entgegen.
Zögernd näherte ich mich ihm und nahm mir einen von den Eiswürfeln. "Danke", murmelte ich, und trat sofort den Rückzug an.
"Gern geschehen." Gabe stellte die Schale zurück ins Tiefkühlfach. Dann drehte er mir den Rücken zu und setzte sich wieder an den Tisch.
Das verwunderte mich, denn bislang hatte er keine Gelegenheit ausgelassen, mich mit unangemessenen Sprüchen einzudecken.
Langsam ging ich zur Tür, mein Blick ruhte auf ihm, und blieb zögernd stehen.
Ohne sich umzudrehen, fragte er: "Kann ich sonst noch etwas für dich tun?"
"Hm, nein." Ich wollte gehen, doch irgendetwas hielt mich zurück.
Was war mit ihm los?
So seltsam verhielt er sich sonst nicht. Zumindest hatte er mich noch niemals ignoriert, bis jetzt ...
"Weshalb sitzt du hier allein in der dunklen Küche?"
Die Frage platzte aus mir heraus, ich verstand selbst nicht, weshalb.
Er drehte sich langsam zu mir um und blickte mich eine Weile nur an.

Ich war erschrocken, wie traurig seine Augen aussahen, auch wenn das bei dem schwachen Licht vielleicht nur eine optische Täuschung war.

"Es mag meine Wohnung sein, aber mir ist die Lust auf Party vergangen. Schlimm?"

Eine Gänsehaut kroch über meine Arme, denn seine Stimme klang tatsächlich bedrückt. Ohne es zu wollen, machte ich mir Sorgen um ihn.

Stopp mal, spinne ich jetzt total?

Entschieden verdrängte ich diese unwillkommenen Gedanken aus dem Kopf, zuckte mit den Schultern und verließ die Küche.

Ich brauchte nicht lange, um das Glas aufzufüllen, und trat wieder neben Ginger. "Irgendwas Spannendes passiert?", fragte ich in die Runde, in Gedanken aber mit Gabe beschäftigt. Er ging mir unter die Haut, ob es mir gefiel oder nicht.

"Nein. Wie sieht es aus, hast du Lust zu tanzen?" Justin lächelte mich an.

"Nein, ich möchte erst mal etwas trinken." Diese Ausrede war eine bewährte Methode, um tanzen auf Partys zu vermeiden.

"Justin, frag Ally erst nach einem Tanz, wenn sie betrunken ist. Vorher wird das nichts." Ginger grinste vielsagend.

Schulterzuckend gab ich ihr Recht.

"Echt jetzt?" Er legte eine Hand auf meine Schulter, neigte sich zu mir und raunte: "Ich kann eine ganze Flasche holen, um das zu beschleunigen."

"Hey, Gabe", säuselte - fast direkt neben mir - eine weibliche Stimme.

Erschrocken zuckte ich zusammen, und drehte mich zur Seite. Erleichtert spürte ich, wie Justins Hand von meiner Schulter glitt.

Etwa zwei Meter von mir entfernt stand Gabe und lächelte verhalten eine Blondine an, die sich jetzt an seinen Arm klammerte und hilfesuchend zu ihm aufblickte: "O Darling, sei ein Schatz und hol mir einen Drink, ja? Ich brauche unbedingt einen Whisky mit viel Eis."

"Beverley, du verträgst doch gar nichts. Wie wäre es mit Wasser oder Saft?"

"Och, sei kein Spielverderber. Du weißt doch genau: Wenn ich etwas getrunken habe, bin ich um einiges enthemmter ..." Sie zwinkerte ihm bedeutungsvoll zu, hauchte ihm einen Kuss auf den Mund und schob ihn in Richtung Bar.

Er ließ es sich kopfschüttelnd gefallen.

Für einen Moment trafen sich unsere Blicke, doch er lief ohne Kommentar an mir vorbei.

Ich musterte die Blondine, deren markantestes Merkmal ein gewaltiger Busen war. Offenbar hatte er sich gefangen, wenn er bereits mit der Nächsten anbandelte. Dieses Mädchen war zwar nicht ganz so göttlich wie die Rothaarige vom Morgen, aber sie sah ohne Frage attraktiv aus.

Dann zuckte ich mit den Schultern und drehte mich wieder zu Justin um.

Was ging mich das an?

Was auch immer es war, worüber Gingers Freunde gerade redeten, es spülte unbemerkt über mich hinweg. Unbehaglich bemerkte ich, wie Justin alle paar Minuten, wie unabsichtlich, etwas dichter neben mich trat.

Ich nippte an meinem Getränk, als ich aus den Augenwinkeln sah, wie Gabe mit einem Glas in der Hand zu Beverley trat.

Gern hätte ich gehört, was die beiden redeten. Doch gerade jetzt legte Justin mir den Arm um die Taille.

"Sag, kommst du nachher mit? Wir wollen noch ein wenig um die Häuser ziehen. Ginger wird später keine Zeit mehr für dich haben, da sie garantiert einen glücklichen Kerl findet, den sie vernaschen kann." Alle lachten, nur ich nicht.

Ohne darauf zu antworten schüttelte ich den Kopf. Ich stellte mich betont lässig auf Gingers andere Seite. Er blickte mir enttäuscht hinterher, doch ich war froh, seiner Aufdringlichkeit zu entkommen.

Dafür hatte ich jetzt Beverley und Gabe im Blick. Sie redete auf ihn ein, doch er schaute seltsamerweise nicht sie an, sondern Justin. Das verwirrte mich, denn sein Blick war ziemlich finster. Er schien nicht gerade guter Stimmung zu sein.

Müdigkeit begann an mir zu ziehen, eine Kombination aus der Doppelschicht und dem Baileys. Einen Moment lang schloss ich die Augen, und rieb mir über die Nase, wobei ich ein Gähnen unterdrücken musste.

Ginger tat mir den größten Gefallen: Sie hielt das Gespräch am Laufen. Wie immer redete sie ohne Punkt und Komma, begeistert davon, im Mittelpunkt zu stehen. Mit einem Lächeln beobachtete ich sie.

Mit ihren flammend roten Haaren und den hinreißenden Sommersprossen war sie ein echter Blickfang. Während sie sprach, gestikulierte sie angeregt mit den Händen.

Nach einer Weile ließ ich die Augen schweifen.
Die Fensterfront zog meinen Blick förmlich an. Es war schon dunkel draußen, doch der vom Mondlicht beschienene Hinterhof sah einladend aus. Weiter hinten waren die erleuchteten Fenster anderer Häuser auszumachen, doch weit genug entfernt, dass man sich nicht beobachtet vorkam.
Gingers Stimme, die mit einem Mal laut geworden war, schreckte mich aus den Gedanken hoch, als sie in die Runde fragte: "Hey, kennt ihr alle schon Gabe? Dies ist seine Wohnung."
Beklommen sah ich zu, wie sie ihn am Arm neben sich zog. Jennifer machte Platz für ihn. Der Reihe nach stellte Ginger ihm ihre Freunde vor.
Unübersehbar himmelte Kelly Gabe an, sehr zum Missvergnügen von ihrem Freund.
Doch er schien das gar nicht wahrzunehmen. Er blickte mir direkt in die Augen. "Hey, Ally."
Irritiert blickte ich mich um. Von Beverley war weit und breit nichts zu sehen.
"Du hast eine geniale Wohnung, Mann. Was bezahlst du im Monat an Miete? Ist doch mit Sicherheit schweineteuer", wollte John wissen.
Gabe sah ihn kurz an und zuckte mit den Schultern, gab aber keine Auskunft.
"Gefällt dir die Aussicht, Ally?", fragte er, seine Augen ruhten wieder auf mir.
Hatte er mich etwa beobachtet?
"Ja", gab ich nach kurzem Zögern zu.
"Möchtest du vielleicht die Dachterrasse sehen? Von da oben hat man einen noch besseren Blick."

"Äh ..." Weiter kam ich nicht, da plötzlich alle durcheinander riefen: "Wir wollen die auch sehen!"

Ergeben zuckte er mit den Schultern. Er streckte mir die Hand entgegen, doch ich schaute ihn nur mit zusammengezogenen Augenbrauen an. Das brachte ihn dazu, sanft zu lächeln.

Er ging voraus zu einer Tür, die hinter einem Vorhang verborgen lag, hielt sie auf und ließ alle vorangehen. Ich trat als Letzte hinaus und Gabe folgte mir. Von einem schmalen Balkon führte eine Wendeltreppe hinauf. Stufe für Stufe stieg ich sie hoch. Stark außer Atem kam ich oben an, versuchte aber, es zu verbergen.

Kollektiv kam ein begeistertes "*Wow*" aus allen Kehlen. Ich sagte kein Wort, doch insgeheim stimmte ich den anderen zu. Langsam drehte ich mich im Kreis. Im Osten konnte man sogar in der Ferne die Wolkenkratzer von Downtown Los Angeles sehen.

Gabe trat neben mich. "Und?"

Ich beließ es bei einem Nicken. Die Aussicht war wirklich atemberaubend. Ich warf einen Blick in den Himmel, bewunderte die Sterne. Die Luft war herrlich frisch, und ich atmete automatisch viel tiefer.

Im Stillen wunderte ich mich, wie deutlich die Musik zu hören war, als Will auch schon danach fragte.

"Ich habe zwei Boxen hier oben installiert. Die Musik kann ich vom Handy aus bedienen." Er klang nicht angeberisch, sondern sachlich.

Justin konnte sich ein Sticheln nicht verkneifen: "Ah, verstehe. Ist ja auch praktisch, wenn man hier oben ein Mädel verführen will ..."

Gabe warf ihm einen verächtlichen Blick zu.
Man konnte den Eindruck bekommen, er könnte ihn nicht ausstehen. Was ich nachvollziehen konnte, denn tatsächlich ging mir Justin von Minute zu Minute mehr auf die Nerven.
"Echt jetzt? Dann mach doch mal was Ruhiges an. Ich würde gerne meine Freundin hier verführen, zumindest zum Tanzen ..." John grinste und legte seinen Arm um Kelly, drückte sie besitzergreifend an sich.
Gabe zog ein Smartphone aus seiner hinteren Hosentasche und kam dem Wunsch nach, doch er lächelte nicht. Er tippte ein paar Mal auf dem Display herum und das schwermütige *Heart by heart* von Demi Lovato erklang.
Irgendwie war er seltsam drauf, das meinte ich fast körperlich zu spüren, schüttelte aber innerlich den Kopf über mich selbst. Wahrscheinlich bildete ich es mir nur ein.
Ich trat von der Gruppe weg, um hinunter in den Hinterhof sehen zu können.
Vor einer niedrigen Mauer blieb ich stehen, die als Sicherheitsabgrenzung diente. Die Aussicht gefiel mir, alles wirkte so friedlich.
Ein plötzlicher Windzug traf mich, sodass ich zitternd die Schultern hochzog.
"Ist dir kalt?" Gabe stand auf einmal neben mir und sah mich aufmerksam an.
"Wie bitte?" Irritiert drehte ich mich zu ihm um.
"Du zitterst", stellte er fest.
"Ist nicht weiter schlimm." Ich wandte den Blick wieder dem Hinterhof zu, um ihn nicht ansehen zu müssen.

Dabei versuchte ich das Kribbeln in meinem Bauch zu ignorieren. Eine Weile sagte keiner von uns etwas.

Ich wollte mich gerade entfernen, als er mich unvermittelt wieder ansah und leise sagte: "Tanz mit mir."

Er ließ mir keine Zeit, *Nein* zu sagen, sondern zog mich einfach an sich. Seine rechte Hand griff nach meiner, die andere legte er sanft auf meinen Rücken.

Augenblicklich versteifte ich mich und wollte ihn von mir stoßen, die Hand schon abwehrend ausgestreckt, als Justin laut herüber rief: "Ally, du hattest *mir* doch einen Tanz versprochen, erinnerst du dich?"

Irritiert sah ich ihn an, denn ich hatte ihm gar nichts versprochen. Doch Gabe neigte den Mund zu meinem Ohr und flüsterte: "Ignorier den Idioten einfach. Tanz mit mir, nur dieses eine Mal."

"Ich halte das für keine gute Idee."

"Weshalb nicht? Weil *ich* mit dir tanzen möchte?" Wieder war da dieser seltsame Ausdruck in seinen Augen.

"Ich tanze generell nicht gerne", erwiderte ich. Er sollte sich bloß nichts einbilden.

War ihm überhaupt bewusst, dass er mich noch immer im Arm hielt?

Gabe blickte für einen langen Moment zu Boden. Als er mich wieder ansah, schimmerte ein seltsames Licht in seinen schönen Augen. "Und wenn ich dich darum bitte, Ally?"

Meine Augen waren sicherlich riesengroß, so heftig verwirrte mich sein Verhalten. Das Leuchten in seinen Augen übte eine magnetische Wirkung auf mich aus.

Das Lied endete, und *A Thousand Years* von Christina Perri erklang.

Er griff nach meiner rechten Hand und legte sie in seinen Nacken, unterbrach aber nicht unseren Blickkontakt.

Mein Körper gehorchte ihm, obwohl ich wusste, ich sollte mich sofort von ihm lösen. Doch mein Verstand schien hilflos eine weiße Flagge hochzuhalten.

Gabe begann, sich sanft im Takt der Musik zu bewegen.

Mein Körper folgte seinem, ohne dass ich es hätte beeinflussen können. Seufzend ergab ich mich in mein Schicksal, nur für diesen Augenblick, und schloss die Augen.

Ich wollte nicht darüber nachdenken. Wollte nicht wissen, weshalb er sich mir gegenüber so seltsam verhielt, nicht analysieren, warum ich auf einmal so glücklich war. Oder wieso ich ihm überhaupt gestattete, mich anzufassen.

Alles, was ich wusste, war, dass mein Körper kribbelte, wo er mich berührte. Und dieses Kribbeln schien durch meine Haut zu dringen, setzte sich in meinem Inneren fort.

Er zog mich dichter an sich und legte seine Wange an meine.

O Gott, wie gut er roch!

Mein Herzschlag beschleunigte sich, doch auch das versuchte ich zu ignorieren. *Lauf weg*, rief etwas leise in meinem Kopf, doch ich sperrte die Stimme gewaltsam aus. Es war schön, in seinen Armen zu liegen, viel zu schön! Mein gesamter Körper wurde von einer angenehmen Wärme durchflutet, seine Berührung löste ein Glücksgefühl in mir aus.

Nichts davon wollte ich genauer ergründen.

Ich konnte spüren, wie sich sein Brustkorb ausdehnte, als er tief einatmete. Sein warmer Atem traf auf meinen Hals. Unwillkürlich erschauderte ich.

"Dir ist wirklich kalt", flüsterte er mir ins Ohr, zog mich noch dichter in seine Umarmung. "Lass mich dich wärmen."

Seine Stimme rief meinem Verstand wieder in Erinnerung, in wessen Armen ich lag.

Was mache ich hier, um Himmels Willen?

Ruckartig stieß ich ihn von mir. Sofort wich die Wärme, die zwischen uns entstanden war, einer unangenehmen Kälte.

Gabe sah mich an, sagte aber kein Wort. Dann drehte er sich um, stieg die Treppe hinunter und ließ mich allein zurück.

Okay, da waren noch die anderen, unter anderem Ginger, die mich merkwürdig ansah. Doch ich nahm sie nur am Rande wahr, zu sehr war ich damit beschäftigt, meine geistige Verwirrung zu hinterfragen.

Jetzt trat sie neben mich und sprach meine Gedanken aus: "Was, *zum Henker*, war denn das?"

Ich schaute sie an, konnte aber den Blick nicht fokussieren, sah irgendwie durch sie hindurch.

Nein, wenn ich es mir ehrlich eingestand, dann hatte ich noch immer Gabe und seinen Gesichtsausdruck vor meinen inneren Augen, als ich ihn weggestoßen hatte. Und genau das machte mir zu schaffen, denn er hatte unendlich traurig ausgesehen.

"Keine Ahnung. Aber es wird nie wieder vorkommen, glaube mir."

Jetzt sah ich sie wieder klar und deutlich. "Sei mir nicht böse, ich weiß, es ist deine Einzugsfeier. Aber ich werde jetzt nach Hause fahren. Ich hatte einen wirklich anstrengenden Tag."
"Ist okay. Du hast den ganzen Tag gearbeitet. Und ich weiß, wie ungern du auf Partys gehst. Es war lieb von dir, zu kommen, danke dafür." Sie drückte mich kurz an sich, dann trieb sie die ganze Clique zur Treppe hin. Justin versuchte einmal mehr, in meine Nähe zu kommen, doch dafür hatte ich absolut keinen Nerv. Ich lief als Erste die Treppe hinunter und war bereits auf der Wohnzimmertreppe, als er als Letzter von draußen herein kam.
Sekunden später lief ich auf die Straße und stieß prompt mit jemandem zusammen. Starke Hände griffen nach mir und bewahrten mich vor dem Hinfallen.
"Du gehst schon?"
Wieder diese Samtstimme!
Ich schloss für einige Sekunden die Augen, um mich zu fassen.
"Ja." Ich blickte zu Boden, um Gabe nicht ansehen zu müssen. Ich wartete darauf, dass er etwas sagte, doch er blieb stumm.
Schließlich ließ er mich los und trat einen Schritt zu Seite. Zögernd schob ich mich an ihm vorbei. Schnell schloss ich mein Rad auf, dann warf ich einen Blick zurück.
Er stand unverändert da, sah aber nicht in meine Richtung. Er tat einen tiefen Atemzug, sagte leise: "Gute Nacht, Ally." Dann ging er ins Haus zurück, ohne sich noch einmal umzusehen.

Kapitel 3

Glendon

Mit der flachen Hand hieb ich auf den Schreibtisch.
Für ein paar Sekunden rieb ich gedankenverloren die schmerzende Handfläche.
Eigentlich hätte ich lernen müssen, für den nächsten Morgen war eine Klausur in Kunstgeschichte angesetzt. Doch ich hatte noch nicht einmal die Hälfte meines Pensums geschafft. Den ganzen Sonntag hatte ich mit meinen Büchern und Notizen verbracht, doch immer wieder schweiften meine Gedanken ab.
Es war Gabe, zu dem sie abtrieben, um es genau zu sagen.
Gern hätte ich geschrien, um etwas von dem Frust loszuwerden. Doch seit einer guten Stunde plagten mich heftige Kopfschmerzen, sodass ich von dem Gedanken Abstand nahm.
Stattdessen erhob ich mich vom Drehstuhl, griff entschlossen nach meiner Geige und ließ die Finger spielerisch über die Saiten streichen. Ich hob den Bogen und begann zu spielen, ohne darüber nachzudenken. Erst einige Augenblicke später erkannte ich die zarte Melodie von Flotows *Letzter Rose*.
Die Musik räumte meinen Kopf auf, warf allen Ballast hinaus und stellte mein inneres Gleichgewicht wieder her. Ich fühlte, wie mein Herz freier schlug und mein Denken sich auflöste.

So lange ich denken konnte, hatte Musik diese unerklärliche Wirkung auf mich. Es wäre aussichtslos zu beschreiben, wie tief ich mich in Musik fallen lassen, mich von ihr tragen lassen konnte.

Langsam senkte ich den Bogen, und die Realität holte mich wieder ein.

Mit einem leisen Seufzen, aber wesentlich freierem Kopf, machte ich mich wieder über mein Buch her. Jetzt fiel es mir leichter, am Ball zu bleiben.

Erst als mein Magen heftig knurrte, erinnerte ich mich daran, dass ich vergessen hatte, zu Abend zu essen. Ich blickte auf die Wanduhr und stellte mit Schrecken fest, dass es schon fast halb zehn war.

"Mist", murmelte ich, weil ich nicht mehr pünktlich zum wöchentlichen Studententreff kommen würde.

Da ich mir den teuren Luxus einer eigenen Wohnung leistete, blieben andere Dinge auf der Strecke, ein neues Fahrrad zum Beispiel. Aber ich brauchte meine Privatsphäre, allein schon wegen meiner Musik. Ich kam zurecht, konnte mir nur keine großen Sprünge leisten.

Ich sprang auf, streckte meine müden Muskeln. Im Flur zog ich mir eine leichte Jacke über, da es am vergangenen Abend recht kühl gewesen war. So kurz vor Semesterende wollte und konnte ich mir keine Erkältung leisten.

Mit dem Skateboard fuhr ich die Strecke hinunter bis zu meiner Lieblingskneipe, dem *Glendon*. Meine Haare flatterten im Fahrtwind hinter mir her.

"Hey, ist das etwa Ally? Leute, schaut mal, wer doch noch kommt ..."

Eine freche Stimme ertönte laut über dem murmelnden Geräusch der vielen Gespräche in dem großen Raum.
"Ha ha, wirklich witzig!" Ich schnitt Jarold eine Grimasse. Mit einem matten Stöhnen ließ mich auf den leeren Stuhl neben ihm fallen. "Hey, allerseits", grüßte ich in die Runde.
"Hey", schallte es vielstimmig zurück.
"Wieso bist du so spät dran?" Jarold sah mich fragend an.
"Ich musste mein Buch noch fertig lesen", murmelte ich und lächelte Minako zu. Nach Ginger war die kleine, japanische Schönheit meine zweite beste Freundin. Ich sah sie aber nur Sonntags, da wir an unterschiedlichen Universitäten studierten.
"Streberin", ließ ein athletisch gebauter Mädchenschwarm hören. Ich warf ihm einen Blick zu, der ihn zu einem verschmitzten Lächeln trieb. "Komm schon. Es ist Sonntagabend, das Semester bald Geschichte. Also dringend Zeit, auch mal zu entspannen." Mike lachte mich frech an.
Ohne darauf einzugehen, stand ich auf. "Ich gehe kurz rüber zu Paul, ich komme gleich um vor Hunger."
Zu meiner Überraschung erhob sich auch Samantha, von allen nur Sam genannt. "Ich komme mit, ich wollte kurz mit dir reden."
Sie war seit knapp zehn Wochen Mikes Freundin. Wir hatten noch nicht viel miteinander gesprochen, denn ich hatte den Eindruck bekommen, dass sie mich nicht mochte. Nun war ich neugierig, was sie von mir wollte. Ich folgte ihr zum Tresen.

"Hey, was darf es sein?" Paul, der hinter der Bar arbeitete, sah Sam fragend an.

"Ich nehme ein BLT Sandwich, ohne Mayonnaise, bitte." Sie nickte ihm dankend zu.

"Hast du Chili für mich, Paul? Ich flehe dich an, sag jetzt nicht *nein*."

Er lachte, spitzte den Mund und sagte: "Du weißt doch genau, dass das nicht auf der Speisekarte steht. Aber ich guck mal nach für dich." Mit leichten Schritten verschwand er durch die Doppeltür zur Küche, und ich rief ihm hinterher: "Vergiss das Baguettebrötchen nicht!"

Die hinter ihm zuschlagende Tür dämpfte sein Lachen. Interessiert blickte ich zu Sam, die mich ebenfalls ansah.

Sie ließ ihren Blick von meinem Gesicht bis zu meinen Füßen wandern.

Da ich nicht wusste, was ich von ihrem Gebaren halten sollte, fragte ich ziemlich direkt: "Was gibt es denn, Sam?"

Sie legte den Kopf schief, musterte meine Augen, als versuchte sie die Gefühle dahinter zu ergründen.

In meinem Kopf taten sich hundert Fragezeichen auf. "Sam?"

"Entschuldige. Ich weiß ehrlich gesagt gar nicht, wie ich dich das fragen kann, ohne dass es dämlich klingt ..." Der Satz schwebte in der Luft, und sie biss sich auf die Lippe.

Dann purzelte eine Frage aus ihrem Mund, so schnell und unsicher, dass ich fast glaubte, mich verhört zu haben: "Sag mal, stehst du auf Mike?"

Ich konnte mir ein Lächeln nicht verkneifen, wurde aber sofort wieder ernst. "Nein, tue ich nicht. Er war mal mit einer Freundin zusammen. Tatsächlich sind wir zusammen zur Schule gegangen. Gleicher Jahrgang, allerdings waren wir in unterschiedlichen Klassen. Von daher kenne ich ihn länger, als alle anderen. Und ich kann dir versichern, dass ich Mike so gern habe wie einen großen Bruder." Ich schenkte ihr ein Lächeln und sie grinste erleichtert zurück.

"Okay, sorry! War eine doofe Frage."

"Keineswegs. Ich wundere mich nur, wie du auf die Idee gekommen bist."

"Mike spricht viel von dir. Und so hübsch, wie du bist, hatte ich ein wenig Bammel ..."

Ich ließ sie nicht aussprechen. "Er ist mein bester Freund, ich schätze ihn sehr. Doch glaube mir, er ist nicht mein Typ. Und ich nicht seiner, wenn ich dich so ansehe."

Sie errötete, und grinste kurz.

Dann sagte sie leise: "Wahrscheinlich ist es noch zu früh, es zu sagen, aber ich liebe ihn. Ich wollte es nicht, es ist einfach geschehen. Und er macht mich so glücklich, wie ich es nie für möglich gehalten habe. Es wäre so toll, wenn das zwischen uns was Ernstes wird." Ihre Stimme klang sehnsüchtig.

"Hier, Kleines." Paul stellte eine Schale dampfendes Chili vor mich hin. Ein Baguettebrötchen legte er samt Löffel daneben.

"Ich könnte dich küssen! Ich danke dir", sagte ich enthusiastisch. Genießerisch schloss ich die Augen, dann seufzte ich hingerissen.

"Verdammt, das ist so lecker! Ich kenne nichts, was besser schmeckt, mit Ausnahme von Eiscreme, versteht sich."
Beide lachten.
"Komm, wir nehmen das Essen mit rüber", sagte Sam und nahm den Teller mit dem Sandwich entgegen.
"Hey, Paul. Eine eiskalte Cola ohne Eis, aber gleich, wenn ich bitten darf", sagte ich und zwinkerte ihm zu.
Hinter mir war sein leises Lachen zu hören, sowie seine gemurmelte Antwort: "Wie die Dame wünscht."
Jarold zog meinen Stuhl zurück, sodass ich mich setzen konnte.
"Danke", murmelte ich und vertilgte schweigend mein Chili, den Blick auf die Schale gesenkt.
"Hey, hat vielleicht jemand von euch Lust, übernächsten Freitag mit zum Konzert zu kommen? Kings of Leon spielen ... Ein Kumpel von mir hat Karten, die er für sich und seine Freunde gekauft hat. Aber jetzt ist einer aus dem Freundeskreis tödlich verunglückt, und keiner will mehr hin. Er sucht Abnehmer für die Karten."
Betroffen schauten wir einander an. Wir brauchten nicht lange, um uns einig zu sein, dass wir alle gehen wollten. Doch unsere Gespräche drehten sich für den Rest des Abends um Tod und Vergänglichkeit.

Ein lautes Piepsen meines Handys weckte mich auf.
Mit einem Auge linste ich zum Wecker. Vollkommen entnervt steckte ich den Kopf unter mein Kopfkissen.

Na toll, dachte ich frustriert, *erneut wach, bevor der Wecker klingelt.*

Ein weiteres Mal nahm ich mir fest vor, abends vor dem Schlafengehen das Handy auszuschalten. Leider vergaß ich es jedes Mal …

Eine meiner herausstechensten Eigenschaften – und zwar im negativen Sinn - war, dass mein Gedächtnis schlicht nicht arbeitete, wie es sollte: Ich war vergesslich. Was ich mir nicht aufschrieb, hatte die besten Chancen, sofort aus meinem Gehirn gelöscht zu werden.

Der Spiegel im Badezimmer und der Kühlschrank waren bewährte Orte, um mein Leben mit Hilfe von Haftzetteln zu organisieren.

Mit einem Kopfschütteln versuchte ich, die Müdigkeit zu vertreiben. Ich stützte mich auf einen Ellenbogen und tastete mit geschlossenen Augen nach dem Handy.

Fast hätte ich es vor Schreck fallengelassen, als es erneut ein Piepsen von sich gab.

Ginger
Ich habe gar nicht Danke gesagt, fällt mir gerade auf. Du bist eine echte Freundin!

Ginger
Oh, und hast du vielleicht Lust, nachher mit mir zu frühstücken?

Ich brauchte ausnahmsweise mal keinen Blick auf meinen Stundenplan zu werfen.

Wohlweislich hatte ich ihn im Handy gespeichert, doch die drohende Klausur hätte ich gar nicht vergessen können. Schnell tippte ich eine Antwort.

Ally
Danke für das verfrühte Aufwecken ... Irgendwann drehe ich dir dafür noch den Hals um!
Sorry, Frühstück klappt nicht. Schreibe eine Klausur um neun. Dank dir habe ich jetzt Zeit, um noch einmal den Stoff durchzugehen.
Morgen vielleicht? Muss erst um elf Uhr in der Uni sein.

Ginger
Tut mir leid. Bin gerade erst nach Hause gekommen und habe nicht über die Uhrzeit nachgedacht. Frühstück morgen klingt gut.
Bei dir oder mir?

Ally
Mein Kühlschrank ist leer. Wird dein Mitbewohner zu Hause sein?

Ginger
Nein, er ist Sonntag früh spontan mit ein paar Freunden für ein verlängertes Wochenende nach Santa Monica gefahren.
Also bei mir. Um neun?

Ally
Neun klingt gut. Bis morgen. Hab dich lieb! x

Ich musste grinsen, auch wenn ich ihr böse sein wollte, dass sie mich aus dem Schlaf gerissen hatte.

Mit frischer Energie sprang ich aus dem Bett. Die kalte Dusche weckte endgültig meine Lebensgeister.

Das war einer der Minuspunkte, die diese Wohnung mit sich brachte: Niemals war heißes Wasser da.

Die Wohnung war die günstigste, die ich vor fast fünf Jahren im Umkreis hatte finden können. Auch so kostete sie eine ganze Stange Geld, immerhin war das hier Los Angeles ...

Wie gut, dass ich mich mit den Jahren an das kalte Wasser gewöhnt hatte.

Wenig später schlüpfte ich in meine schwarze Lieblingsjeans, zog eine kirschrote Bluse über.

Die Radtour zur Uni unterbrach ich für einen Stopp an meinem Lieblingscoffeeshop.

Tief einatmend stellte ich mich in die Warteschlange, die erschreckend lang war.

Ich liebte den Duft von frischem Kaffee. Schon seit meiner Kindheit war es einer der Düfte, die mir am liebsten waren.

Meine Mutter hatte sich sich praktisch von Kaffee ernährt. Den Geruch verband ich automatisch mit der Erinnerung an sie, auch noch sieben Jahre nach ihrem Tod.

Komisch nur, dass ich das Getränk als solches nicht ausstehen konnte. Der Geschmack war einfach widerlich, und ich begriff nicht, wie alle Welt so verrückt danach sein konnte.

Ich bestellte einen großen Becher heiße Schokolade und dazu einen Blaubeermuffin.

Mit meinen Schätzen bewaffnet, setzte ich mich an einen der kleineren Tische und vertiefte mich in mein Fachbuch.

Die Klausur war endlich überstanden, und ich hatte ein recht gutes Gefühl dabei.
Nach dem Mittagessen in der Mensa kam der Teil des Tages, der mir schon immer am liebsten war: Das praktische Studium.
Wir waren eine kleine Gruppe von nur vier Studenten, die sich ein Atelier teilten.
Ich liebte diesen sonnendurchfluteten Raum, weit mehr als meine Wohnung. Einige der schönsten Momente meines Lebens hatte ich hier verbracht. Und so manches erschaffen, auf das ich stolz war.
Meine Studiengenossen scherzten, als sie nach mir das Atelier betraten.
"Scheiße!" Das Wort platzte mir laut heraus, als die Tür zum Nebenraum sich öffnete und Stephen herein kam.
Nackt!
Nur ein schmales Handtuch bedeckte seine persönlichsten Körperteile.
Hitze schoss mir in die Wangen. Zutiefst verlegen versteckte ich mich hinter der Staffelei.
Stephen grinste breit, als er mich sah, und neckte mich mit den Worten: "Aber Hallo! Wenn das nicht die schüchterne Ally ist. Sag mal, stimmt es, was ich von Gabe erfahren habe? Du bist noch ..."

"Ein Wort weiter und du wirst nie wieder in der Lage sein, Sex zu haben!" Meine Stimme hätte kälter nicht sein können.

Die fragenden Blicke meiner Mitstudenten ignorierte ich.

"Jetzt komm schon. Das muss dir nicht peinlich sein. Ich meine, mit dreiundzwanzig Jahren noch Jungfrau zu sein, das schafft nicht jede Frau ... Um ehrlich zu sein, hast du uns für mindestens eine Viertelstunde Gesprächsstoff geliefert."

Er lachte leise. "Aber sag mal, was hast du mit Gabe gemacht? Er wurde richtig sauer, als ich andeutete, mein Glück bei dir versuchen zu wollen ..." Stephen grinste frech.

Dann setzte er sich auf den Hocker in der Mitte des Raumes und ließ provozierend langsam das Handtuch zu Boden rutschen. Dabei ließ er den Blick nicht von mir ab.

Ich hasste mich dafür, aber ich musste einfach die Augen schließen. Mein Bedarf, den besten Freund von Gabe nackt zu sehen, war äußerst gering.

Im Raum lachten alle, nur ich nicht.

Die Tür öffnete sich, und Professor James Battlefield trat ein. "Nanu, so gut gelaunt? Das freut mich." Er grinste.

Ich richtete den Blick krampfhaft auf meinen Lieblingsprofessor, dankbar für jede Sekunde, die ich Stephen nicht ansehen musste.

"Ah ja, an diesem Tag steht Aktmalerei auf dem Stundenplan", sagte er, als er den splitternackten Stephen entdeckte.

"Ally, ich hoffe, du weißt es zu würdigen, dass ich dir zuliebe nach einem männlichen Model verlangt habe."
Ich starrte ihn an. Es sah sicher nicht vorteilhaft aus, wie mir der Mund offen stand. Dann sah ich zu Brad. So gut es ging, ignorierte ich den nackten Stephen, der zwischen uns saß. Ich hätte schwören können, dass er mir absichtlich seine Vorderseite präsentierte.
"Äh, Brad, könnten wir die Plätze tauschen?" Ich weigerte mich entschieden, diese Anfrage zu begründen. Doch das stumme Nicken von Brad machte mir deutlich, dass er verstand. Ohne etwas zu sagen griff er nach seiner Staffelei und tauschte sie mit meiner aus.
"Danke", murmelte ich. "Du hast was gut bei mir."
"Schon gut", sagte er beschwichtigend.
"Also gut, ihr Verrückten, dann wollen wir mal sehen, wie ihr euch anstellt. Die Sonne schenkt uns ihre ganze Kraft. Ich hoffe, ihr seid in der Lage, die Schatten hübsch einzufangen. Also, nicht zaudern, legt einfach mal los."
Der tiefe Atemzug, den ich tat, half nicht wirklich, doch ich riss mich gewaltsam zusammen. Ich hob den Kopf und konnte nur die Augen verdrehen, als ich den amüsierten Blick von Stephen auffing, der über seine Schulter zu mir hinsah.
"Wie heißen Sie, junger Mann?", fragte James.
"Stephen, Sir."
"Nun, Stephen, ich würde meinen, wenn Sie Ihren Blick in die andere Richtung lenken, dann hätten Sie wesentlich angenehmere Stunden vor sich. Außer Sie haben gegen krampfende Muskeln nichts einzuwenden, dann können Sie gern in dieser Pose verharren."

Stephen nahm die Worte gelassen auf, drehte aber doch den Kopf nach vorne. Sein nacktes Hinterteil war deutlich im strahlenden Sonnenlicht auszumachen.

Entschlossen hob ich den Bleistift, um einen groben Umriss von Stephens Körper auf den Block zu zeichnen.

Etwa zweieinhalb Stunden später trat ich von der Staffelei zurück, erklärte meine Zeichnung für abgeschlossen. Seltsamerweise hatte ich während des Zeichnens total vergessen, dass es Stephen war, der dort saß.

James trat an meine Seite und warf einen Blick auf den Zeichenblock.

Er nickte anerkennend. Leise sagte er, um die Konzentration der anderen nicht zu stören: "Prima gemacht. Du hast die Lebendigkeit des Körpers gut eingefangen. Vielleicht solltest du die Schwärze auf der linken Seite noch etwas intensivieren."

Ich warf einen kritischen Blick auf Stephen und nickte leicht. Die Schatten hatten sich, durch das Wandern der Sonne, verschoben. Deutlich sah ich es auf der Zeichnung.

Mit einigen schnellen Strichen folgte ich dem Rat, und warf den Bleistift hin.

"Gut, du kannst dann gehen." James warf mir ein Lächeln zu.

Mit gesenkten Augen machte ich, dass ich schnellstmöglich aus dem Raum kam.

"Bye, Ally", schallte mir Stephens Stimme hinterher. Bildete ich mir den Spott darin nur ein?

Kapitel 4

Honigbrötchen

Eine Tüte mit Brötchen, Honig und Milch in der Hand, drückte ich am nächsten Morgen energisch auf den Klingelknopf. Ein Summen ertönte, und ich stemmte das schwere Holztor auf.
Ginger öffnete mir die Tür. Als ich das Loft betrat, war ich total aus der Puste. Die steilen Treppen hier herauf kratzten enorm an meinem sportlichen Selbstbewusstsein. Obwohl ich viel Fahrrad fuhr und oft mit dem Skateboard unterwegs war, diese verflixten Treppen schafften mich.
"Komm rein. Schön, dich zu sehen. Wie war die Klausur?"
"War okay. Wie läuft es bei dir?"
Sie seufzte auf. "Keine Ahnung, ich grüble mal wieder, ob ich mich für das richtige Studium entschieden habe."
"Du willst doch nicht schon wieder wechseln? Was ist denn los? Es macht dir doch Spaß. Zumindest habe ich jedes Mal den Eindruck, wenn du davon erzählst."
In der Küche sah ich mich bewundernd um. Wieder einmal machte sich Neid in meinem Herzen breit, ein Gefühl, das ich sonst nie empfand. Ich konnte nicht mal richtig kochen. Aber diese Küche war traumhaft schön. Nicht nur im Vergleich mit der alten, ich nenne es mal *Küchenlösung,* die in meiner Wohnung stand.

Alles in diesem Raum war in den Farben Grau und Silber, einzig der Boden war in Cremeweiß gehalten. Man konnte allerdings jeden Krümel darauf sehen.

Dennoch musste ich zugeben, dass die Farbkombination genial war. Kühl, elegant und schlicht.

Ginger nahm mir die Tüte ab. "Du und deine Brötchen ... Wieso isst du nicht Pfannkuchen mit Sirup wie wir anderen Menschen? Oder Speck und Eier?"

Ich ignorierte ihren Kommentar, da erfahrungsgemäß jede Diskussion über dieses Thema vergebens war.

Sie grinste und ließ die Brötchen in ein verchromtes Körbchen auf dem quadratischen Glastisch fallen. Die Antwort auf meine Frage zögerte sie hinaus. Erst als wir uns hinsetzten, sprudelte es aus ihr heraus. "Weißt du, eigentlich mag ich das Studium. Doch *Mathe* ... Ich weiß, ich muss gut in Mathe sein, wenn ich jemals als Architektin arbeiten will. Doch ich *hasse* das Zeug einfach."

Ich hatte mir gerade ein Brötchen mit Butter bestrichen und hielt die Flasche mit dem flüssigen Honig darüber, als die Haustür aufging.

"Verdammt, bitte, nicht ...", murmelte ich und starrte durch die verglaste Wand auf die Person, die ich am allerwenigsten sehen wollte.

Die letzten Tage hat mich das Glück aber auch wirklich verlassen, dachte ich gereizt.

Gabe stutzte kurz, als er uns entdeckte und grinste dann breit. Er ließ seine Reisetasche im Flur auf den Boden fallen, zog Schuhe und Jacke aus. Dann schlenderte er mit ruhigen Schritten zu uns in die Küche. Sein Blick blieb an mir hängen. "Hey, Girls."

Ich versuchte, dem Blick auszuweichen, indem ich auf mein Brötchen schaute. Eine Pfütze aus Honig bildete sich auf dem Teller, und eilends stellte ich die Flasche auf dem Tisch ab. Ich tauchte die Fingerspitze hinein und steckte sie mir in den Mund, um den Honig abzulecken.
Als ich die Bewegung wiederholen wollte, bemerkte ich Gabes Blick. Seine dunklen Augen klebten förmlich an meinem Mund, und ein seltsames Gefühl breitete sich in meinem Bauch aus.
Moment mal, dunkle Augen?
Er hatte doch hellgraue Augen! Prüfend schaute ich ihn an und stellte fest, dass sie dunkelgrau waren. Verwirrt blickte ich auf mein Brötchen.
"Gabe?" Gingers Stimme schob sich zwischen uns. Es war wie ein kleiner Schock, denn für diesen kurzen Augenblick hatte ich ihre Anwesenheit völlig vergessen.
"Weshalb bist du schon zu Hause?"
Er sah sie nicht an, sondern legte den Kopf schief und musterte weiterhin interessiert meinen Mund.
Ich spürte, wie ich rot wurde.
Offenbar hatte er zu seiner alten Form zurück gefunden, jedenfalls konnte ich die Traurigkeit von Samstag nicht mehr an ihm wahrnehmen.
"Die Jungs haben sich nur gezofft, da bin ich abgehauen." Schulterzuckend blickte er Ginger an. Dann setzte er sich ungefragt neben sie, nahm sich ein Brötchen und ihr Messer.
Ich sah ihm zu, wie er eine Hälfte mit Butter bestrich und dann nach der Honigflasche griff. Mir fielen seine langen, geschmeidigen Finger ins Auge.

Er verteilte eine großzügige Menge Honig auf dem Brötchen, ehe er mir direkt in die Augen sah. "Ich bin gespannt, ob das wirklich so süß schmeckt, wie es aussieht."
Gabe blickte angelegentlich auf meinen Mund.
Als er sich dann auch noch mit der Zunge über die Lippen fuhr, lenkte ich meinen Blick hektisch auf mein eigenes Brötchen.
Leider verlockte es mich nicht mehr dazu, es zu essen. Ich schob den Teller ein Stück weit den Tisch hoch. Der Appetit auf Honig war mir gründlich vergangen.
Verdammt, konnte der Typ nicht einfach wieder verschwinden?
Ich wünschte ihn meilenweit weg. Zu blöd, dass er hier wohnte.
"Hm. Lecker und süß. Ich danke für die Einladung zum Frühstück." Er grinste breit, und biss wieder von seinem Brötchen ab.
Ich musste meine Augen schnell abwenden, denn unter seinem Blick kribbelte es in meinem Bauch.
Jetzt stand er auf, wobei der Stuhl ein leises Geräusch verursachte. Neben mir am Tisch blieb er stehen und bewegte sich keinen Millimeter weiter.
Erst als ich den Blick zu ihm hob, setzte er erneut zum Sprechen an. Ein verwegenes Lächeln spielte um seine vollen Lippen. "Es ist schön, dich zu sehen."
"Sag mal", erwiderte ich verärgert, "gibt es keine Andere, die du nerven kannst? Und glaube nicht, es hätte mich gefreut, dich zu sehen."
Meine Worte kamen mir selbst ein wenig harsch vor, doch er verdiente es nicht anders.

"Keine Andere reizt mich auch nur ansatzweise derart stark wie du, Süße. Woran das nur liegen könnte?" Mit beiden Händen stützte er sich auf die Tischplatte und beugte sich zu mir.

Ob des Wortes *Süße* runzelte ich die Stirn. Den Rest ignorierte ich einfach. Allerdings lehnte ich mich, so weit ich konnte, nach hinten, um etwas Abstand zu gewinnen.

Gingers Blick schweifte hektisch zwischen uns hin und her. "Gräbst du etwa gerade Ally an?"

Mir entwich ein verächtliches Schnauben, und Gabe betrachtete einmal mehr interessiert mein Gesicht.

"Vielleicht ...", sagte er in rätselhaftem Ton, bevor er leicht lächelte.

"Ginger, ich bitte dich", warf ich ein. "Du hast doch den Schlag Frauen gesehen, die bislang aus seinem Schlafzimmer kamen. Ich bin mehr als glücklich, nicht in diese Schublade zu passen."

"Vielleicht reizt mich ja gerade die Tatsache, dass du ganz anders bist, Süße." Seine Stimme klang wie das Schnurren eines zufriedenen Katers.

"Tja, manchmal hat man schlicht Pech im Leben." Ich warf ihm einen unterkühlten Blick zu. "Lebe den zweifelhaften Reiz woanders aus, und wir sind beide glücklich."

Ich wandte mich von ihm ab.

Mit der rechten Hand angelte ich nach der Milch, schenkte mir ein, und nahm einen Schluck.

Bis Gabe mit einem: "Ich gehe schnell duschen, ich bin gleich wieder da", im Badezimmer verschwunden war, ignorierte ich seine Anwesenheit.

Ginger schüttelte den Kopf. "Was, zum Geier, war *das* denn gerade?"

"Nichts. Wahrscheinlich hat sein Betthäschen ihn nicht komplett befriedigen können ..."

"Ally! Ich wundere mich jedes Mal, wenn ich dich so reden höre. Wenn ich nicht wüsste, du bist noch Jungfrau ..."

"Kannst du, *bitte*, endlich damit aufhören? Ernsthaft, nur wegen dir und deinen Kommentaren werde ich mir bald den Nächstbesten ins Bett holen, damit du endlich Ruhe gibst." Ich schnitt ihr eine Grimasse und hoffte, sie würde das Thema fallen lassen.

Doch sie dachte überhaupt nicht daran. "Weißt du, ich glaube, das ist eine großartige Idee. Rein zufällig kenne ich da jemanden, der dir in dieser Hinsicht weiterhelfen könnte ..."

Mit aufgerissenen Augen glotzte ich sie an. Mir fiel nichts Gescheites ein, das ich hätte sagen können.

"Doch, ganz ernsthaft. Auf welche Art Typ stehst du? Blond? Braun? Schwarz? Blaue oder braune Augen?"

"Herrgott, Ginger. Was hat denn das Aussehen damit zu tun, wem ich erlauben würde, in mein Bett zu kommen?"

"Wie mir scheint, verpasse ich hier eine höchst interessante Konversation." Gabe tauchte unversehens wieder neben uns auf, und ich ärgerte mich, dass ich ihn erst jetzt bemerkte.

Als ich zu ihm aufschaute, konnte ich nicht verhindern, dass meine Augenlider nervös zu flattern begannen.

Nur mit einer Boxershorts bekleidet, die zudem noch viel zu eng an seinem Körper klebte, stand er vor mir.

Sein nackter Oberkörper war feucht. Ungewollt stieg mir der würzige Duft seiner Seife in die Nase.
Sofort sah ich woanders hin, denn das war zu viel des Guten.
"*Verdammt*, jetzt reicht es mir aber bald! Bin ich denn nur noch von nackten Kerlen umgeben?" Die Worte waren heraus, und schon wünschte ich mir, ich hätte die Klappe gehalten.
Denn nun ging Gabe neben mir in die Knie, die Ellenbogen auf dem Tisch, sodass er sein Kinn auf seinen verschränkten Händen abstützen konnte. Er war jetzt fast auf gleicher Augenhöhe mit mir und sah mich mit seinen Schlafzimmeraugen an. "Mache ich dich nervös, Süße? Das würde mir gefallen." Er lächelte, und in meinem Bauch kribbelte es schon wieder.
Meinen genervten Blick überging er gekonnt.
"Ich würde tatsächlich gern hören, auf welchen Typ Mann du stehst." Er lachte leise. "Wieso bin ich mir sicher, du wirst jetzt auf keinen Fall dunkle Haare und graue Augen sagen? Aber glaube mir, Süße: Ich würde es schaffen, dass du alle anderen Typen vergisst, sobald du mir erlaubst, in dein Bett zu kommen."
Komplett entnervt stieß ich beide Hände gegen seine Schultern. Mit einem zufriedenen Gefühl im Bauch sah ich zu, wie er rücklings auf dem Boden landete. Allerdings hasste ich es, zugeben zu müssen, dass er selbst liegend noch extrem sexy aussah. Doch ich würde den Teufel tun und ihn das merken lassen.
"Oh, du ziehst den Fußboden einem Bett vor?" Er streckte lächelnd einen Arm nach mir aus. "Ich habe nichts dagegen, Süße."

"Da kannst du es mal sehen", wandte ich mich an Ginger, die gespannt das Schauspiel verfolgte. "Noch eingebildeter geht es nicht!" Ich erhob mich von meinem Stuhl und sah auf ihn hinunter. "Es tut mir nicht einmal leid, dir das zu sagen, aber du bringst nicht die erforderlichen Qualitäten mit."

Entspannt stützte er einen Arm auf dem Boden auf, ehe er mit einem lasziven Grinsen sagte: "Wie gesagt, ich bin jederzeit bereit, dich zu überzeugen."

"Ginger, nächstes Mal treffen wir uns bei mir, okay? Keine Ahnung, warum, aber ich hege eine stetig wachsende Abneigung, hierher zu kommen. Ich verschwinde, wir sehen uns ein anderes Mal."

Ich trat um Gabe herum, der sich auf die Seite drehte und dann geschmeidig aufsprang.

"Ich begleite dich zur Tür." Er legte die Finger in meinen Rücken.

Reflexartig schlug ich mit der Hand nach seiner, doch er wich mir geschickt aus. "Fass mich nicht an, ich warne dich!" Wütend blickte ich ihm in die Augen.

"Mach so weiter wie bisher, Süße, und du wirst mich bis zu deinem Lebensende nicht mehr los. Hat dich denn niemand davor gewarnt, den Jagdinstinkt eines Mannes herauszufordern?"

Da war ein Unterton in seiner Stimme, der mein Innerstes aus dem Gleichgewicht brachte.

"Und hat dir noch niemand gesagt, dass es heutzutage üblich ist, das *Nein* einer Frau zu akzeptieren? Ehrlich, du hast doch bestimmt reichlich Telefonnummern, die du anrufen kannst. Zur Not kann man sich Liebe auch *kaufen*."

"Oh, so weit musste ich es nie kommen lassen", sagte er selbstbewusst.

Überraschend schlangen sich seine Finger um mein Handgelenk. Gabe neigte sich zu mir, sein Blick senkte sich in meinen.

Vollkommen geschockt konnte ich die Augen nicht abwenden. Ganz kurz wunderte ich mich über die klare, hellgraue Farbe seiner Augen.

"Süße, ich werde dir jetzt ein Versprechen geben." Seine Stimme wurde zu einem Flüstern. "Gib mir nur eine Chance, und du wirst mich anflehen, in deinem Bett zu bleiben."

Mir fehlten die Worte. Mit weit aufgerissenen Augen starrte ich ihn an.

Konnte es wirklich so viel irrationale Selbstüberschätzung geben?

Als er eindeutige Anstalten machte und sich sein Mund immer weiter dem meinen näherte, holte ich aus.

Meine Hand klatschte ihm schallend ins Gesicht.

Ich war entsetzt über mich selbst.

So etwas hatte ich noch nie zuvor getan. Meine Handfläche brannte, doch das war meine verdiente Strafe.

Er wich zurück. Seine Augen waren leicht verengt und sein Lächeln wie weggewischt.

"Kann ich jetzt gehen?" Beschämt flüchtete ich mich in Angriffslust.

"Für jetzt darfst du gehen, Eisengel. Aber hoffe nicht darauf, dass das letzte Wort schon gesprochen ist." Erstaunlich schnell erholte er sich von der Ohrfeige. Sein Grinsen verwirrte mich vollends.

Ich rannte die Treppen hinunter.

Sein leises Lachen folgte mir, bis sich das schwere Holztor hinter mir schloss.
Draußen musste ich erst mal tief Luft holen, bevor ich in der Lage war, mit dem Fahrrad nach Hause zu fahren.

Erbittert schmetterte ich die Wohnungstür hinter mir ins Schloss und warf mich der Länge nach auf die Couch.
Wie konnte ein einzelner Mann so über die Maßen eingebildet sein?
Oder so unverschämt sexy aussehen?
Mir wurde allein bei dem Gedanken an seinen nackten Oberkörper der Mund trocken. Diese Wirkung hatte Stephen nicht mal ansatzweise auf mich gehabt, obwohl er komplett nackt gewesen war ...
Wieder sah ich Gabe vor meinen inneren Augen. Es war offensichtlich, dass er trainierte. Solche Muskeln bekam man nicht vom bloßen Herumsitzen.
Ich wünschte, ich hätte genauer hingesehen, dann hätte ich erkennen können, was das für eine Tätowierung auf seiner linken Brust war.
Ich wünschte?
Stopp! Was ging es mich an, was für Tattoos er mit sich rumschleppte?
Hatte ich denn komplett den Verstand verloren?
Entschlossen stand ich auf und griff nach meiner Violine. Wenige Minuten später war Gabe aus meinem Bewusstsein ausradiert.

Stattdessen durchflutete Musik meine Seele und den Körper.
Etwa eine halbe Stunde später trat ich seufzend den Weg zur Uni an.

Kapitel 5

Kaffee & Schokolade

Ich saß in der langweiligsten Vorlesung meiner bisherigen Unilaufbahn, die mich fast dazu brachte, in eine Art Schockschlaf abzudriften. Kunstgeschichte war ein Pflichtfach, aber das machte es für mich nicht leichter.
Eindeutig zu viel Theorie, und das bei meinem Sieb-Gedächtnis, dachte ich müde.
Noch während ich darüber nachdachte, konnte ich hören, wie sich eine Tür zum Hörsaal öffnete und wieder schloss. Ich fragte mich, ob jemand ernsthaft den Mut aufgebracht hatte, die Vorlesung zu verlassen? Wäre ich etwas mutiger gewesen, dann hätte mich spätestens jetzt keiner mehr aufhalten können.
Aus dem Nichts heraus stieg mir plötzlich ein herber Duft in die Nase. Ich hob leise schnuppernd den Kopf, bis mir einfiel, an wem ich den Geruch vor gar nicht langer Zeit wahrgenommen hatte.
Entnervt schüttelte ich den Kopf. Reichte jetzt schon ein simpler Duft aus, um meine Gedanken in seine Richtung zu lenken?
Verflucht sollte er sein!
Ein leises Murmeln von der rechten Seite drang störend in meine Gedanken. Unwillkürlich drehte ich den Kopf in die Richtung.
Zwei Blondinen, die eine Reihe hinter mir saßen, steckten kichernd und flüsternd die Köpfe zusammen.

Stirnrunzelnd beobachtete ich sie einen Augenblick.
Die beiden warfen immer wieder Blicke zur Seite, hinter mich, dann kicherten sie wie kleine Schulmädchen.
Ich riss mich zusammen und lenkte meine Konzentration auf den Dozenten.
Zutiefst erschrocken fuhr ich zusammen, als mir eine wohlbekannte Stimme ins Ohr flüsterte: "Ernsthaft, ich könnte mir eine spannendere Beschäftigung vorstellen, als dem trockenen Kram dort vorne zu lauschen."
Ich fiel fast vom Stuhl, als ich mich nach hinten umwandte. Fassungslos blickte ich in die Augen von Gabe, der - entspannt lächelnd - direkt hinter mir saß.
Wütend fauchte ich: "Sag mal, hakt es bei dir? Was, zum Teufel, machst du hier?"
Er tat, als würde er überlegen, und meine Stimmung wurde von Sekunde zu Sekunde finsterer.
Jetzt hörte ich wieder dieses alberne Kichern. Mein Blick flog zu den beiden Mädchen, die ganz offensichtlich Gabe anstarrten.
Ich schnaubte verächtlich, wartete aber noch immer auf eine Antwort.
Eine gefühlte Ewigkeit später erhob er sanft seine Stimme, die ausreichte, um mir einen Schauer über den Rücken rieseln zu lassen: "Nun, sagen wir so: Ich dachte, ich schaue mal nach, ob das Eis um dein Herz schon etwas abgetaut ist."
"Irre witzig! Was studierst du, Comedy?"
Meinen Blick quittierte er mit einem schiefen Lächeln.
"Nein, Musik."
Jetzt starrte ich ihn verblüfft an, denn das hätte ich niemals vermutet.

Eher hätte ich auf Schauspiel getippt.

"Entschuldigen Sie, Miss. Hören Sie eigentlich zu?"

Ertappt schnellte ich herum und spürte, wie ich errötete. "Verzeihung", sagte ich halblaut. Peinlich berührt sank ich auf dem Sitz so weit wie möglich nach unten. Für den Rest der Vorlesung wandte ich den Blick nicht mehr vom Dozenten.

Trotzdem bekam ich kein einziges Wort von dem Vortrag mit, da alle meine Sinne hinter mich gerichtet waren. Der Duft, den ich nun fest mit Gabe verband, ließ mich mehrfach unruhig auf dem Stuhl hin und her rutschen.

Zutiefst erleichtert sprang ich auf, als die Vorlesung zu Ende war. Entgegen dem Strom ging ich zum linken Ausgang, der viel weiter entfernt lag, in der Hoffnung, auf diese Weise meinem Stalker zu entkommen.

Ich hätte mir natürlich denken können, dass das nicht funktionieren würde.

So langsam bekam ich das Gefühl, Gabe würde mich erst in Ruhe lassen, wenn er mich erfolgreich in die Psychiatrie getrieben hatte.

Oder in sein Bett!

Bei dem Gedanken kam ich ins Stolpern.

Eine sonnengebräunte, kräftige Hand schlang sich um meinen Oberarm, und seine sanfte Stimme murmelte: "Ups! Pass doch auf, Süße."

Ich riss meinen Arm von seiner Hand los, kaum dass ich mit seiner Hilfe das Gleichgewicht wiedergefunden hatte. "Ich sagte es schon einmal: Fass mich nicht an", fauchte ich wütend.

Er warf mir einen abschätzenden Blick zu.

Ich konnte sehen, wie ihm mehr als eine Frage auf der Zunge lag.
Er entschied sich für: "Sag mal, kann es sein, dass du Angst vor Nähe hast? Darf dich generell niemand anfassen? Oder gilt das nur für mich?"
Es war, als hätte er mir einen Eimer kaltes Wasser über den Kopf geschüttet. Wie konnte er mir eine solche Frage stellen?
Von wegen Musikstudium ... Ich wäre nun jede Wette eingegangen, dass er in Wirklichkeit Psychologie studierte.
Davon einmal abgesehen, war seine Diagnose so weit entfernt von der Realität, dass ich fast lachen musste. Okay, sein letzter Satz traf durchaus zu. Doch ich würde nicht im Traum daran denken, es ihm zu verraten.
Ich nahm mir vor, ihn von jetzt an zu ignorieren und auch nicht mehr mit ihm zu reden.
Schnellen Schrittes strebte ich zum Ausgang. Es kümmerte mich kein bisschen, ob er mir folgte oder nicht. Allerdings war ich nicht erstaunt, als er knapp nach mir bei meinem Fahrrad ankam.
"Und was machen wir jetzt? Wir könnten gemeinsam zu Mittag essen", sagte er munter.
Aus den Augenwinkeln sah ich, wie er frech grinste.
Nicht antworten, ermahnte ich mich in Gedanken.
Schweigend schloss ich mein Rad auf, dann schwang ich das rechte Bein über den Sattel.
"Komm schon, Süße", schmeichelte seine Stimme, und ich bekam fast Aggressionen. "Lass uns zusammen zu Mittag essen. Du hast schon dein Frühstück verpasst."
"Ach, wessen Schuld war das noch mal?"

Verdammt, ich wollte doch nicht mehr mit ihm reden!
"Tut mir leid", murmelte er, klang aber viel zu amüsiert, als dass ich seinen Worten Glauben schenken konnte. "Dabei war dein Brötchen echt lecker, wenn auch mit etwas zu viel Honig für meinen Geschmack. Zudem hat mir deine Gesellschaft gefehlt."
Er hatte dieses Mal kein Lächeln für mich parat, sondern einen Blick aus halb geschlossenen Augen, die mich intensiv anschauten.
Entnervt gab ich auf. Ich hob die Hände und schnauzte ihn an: "Okay, genug jetzt! Sag es mir: Was muss ich tun, damit du mich in Ruhe lässt?"
Seine Augen waren mit einem Schlag weit offen. Er warf mir einen Blick zu, der sowohl interessiert, als auch amüsiert wirkte. Einen Moment lang schien er zu überlegen, dann sagte er in vollkommenem Ernst: "Schlaf mit mir."
Zum ersten Mal fehlten mir wirklich die Worte. Kaum war die Schrecksekunde verstrichen, verdrehte ich die Augen.
Selbst Schuld, dachte ich gallig, *was stelle ich auch eine solch dämliche Frage*.
Zu einer Antwort ließ ich mich nicht herab. Dazu wäre ich ohnehin nicht in der Lage gewesen. Mit dem Fuß nahm ich Schwung, und das Fahrrad setzte sich schwerfällig in Bewegung. Ich gab mir die größte Mühe, möglichst schnell von ihm fort zu kommen.
Auch wenn ich seinen Blick im Nacken spüren konnte und der Drang, mich zu ihm umzudrehen, riesig groß war, untersagte ich es mir.
Sein leises Lachen folgte mir dennoch.

Minuten später saß ich im *Starbucks* und gönnte mir einen Becher heiße Schokolade und einen Muffin mit Schokostückchen.
Es war noch eine knappe Stunde Zeit, bis ich im Atelier sein musste.
Gerade zog ich mein Handy aus der Hosentasche, um ein wenig zu lesen, als eine Gestalt neben dem Tisch auftauchte.
Ich brauchte nicht einmal den Blick zu heben, um zu wissen, wer da stand. Sein Geruch verriet ihn bereits.
Ich ließ den Kopf auf die Tischplatte sinken und schlug ihn drei oder vier Mal dagegen. Doch es half nichts: Als ich aufblickte, stand er noch immer da.
Sein Kopfschütteln tadelte mich für mein kindisches Verhalten, doch sein Lächeln wirkte amüsiert. "Nennt man das Schicksal? Jetzt können wir ja doch noch zusammen Mittag essen."
"Schicksal? Ich würde es eher Pech, Unheil oder Verhängnis nennen", erwiderte ich mit ätzender Stimme.
Sein Lachen klang ehrlich erheitert und viel zu sexy, als dass ich es ignorieren konnte. "Ich hole mir einen Kaffee, lauf mir nicht weg."
Verdrossen blickte ich ihm hinterher.
Es frustrierte mich ungemein, dass er sich nicht einmal in eine Warteschlange einreihen musste. Schon seit viereinhalb Jahren kam ich ungefähr einmal die Woche her, und noch *nie* war es vorgekommen, dass ich nicht warten musste, um meine Bestellung aufzugeben.
Das Leben ist einfach nicht fair, dachte ich mit einem Gefühl der Resignation.

Mit einem großen Pappbecher bewaffnet, kam Gabe an den Tisch zurück und zog sich einen Stuhl heran.

Er griff nach der Tüte mit dem Muffin und warf einen neugierigen Blick hinein. "Du bist durch und durch süß, nicht wahr?" Er brach sich ein kleines Stück davon ab und steckte es sich in den Mund. "Hm, süß und extrem lecker."

Ich hätte ihn nur zu gerne, samt seinem frechen Lächeln, auf den Mond geschossen.

Kurz überlegte ich, ihn einfach hier sitzen zu lassen. Dann erinnerte ich mich daran, dass meine Flucht vor knappen zehn Minuten auch nicht erfolgreich gewesen war.

Das laute Knurren meines Magens überzeugte mich letztendlich davon, einfach sitzen zu bleiben und diese Mittagspause als strategische Niederlage zu akzeptieren. Den nächsten Kampf würde ich wieder gewinnen, nahm ich mir vor. Ich nahm den Muffin aus der Tüte, pfriemelte das Papier ab und biss hinein.

"Trink deinen Kaffee, sonst wird er kalt", meinte er nach einem kurzen Blick auf meinen Becher, an dem ich noch nicht einmal den Verschluss der Trinköffnung hochgeklappt hatte.

"Ich verabscheue Kaffee", murmelte ich, nahm aber den Becher, um endlich einen Schluck zu trinken. Hatte ich erwähnt, dass mein Mund sich völlig trocken anfühlte?

"Oh?" Ihm stand wieder dieser interessierte Glanz in den Augen. "Was trinkst du dann?" Sein Kinn ruckte zu meinem Becher.

Sollte ich mich weigern, zu antworten?

Doch mir war jegliche Kampfeslust abhanden gekommen. Viel wichtiger war, meinen Magen zum Schweigen zu bringen. "Schokolade", nuschelte ich undeutlich.
Sofort zuckten seine Mundwinkel nach oben.
Er wollte zum Sprechen ansetzen, da fuhr ich dazwischen: "Ja, du hast es gerade schon gesagt, danke." Ich verdrehte genervt die Augen.
Sein Lächeln wurde um einiges breiter, dann nahm er einen großen Schluck von seinem Kaffee.
Fasziniert beobachtete ich, wie sein Kehlkopf sich unter der Haut bewegte.
Dann stützte er den Ellenbogen auf den Tisch und legte das Kinn in seine Handfläche. Seine Augen ruhten ununterbrochen auf mir, was mich zunehmend nervös machte.
Entschlossen, ihn links liegen zu lassen, griff ich nach dem Handy und öffnete mein gespeichertes Buch. Was ihn betraf, tat ich einfach so, als wäre er nicht anwesend.
Sein permanentes Starren ging mir aber allmählich auf die Nerven. Merkte er nicht, dass es mich störte, dass er den Blick nicht mal für eine Sekunde abwendete?
Aber wahrscheinlich war das nur eine weitere Methode zum Stichwort Psychiatrie. Er wollte mich schlichtweg wahnsinnig machen.
Hm, das würde irgendwie meine Theorie mit dem Psychologiestudium bestätigen ...
"Sag mal, wenn das Buch wirklich so spannend ist, wieso blätterst du dann nie um?" Ein hinterhältiges Lächeln umspielte seine Mundwinkel.

Er hatte mich durchschaut.

Ich legte das Handy auf den Tisch, griff nach dem Muffin und biss hinein.

Allerdings verschluckte ich mich fast, als er nach meinem Handy griff, das ich nicht abgesperrt hatte.

"He, lasch dasch", nuschelte ich. Der Bissen in meinem Mund machte es mir unmöglich, deutlicher zu sprechen, sonst hätte ich ihn mit Muffin bespuckt. Meine ausgestreckte Hand, die das Handy zurückforderte, beachtete er nicht.

Nun bewies mir Gabe, dass es ihm - im Gegensatz zu mir - wesentlich überzeugender gelang, jemanden zu ignorieren. Er wandte sich ein Stück weit ab, dann klickte er den Fotoordner auf.

Geistig schickte ich einen schnellen Dank zum Himmel hinauf, denn ich hatte erst gestern in der Pause das Handy entrümpelt. Es waren gerade mal vier Fotos vorhanden, alle vom letzten Besuch in der Bar.

Mir stockte allerdings der Atem, als er mit einem schnellen Doppelklick das dritte Foto vergrößerte, auf dem Mike und ich abgebildet waren, und es interessiert betrachtete.

"He, was machst du denn?", rief ich entrüstet, als er eine Nummer eintippte und das Bild per Nachricht weitersandte.

"Ach komm. Auf dem Bild siehst du so niedlich aus." Er warf mir einen Blick zu, den ich bei jedem anderen als zärtlich gedeutet hätte.

"Verdammt, wem hast du das geschickt?" Peinlicherweise wurden mir schon wieder die Wangen heiß.

"Nur mir, keine Angst", sagte er milde lächelnd.

Dann betrachtete er erneut mein Gesicht, nahm sein eigenes Handy aus der Hosentasche. Bevor ich überhaupt auf den völlig abwegigen Gedanken kommen konnte, schoss er ein Foto von mir.

Mein Blick hätte ihn eigentlich sofort töten müssen, doch dieser Wunsch erfüllte sich leider nicht.

"Verdammt, ich hasse Fotos von mir. Lösch das, bitte, sofort wieder."

"Oh", kam es langgezogen aus seinem Mund, "habe ich tatsächlich das Wort *bitte* vernommen? Aber nein, das möchte ich nicht tun."

Weshalb war es noch mal verboten, in diesem Staat mit einer geladenen Waffe herumzulaufen?

Gerade jetzt fand ich das total daneben! Kurz überlegte ich, ihn stattdessen zu erwürgen, doch nach einem Blick auf seine Oberarme begrub ich die Idee.

"Ich hasse dich." Mit den Fingern trommelte ich auf die Tischplatte.

"Hass ist ein unsagbar starkes Gefühl. Weißt du eigentlich, wie dicht Liebe und Hass beieinander liegen?"

Ich wollte nichts davon hören. Nichts von Liebe und erst recht nichts von *beieinander liegen*.

Fest entschlossen, nicht jedes Gefecht kampflos aufzugeben, griff ich mit rascher Bewegung nach meinem Handy und riss es ihm aus der Hand. Ich sperrte das Smartphone und ließ es in meiner Tasche verschwinden.

Gabe lächelte. "Wie gut, dass ich bereits bekommen habe, was ich wollte: Deine Handynummer. Und als Bonus auch noch zwei Fotos von dir."

Entgeistert begriff ich den Sinn dieser Aussage. Selbst wenn ich gewollt hätte, ich hätte nicht einen Ton hervorbringen können.

Ein kurzes Piepsen meines Handys setzte die Zahnräder meines Verstandes wieder in Bewegung, und ich sprang auf. Schnell schob ich mir den Rest des Muffins in den Mund, griff nach dem Becher und ging eilig hinaus.

"Ich muss auch los, leider. Bekomme ich einen Kuss zum Abschied?" Er blieb neben meinem Rad stehen. Ein mutwilliges Funkeln lag in seinen Augen.

Das Sonnenlicht zauberte dunkle Ringe um die Iris seiner Augen.

Davon fasziniert erwiderte ich seinen Blick.

Was hatte er noch mal gefragt?

Mir fiel es nicht ein, und sein Blick hielt meinen wie in einem Bann gefangen.

Gabe zog die Augenbrauen nach oben und fragte interessiert: "Denkst du gerade darüber nach, was du antworten sollst? Oder hast du zufällig das gleiche Bild im Kopf wie ich?" Sein Blick glitt zu meinem Mund.

Schlagartig fiel der Bann in sich zusammen. "Wie? Oh." Jetzt erinnerte ich mich wieder an die Frage nach dem Kuss. In mir wurde es kälter als die kälteste Nacht am Nordpol.

"Stell dir ruhig vor, was du nie erleben wirst. Es interessiert mich nicht. Und jetzt geh mir aus dem Weg."

Mit nervig quietschendem Rad machte ich den Abflug. Und zum dritten Mal an diesem verrückten Tag verabschiedete mich sein verhaltenes Lachen.

Kapitel 6

Mayflower

Mit dem Geigenkoffer in der Hand betrat ich gegen halb neun das Foyer eines alten, aber angesagten Hotels. An der Rezeption erkundigte ich mich nach dem Manager. Mir wurde der Weg zu einer soliden Holztür gewiesen.
"Herein", erklang eine angenehm tiefe Stimme, nachdem ich angeklopft hatte.
Ich drückte gegen die Tür und fand mich in einem altmodischen, doch überaus ordentlichen Büro wieder.
Selbst der Geruch des Raumes war altertümlich, eine Mischung aus dem Duft von Papier und alten Möbeln.
"Guten Abend, Sie sind sicher Miss Kendrick? Wir erwarten Sie schon." Ein Herr von mittlerer Größe und mit schwarzem Haar, das von grauen Strähnen durchzogen war, erhob sich von seinem Stuhl hinter einem gigantischem Schreibtisch. Die Möbel bestanden aus mahagonifarbenem Holz. Und das in Zeiten moderner Drehstühle. Faszinierend!
Mit ausgestreckter Hand trat er mir entgegen. "Jay Wyler. Es freut mich, Sie kennenzulernen."
"Ganz meinerseits", erwiderte ich.
"Darf ich Ihnen meine Assistentin vorstellen? Mrs. Santiago. Sie hört aber eher auf den Namen Inès."
Artig reichte ich Inès die Hand. Dann wurde mir ein Stuhl angeboten, und ich setzte mich.

"Im Prinzip ist ja im Vorfeld alles schon besprochen worden. Wir wollten Sie nur gern vor dem Auftritt kennenlernen, weil wir Sie das erste Mal bei uns haben."

Ich nickte. "Wir haben nicht über die Liedauswahl gesprochen. Haben Sie bestimmte Vorstellungen?"

Inès ergriff das Wort: "Mr. Wyler und ich sind uns darüber einig, dass wir Ihnen die Entscheidung überlassen. Es sollte nur recht klassisch sein und nicht allzu komplizierte Titel. Vielleicht hin und wieder etwas, was die Leute auch kennen, beispielsweise *Romeo und Julia*."

Wieder nickte ich. "Muss ich etwas sagen? Oder kann ich einfach spielen?"

"Spielen Sie einfach, wenn Ihnen das am angenehmsten ist. Jeder Künstler hat natürlich das Recht, mit dem Publikum zu reden, aber das ist allein Ihre Entscheidung", erwiderte Inès.

"Dann sehen wir mal, wie es läuft. Wenn es recht ist, dann würden wir nach dem Auftritt gern noch ein kurzes Gespräch mit Ihnen führen." Mr. Wyler sah mich abwartend an, und ich nickte.

"Kommen Sie." Inès griff lächelnd nach meinem Arm. "Ich bringe Sie rüber und zeige Ihnen alles."

Sie führte mich durch die Lobby, zwei Gänge hinunter und in die Hotelbar.

Der Raum war groß, mit edlen Teppichen ausgelegt, die sich dick und weich unter meinen Schuhen anfühlten. Alles wirkte offen und doch gemütlich. Dazu trug auch die gedämpfte Beleuchtung bei. Rechts an der Wand befand sich eine riesige Bar.

Sofort fühlte ich mich wohl in dieser Umgebung.

Die kleine Bühne an der hinteren Wand wirkte ebenfalls altmodisch. Die sichtbaren Fronten waren mit goldener Farbe bemalt, rote Samtvorhänge rahmten die Bühne ein. Sie war etwas tiefer, als ich es gewohnt war.
Inès führte mich die kleine Seitentreppe hinauf. Ein Barhocker, Notenständer und ein Mikrofon standen schon bereit.
Im hinteren Teil des Podiums zog ein wunderschönes Piano meinen Blick auf sich.
Mein geheimer Traum war es immer gewesen, Klavierspielen zu lernen. Doch es hatte sich nie ergeben, zum Teil aus Geldmangel. Jetzt mit dem Vollstudium und der teuren Miete hatte ich erst recht kein Geld dafür. Von Zeit ganz zu schweigen. *Irgendwann,* dachte ich träumerisch.
Inès dirigierte mich zu einer Tür, die an der rechten Seite der Bühne unauffällig mit der Wand verschmolz. Dahinter öffnete sich ein winziger Raum, der nicht viel Mobiliar enthielt. Ein übergroßer Spiegel hinter einem Schminktisch. Ein Stuhl, ein Kühlschrank und einige Wandhaken waren alles, was das Zimmer bot.
"Sie können die Beleuchtung selbst regulieren. Dieser Schalter ist für die Deckenbeleuchtung, die hier sind für die Leuchten über dem Schminktisch. Durch die Tür geradeaus kommen Sie in einen kleinen Waschraum. Was immer sie im Kühlschrank finden, steht Ihnen zur Verfügung. Bedienen Sie sich einfach, okay?" Inès sah mich freundlich an.
"Danke. Ich werde mich eine Minute einspielen, dann bin ich bereit."

"Kommen Sie raus, wann immer sie fertig sind. Wenn die eineinhalb Stunden um sind, gebe ich Ihnen ein Zeichen. Dann können Sie den letzten Titel beenden und Feierabend machen. Ich bringe Sie anschließend zu Mr. Wyler zurück, einverstanden?"
"Danke, ja."
Sobald Inès gegangen war, öffnete ich meinen Koffer und nahm Geige und Bogen heraus. Ich versicherte mich, das meine Violine gut gestimmt war, dann spielte ich zum Aufwärmen kurz *Romeo und Julia* an.
Nervös legte ich mein Instrument auf den Schminktisch, zog die Jacke aus und hängte sie an einen der Wandhaken. Dann blickte ich prüfend in den Spiegel. Normalerweise verzichtete ich darauf, mich zu schminken, doch für einen Auftritt nahm ich den Aufwand auf mich.
Mit zitternden Fingern strich ich mein hellblaues Seidenkleid glatt. Es war eines meiner Lieblingskleider, weil es so außergewöhnlich geschnitten war. Vorn ging es mir bis knapp über die Knie, hinten war es fast bodenlang.
Ein letztes Mal überprüfte ich den Sitz meiner Handytasche, die an einem schmalen Gürtel am Rücken befestigt war. Zufrieden nickte ich meinem Spiegelbild zu, dann ging ich mit meiner Geige hinaus.
Inès saß an einem Tisch zwischen Bar und Bühne. Aufmunternd lächelte sie mir zu.
Ich nahm den Hocker und stellte ihn an den Bühnenrand. Dann korrigierte ich die Höhe des Mikrofons und klopfte sacht dagegen, um zu prüfen, ob es eingeschaltet war.

Mein Blick glitt einmal flüchtig durch den Raum. Nur wenige Gesichter waren mir zugewandt.

Ich legte mir die Geige auf die linke Schulter und begann sanft zu spielen.

Die ersten Töne von *Lied an den Mond* vibrierten unter meinen Fingern, und ich schloss die Augen.

Es dauerte nur wenige Augenblicke, bis ich vergaß, wo ich mich befand, oder dass mir fremde Menschen zuschauten.

Ich spielte ohne Pause. Meine Geige ließ eine Melodie nach der anderen erklingen, ohne dass ich einem Plan folgte. Manchmal war mir bewusst, welches Lied ich spielte, dann öffnete ich kurz die Augen. Doch die überwiegende Zeit floss die Musik einfach nur aus mir heraus.

Als ich das lautlose Vibrieren meines Handys im Rücken spürte, kehrte ich langsam wieder zurück in die Gegenwart.

Ich warf einen Blick zu Inès, die mir breit lächelnd zunickte und auf ihre Armbanduhr deutete.

Als letzten Song stimmte ich *Nearer my God to thee* an, eines meiner Lieblingslieder.

Das Publikum spendierte mir einen warmen Applaus, als die Melodie verhallte. Ich knickste kurz, und natürlich wurden meine Wangen wieder einmal glühend heiß.

So gemessen wie möglich zog ich mich in den Raum hinter der Bühne zurück. Es sollte nicht wie eine Flucht wirken, obwohl ich am liebsten gerannt wäre. Nach ausnahmslos jedem Auftritt konnte ich die Bühne nicht schnell genug wieder verlassen.

Vor allen anderen Handgriffen legte ich meine Geige und den Bogen sorgfältig in den Kasten.

Dann schaltete ich den Vibrationsalarm aus.

Ich zog meine Jacke über und eilte die Bühne hinab zu Inès, die mich bereits erwartete.

"Sie waren ganz fantastisch, meine Liebe!" Sie strahlte mich an, und verlegen senkte ich den Kopf. "Kommen Sie, gehen wir zu Mr. Wyler."

Im Büro trat der Hotelmanager mit ausgestreckter Hand auf mich zu. "Ich muss sagen, Sie wurden uns von meinem Kollegen ganz zu Recht empfohlen, wahrhaft zu Recht! Ich konnte leider nur eine halbe Stunde lang zuhören, aber das hat mich wirklich überzeugt." Sein Lächeln strahlte förmlich. "Bitte, setzen Sie sich."

Während ich auf der anderen Seite des Schreibtisches Platz nahm, verließ Inès das Büro.

"Kommen wir zum Geschäftlichen. Erst einmal ist Ihr Honorar für den heutigen Abend fällig. Hier, bitte sehr."

Er reichte mir einen Umschlag, den ich mit einem leisen: "Danke", in meine Jackentasche steckte.

"Nun habe ich eine Frage an Sie: Könnten Sie sich vorstellen, jede zweite Woche samstags bei uns aufzutreten?" Abwartend sah er mir in die Augen.

"Oh", machte ich überrascht. Ich brauchte zwei Sekunden, dann nickte ich. "Ja, das wäre machbar. Ich würde gern wiederkommen."

Ein freudiges Lächeln glitt über Mr. Wylers Gesicht.

In diesem Moment kehrte Inès zurück und nickte dem Manager zu.

"Dann gleich die nächste Frage: Könnten Sie sich vorstellen, selbstredend unabhängig von ihren Samstagen, mit Klavierbegleitung zu spielen? Wir haben ein Engagement mit einem jungen Mann, der bei uns regelmäßig Klavier spielt. Und wenn ich Inès frage ..."
"Er hat Miss Kendrick spielen hören und ist einverstanden."
Mr. Wyler klatschte in die Hände. "Hervorragend! Also, Mr. Rhys ist schon mal einverstanden. Er ist, nebenbei bemerkt, außergewöhnlich wählerisch. Sie sind die Erste, mit der er sich bereit erklärt, gemeinsam zu spielen. Wie sieht es mit Ihnen aus?"
"Ähm", stotterte ich, vollkommen überrumpelt. "Ich habe noch nie mit jemand anderem gespielt."
"Vielleicht denken Sie die Woche einmal darüber nach. Diesen Samstag spielt Mr. Rhys Klavier hier bei uns. Kommen Sie doch einfach und hören ihn sich an. Wenn Ihnen die Art gefällt, wie er spielt, dann könnten Sie beide nach seinem Auftritt ja einmal zur Probe gemeinsam spielen? Was sagen Sie dazu?"
"Hm, ich ..." Hier zögerte ich leicht, dann gab ich mir einen Ruck. "Okay, ich werde zum Zuhören kommen. Ich kann gerne meine Geige mitbringen, aber versprechen möchte ich zu diesem Zeitpunkt erst mal nichts."
"Das klingt doch schon vielversprechend. Wir werden Ihnen für jeden Auftritt ein Honorar zahlen, das einhundert Dollar mehr beträgt, als Sie gerade bekommen haben, wenn Sie damit einverstanden sind? Das würde dann der Gage entsprechen, die wir jedem Künstler zahlen, der uns überzeugt hat. Mr. Rhys ist ein Publikumsmagnet, müssen Sie wissen." Er lächelte.

„Nur selten bleibt ein Stuhl frei. Wenn ich nicht irre, haben wir mit Ihnen hervorragende Chancen, die Bar ebenso zu füllen."

Ich starrte ihn an. Einhundert Dollar mehr für jeden Auftritt? Ich wollte mich schon kneifen, um mich zu vergewissern, ob das nicht ein Traum war, unterließ es aber rechtzeitig. Stumm nickte ich, konnte aber ein glückliches Lächeln nicht unterdrücken.

Mr. Wyler strahlte zurück. "Dann willkommen an Bord, Ally. Ich darf doch Ally sagen?"

Wieder nickte ich stumm.

Lächelnd fügte er hinzu: "Du darfst mich Jay nennen. Also, auf eine gute, geschäftliche Beziehung." Er reichte mir die Hand, die ich freudig schüttelte.

Auf dem Rückweg zu meiner Wohnung - mein Fahrrad zog wieder reichlich Blicke auf sich - dachte ich darüber nach, wie gut sich der Abend entwickelt hatte. Mit dem neuen Engagement konnte ich auf andere Auftritte verzichten und würde zudem noch mehr Geld verdienen.

Zu Hause angekommen, legte ich den Geigenkoffer auf seinen Platz und schälte mich aus dem Kleid. Das Tragen eines Kleides war ein Zugeständnis an meine Auftritte.

Ich musterte es von allen Seiten. Bis auf ein paar leichte Knitterfältchen war es sauber geblieben. Kurzerhand hängte ich es, mitsamt der Gürteltasche, in den Schrank zurück.

Da ich das Handy ohnehin in der Hand hielt, tippte ich mit dem Zeigefinger sacht gegen das Display und fand eine Nachricht von Ginger, die sie bereits am Morgen gesendet hatte.

> **Ginger**
> Nimm dich in Acht vor Gabe, Ally. Er weigert sich, meine Warnung ernst zu nehmen, als ich ihm eben sagte, er solle die Finger von dir lassen.

Ich tippte eine Antwort ein, obwohl es schon spät war. Dann würde ich zur Abwechslung einmal Ginger vom Schlafen abhalten.

> **Ally**
> Hey, danke für die Warnung. Aber was soll ich dagegen tun, wenn er sich in mein Leben drängt? Es scheint, als wäre er resistent gegen das Wort *Nein* … Er war sogar am Vormittag in meiner Vorlesung, ist das zu fassen? Anschließend ist er mir bis zum Starbucks nachgelaufen …

Umgehend kam eine Antwort. War sie noch wach gewesen, oder hatte ich sie geweckt?

> **Ginger**
> Verstehe einer die Männer! Ich muss aber zugeben, ich finde ihn extrem heiß!

> **Ally**
> Ach ja? Weshalb?

Ginger
Wie bitte? Ist dir sein Körper nicht aufgefallen? Schade irgendwie, dass er auf dich und nicht auf mich steht …

Ally
Du kannst ihn gern haben!

Ginger
Echt jetzt? Ich hatte den leisen Eindruck, du stehst irgendwie doch auf ihn …

Ally
Ich kann mich beherrschen!
Außerdem hechelt er mir erst hinterher, seitdem er weiß, dass ich noch Jungfrau bin.
Wir reden ein anderes Mal weiter, okay? Bin total müde und möchte schlafen. Wann sehen wir uns?

Ginger
Ich könnte morgen Vormittag vorbei kommen. So gegen neun?

Ally
Geht klar. Bring Brötchen mit!

Einen Moment lang starrte ich vor mich hin. Weshalb glaubte Ginger, ich würde auf Gabe stehen?
Das erinnerte mich daran, dass er sich das Foto von mir zugeschickt hatte.
Ich öffnete den Chat.

Ohne lange darüber nachzudenken, bearbeitete ich den Kontakt, löschte das Wort *Unbekannt* und tippte stattdessen *Gabe* ein.

Müde legte ich das Telefon auf den Nachttisch, und ging ins Badezimmer, wo ich mir die Zähne putzte und das Make-up von der Haut wusch. Sogleich fühlte ich mich viel besser.

Gerade kuschelte ich mich im Bett unter meine Decke, als mein Handy erneut piepste. Neugierig griff ich danach und starrte sprachlos auf das Display.

Eine Nachricht von Gabe?

Ich ließ den Kopf zurück auf das Kissen sinken. Wieso hatte ich nicht einfach seine Nummer gelöscht?

Und warum klopfte mein dämliches Herz mit einem Mal so schnell?

Zögernd verharrte mein Finger über der Nachricht.

Wollte ich das wirklich lesen?

Noch bestand eine gute Chance, mit einem Lächeln einzuschlafen. Der Gedanke an den Job im Hotel ließ mich tatsächlich grinsen.

Ich fragte mich, ob er das Handy noch immer in der Hand hielt, um zu sehen, ob ich die Nachricht las oder nicht. Die Vorstellung gefiel mir irgendwie.

Ein Blick auf den Wecker zeigte mir, dass es schon fünfzehn Minuten vor Mitternacht war. Hm, höchstwahrscheinlich würde er denken, ich schliefe schon, wenn die Nachricht ungeöffnet bliebe.

Okay, würde es ihn ärgern, wenn ich sie lese, aber nicht antworte?

Vielleicht ...

Mein Zeigefinger drückte aufs Display.

Gabe
Hey Süße, ich liege gerade im Bett und muss aus unerfindlichen Gründen an dich denken …
Du siehst übrigens sehr hübsch aus auf dem Foto! Ich habe es die letzten zehn Minuten angestarrt und mich gefragt, wie lange du mich warten lässt, bis wir zusammen im Bett landen?
Ich hoffe, dir hat mein Kaffee geschmeckt. Ich fand deine Schokolade etwas zu süß, aber irgendwie passt das Getränk total zu dir …
Schlaf gut und träum von mir!

Der Kerl spinnt total, dachte ich irritiert.

Immerhin hatte ich jetzt den besten Grund, das Handy auf stumm zu schalten.

Einen Augenblick lang grübelte ich über den Satz mit dem Kaffee. Ich kam zu dem Schluss, dass es gut gewesen war, den Becher halb voll in den Mülleimer zu werfen, ohne vorher noch einen Schluck zu nehmen.

Doch der andere Satz spukte viel ausdauernder in meinem Kopf herum: *Ich habe mich gefragt, wie lange du mich warten lässt, bis wir zusammen im Bett landen?*

Ich kam davon nicht los. Zumal diese Frage ungebetene Bilder in meinem Kopf entstehen ließ.

Tatsächlich brauchte ich einen ganze Stunde, bis ich endlich in den Schlaf fand.

Böserweise trieb ein verflixt gutaussehender Kerl mit dunklen Haaren und waffenscheinpflichtigen Augen in meinen Gedanken sein Unwesen.

Kapitel 7

Kino

Am frühen Morgen erwachte ich schweißgebadet und mit heftig klopfendem Herzen. Ich gab mir alle Mühe, die Erinnerung an meinen Traum zu verdrängen, doch die Bilder waren wie eingebrannt im Inneren meines Kopfes. In Gedanken verfluchte ich Gabe, denn ich hatte wirklich von ihm geträumt. Und es war beileibe kein harmloser Traum gewesen.
Entschlossen sprang ich aus dem Bett und unter die kalte Dusche. Anschließend deckte ich den Tisch für Ginger und mich. Ich goss eine Kanne Tee auf und nutzte die Gunst der frühen Stunde, um eine Ladung Schmutzwäsche in die Maschine zu stopfen. Rumpelnd begann die Waschmaschine ihre Arbeit, als es an der Tür klingelte.
"Hey, Ginger. Schön, dass du ..." Mir blieb der Satz im Hals stecken. Sie stand vor der Tür, soweit ging es in Ordnung, doch mein Blick war auf den gefallen, der hinter ihr stand.
"Was, zur Hölle, willst *du* hier?" Ich konnte so viel Dreistigkeit nicht fassen.
"Ich wünsche dir auch einen guten Morgen." Gabe setzte ein hinreißendes Lächeln auf. "Du hast nicht auf meine Nachricht geantwortet. Und ich hätte gern eine Antwort auf meine Frage. Ich konnte die halbe Nacht nicht schlafen deswegen ..."

"Ginger!" Anklagend sah ich meine Freundin an.

"Es tut mir leid, ehrlich. Er wollte unbedingt mitkommen." Ihre Augen bettelten um Verzeihung.

"Komm rein", sagte ich zu ihr und streckte abwehrend den Arm aus, um Gabe am Näherkommen zu hindern. "Du bleibst, wo du bist. Besser noch, verschwinde wieder!"

Ginger huschte an mir vorbei und verschwand in der Küche.

Doch als ich die Tür schließen wollte, streckte er den Arm aus und drückte sie wieder auf. "Jetzt komm schon, ich werde auch nicht stören."

Ich verschränkte wütend die Arme vor der Brust. Abwehrend schüttelte ich den Kopf. "Das ist doch die Höhe! Verpiss dich!"

"Harte Worte von einer solch zarten Frau."

"Die *zarte Frau* wird dir in fünf Sekunden einen Baseballschläger um die Ohren hauen. In der Hoffnung, dass wenigstens *ein* Knochen zu Bruch geht. Vorzugsweise dein störrischer Dickschädel ..."

Er stieß ein amüsiertes Lachen aus und kam einen Schritt näher. "Du bist unerhört niedlich, wenn du sauer bist, habe ich dir das schon einmal gesagt?"

Erschrocken wich ich einen Schritt zurück. "*Was* willst du, Gabe?"

"Generell? Dich in mein Bett bekommen. Wenn du allerdings genau *diesen Augenblick* meinst, dann würde ich gern mit dir frühstücken und dich besser kennenlernen."

Allmählich kam ich mir vor wie eine Fliegenfalle, so oft, wie mir der Mund offen stand in den letzten Tagen.

Na warte, dachte ich und schloss den Mund wieder. Ich legte den Kopf schief, ließ den Blick langsam über sein Gesicht gleiten. Auf seine Lippen starrte ich etwas länger. Allmählich wanderten meine Augen tiefer. Abschätzend betrachtete ich die breiten Schultern, seinen Brustkorb, den flachen Bauch, und versuchte, das Kribbeln im Bauch zu ignorieren.

Mit zusammengebissenen Zähnen zwang ich mich dazu, einen langen Augenblick auf die Ausbuchtung seiner Jeans zu starren, um dann mit einem schnellen Blick seine Beine hinab die Musterung zu beenden.

Dann hob ich den Kopf. So ruhig ich konnte, sagte ich: "Danke, kein Bedarf!" Dieses Mal schaffte ich es, die Tür schnell genug zuzuwerfen.

In mir kochte es. Erst recht, als sein leises Lachen von der anderen Seite der Tür zu hören war. Ich drehte mich verärgert um und ging in die Küche.

"Ginger ..." Vorwurfsvoll sah ich sie an.

"Ehrlich, ich konnte machen, was ich wollte. Er ließ sich nicht davon abhalten, mich zu begleiten. Tut mir leid."

Müde rieb ich mit der Hand über meine Augen. "Ich brauche jetzt einen starken Tee."

"Steht schon auf dem Tisch."

Das besänftigte mich ein wenig. Ich hegte die Hoffnung, dass der Tee mein inneres Gleichgewicht wieder herstellen würde.

Sie räusperte sich. "Was ist eigentlich zwischen dir und Gabe?"

"Wie meinst du das?"

"Mensch, ich bin doch nicht blöd. Glaubst du, ich spüre die Spannung nicht, die zwischen euch herrscht?"

Lange Zeit konnte ich nichts sagen.

Stirnrunzelnd suchte ich nach passenden Worten, als sie weitersprach.

"Du verhältst dich ihm gegenüber wie die totale Oberzicke, dabei bist du normalerweise ein total netter Mensch. Ist es wegen Cooper?"

Ich zuckte zusammen. "Du hattest mir versprochen, den Namen nie wieder zu erwähnen." Eine eiskalte Gänsehaut überzog meine Arme.

"Ally, wie viele Jahre ist es her? Ich weiß, er hat dir damals das Herz gebrochen. Du hattest dich dummerweise in das größte Arschloch der Schule verliebt, da war es fast vorprogrammiert."

Unangenehm berührt fiel ich ihr ins Wort. "Müssen wir das erneut durchkauen? Das ist do…"

"Ich wünsche mir für dich, dass du dich endlich wieder öffnest. Nicht alle Männer sind nur auf das Eine aus. Gib einfach jemandem eine Chance."

"Ginger …"

"Ich meine es nur gut. Was ist zum Beispiel mit Gabe?"

"Spinnst du jetzt völlig? Du warst es doch, die mir von seinen One-Night-Stands erzählt hat. Glaubst du wirklich, ich brauche noch einen von der Sorte? In der Hinsicht hat mir Cooper völlig gereicht, vielen Dank. Ich bin nur froh, dass ich es damals gerade noch rechtzeitig herausgefunden hatte." Voller Bitterkeit, die ich bereits seit Ewigkeiten für Vergangenheit gehalten hatte, verzog ich den Mund.

Ginger sah mich an, aufmerksam und eindringlich. "Es wird langsam Zeit, aus dem Dornröschenschlaf zu erwachen, Ally."

"Warum lässt du es nicht gut sein?"
"Weil ich dich lieb hab. Ich möchte dich gerne glücklich sehen."
"Das bin ich doch!"
"Es mag sein, dass du zufrieden bist. Aber glücklich bist du nicht."
Tief holte ich Luft, um darauf zu antworten, doch sie ließ mich nicht zu Wort kommen. "Du solltest dir einen Lover zulegen." Nachdenklich nickte sie.
"Ach ja? Hast du zufällig jemand Bestimmten im Sinn?" Das meinte ich ironisch, doch bedauerlicherweise war Ironie noch nie meine Stärke gewesen.
"Ja, wirklich nett, dass du fragst. Erinnerst du dich an Freddie? Der war total scharf auf dich. Wenn ich ihn fragen würde, dann hast du mit Sicherheit an diesem Abend eine Verabredung." Sie biss in ihr Marmeladenbrötchen.
"Freddie? Dein Ex?" Ich schüttelte ungläubig den Kopf.
"Ja. Er ist ein anständiger Kerl. Außerdem ist er echt eine Kanone im Bett."
"Ginger ..." Ich zog den Namen in die Länge. "Du hast sie doch nicht mehr alle. Wenn er so toll im Bett ist, warum hast du ihn dann überhaupt abgeschossen?"
"Tatsächlich hat er mit mir Schluss gemacht. Was aber nicht wild war, denn so hatte ich Zeit, mich mit Diego zu vergnügen ..." Sie schloss genießerisch die Augen.
"Du bist echt nymphoman veranlagt, kann das sein?"
"Möglich, ja. Ich liebe vor allem die Abwechslung", grinste sie. "Einem Einzigen treu bleiben kann ich immer noch, wenn ich mal heirate. Aber genug von mir. Wie steht es, soll ich Freddie gleich mal anrufen?"

"Nein!" Das sagte ich lauter, als ich es wollte.

Ich nippte an meinem Tee, doch noch lieber wäre mir jetzt eine Cola-Rum gewesen.

Als sie begann, alle möglichen Kandidaten für mein Bett aufzuzählen, ließ ich ihr Plappern an mir vorbei plätschern.

Stattdessen dachte ich über Gabe nach. In Gedanken versunken, aß ich zwei Brötchen, dick mit Käse belegt.

Ob er wohl noch im Treppenhaus stand, oder hatte er schon aufgegeben?

Hin und wieder murmelte ich ein "*Hm*", damit sie nicht bemerkte, dass ich ihr nicht zuhörte.

Mich in sein Bett bekommen, wiederholte ich gedanklich Gabes Aussage. Verflixt, in meinen Träumen war das schon lange Wirklichkeit.

Aber ich würde den Teufel tun, diese vermaledeiten Träume real werden zu lassen. Der Kerl war nur auf das Eine aus. Er würde mich gegen das nächste Betthäschen eintauschen, sobald er bekommen hatte, was er wollte, davon war ich überzeugt.

Doch seine Worte hallten wie ein nicht enden wollendes Echo durch meinen Kopf.

"Ally, du hörst mir gar nicht zu ..." Ginger lächelte verhalten, nachdem sie mit den Fingern vor meinem Gesicht geschnippt hatte.

"Was? Sorry ..."

"Ich rede wieder wie ein Wasserfall, nicht wahr? Ich muss jetzt ohnehin los. Überlege es dir noch mal mit Freddie, ja?"

"Da muss ich überhaupt nicht überlegen. Ich werde irgendwann schon den Richtigen treffen."

"Ach komm, glaubst du das wirklich? Wie lange willst du denn noch warten? Und was, wenn er es im Bett dann nicht bringt? Weißt du was, ich rufe Freddie an. Wann hast du Zeit für ein Date? Vielleicht Samstag?" Sie stand auf, stellte Teller und Becher in den Geschirrspüler.

"Nein! Wehe, du rufst Freddie an, ich warne dich! Beim Stichwort Samstag fällt mir aber etwas anderes ein. Ich habe dir noch gar nicht von meinen neuen Job erzählt. Jeden zweiten Samstag darf ich im *Mayflower* Geige spielen. Diesen Samstag soll ich hinkommen und mir einen Pianisten anhören, für eventuelle gemeinsame Auftritte."

"Oh, das freut mich für dich. Aber mit Samstag, verstehe ich das richtig? Du gehst nicht zum Arbeiten hin, sondern nur zum Zuhören?"

"Ja. Jay meinte, ich könnte nach dem Auftritt des Pianisten mit ihm ein Lied spielen, um zu sehen, ob es mit uns zusammen funktionieren könnte."

"Um wie viel Uhr musst du da sein?"

"Halb zehn. Wieso? Hast du Lust, mitzukommen?"

Ginger lächelte und machte eine unbestimmte Bewegung mit dem Kopf. "Halb zehn, ich versuche es einzurichten. So, ich muss jetzt wirklich, sonst komme ich zu spät. Kino geht klar?"

"Ja, wir treffen uns dort. Neun Uhr, bitte, sei pünktlich dieses Mal."

Ich begleitete sie zur Tür und umarmte sie zum Abschied. Das Treppenhaus war leer. Einen Augenblick lang war ich mir nicht sicher, ob ich erleichtert oder enttäuscht sein sollte.

Um neun wartete ich vor dem Kino, aber von Ginger war noch nichts zu sehen. Es verwunderte mich nicht. Ich kannte sie seit Kindertagen, und kannte ihre Unpünktlichkeit zur Genüge.
Mein Handy meldete sich.

Ginger
Hey, kannst du schon mal Karten kaufen, bitte? Vier Stück, ja? Ich bringe kurzfristig ein Date mit. Wir sind um 9:15 Uhr da, versprochen!

Noch einmal las ich die Nachricht.
Vier Karten?
Sie wollte mich doch nicht zu einem Date zwingen, oder?
Verdammt, was, wenn sie Freddie mitbringt?
Zähneknirschend stellte ich mich an der Kasse an und kaufte die Tickets. Nur gut, dass wir bereits letzte Woche entschieden hatten, welchen Film wir anschauen wollten.
Ginger kam wirklich gerade noch pünktlich. "Komm, wir gehen rein und suchen schon mal Plätze."
"Wieso bist du allein? Ich dachte …"
"Die Männer sind gleich da. Komm mit."
Sie zog mich zu dem pickeligen Jungen, der die Karten am Eingang kontrollierte. "Hey, gleich kommen noch unsere zwei Begleiter, dieses hier sind ihre Karten." Sie reichte dem Jungen zwei Karten. "Der mit den blonden Haaren heißt Jonathan, klar soweit?"

Der Kontrolleur nickte schwach, glotzte aber völlig weggetreten Ginger an, die ungemein hübsch aussah in ihrem kurzen Kleid.
Als wir den Kinosaal betraten, fing der Film gerade an zu laufen. "Lass uns gleich in diese Reihe gehen. Weiter oben scheinen die mittleren Plätze alle schon belegt zu sein."
Das Kino war nicht übermäßig voll, doch sie wollte generell immer in der Mitte sitzen, da war sie eigen. Ergeben folgte ich ihr.
"Jon holt uns noch Cola und Popcorn, die zwei müssten gleich hier sein. Ist es okay, wenn die Männer sich in die Mitte setzen? Ich meine, falls wir knutschen. Dann können wir uns voneinander wegdrehen."
Ich starrte sie an, als sie mich auf einen Stuhl drückte und sich dann drei Plätze von mir entfernt hinsetzte.
"Ginger", zischte ich, "sag mal, spinnst du nun total?"
"Hey, könnt ihr zwei mal die Klappe halten? Ich würde gerne den Film sehen." Das kam von einem Typ drei Reihen über uns, der mich finster anstarrte.
Mir war jetzt schon alle Lust auf den Film vergangen.
"Hey, da kommt Jon." Sie stand auf und winkte kurz, um seine Aufmerksamkeit zu erhaschen.
Mein Blick fiel auf die andere Person, die Jon folgte. Entsetzt erkannte ich niemand anderen als Gabe. "Ich bringe dich um, Ginger, ich schwöre es!"
"Ich meine es nur gut mit dir. Gib ihm eine Chance."
Sie verstummte, als sich die zwei näherten.
Jon kletterte über meine Beine, wobei er kurz: "Hi", murmelte. Dann ließ er sich neben Ginger auf den Sitz fallen.

Ich schloss die Augen und versuchte krampfhaft, die Welt auszusperren.

"Hey", erklang die unverwechselbare Samtstimme an meinem rechten Ohr. Einen Herzschlag später stieg er über meine Beine, wobei seine Knie meine streiften.

Immer noch mit geschlossenen Augen schüttelte ich den Kopf.

Das durfte doch nicht wahr sein!

"Sagst du nicht einmal Hallo?" Ganz dicht an meinem linken Ohr hörte ich sein Flüstern. Erschrocken fuhr ich zusammen.

Ignorieren, einfach ignorieren.

Dies war der Beginn meines inneren Mantras. Ich wünschte mich weit weg, *extrem weit* weg.

Gerade fand ich Gefallen an dem Gedanken, einfach aufzustehen und zu gehen, als er mir ins Ohr raunte: "Mit geschlossenen Augen lässt sich der Film schlecht verfolgen. Was gucken wir da überhaupt?"

Sein Flüstern fuhr mir durch alle Glieder. Und was noch schlimmer war: Mir stieg wieder der herbe Duft seines Duschgels in die Nase. Je öfter ich ihn roch, desto mehr gefiel er mir, und genau deswegen ärgerte ich mich darüber.

Er lachte leise.

Fast hätte ich die Augen aufgemacht, um ihn anzuschauen. Aber nur fast. Dennoch, der Klang seines Lachens war wie immer: Einfach nur *sexy*. Einen Augenblick lang presste ich den Mund zusammen.

"Soll ich dir erzählen, was auf der Leinwand geschieht, damit du wenigstens ein Stück weit mitkommst?" Ich wusste, dass er lächelte.

Ignorieren, einfach ignorieren.
"Jetzt sitzt Deadpool gerade neben diesem Typen im Auto ..."
"Halt den Mund", zischte ich ihn an, jetzt mit weit aufgerissenen Augen.
"Endlich sprichst du wieder mit mir." Er grinste mich an, wandte aber den Kopf ab, und sah zur Leinwand.
Was sollte ich davon wieder halten?
Ich konnte den Blick nicht von ihm wenden. Er saß in dem Sessel, vollkommen entspannt, und offenbar in den Film vertieft. Mich beachtete er überhaupt nicht.
Irritiert blickte ich zur Leinwand, schielte aber immer mal wieder zu ihm hinüber.
Ohne mich anzusehen hielt er mir den Eimer mit dem Popcorn hin, den er zuvor zwischen seinen Beinen abgestellt hatte.
Abwehrend schüttelte ich den Kopf.
"Lass mich raten. Das Popcorn ist nicht süß, und aus dem Grund magst du es nicht?" Er sah mir in die Augen. Dann zog er etwas aus dem Eimer, streckte es mir entgegen und sagte leise: "Komm, nimm schon."
Ignorieren, einfach ignorieren.
"Ich habe dir extra Schokolade gekauft. Bitte, nimm sie."
Jetzt musste ich schlucken. Das war irgendwie total nett von ihm. Aber ich wollte nicht, dass er etwas Nettes für mich machte, verdammt!
Seufzend legte er die Schokolade auf sein Bein und schaute wieder dem Film zu.
Ignorieren, einfach ignorieren.
Scheiße, wieso klappte das nur nicht?

Mit ruhigen Bewegungen steckte er sich ein Popcorn nach dem anderen in den Mund.

Und mir entging nichts ... Ich registrierte, wenn etwas davon auf den Boden fiel. Sah, wie er am Trinkhalm seines Bechers sog. Verfolgte atemlos, als er sich mit der Zunge über die Lippen leckte. Kurz gesagt, er machte mich wahnsinnig!

Dies war ein deutlicher Schritt in Richtung Klapse. Vielleicht sollte ich schon mal meinen Namen vormerken lassen?

Das ist doch lächerlich, schoss es mir durch den Kopf. Der Film lief gerade mal zehn Minuten. Wie sollte ich diese Tortur bis zum Ende durchstehen?

Eine Gänsehaut zog über meine Arme, als Gabe seine rechte Hand hob. Er schob sie in den Ausschnitt seines T-Shirts, begann seine Schulter und den Hals zu massieren. Als er auch noch leise stöhnte, setzte mein verräterisches Herz einen Schlag aus.

Krampfhaft verschränkte ich die Arme, als könnte ich das holprige Schlagen in meiner Brust damit beruhigen.

"Süßer, brauchst du Hilfe bei der Massage?", fragte eine weibliche Stimme hinter mir. Eine schmale Hand legte sich auf seine Schulter.

Gabe und ich rissen gleichzeitig die Köpfe herum, starrten auf die Blondine, die hinter mir saß und ihn anlächelte. Er schien zu keiner Erwiderung fähig.

"Hier, nimm meinen Stuhl", sagte ich zu ihr, stand auf und ging drei Reihen nach unten, wo es noch einige freie Plätze gab. Erleichtert setzte ich mich.

War denn das zu fassen?

Sogar in einem dunklen Kino wurde Gabe angegraben.
Endlich konnte ich mich auf den Film konzentrieren.
Ungefähr zwei herrliche Minuten lang ...
Genau bis zu dem Moment, als sich jemand neben mich setzte. Ich brauchte gar nicht hinzusehen, sein Geruch verriet mir, wer es war.
Gabe schnalzte mit der Zunge, als wollte er mich tadeln.
Schnaufend ließ ich meinen Atem entweichen. "War sie nicht dein Typ? Ich hätte mich so gefreut, wenn du dort geblieben wärst."
"Zu deiner Information: Nein, sie war ganz und gar nicht mein Typ. Viel lieber genieße ich deine Gesellschaft."
"Wie schade, dass das nicht auf Gegenseitigkeit beruht." Unwillig verzog ich den Mund.
"Wow. Mach das noch einmal mit deinem Mund, das sah wahnsinnig sexy aus." Er sah mich amüsiert von der Seite an.
Vor lauter Frust hätte ich heulen mögen.
"Da war doch diese Blondine, die dir nur zu gerne helfen würde, deinen Notstand zu beseitigen. Warum gehst du nicht zu ihr zurück? Dann habe ich endlich Ruhe vor dir."
Eine Weile blieb es still, doch er sah mich weiterhin an, was ich aus den Augenwinkeln gerade noch erkennen konnte.
Dann schüttelte er den Kopf und sagte: "Du bist die Einzige, an der ich interessiert bin. Wann geht das endlich in deinen Kopf?"

Ein prustender Laut - halb Lachen, halb Verachtung - entfuhr mir. "Überhaupt nicht, weil du einen totalen Knall hast."

Jetzt drehte ich doch den Kopf und sah ihn an. "Sag mal, wenn ich aufs Klo gehe, wirst du mir dann auch nachlaufen?"

Gerade hatte ich beschlossen, diesen verrückten Abend zu beenden und nach Hause zu gehen.

"Weshalb? Willst du deinen Notstand beseitigen? Dabei wäre ich gerne behilflich." Ein laszialbes Lächeln spielte um seinen schönen Mund.

"Träum weiter. Was, wenn ich einfach kotzen gehen muss?"

Wieder war seine Antwort dieses sexy Lachen, und einmal mehr lief mir eine Gänsehaut über den Rücken. Er gab mir jedoch keine Antwort.

Sollte ich den Versuch wagen?

Entschlossen erhob ich mich.

Bevor ich über seine Beine steigen konnte, stand er ebenfalls geschmeidig auf.

Argwöhnisch blickte ich ihn an.

Sein Lächeln wurde eine Spur breiter, als er das Popcorn auf den Sitz stellte und mir voraus zum Ausgang strebte. Er hielt mir die Tür auf und ich schlüpfte hindurch.

Zu meinem Verdruss blieb er stur an meiner Seite. "Eigentlich gehen nur Mädchen gemeinsam aufs Klo ..." Ein ganz schwacher Versuch, ich gebe es zu, aber was hätte ich auch sagen sollen?

"Oder Paare, die etwas ganz anderes im Sinn haben." Seine Augen funkelten mutwillig.

Abrupt blieb ich stehen.
Dann drehte ich mich zu ihm um, krampfhaft darum bemüht, meine Fassung zu wahren. "Verdammt, lass mich einfach in Ruhe!"
"Keine Chance, Süße. Außerdem spricht dein Körper eine ganz andere Sprache." Er blieb ebenfalls stehen und sah mich an mit einem Blick, in dem es förmlich loderte.
"Du spinnst dir etwas zurecht."
"Oh, ich denke nicht. Aber jetzt ist nicht der richtige Moment, um es dir zu erläutern. Dazu würde ich gern mit dir allein sein."
Ich sah mich um, zog eine Braue nach oben. "Oh, sieh doch. Kein Mensch da."
Er trat einen Schritt näher, und ich musste mich zwingen, stehen zu bleiben. Trotzig hob ich das Kinn.
Sein Blick glitt über mein Gesicht, blieb sekundenlang an meinem Mund hängen. Sanft lächelnd sah er mir in die Augen: "Vielleicht meinte ich ja mit dir allein im Schlafzimmer …"
Mir stockte der Atem, um dann umso hastiger wieder einzusetzen. *Der Kerl hat echt Nerven,* dachte ich.
"Siehst du? Dein Atem hat sich gerade beschleunigt, deine Wangen sind errötet. Sogar deine Augen haben eine dunklere Schattierung angenommen." Gabe lächelte, als hätte er mit den Worten irgendetwas bewiesen.
"Das kommt daher, weil ich mich pausenlos über dich aufrege und mir wünsche, du würdest dich in Luft auflösen." Wütend stapfte ich in den Waschraum, die Tür schlug hinter mir zu.

Schwer atmend stützte ich meine Hände auf den Waschtisch, und brauchte ein paar Minuten, um mich zu beruhigen. Ich benutzte die Toilette, einfach nur, um einen Moment länger zum Nachdenken zu haben.
Sollte ich den Film weiter anschauen oder nach Hause gehen? Trocken lachte ich auf, denn die Frage war leicht zu beantworten: Ich verspürte definitiv keine Lust, wieder neben ihm im Kino zu sitzen.
Nach dem Händewaschen stieß ich schwungvoll die Tür auf, und natürlich stand er wartend im Flur. Mit langen Schritten strebte ich dem Ausgang entgegen und ignorierte den breit grinsenden Gabe, der mühelos mit mir Schritt hielt.
Als er allerdings hinter mir ins Freie trat, reichte es mir. "Verschwinde! Ich will dich nicht!" Mit zusammengebissenen Zähnen sah ich ihn an.
"Du willst mich nicht?" Er legte sich theatralisch eine Hand aufs Herz. "Wieso gibst du mir nicht eine winzige Chance?"
"Wie deutlich muss ich noch werden, damit du es begreifst? Lass mich in Ruhe. Such dir eine Andere, der du auf die Nerven fallen kannst."
Sein Gesichtsausdruck wechselte von belustigt zu ernst. "Ich will dir nicht auf die Nerven gehen. Gib mir nur eine Chance, bitte. Ich glaube, wir zwei würden ein tolles Paar abgeben."
Ja, klar. Für eine Nacht.
Darauf konnte ich gut verzichten. Wutschnaubend ging ich an ihm vorbei. Gerade mal fünf Schritte hatte ich getan - er lief wie selbstverständlich neben mir her - als das Smartphone in meiner Hosentasche vibrierte.

"Hey, Mike, was gibt es?"
"Hey, hast du gerade Zeit? Ich weiß, es ist schon spät, aber ich müsste mal mit dir reden. Ich könnte gleich bei dir sein."
"Sicher. Ich bin noch unterwegs, aber in zwanzig Minuten dürfte ich zu Hause sein. Muss ich mir Sorgen machen?" Beklommen wartete ich auf seine Antwort und beschleunigte meine Schritte.
"Nein. Ich würde gerne deine Meinung zu etwas hören. Wegen Sam, weißt du."
"Okay, wir sehen uns gleich bei mir." Ich beendete das Gespräch und steckte das Telefon wieder in die Hosentasche.
Ohne Gabe anzusehen oder meine Geschwindigkeit zu reduzieren, sagte ich zu ihm: "Ich denke, du kannst mich jetzt allein lassen."
"Ich werde dich sicher nicht abends allein durch L.A. laufen lassen. Ich begleite dich nach Hause."
Er sah mich an, doch ich blickte stur geradeaus. "Hast du Sorge, jemand anderer könnte mir meine Unschuld rauben?" Wenig amüsiert lachte ich auf.
Seine Stimme nahm eine gänzlich andere Klangfarbe an: "Denkst du wirklich, das ist alles, was mich an dir reizt?"
Ich weigerte mich, ihm zu antworten.
Wie beiläufig fragte er: "Wer ist Mike?"
"Niemand, der dich etwas angeht. Bitte, geh einfach nach Hause."
"Erst, wenn du sicher angekommen bist."
Ich warf ihm einen schnellen Blick zu.
Gott, war der Kerl stur.

Hätte ich glauben können, dass ihn noch etwas anderes als ein One-Night-Stand interessierte, dann hätte ich ihn gerade sehr süß gefunden.

Minutenlang liefen wir schweigend nebeneinander her. Es war seltsam, doch je länger unser Schweigen andauerte, desto entspannter wurde ich. Ich begann mich fast wohlzufühlen in seiner Gesellschaft.

Als wir vor dem Haus ankamen, in dem ich wohnte, wartete Mike schon.

Er stieß sich mit der Schulter vom Türrahmen ab, und kam auf mich zu. "Hey", sagte er und gab mir einen flüchtigen Kuss auf die Wange.

"Hey", grüßte ich zurück und lächelte ihn an.

Abwartend guckte er Gabe an, dem ein verwegenes Lächeln um den Mund spielte.

"Machs gut, Süße. Danke für den interessanten Kinoabend." Er trat an mich heran, beugte sich vor und gab mir ebenfalls einen Kuss auf die Wange.

Perplex sah ich ihm nach, als er sich umdrehte und vollkommen entspannt die Straße hinunter schlenderte. Noch immer konnte ich seine warmen Lippen auf meiner Wange spüren.

"Wer war das?" Mikes Stimme riss mich aus meiner Starre.

"Niemand", wiegelte ich ab, schloss die Haustür auf und schob ihn hinein.

Kapitel 8

Eifersucht

Mike saß mittig auf dem Sofa, die Hände fest zusammengepresst. Ich ließ mich mit unter mir verschränkten Beinen im Sessel nieder. "Möchtest du etwas trinken?"
"Nein, danke. Ich brauche einen Rat von dir, ich will dich nicht lange aufhalten." Er blickte auf seine Uhr. "Himmel, schon fast zehn. Ich komme lieber gleich auf den Punkt." Er verstummte, atmete tief ein und ließ die Luft pfeifend entweichen. "Was hältst du von Sam?"
Ich wartete, ob er noch mehr sagen würde, doch er schaute mich nur erwartungsvoll an.
"Ich kenne sie nicht besonders gut, doch sie scheint ein nettes Mädel zu sein, mit dem Herz am rechten Fleck. Worauf willst du hinaus?"
Er räusperte sich, meine Worte hatten sein Gesicht ein wenig aufleuchten lassen. "Ich bin total durch den Wind wegen ihr. Du kennst mich ja. Bis ich Sam traf, hielten meine Liebschaften nur wenige Tage. Vorhin ist mir bewusst geworden, dass ich mit Sam schon seit zehn Wochen zusammen bin. Ich bekomme nicht genug von ihr. Um ehrlich zu sein, bin ich verrückt nach ihr. Doch ich habe keinen Schimmer, ob es ihr mit mir ebenso geht."
Ich konnte ein Lächeln nicht unterdrücken. "Wieso fragst du sie nicht einfach?"

"Das kann ich nicht. Was, wenn sie außer Spaß nichts weiter von mir will?" Er sah mich an, sein Gesicht war mit einem Mal ganz blass. "Ich glaube, ich habe mich verliebt ..." Von Sekunde zu Sekunde wurden seine Augen größer. "Scheiße ... Ich *bin* in sie verliebt. Was mache ich denn jetzt?"

"Sprich mit ihr." Eindringlich sah ich ihm in die Augen. Ihm zu verraten, was Sam mir gesagt hatte, stand mir nicht zu. "Sag ihr, dass du dich in sie verliebt hast."

"Das kann ich nicht. Was, wenn sie mich auslacht?"

"Wie kommst du auf die Idee, sie könnte dich auslachen? Immerhin ist sie seit zehn Wochen mit *dir* zusammen, ohne weggelaufen zu sein."

"So habe ich das noch gar nicht gesehen." Nachdenklich sah er auf seine Hände. "Sag mal, kannst du ihr nicht ein wenig auf den Zahn fühlen?"

"Das ist dein Job, Mike. Fass dir ein Herz und rede mit ihr." Durfte ich ihm eine kleine Hoffnung machen? "Vielleicht überrascht sie dich im positiven Sinne."

"Glaubst du wirklich?" Das kam ganz zaghaft. "Nach Natalie habe ich keine Frau mehr so nah an mich herangelassen, wie du weißt. Was, wenn ..." Er sprach nicht weiter.

"Wenn?"

"Wenn sie meine Gefühle nicht erwidert?"

"Nimm meinen Rat an: Sprich jetzt gleich mit ihr, dann hast du Gewissheit. Ruf sie an und frag sie, ob sie Zeit für dich hat."

"Ich habe Angst, Ally." Seine Augen zeigten, wie verletzlich er tatsächlich war, auch wenn er es sonst gekonnt versteckte.

"Völlig verständlich. Doch je länger du zögerst, umso schwerer wird es werden. Ruf sie an, Mike. Gib ihr eine Chance."
Er nahm sein Handy aus der Tasche. Einen Augenblick saß er einfach da, starrte vor sich hin. Sein Gesicht bekam einen entschlossenen Ausdruck. Sekunden später wählte er Sams Nummer.

Kurz vor Mitternacht war ich immer noch wach.
Eine Weile hatte ich über Sam und Mike nachgedacht, doch ich machte mir keinerlei Sorgen, da beide einander liebten.
Es war Gabe, der mir nicht aus dem Kopf ging.
Ich ärgerte mich über seine seine Penetranz. Doch der wahre Grund für meine Verärgerung lag in mir selbst. Ich hatte ihn vorhin ein paar Momente lang süß gefunden, ihn sogar gemocht!
Wieso konnte mich dieser Nerven-strapazierende, viel zu hartnäckige Kerl nicht in Ruhe lassen? Dieser aufdringliche, von sich selbst viel zu überzeugte, sexy ... *argh!*
Von Mal zu Mal fühlte ich mich stärker zu ihm hingezogen. Doch ein One-Night-Stand kam für mich definitiv nicht in Frage. Seine Weibergeschichten machten deutlich, dass er für eine Beziehung nicht der Typ war.
Meine Gedanken kehrten zu dem Wangenkuss zurück.
Fast konnte ich seine Lippen spüren.
Ein Schauer rieselte mir über den Rücken, als das Handy mein Grübeln unterbrach.

Gabe
Hey Süße, noch immer Jungfrau?

Der Kerl besaß echt ein Händchen für ungünstiges Timing ... Eine Zeit lang überlegte ich, ob und was ich zurückschreiben sollte.

Ally
Was, wenn ich nein sage? Bin ich dich dann (hoffentlich) los?

Gabe
Keine Chance!

Ally
Schade. Absolut bedauerlich, um ehrlich zu sein!

Gabe
Also bist du nach wie vor unberührt?

Ally
Frag morgen früh noch einmal nach.

Gabe
Wenn ich mir vorstelle, du liegst in den Armen eines Anderen ...
Wenn du mich eifersüchtig machen wolltest, dann gratuliere ich dir. Das hast du erfolgreich geschafft! Wie soll ich jetzt noch gut schlafen?

Verdutzt starrte ich auf das, was er geschrieben hatte.

Er ließ keine Masche aus, oder?
Eifersüchtig? Dass ich nicht lache!
Um Eifersucht zu empfinden, müsste er verliebt sein. In *mich* verliebt sein, um es genau zu sagen ... Welch ein absurder Gedanke!

Kurz vor halb acht riss mich das Piepsen des Handys aus dem Schlaf.
Mit geschlossenen Augen tastete ich über den Nachtschrank, wurde aber nicht fündig. Erst nach einer Weile bemerkte ich, dass ich auf dem Telefon geschlafen hatte.
Mir fiel die Nachricht von Gabe wieder ein. Ein verächtliches Schnauben entfuhr mir.
Von wegen eifersüchtig!
Als ich sah, dass eine neue Nachricht von ihm eingetroffen war, stieß ich ein Stöhnen aus. Mit bebenden Fingern klickte ich sie auf.

Gabe
Und? Beantwortest du mir jetzt meine Frage?

Ally
Danke, dass du mich deswegen aufweckst ...

Gabe
Schön, wenn wenigstens du schlafen konntest. Mich plagt seit einigen Stunden heftige Eifersucht ...

Ally
Hör auf mit dem Quatsch. Viel Spaß in der Uni.

Gabe
Wage es nicht, dich zu verabschieden, ohne meine Frage beantwortet zu haben!

Ally
Es geht dich zwar nichts an, aber da du darauf bestehst: Ich hatte eine himmlische Nacht. Sie war unglaublich aufschlussreich.
Mike ist bis über beide Ohren verliebt. Nein, ich muss mich korrigieren: Er sagte, es wäre Liebe.

Minutenlang wartete ich, doch von Gabe kam keine Antwort.
Mit schlechtem Gewissen kletterte ich aus dem Bett und ging ins Bad. Weshalb hatte ich ihm diese verzerrten Halbwahrheiten geschrieben?
Eine dreiviertel Stunde später trat ich auf die Straße, um zur Uni zu laufen.
Stocksteif blieb ich stehen, denn mein Blick fiel auf Gabe, der am Postkasten vor dem Haus lehnte.
Er stieß sich ab und kam auf mich zu. Seine Hand streckte sich mir entgegen.
Da die Tür bereits hinter mir zugefallen war, konnte ich nicht zurückweichen.
Seine Finger hoben mein Kinn an, und sein Blick glitt über mein Gesicht. "Du hast mich angelogen."
Seine Stimme klang nicht so lässig, wie ich sie kannte.
"Was meinst du?", fragte ich irritiert zurück.

"Ich weiß, wie eine Frau nach einer leidenschaftlichen Nacht aussieht. Du hingegen siehst genauso unschuldig aus wie gestern Abend."
Fassungslos blickte ich ihn an. "Du bist hier, um zu überprüfen, ob ..." Ich holte tief Luft, beendete den Satz aber nicht. "Du bist doch völlig gestört! Und zu deiner Information: Nicht ein einziges Wort war gelogen. Tatsächlich habe ich überaus gut geschlafen. Und Mike ist verliebt. Gut, nicht in mich, aber das hätte mir auch nicht gefallen." Trotzig bewegte ich den Kopf, sodass er mein Kinn losließ.
Er atmete tief ein, dann lächelte er schwach. "Du bist echt fies, weißt du das? Wegen deiner Nachricht konnte ich keine Minute schlafen."
Ich musterte sein Gesicht, und biss mir auf die Lippe, als ich die Spuren fehlenden Schlafes darin sah. Doch schon regte sich wieder Unmut in mir. "Blödsinn! Ich könnte dir eine ganz einfache Lösung aufzeigen: Vergiss mich und such dir eine Andere, die du um den Finger wickeln kannst."
"Bedeutet das, ich könnte dich um den Finger wickeln? Interessant." Er grinste schief, hielt es aber nicht lange durch, bis er wieder ernst wurde. "Aber du hast es noch immer nicht begriffen. Egal ob ich es will oder nicht, *du* bist es, die mir nicht mehr aus dem Kopf geht."
"Ganz recht, ich kapiere es nicht, weil es keinen Sinn ergibt. Es gibt noch andere Jungfrauen auf der Welt. Ich bin überzeugt, es gibt einige darunter, die dich nicht abweisen würden. Also mach dich auf die Suche, wenn es dir keine Ruhe lässt."

Auf einmal wirkte er wütend. "Verdammt, Ally. Ist das dein Ernst? Dass ich dich nur ins Bett bekommen will, weil du noch Jungfrau bist? Die meisten Menschen sind etwas vielschichtiger. Selbst ich, auch wenn du mir das nicht zugestehst."

"Hey, nun werde doch nicht gleich sauer." Erschrocken wäre ich zurückgewichen, doch ich stand bereits mit dem Rücken an der Tür.

"Sauer ist gar kein Ausdruck." Kochende Wut loderte in seinen Augen. Er sah mich kopfschüttelnd an. "Was muss ich tun? Kannst du mir das beantworten?"

"Wie ... Wie meinst du das?", stotterte ich.

"Was muss ich tun, damit du mir eine Chance gibst?" Abwartend stand er vor mir.

Ich war grenzenlos verwirrt. Hilflos schüttelte ich den Kopf, und das Herz hämmerte schmerzhaft in meiner Brust.

Tief holte er Luft, offensichtlich noch immer wütend. Auf dem Absatz drehte er sich um, und nach wenigen Augenblicken verschwand er um die Straßenecke.

Als ich am Nachmittag nach Hause kam, warf ich mich geschafft auf die Couch.

Gabe füllte meinen Kopf aus.

Es war so schlimm, dass darin nichts anderes mehr Platz hatte. Ich zermarterte mir das Hirn, kam aber keinen Millimeter voran.

Was muss ich tun, damit du mir eine Chance gibst?
Herrgott noch mal!

Diese Worte geisterten durch meinen Kopf, dehnten sich unablässig aus, sodass jeder andere Gedanke im Keim erstickt wurde. Den ganzen Tag hatte ich über seine Worte nachgegrübelt ...
Dabei war die Antwort simpel: Nichts!
Ich wollte ihm keine Chance geben. Ich hatte nicht jahrelang auf den Richtigen gewartet, um meine Prinzipien für einen One-Night-Stand wegzuwerfen!
Die Wut jedoch, die er ausgestrahlt hatte, machte mir enorm zu schaffen. Irgendetwas entging mir, doch ich wusste nicht, was es war.
Ich hätte seine Wut nachvollziehen können, wenn er in mich verliebt gewesen wäre, doch das war so was von abwegig.
Also erklärte ich es mir so, dass er eben eine Masche nach der anderen durchzog, in der Hoffnung, dass eine davon Erfolg hatte.
Doch nicht mit mir, das schwor ich mir!

Kapitel 9

Plan Check

Gabe hatte sich seit dem Morgen nicht mehr bei mir gemeldet.
Auf der einen Seite war ich erleichtert. Ich hoffte, er hätte endlich aufgegeben.
Auf der anderen Seite konnte ich eine leichte Enttäuschung nicht verleugnen. Ich versuchte angestrengt, nicht darüber nachzudenken, weshalb das so war. Dennoch fragte ich mich ständig, was er gerade machte.
Es war kurz nach fünf, als es bei mir an der Tür Sturm läutete.
Augenblicke später trat Ginger in den kleinen Flur.
"Ally, du kommst mit mir." Ohne eine Antwort abzuwarten, ging sie ins Schlafzimmer und öffnete den Einbauschrank.
"Aha. Und wohin genau gehe ich?"
Sie antwortete nicht, sondern schob einen Bügel nach dem anderen zur Seite, ein ständiges Gemurmel auf den Lippen. "Nein. Nein. O nein, auf gar keinen Fall! Scheußlich. Nein! Oh, was ist das?" Sie nahm einen Bügel heraus, an dem ein schwarzes Kleid hing. Interessiert betrachtete sie es.
"Das habe ich auf Natalies Beerdigung getragen."
"Hm, aber es hat Potenzial." Sie hielt es vor meinen Körper. "Halt fest. Mal schauen, wie es aussieht."

Sie trat zurück und nickte bedächtig. "Etwas zu lang."
Ginger warf den Bügel zur Seite, und mit einem entschlossenen Ruck riss sie einen breiten Streifen von dem Rock ab.
Mit offenem Mund glotzte ich sie an. "Was zum ..."
Sie grinste und ging in die Küche, ich folgte ihr ratlos.
Sie nahm die Schere aus der Besteckschublade. Innerhalb kürzester Zeit schnitt sie den Saum rundherum ein, und begann, jeweils zwei Streifen miteinander zu verknoten. "Sieht gut aus", sagte sie und wirkte hochzufrieden. "Schnell anziehen."
Eilig schlüpfte ich aus Jeans und Shirt und zog mir das Kleid über den Kopf. "Wo gehen wir denn hin?"
Sie grinste nur und reichte mir ein paar hochhackige Schuhe. Als wir hinunter auf die Straße liefen, stand ein Taxi mit laufendem Motor vor dem Haus. Jennifer und Kelly saßen auf der Rückbank und riefen fröhlich "Hey."
"Hey", grüßte ich zurück, als ich mich neben die beiden setzte. "Verratet ihr mir denn, wohin es geht?"
Ginger machte es sich auf dem Beifahrersitz bequem. "Die beiden wissen auch nichts." Sie drehte sich zu uns um und grinste.
Jennifer kicherte: "Aber wir werden hoffentlich eine ganze Menge Spaß haben."
Kelly nickte nur, ihre Augen sahen ganz glasig aus.
Fünfzehn Minuten später hielt das Taxi vor einer Bar.
Plan Check las ich auf dem schwarzen Schild, das über der Eingangstür hing.
Ginger bezahlte den Fahrer, dann scheuchte sie uns hinein.

"Zur Feier des Tages gehen die Getränke auf mich."

Jennifer war sichtlich aufgeregt. Ihre blonden Haare zerzausten zusehends, als sie überspannt auf und ab hüpfte. "Was feiern wir denn?"

"Ich habe gestern fast tausendvierhundert Dollar gewonnen. Jon und ich waren nach dem Kino im Casino, und haben Poker gespielt. Und deshalb werden wir uns jetzt einen tollen Mädelsabend machen. Ich will sehen, wie ihr flirtet und herumknutscht Auch du, Ally." Ginger sah mich fast strafend an. "Wir wollen Spaß haben. Macht ihr mit?"

Kelly und Jennifer riefen laut: "Ja."

Ich hielt mich zurück, lächelte aber. Vielleicht war es keine so schlechte Idee, sich Gabe für einen Abend aus dem Kopf zu trinken.

"Na, dann man los." Sie steuerte auf eine der Sitzecken entlang der Wand zu.

Jeweils zu zweit ließen wir uns auf den Bänken nieder, und ich schnappte mir die Karte. Kurzentschlossen entschied ich mich für einen Cocktail mit dem klingenden Namen *Tropic Thunder*. "Ich sterbe gleich vor Hunger! Ich werde mir einen Burger bestellen", sagte ich. Die Fotos der Speisekarte ließen mir das Wasser im Mund zusammenlaufen.

Ginger und Jennifer taten es mich nach, Kelly entschied sich als einzige für einen Salat.

Wir mussten eine Weile auf das Essen warten, doch die Cocktails standen recht schnell vor uns. Tatsächlich waren wir schon beim zweiten Cocktail, als die Bedienung das Essen brachte.

"Wow, der schmeckt total lecker", seufzte Jennifer.

Kelly starrte neidisch auf den Teller ihrer Freundin.
Sie nahm einen tiefen Schluck von ihrem Ronin und fragte: "Ginger, woher kennst du die Bar?"
"Ein Freund hat sie mir empfohlen."
"Ein Freund? Oder meinst du einen deiner vielen Lover?" Jennifer kicherte.
"Ally hat ihn schon kennengelernt. Nick. Du erinnerst dich an ihn, nicht wahr?" Sie lächelte schelmisch.
Ich grinste verkrampft zurück und nickte, das Bild von den Handschellen deutlich vor Augen.
Eine Weile plauderten wir über Kneipen und Bars im Allgemeinen, doch nach dem dritten Cocktail drehte sich unser Gespräch um das Thema Männer.
Seltsamerweise hatte ich jede Menge dazu zu sagen, dem Alkohol sei dank. Gut, zugegeben, eventuell war ich der Gegenpol zu all den Lobgesängen, die die drei von sich gaben.
"Nein, ich gebe euch nicht recht", tönte ich etwas zu laut. "Ganz im Gegenteil, ich kann sogar sehr gut ohne Sex leben."
"Ally, nichts gegen deine Meinung, aber du bist Jungfrau. Du kannst gar nicht mitreden." Ginger sah mich tadelnd an.
"Jungfrau? Wie alt bist du eigentlich?" Jennifer sah mich mit weit aufgerissenen Augen an.
"Dreiundzwanzig", sagte ich würdevoll, allerdings machte mir ein kleiner Hickser einen Strich durch die Rechnung.
"Hölle noch mal", sagte Kelly und rang mit den Händen. "Bist du denn überhaupt nicht neugierig? Ich meine, ich war fünfzehn bei meinem ersten Mal."

"Doch, natürlich bin ich neugierig. Doch warum sollte ich mir, nur um meine Neugier zu befriedigen, einen Lover nehmen? Ich warte lieber auf den Richtigen."

"Und was, wenn der kommt und eine totale Lusche im Bett ist?" Diese Worte kamen wieder von Kelly.

"Sag mal, Kelly, mit wie vielen warst du schon im Bett?", fragte Jennifer.

"Lass mich mal nachdenken. Ich denke, es waren acht." Sie hob die Hand und zählte die Männer an den Fingern ab: "Gordon, leider mein erster Liebhaber. Danach konnte es nur besser werden. Ethan, der war der Wahnsinn, welch eine Ausdauer."

Sie blickte schmachtend an die Decke. "Dann war da Bill, der mochte es versaut. Hamil, er war für die härtere Gangart. Wer noch? Ach ja, Jesse, ein Traumbody! Und seine Zunge ..."

Sie errötete dezent, fuhr dann aber fort: "Danach hatte ich eine monatelange Affäre mit Frank. Bei dem hätte ich mir mehr gewünscht, leider hat sich herausgestellt, dass er verheiratet war, dieser Schuft. Mein vorletzter Lover war Manuel, aber nach Frank hatte er leider einen schweren Stand bei mir. Tja, und zum Schluss John, aber mit ihm habe ich nach Gingers Party Schluss gemacht."

Jetzt zwinkerte sie uns vielsagend zu, und sah sich suchend um: "Ich denke, es ist Zeit für einen neuen Anlauf."

Ich folgte ihrem Blick zu einem schwarzhaarigen Typen, der auf den ersten Blick überaus cool wirkte in seinen Lederklamotten. Als ich ihn ansah, erinnerte er mich ein wenig an Gabe.

Verflucht, ich brauche mehr zu trinken, dachte ich genervt.

Ich hob den Arm, um die Bedienung auf uns aufmerksam zu machen. Doch es war der Blick des Schwarzhaarigen, den ich auf mich lenkte.

Irritiert sah ich ihn einen Moment lang an, dann senkte ich den Blick in das leere Glas.

"Also, ich hatte bislang zwei Beziehungen." Jennifer sah uns der Reihe nach an. "Mein erster Freund hieß Justin. Wir verliebten uns an meinem vierzehnten Geburtstag. Zwei Tage danach hatten wir Sex, und wir blieben zusammen bis vor sieben Monaten." Sie sah etwas traurig aus, sprach aber beherzt weiter: "Vor ein paar Wochen habe ich Joseph kennengelernt. Ich befürchte, die Begegnung hat mich für den Rest meines Lebens verdorben." Sie verstummte und grinste schief.

"Wieso?" Ginger betrachtete sie gespannt.

"Na komm, du hast Joseph doch kennengelernt."

"War Joseph dieser riesige Kerl?" Ich schaute sie fragend an, da ich mich nur noch undeutlich erinnerte.

"Ja, *riesig* trifft den Nagel tatsächlich auf den Kopf." Sie nickte bedächtig und zwinkerte vielsagend.

"Okay, Ally, und nun zu dir. Du willst ernsthaft auf Mr. Right warten? Ich meine, was ist denn gegen ein wenig Spaß einzuwenden?" Jennifer sah mich neugierig an.

Eine Weile dachte ich darüber nach. Gerade wollte ich zum Sprechen ansetzen, als jemand an unseren Tisch trat und mit dunkler Stimme: "Hi", sagte.

Als wir alle gleichzeitig aufschauten, entfuhr Kelly ein schmachtender Seufzer.

Er galt dem Typen, der mich an Gabe erinnerte. Aus der Nähe verlor sich allerdings die Ähnlichkeit. Erschrocken fiel mir auf, dass er mich ansah. Irritiert erwiderte ich den Blick, um dann verspätet den Gruß zu erwidern.

"Ich beobachte dich schon eine ganze Weile." Ein Lächeln lag um seinen Mund.

Kurz schaute ich zu Ginger, die neben mir saß, doch es gab keinen Zweifel, er redete mit mir. "Ach ja?"

"Ja."

Abwartend sah ich ihn an. Als er weiter nichts sagte, wandte ich den Blick zu meinem leeren Cocktailglas.

"Ally, wieso redest du nicht mit ihm?", fragte Jennifer.

"Also dein Name ist Ally?"

"Himmel, du bist ja ein richtiges Kommunikationsgenie." Mit einem finsteren Blick sah ich zu ihm hoch.

Er lachte, sagte aber nichts.

Jetzt mischte sich Gingers Freundin ins Gespräch ein. "Ich heiße übrigens Kelly. Das sind Ginger und Jennifer."

"Eduardo. Darf ich mich zu euch setzen?"

Die Mädels nickten, doch ich schüttelte den Kopf.

Er lächelte und sagte: "Drei dafür, eine Stimme dagegen." Er zog sich einen Stuhl heran und setzte sich. "Also, Ally. Du hast einen hübschen Namen. Auch rein optisch bist du überaus hübsch. Allein deswegen hätte ich dich schon angesprochen. Doch konnte ich nicht umhin, euer Gespräch mitanzuhören. Was ich damit sagen will: Wenn dir nach ein wenig Spaß zumute ist, ich stehe zur Verfügung. Und was Mr. Right angeht, nun, ich bin noch zu haben."

Zu meiner Überraschung fand ich eine Ehrlichkeit in seinen brauen Augen, die mich sprachlos machte.
"Ist das, was ich in deinen Augen lese, die Wahrheit?"
Überrascht betrachtete er mich. "Was meinst du?"
"Du hast das eben ehrlich gemeint, oder täusche ich mich?"
Ginger und die anderen Mädels warfen einander seltsame Blicke zu, doch ich ignorierte das, da ich an Eduardos Antwort interessiert war.
"Ja", sagte er schlicht.
Wow, das beeindruckte mich jetzt!
Erneut hob ich die Hand. Ich brauchte dringend einen weiteren Cocktail, und tatsächlich konnte ich die Bedienung auf mich aufmerksam machen. Es dauerte nicht lange, bis unsere Drinks vor uns standen.
Eduardo legte die Hände um seine Bierflasche, musterte aber interessiert meinen *Tropic Thunder*.
"Möchtest du probieren?", bot ich ihm an.
Seine Antwort überraschte mich. "Nein, danke. Ich bleibe lieber bei dem Bier. Ich möchte morgen früh mit klarem Kopf aufwachen."
"Was machst du, dass du einen klaren Kopf brauchst?"
"Ich studiere im letzten Semester Maschinenbau."
"Interessant. Und was willst du nach dem Studium machen?"
"Mein Kumpel und ich haben eine zweimonatige Tour geplant. Wir wollen mit unseren Bikes rüber an die Ostküste fahren. Danach werde ich bei ihm in der Werkstatt arbeiten, wir wollen Motorräder bauen."
Ich zog die Augenbrauen hoch. "So wie in *Orange County Choppers*?"

Eduardo schenkte mir ein warmes Lächeln. "Wow. Es ist herrlich zu sehen, dass hinter deinem umwerfenden Äußeren ein kluges Mädchen steckt."

"Klug? Vielleicht bin ich bloß fernsehsüchtig", sagte ich mit einem Lachen.

Er grinste.

Ginger warf Jennifer einen vielsagenden Blick zu und sagte etwas zu laut: "Ich muss mal wohin. Noch jemand?" Kelly und Jennifer sprangen förmlich hoch, schon war ich mit Eduardo allein.

"Darf ich mich neben dich setzen?"

"Klar. Also, was hast du für ein Motorrad? Eine gekaufte Maschine? Oder eine selbst gebaute?"

"Eigenkreation. Allerdings nichts so Extremes wie in OCC. Das entspricht nicht ganz meinem Geschmack."

"Bist du mit deinem Motorrad hier? Ich würde es mir gern einmal ansehen." Hoffnungsvoll sah ich ihn an.

Eduardo lächelte und nickte. "Ich nehme dich auf eine Runde mit, wenn du Lust hast."

"Oh, aber ich bin ich noch nie auf einem Motorrad mitgefahren. Außerdem habe ich keinen Helm ..."

"Ehrlich? Das erstaunt mich jetzt." Er sah mich überrascht an.

"Ich wollte schon immer mal Motorrad fahren, hatte jedoch nie die Gelegenheit dazu."

"Ich habe einen zweiten Helm. Magst du jetzt eine Runde fahren? Ich habe erst ein halbes Bier getrunken."

"Eigentlich ..." Ich zögerte etwas, doch schließlich nickte ich, "würde ich das gern machen, ja." Ich erkannte mich gar nicht wieder.

Ein wildfremder Mann, den ich erst seit fünf Minuten kannte, und ich wollte mit ihm Motorrad fahren?
Ich schob es auf die Cocktails. Oder lag es an Gingers Rat, ich sollte versuchen, mein Herz wieder zu öffnen? Tatsächlich war Eduardo mir sehr sympathisch.
Lächelnd stand er auf, streckte mir seine Hand entgegen.
Ich nahm sie und stand mit seiner Hilfe auf, da fielen mir die Mädels wieder ein. "Moment, ich sollte zumindest Ginger Bescheid sagen. Warte hier, ich bin gleich zurück."
Im Vorraum zu den Toiletten rief ich halblaut nach meiner Freundin.
"Ja?" Ihre Stimme kam aus einer der Kabinen, die weiter hinten lagen.
"Ich will mit Eduardo eine Runde auf seinem Motorrad drehen. Ist das okay?"
"Ally, du überraschst mich. Ich wünsche dir viel Spaß. Texte mir, falls sich etwas an deinen Plänen ändert."
"Okay, bis nachher."
Dann stand ich wieder vor Eduardo und strahlte ihn voller Vorfreude an.
"Ich fühle mich geschmeichelt, dass du mit mir eine Runde fahren möchtest."
"Danke, dass du mich mitnimmst."
"Ich würde dir noch viel mehr anbieten", murmelte er.
Ich war mir nicht sicher, ob ich ihn richtig verstanden hatte.
Er nahm meine Hand und führte mich hinaus.
Wir mussten nicht weit laufen, dann blieb er vor einem schwarzen Motorrad stehen.

Auf den ersten Blick war klar, dass es kein gekauftes Modell war. Das Auspuffrohr war zur Hälfte in einem dunklen Orange lackiert, der Tank war mit züngelnden Flammen bemalt. Dennoch machte das Bike den Eindruck eines Oldtimers, was mir auf Anhieb gefiel.

"Sind das Lederfransen am Sattel?" Ich musste mir ein Grinsen verkneifen, denn es sah wirklich albern aus.

"Ja, leider. Ein Geschenk von meinem Bruder."

Er griff nach einem schwarzen Helm, der zwischen Sattel und hinterem Schutzblech angeschnallt war. "Probier mal, ob der passt."

Ich setzte ihn auf. Das Gefühl war ungewohnt, doch er passte gut.

"Bekommst du den Gurt zu? Oder soll ich dir helfen?"

"Helfen, bitte."

Geschickt schlossen seine Finger den Kinngurt und den Druckknopf. Dann stülpte er sich seinen Helm über.

Er schwang ein Bein über das Bike, dann streckte er mir seine Hand entgegen. "Ich halte dich fest, setz dich hinter mich."

Kaum saß ich hinter ihm, da zog er meinen Arm schon um seine Mitte. "Halt dich mit beiden Händen an mir fest. Wir drehen nur eine kurze Runde. Du bist nicht richtig gekleidet für eine längere Tour."

"Okay", stimmte ich zu und verschränkte meine Hände vor seinem Bauch.

Eduardo startete den Motor, dann fuhr er langsam an und vom Parkplatz runter. Gemächlich rollten wir die Straße entlang. Er hielt sich an die Geschwindigkeitsbegrenzung, was ihn mir noch sympathischer machte.

Er neigte den Kopf zur Seite und rief: "Bereit für die Kurve?"

"Ja", sagte ich laut, um das Motorengeräusch zu übertönen.

Die Kurve zu fahren, fühlte sich sensationell an. Er erhöhte das Tempo etwas. Es war herrlich, so frei dahinzubrausen!

Schneller, als mir lieb war fuhr Eduardo auf den Parkplatz zurück. Ich stieg vom Motorrad, und er half mir, den Gurt des Helmes zu lösen.

Ich strahlte Eduardo an, als ich ihm den Helm zurückgab. "Das war toll! Vielen Dank."

Seinen Helm absetzend, lächelte er zurück. "Es freut mich, wenn es dir gefallen hat." Er streckte mir die Hand entgegen und ich nahm sie. Dann trat er einen Schritt auf mich zu, strich mir eine Haarsträhne aus dem Gesicht. "Du bist bezaubernd." Er neigte sich zu mir und begann, mich zu küssen.

Schnell trat ich einen Schritt zurück. "Ich denke, du solltest das lassen."

"Ich denke, ich sollte auf jeden Fall weitermachen. Dich zu küssen würde mir jetzt ausnehmend gut gefallen." Er schlang einen Arm um mich und zog mich zu sich heran.

"Eduardo, das geht viel zu schnell."

"Ich weiß eben, was ich will." Wieder küsste er mich. Es fühlte sich nett an.

Nett?

"Stopp. Das ist nicht richtig."

"Warum nicht? Ich finde dich total anziehend. Was spricht denn gegen einen Kuss oder zwei?"

Er lächelte mich an, und ich erwiderte es automatisch. "Oder magst du mich nicht, Ally?"
"Doch, aber ich kenne dich kaum. Ich erlaube nicht jedem, mich am ersten Abend zu küssen, weißt du."
"Schon klar, sonst wärst du längst keine Jungfrau mehr. Aber nur weil wir uns küssen, verlierst du nicht deine Unschuld. Natürlich hätte ich keinen Einwand, etwas an dem Umstand zu ändern."
Damit brachte er mich zum Lachen. "Mal hübsch langsam. Das ist definitiv keine Option."
"Dann lass uns beim Küssen bleiben", sagte er, zog mich wieder in seine Umarmung, und seine Lippen nahmen meinen Mund in Besitz.
Innerlich gab ich mir einen Ruck, auch weil mir Gingers Worte noch im Hinterkopf saßen. Zögernd erwiderte ich den Kuss. Als ich jedoch seine Zunge an meinen Lippen spürte, schob ich ihn von mir. "Sorry, aber ich kann nicht. Es fühlt sich nicht richtig an."
"Es gibt einen Anderen, habe ich Recht?" Abschätzend betrachtete er mich.
Sofort sah ich Gabes Gesicht vor mir, sowie sein Lächeln. Die Erinnerung an den Tanz auf der Dachterrasse überfiel mich ...
"Du brauchst nichts sagen, ich kann es in deinen Augen sehen. Glücklicher Kerl, zu beneiden."
Ich schüttelte den Kopf. "Er und ich, wir sind nicht zusammen. Und wir werden auch kein Paar." Weshalb machten meine eigenen Worte mich so traurig?
"Dann gebe ich die Hoffnung noch nicht auf", sagte Eduardo, griff wieder nach meiner Hand und zog mich zur Eingangstür des *Plan Check*.

Am Tisch saßen zwei junge Männer, die offenbar Ginger und Kelly anbaggerten.

"Hey", sagte Jennifer, als wir uns setzten. Eduardo zog uns zwei Stühle heran.

"Wow, kommen etwa noch mehr hübsche Freundinnen?", fragte der blonde Jüngling neben Kelly, und starrte mich mit offenem Mund an.

"Sorry", sagte sie stark unterkühlt, "für solche Aktivitäten, die du dir gerade vorstellst, sind wir nicht zu haben."

Ich blickte Ginger fragend an, und sie brach in Gelächter aus.

Selbst Eduardo schmunzelte. Er beugte sich zu mir, damit er leise sprechen konnte. "Wie sieht es aus, Ally, magst du mir deine Telefonnummer geben?"

"Wenn du dich mit Freundschaft zufrieden geben kannst?"

"Fürs Erste auf jeden Fall." Er lächelte, zog ein Smartphone aus seiner Jackentasche und reichte es mir.

Ich tippte Namen und Handynummer ein, und gab es ihm zurück.

Er tippte ein paar Mal auf das Display, dann sagte er: "Lächel mal."

"O nein, bloß kein Foto!" *Verflixt*, sofort kam mir Gabe in den Sinn, was mir sofort das Blut in die Wangen trieb.

"Zu spät. Aber mit einem Lächeln hätte es mir noch besser gefallen."

Ich steckte ihm die Zunge raus, und leider drückte er erneut auf den Auslöser. "Klasse, das füge ich dem Kontakt hinzu", sagte er mit einem Grinsen.

"Sag, was machst du morgen Abend? Ich würde dich gern irgendwohin ausführen."

"Meine Clique und ich gehen zum Kings Of Leon Konzert."

"*Mist*. Und Samstagabend?"

"Habe ich auch schon etwas vor, wegen einem eventuellen Job."

"*Wieder Mist!* Und Sonntag?"

Ich grinste schief. "Sonntags arbeite ich. Abends trifft sich meine Clique im *Glendon*."

"*Mist noch einmal*." Jetzt grinste auch Eduardo schief. "Du bist voll ausgebucht, hm? Ich texte dir aber lange, bis wir ein Date verabredet haben, sei gewarnt."

Wieder fiel mir wieder ein gewisser Jemand ein, der mir Nachrichten schrieb. Ich seufzte leise und nickte geistesabwesend.

Ich versuchte mich auf Eduardo konzentrieren, aber mir fiel nicht mal mehr sein letzter Satz ein.

Was Gabe wohl gerade machte?

Verärgert schmiss ich ihn aus meinen Gedanken.

Die nächste halbe Stunde unterhielt ich mich zwanglos mit Eduardo, aber nachdem ich einen weiteren Cocktail getrunken hatte, wurde mir allmählich schwindelig.

"Ginger, wir sollten langsam nach Hause fahren."

"Oh, ruf dir einfach ein Taxi. Ich werde mit Jimmy noch ein wenig um die Häuser ziehen. Oder so."

"Ich fahre dich nach Hause, wenn du möchtest." Eduardo sah mich fragend an.

"Hm, das ist wirklich nett. Aber ich möchte nicht, dass du dir Hoffnung machst. Mehr als Freundschaft kann ich …"

Er unterbrach mich sanft lächelnd: "Entspann dich. Ich werde es schon überleben, nicht gleich beim ersten Date in deinem Bett zu landen." Er zwinkerte mir zu. "Aber ich hege definitiv Hoffnung auf einen Gute-Nacht-Kuss."
Damit brachte er mich zum Kichern. "Okay."
"Ally?" Das war Gingers Stimme. "Hast du gerade *okay* gesagt, als Eduardo dich nach einem Kuss gefragt hat?" Sie blickte mich an, als wäre ich von einem anderen Stern.
Er und ich lächelten uns an.
Ihre Augen wurden immer größer.
"Komm, ich zahle eben für unsere Getränke, dann fahre ich dich."
"Ich habe Ally eingeladen", warf Ginger ein. "Du hattest nur das eine Bier? Das geht auf mich. Aber sieh zu, dass du brav bleibst bei meiner Freundin, sonst bekommst du Ärger mit mir."
"Verstanden. Danke für das Bier. Einen schönen Abend noch, Leute."
Ich winkte kurz und folgte ihm hinaus. Mit seiner Maschine fuhren wie durch die nächtliche Stadt, und ich genoss den Fahrtwind, auch wenn Eduardo sehr gemäßigt fuhr.
Viel zu schnell hielt er vor meiner Wohnung. Ich konnte einen lauten Seufzer nicht unterdrücken.
"Du scheinst Feuer gefangen zu haben, wenn schon nicht wegen mir, dann auf jeden Fall wegen meinem Motorrad ..."
"Sehr witzig. Aber es stimmt, das Mitfahren macht irre viel Spaß." Ich zog den Helm mit seiner Hilfe aus.

Er nahm ihn, schnallte ihn fest. Seinen eigenen hängte er an den Lenker.

Lächelnd sah er auf mich hinunter. "Mir hat es ebenfalls Spaß gemacht. Ich nehme dich jederzeit wieder mit, du musst mich nur fragen, okay?"

"Ja. Danke."

"Kommen wir also zu dem Teil des Abends, den ich ersehne und gleichzeitig fürchte." Eduardo legte mir einen Finger unters Kinn und hob es an.

"Was meinst du?" Leicht konfus sah ich zu ihm auf.

"Nun, ich ersehne den Kuss, fürchte aber den Abschied ..." Er strich mit der Hand leicht über meine Wange.

Mit einem leisen Stöhnen zog er mich zu sich, dieses Mal küsste er mich um einiges leidenschaftlicher.

Gabes Gesicht schob sich auf einmal vor meine inneren Augen, und mir war, als würde ich *ihn* küssen. Sofort stand mein Blut in Flammen, ein heftiges Zittern durchfuhr meinen Körper. Ich erwiderte den Kuss und meine Knie wurden weich.

O Gott, das war so falsch!

Abrupt zog ich mich zurück. Entschuldigend sah ich Eduardo an. "Es tut mir leid."

"Du bist so leidenschaftlich, wie ich es mir vorgestellt habe. Ich wünschte, du würdest mich jetzt nicht nach Hause schicken. Aber das wirst du tun, habe ich Recht?"

"Ja."

Eduardo lächelte, dennoch lag eine Spur Enttäuschung auf seinem Gesicht. "Darf ich dich bald anrufen, nächste Woche? Wenn du etwas weniger vor hast?"

"Freunde sind mir immer willkommen, Eduardo. Du bist wirklich ein netter Kerl."
Er verzog das Gesicht. "Autsch!"
Mir entschlüpfte ein leises Kichern. "Lass mich erst mal wieder nüchtern werden. Aber nächste Woche klingt gut."
Jetzt lächelte er etwas entspannter. Er stülpte sich den Helm über, ließ den Motor kurz aufheulen, dann gab er Gas.
Ich schaffte es, knapp bis drei zu zählen, ehe er um die nächste Ecke verschwand.

"Ally, du musst mir alles erzählen!" Ginger stürmte in meine Wohnung. Es schien ihr schnuppe zu sein, dass es erst viertel vor sechs war.
"Ginger!" Ich gähnte ausgiebig und hätte ihr am liebsten den Regenschirm über den Kopf geschlagen, der an einem Haken an der Garderobe hing. "Weißt du eigentlich, wie früh es ist?"
"Ja klar. Schließlich bin ich eben erst bei Jimmy abgehauen. Und ich hoffe, deine Nacht war um einiges besser als meine." Sie verdrehte die Augen und blickte mich gespannt an.
"Äh, ich habe ausgezeichnet geschlafen. *Allein*, wenn das die Frage war?"
"Oh, verdammt", seufzte sie langgezogen. "Und ich habe so gehofft ..."
"Nicht ernsthaft, oder?"
Sie sah mich einen Moment lang an, dann seufzte sie.

"Doch, ein wenig schon. Wie war der Gute-Nacht-Kuss?" Sensationslüstern schaute sie mich an.

Ich verzog den Mund. "Nett. Aber nicht mehr."

"Verdammt. Von deiner Seite nicht mehr? Oder von seiner?"

"Oh, er wollte sich quasi über Nacht einladen. Aber bei mir hat nichts gefunkt, verstehst du?"

"So ein Ärger. Da gibst du endlich jemandem eine Chance, und dann so etwas. Und dabei sieht der Typ so verflixt heiß aus." Betrübt lächelte sie. Sich auf dem Absatz umdrehend, rief über die Schulter: "Ich gehe jetzt. Ich muss dringend Schlaf nachholen. Bis bald."

Kapitel 10

Pianist

*A*n diesem Tag ging aber auch alles schief ...
Eigentlich hätte ich mich nicht wundern dürfen, aber gingen die Dinge nicht immer dann daneben, wenn man es am wenigsten gebrauchen konnte?
Der Tag begann schon falsch. Oder gibt es einen *guten* Zeitpunkt, damit einem das Toilettenpapier ausgeht? Dann war das Wasser an diesem Morgen nicht mal lauwarm, sondern eiskalt. Erwähnte ich, dass mein Lieblingsshirt ein kleines Loch aufwies, als ich es anziehen wollte? Nun, sagen wir es so: Der Tag wurde nicht besser.
Abends kam ich mit einer guten Stunde Verspätung beim *Mayflower* an.
Schuld trug mein verflixtes Fahrrad, das auch noch den Geist aufgeben musste, als Krönung des Tages sozusagen. Genau genommen war es nur die Kette, die gerissen war.
Dennoch war ich froh, das ich an diesem Tag keinen Auftritt hatte.
Eilig strebte ich zur Bar. Als ich sie betrat, erhoben sich zwei Personen von einem Tisch im Eingangsbereich, eine davon war Ginger.
Mein Blick fiel auf die andere Person. Sofort entstand in mir der Wunsch, ihr den Hals umzudrehen.
Sie hatte es nicht wirklich getan, oder?

Freddie schenkte mir ein ahnungsloses Lächeln, das ich eventuell charmant gefunden hätte, wenn ich vorher einem Date zugestimmt hätte ...

Mein Blick muss mörderisch gewesen sein, denn ihr Lächeln verblasste augenblicklich, und sie sank beschämt auf ihren Stuhl zurück.

Zähneknirschend trat ich an den Tisch, den Blick starr auf sie gerichtet. "Hey, Ginger, hast du den Weg allein nicht gefunden?"

"Hey", ihre Stimme klang flach, "schön, dich zu sehen. Du kommst spät."

"Meine Kette ist gerissen. Ich musste fast den kompletten Weg zu Fuß laufen." Lächelnd wandte ich mich an Freddie: "Ich wusste gar nicht, dass ihr zwei wieder ein Paar seid. Das freut mich so für euch!"

Er guckte verwirrt. "Ähm, wir sind nicht wieder zusammen. Wie kommst du auf die Idee?"

Ich lächelte ihm scheinheilig zu: "Na, ihr seid doch zusammen hier." Das war mein schwacher Versuch, ihm den Wind aus den Segeln zu nehmen. Leider fiel mir nichts Besseres ein.

"Mitnichten. Ich bin wegen dir hier" Er warf mir einen Blick zu, der seine Bereitschaft zu einem Flirt offenbarte. Obwohl, Flirten war wohl das Letzte, was er im Sinn hatte, so wie er gerade meinen Busen anglotzte.

Ich setzte mich mit dem Rücken zur Bühne, weil dieser Stuhl als einziger noch frei war. "Ach ja? Wie darf ich das verstehen?" Ich sah nicht ein, für den Kerl den Trottel zu spielen und hoffte, meine kalte Art würde ihn schnellstmöglich vergraulen.

"Ähm, ich ..." Er kam ins Stocken. "Ginger meinte ..."

Offenbar fiel bei ihm der Groschen.
Zumindest hoffte ich es inständig.
"Was meinte sie?" Ich blickte ihr fest in die Augen. So, wie sie in sich zusammensackte, hatte sie begriffen, dass ich ihre Aktion überhaupt nicht lustig fand.
Doch schneller, als mir lieb war, fasste sie sich wieder. Beherzt redete sie drauflos: "Komm schon. Du bist Single, Freddie hat gerade keine Freundin. Ich dachte, ich könnte euch verkuppeln."
Freddie rückte seinen Stuhl dichter an meinen. "Ich fand dich schon immer sehr süß ..." Sein Blick tauchte in meine Augen.
Ich musste mich zusammenreißen, um nicht laut loszulachen. "Sei nicht albern, Freddie. Ich würde nie etwas anfangen mit dem Freund meiner Freundin."
"Das mit Ginger und mir ist doch schon seit Ewigkeiten Geschichte. Wenn ich offen sein darf: Ich finde dich total scharf!"
"Total scharf?" Ein Lachen platzte aus mir heraus. "Sorry, aber das beruht nicht auf Gegenseitigkeit. Nichts für ungut."
Freddie warf mir einen taxierenden Blick zu. Er kam wohl zu einem Entschluss, denn er griff in seine Tasche und streckte mir etwas entgegen.
Ich warf einen Blick darauf und schüttelte abwehrend den Kopf.
"Falls du es dir anders überlegst, ruf mich an, ja?" Er legte seine Karte auf den Tisch, dann stand er auf und ging ohne ein weiteres Wort.
Eine Zeit lang blieb es still. Dann brach es aus mir heraus: "Ginger, sag mal, spinnst du eigentlich total?"

Sie schüttelte den Kopf. "Nein. Ich hatte es gut gemeint."

Gerade wollte ich etwas erwidern, da trat jemand an unseren Tisch.

"Guten Abend, die Damen. Darf ich mich setzen?"

Ich blickte auf. "Aber sicher. Guten Abend, Jay. Darf ich dir meine Freundin Ginger vorstellen?"

Er reichte ihr formvollendet die Hand. Dann setzte er sich auf Freddies Stuhl.

"Es tut mir wirklich leid, das ich zu spät gekommen bin. Ich hatte ein Problem mit meinem Fahrrad."

"Keine Sorge", sagte er beruhigend. "Hast du denn schon Gelegenheit gehabt, unserem Pianisten zuzuhören?"

Meine Wangen wurden warm.

"Noch nicht wirklich." Ich drehte mich auf dem Stuhl herum, um zur Bühne zu schauen. Doch der Rücken eines schrankähnlichen Mannes versperrte mir die Sicht, und aufstehen mochte ich nicht. So wandte ich mich wieder zu Jay um. "Klingt sehr gut, dem ersten Eindruck nach."

Ginger ergriff das Wort: "Wir lassen dich allein, dann kannst du dich besser auf die Musik konzentrieren. Jay, Sie laden mich doch gewiss auf einen Drink ein?" Sie warf ihm einen geübten Blick samt dramatischen Augenaufschlag zu.

Recht perplex, doch mit einem geschmeichelten Gesichtsausdruck, nickte er seine Zustimmung.

"Ich bin übrigens auf deine Reaktion gespannt." Sie deutete auf die Bühne, und grinste mich an, als ich ratlos den Kopf schüttelte.

Jay erhob sich und bot ihr seinen Arm, dann schritten beide zur Bar hinüber, bevor ich nachhaken konnte, was sie gemeint hatte. Ich starrte ihnen hinterher, zuckte dann mit den Schultern.

In der Hoffnung, einen besseren Blick auf die Bühne zu bekommen wechselte ich auf Gingers Stuhl hinüber. Doch auch von diesem Platz aus konnte ich das Piano nicht sehen. Wie Jay gesagt hatte: Die Bar war brechend voll. Also schloss ich die Augen und lauschte der Musik.

Augenblicklich kroch eine Gänsehaut meine Arme hinauf.

Himmel, wer immer da spielte, er war fantastisch!

Sein Klavierspiel malte förmlich Bilder in meinen Kopf. Zarte und kraftvolle Töne wechselten sich ab, schlangen sich umeinander und schienen in der Luft zu schwingen.

Ich versuchte mir vorzustellen, wie meine Geige dazu passen könnte. Auch wenn der Gedanke mehr als ungewohnt war, fühlte er sich sofort absolut richtig an.

Das mir unbekannte Lied endete, verwandelte sich fließend. Ich riss die Augen auf. *My Father's Favorite*, ich erkannte es auf Anhieb. Es drängte mich förmlich, meine Geige herauszuholen und in das Lied einzustimmen. Doch das musste noch warten. Ich schloss die Augen und ließ mich von der Musik davontragen.

Als der Pianist aufhörte zu spielen, brandete lauter Applaus auf. Viele der Zuhörer standen von ihren Plätzen auf. Ich schaute auf meine Handyuhr und stellte enttäuscht fest, dass es bereits nach elf war. Somit war der Auftritt beendet.

Liebend gerne hätte ich weiter zugehört.
Es ärgerte mich jetzt noch mehr als zuvor, dass ich wegen dem Fahrrad zu spät gekommen war.
Ich stand auf, um einen Blick auf den Pianisten zu erhaschen.
Die Leute saßen größtenteils wieder oder waren gegangen, doch die Bühne war leer. Statt mit Klaviermusik war der Raum mit den murmelnden Gesprächen der Gäste angefüllt.
Ein Blick zur Bar zeigte mir, dass Ginger und Jay gegangen waren. Auch Inès konnte ich nirgendwo entdecken. Unschlüssig setzte ich mich wieder hin.
Ein Schatten fiel auf den Tisch und lächelnd hob ich den Kopf.
Das Lächeln glitt von meinem Gesicht, als ich erkannte, wer vor mir stand. "Was machst *du* denn hier?" Meine Stimme konnte man beim besten Willen nicht als freundlich bezeichnen.
Gabes Kopf zuckte zurück. Mit einem merkwürdigen Blick sah er mich an. "Ich wünsche dir auch einen schönen Abend. Ich habe dich gar nicht gesehen. Wie hat dir die Musik gefallen?"
Überrascht erwiderte ich: "Leider habe ich nur die letzten zwei Stücke gehört. Doch ich muss sagen, es war himmlisch. Und wie hat dir die Musik gefallen?"
Wieder stand dieser merkwürdige Ausdruck in seinen Augen. Er antwortete nicht, schüttelte nur den Kopf. Ein Lächeln bildete sich um seinen Mund, als er wiederholte: "Himmlisch?"
"Ja. Ich bin ganz traurig, dass ich zu spät gekommen bin. Ich hätte gern noch mehr gehört."

Gabes Lächeln wurde etwas breiter. "Darf ich mich einen Moment setzen?"
"Lieber nicht. Ich warte auf jemanden."
"Ich auch. Dann können wir ja gemeinsam warten." Er setzte sich neben mich. Sprachlos schaute ich ihn an.
Etwas auf dem Tisch erregte seine Aufmerksamkeit. Er griff nach der Visitenkarte, die noch immer auf der Tischdecke lag. Er hielt sie mir entgegen, nachdem er einen Blick darauf geworfen hatte. Seine Stimme klang deutlich kühler. "Deine?"
Ich wich zurück. "Um Himmels Willen, nein. Die hat Freddie dagelassen."
"Freddie?" Seine Augenbrauen hoben sich.
"Vergiss es einfach."
"Komm schon. Freddie?"
Ich stöhnte auf. "Es war eine von Gingers dämlichen Ideen. Sie wollte mich mit ihm verkuppeln ..." Genervt verdrehte ich die Augen.
"Bist du deswegen zu spät gekommen? Weil du ein Date hattest?"
"Was? Quatsch! Die Kette an meinem Fahrrad ist gerissen und ich musste fast den ganzen Weg zu Fuß gehen." Missmutig verzog ich den Mund.
"Das erklärt aber nicht Freddie." Er warf mir einen kurzen Blick von der Seite zu.
"Mensch, was soll ich da groß erklären? Sie hat ihn hergeschleppt, weil sie wusste, ich würde an diesem Abend hier sein. Ende der Geschichte."
"Hat er dich angebaggert?" Sein Blick war auf die leere Bühne gerichtet.
"Nein. Ja. Vielleicht. Ist doch auch egal."

"Aha. Also wird nichts aus dir und Freddie?"
"Natürlich nicht! So ein ..." Ich brach ab.
Wieso rechtfertige ich mich überhaupt?
Jay tauchte auf und schenkte mir ein strahlendes Lächeln. "Wie hat es dir gefallen, Ally? Und um gleich auf das Thema *gemeinsam spielen* zu kommen: Könntest du es dir vorstellen?"
Gabe richtete den Blick wieder auf mich.
"Ja, ich könnte es mir tatsächlich vorstellen. Ich frage mich nur, ob ich gut genug bin."
"Ein gemeinsames Spiel könnte da Aufschluss geben. Wie sieht es aus, hast du deine Geige dabei?" Er blickte sich suchend um.
Ich griff unter Gabes Stuhl, holte den Koffer hervor und legte ihn auf den Tisch.
Erfreut rief Jay: "Na, dann mal rauf auf die Bühne, wenn ich das so ungezwungen ausdrücken darf."
Sofort stand ich auf, ebenso wie die beiden Männer. Dennoch war ich etwas verwirrt. "Äh, und wo ist der Pianist?"
Beide Männer blickten mich an. Jay runzelte die Stirn, Gabes Blick war unergründlich.
"Das soll ein Witz sein, oder? Der Pianist steht doch genau neben dir", sagte Jay.
Alles an und in mir erstarrte.
Sekundenlang verschlug es mir die Sprache.
Wie in Zeitlupe wandte ich mich zu Gabe um. "Moment mal", sagte ich langsam. Ich kam mir vor wie im falschen Film. "*Du?*"
Er erwiderte den Blick, während ein schiefes Lächeln über sein Gesicht glitt. "Ich", sagte er schlicht.

Mit versteinerter Miene sah ich ihn an. "*Du* hast eben Klavier gespielt?"
Sein Mund zuckte kurz, ehe er antwortete: "Ja."
Jay sah irritiert zwischen uns hin und her. "Ich komme nicht ganz mit. Aber da es langsam spät wird, vielleicht ..."
Unschlüssig blickte ich zur Bühne.
Gabe grinste. "Traust du dich nicht?"
So viel Frechheit ließ meinen Atem stocken. "Ich mich nicht trauen? Dass ich nicht lache!"
Herausfordernd blickte er mich an.
Finster starrte ich zurück. "Nach dir", presste ich zwischen den zusammengebissenen Zähnen hervor. Mit dem Arm wies ich auf die Bühne.
Ein breites Grinsen erschien um seinen Mund, ehe er mir die Hand in den Rücken legte. "Ladies first."
Ich sprang zur Seite, um seinen Fingern auszuweichen. Dann griff ich nach dem Geigenkoffer und ging hoch erhobenen Hauptes zur Bühne. Oben angekommen, legte ich ihn auf den Bretterboden und nahm das Instrument heraus.
Gabe nahm am Piano Platz und sah abwartend zu mir auf. "Welches Stück möchtest du spielen?"
"Vielleicht *My Father's Favorite*?", antwortete ich etwas verspätet.
Ein sanftes Lächeln erschien um seinen Mund. "So wie eben in D-Dur? Oder eine andere Tonlage?"
"So wie eben."
Er spielte ein paar Noten zur Einstimmung, und ich versuchte auszublenden, dass es Gabe war, der diese wunderschönen Töne erzeugte.

Mir kroch Gänsehaut die Arme hinauf. Ich legte die Violine auf meine Schulter, strich prüfend zwei, drei Mal über die Saiten.

Einen Augenblick später griff ich das Lied auf. Ich hatte seine Interpretation noch lebhaft in Erinnerung und spielte die Melodie, ohne darüber nachzudenken, eine Terz tiefer.

Davon überrascht, hob er eine Augenbraue.

Ich verzog das Gesicht und steckte ihm die Zunge raus.

Amüsiert grinste er.

Hingerissen lauschte ich dem Klavierspiel, und meine Lider schlossen sich.

Wieder entführte mich die Tonweise. Alles Denken versank und ich verlor mich in der Musik, die beflügelt durch den Raum schwebte.

Ich öffnete erst wieder die Augen, als das Lied zu Ende war, und es war wie ein kleiner Schock. Ich brauchte einen Moment, um wieder in die Wirklichkeit zurückzufinden.

Mit leuchtenden Augen sah Gabe mich an, offenbar hatte er mich beobachtet. Prompt fühlte ich, wie sich meine Wangen verfärbten.

"Gut gemacht. Du passt dich gut an. Wie sieht es aus, kannst du auch führen?"

Ein Schulterzucken war meine Antwort.

"Spiel mal etwas, und ich versuche, dir zu folgen." Abwartend sah er mich an.

"Welches Lied?"

"Hm, mir hat *Nearer My God To Thee* gefallen ... Was denkst du?"

Das erinnerte mich daran, dass er mir letzten Samstag zugehört haben musste, doch darüber wollte ich jetzt nicht nachdenken.

"Versuchen wir es", sagte ich kurz angebunden. Ich konzentrierte mich, schloss die Augen und begann vorsichtig zu spielen.

Perlende Töne durchwebten den Raum, und als die ersten Klänge des Klaviers darin eintauchten, entstand eine fast übernatürliche Musik. Unsere Instrumente verschmolzen zu einer Einheit, und erst jetzt klang das Lied vollständig.

Weshalb hatte ich niemals bemerkt, dass meiner Interpretation etwas fehlte?

Meine Seele driftete in reine Glückseligkeit ab, die mich fast von den Füßen zog. Als die letzten Töne verklangen, hätte ich weinen mögen.

Wie war das möglich?

Ich begann zu zittern und setzte ich mich auf den Boden, da meine Beine mich nicht mehr tragen wollten. In meinem Kopf drehte sich alles. Ich verstand die Welt nicht mehr.

Trocken schluckend schlug ich mir die zitternde Hand vor den Mund.

Gabe sprang auf und kniete sich neben mich. "Alles in Ordnung? Was hast du?" Aus besorgten Augen musterte er mich, doch ich starrte nur benommen zurück.

"Ally?" Seine Stimme wurde eindringlicher. Er griff nach meinen Oberarmen. "Bitte, sprich mit mir. Was ist los?"

Ich schüttelte stumm den Kopf. Heiße Tränen begannen über meine Wangen zu strömen.

Er zog mich in seine Arme und strich mir über die Haare. "Sag doch, bitte, was mit dir ist", flüsterte er verzweifelt, ohne dass seine Stimme auch nur einen Hauch ihrer Schönheit verlor.

Ich schniefte und vergrub das Gesicht an seinem Hals. Mir fehlten die Worte. Unvermittelt wurde mir bewusst: *Ich lag in Gabes Armen!*

"Verdammt, lass mich los." Ich stieß ihn zurück und rappelte mich vom Boden hoch. Der Schock ließ meine Tränen versiegen.

Einen Moment wirkte er verwirrt. Geschmeidig stand er auf und blickte mich fragend an. "Was war denn los?"

"Komm schon. Ist das nicht klar?" Ärgerlich wischte ich mir über die nassen Wangen.

"Wenn es mir klar wäre, dann würde ich nicht fragen." Er wirkte noch immer verwirrt, doch zunehmend verärgert.

Ich verzog den Mund. "Das war ... Das war ... *Unglaublich!* Besser, als Sex je sein könnte. Und verdammt, ich will keinen Sex mit dir!"

Er holte tief Luft, sagte aber nichts.

Sein Blick lag auf mir, fassungslos und zugleich fasziniert. Langsam sagte er: "Ja, es war unglaublich. Da gebe ich dir voll und ganz recht. Aber lass mich dir versichern: Auf gar keinen Fall war das besser als Sex! Und Tatsache ist, ich will definitiv Sex mit dir. Jetzt noch mehr als zuvor." Er trat einen Schritt näher an mich heran. Samtweich wurde seine Stimme: "Denn, wenn unsere Musik schon so unglaublich ist, kannst du dir vorstellen, wie der Sex zwischen uns sein wird?"

Seine Hand näherte sich meinem Gesicht, als wollte er die Wange streicheln, und hastig stolperte ich zwei Schritte zurück. "Fass mich nicht an." Mehr brachte ich nicht hervor, und meine Stimme klang brüchig.
Ein lautes Räuspern vom Bühnenrand riss meinen Kopf herum. Jay beanspruchte unsere Aufmerksamkeit. "Mir hat es gefallen. Die Frage lautet: Gemeinsame Auftritte, ja oder nein?"
Gabe antwortete nicht, sondern blickte aufmerksam in meine Augen.
Ich öffnete den Mund und schloss ihn wieder. Und das - peinlicherweise - mehrfach.
Was sollte ich machen?
Ich war hin- und hergerissen. Einerseits wollte ich es unbedingt wieder erleben, dieses Verschmelzen unserer Musik, unserer Seelen. Aber gleichzeitig verspürte ich auch wahnsinnige Angst. Denn dann würde ich ihm erlauben, mir näher zu kommen, als je ein Mensch zuvor. Und wirklich alles in mir sträubte sich dagegen.
Kopfschüttelnd sagte ich leise: "Ich kann nicht. Es tut mir leid."
Ich blickte zu Gabe hoch, und es erschreckte mich, wie enttäuscht er für einen kurzen Moment aussah.
Doch schon blitzte sein gewohntes Lächeln auf.
"Schade, wirklich sehr schade. Aber unsere Vereinbarung bleibt bestehen? Jeden zweiten Samstag?" Jay warf mir einen fragenden Blick zu.
"Natürlich."
"Gut, dann bis nächsten Samstag. Ich wünsche eine gute Nacht." Er hob grüßend die Hand, und eilte davon.

Mein Blick schweifte durch den Raum und erschrocken stellte ich fest, dass ich mit Gabe allein war, mit Ausnahme des Barkeepers.

Kapitel 11

Traumauto

"Ich sollte mich auf den Heimweg machen." Meine Hände verstauten geschwind Geige und Bogen.
"Ich fahre dich."
"Wie bitte? Nein! Nicht nötig, ich kann laufen."
"Ally, es ist schon halb zwölf durch. Wie lange hast du für den Weg gebraucht?" Gabe zog eine Augenbraue hoch und schaute mich spöttisch an.
"Das kann dir doch egal sein."
"Ich lasse dich nicht nachts allein den weiten Weg zu Fuß gehen. Was, wenn dir etwas passiert?" Düster verengten sich seine Augen.
"Tja, vielleicht erledigt sich damit das Problem mit meiner Unschuld. Dann hättest du einen triftigen Grund, mir nicht länger hinterherzuhecheln", erwiderte ich ironisch.
"Das reicht jetzt! Nimm deine Geige. Ich fahre dich nach Hause. Diskussion beendet!" Seine Stimme war eiskalt.
"Sag mir nicht, was ich tun soll. Dazu hast du kein Recht."
Ich ertappte mich allerdings bei dem Gedanken, wie schön es wäre, wenn ich nicht zu Fuß laufen müsste.
Er legte den Kopf schief und sagte bestimmt: "Abmarsch!"
Gott, war der Kerl penetrant.

Waren alle Männer so? Oder lag das an seinen Macho-Genen? Finster starrte ich zurück.

"Sag, traust dich etwa nicht, in mein Auto einzusteigen?" Herausfordernd blickte er mich an.

"Wette da bloß nicht drauf, du Nervensäge. Außerdem traue ich *dir* nicht."

Er grinste mich vielsagend an und strebte dem Ausgang entgegen.

Mit gesenktem Kopf folgte ich ihm.

Einige Minuten später betraten wir das Treppenhaus, das nach unten in die Tiefgarage führte. "Fahrstuhl?", fragte ich matt und deutete auf die silbernen Türen.

Kopfschüttelnd verneinte er. "Wir nehmen die Treppe."

Er verlangsamte seinen Schritt erst wieder vor einem Sportwagen, der in einem matten Dunkelgrau lackiert war.

Wie angewurzelt blieb ich stehen und glotzte das Auto an.

"Was zum ...?"

Angeberauto.

Proleten-Schlitten!

Minderwertigkeitskomplex!

Diese Worte schossen mir durch den Kopf.

"Entspann dich wieder. Es ist nur ein *verdammtes* Auto."

"Sieht *verdammt* teuer aus."

Gabe schnaubte. "Ein Geschenk von meinem Erzeuger, okay? Können wir jetzt fahren?" Er entriegelte das Auto mit der Fernbedienung und öffnete die Beifahrertür.

Erzeuger?
Das klang, ich wollte nicht sagen *interessant*, doch ich hätte gerne nachgehakt.
Allerdings verlor sich der Gedanke sofort, als ich näher trat und mir der Innenraum des Wagens ins Auge stach. Schwarze Ledersitze, die Konsole in den Farben Grau und Schwarz, mit Rot abgesetzt und irgendwie *sexy*.
"Wow." Das Wort platzte mir heraus.
"Setz dich", forderte er mich genervt auf.
Ich tat wie geheißen.
Sekunden später saß er neben mir und startete den Motor.
"Wow", sagte ich abermals, von dem tiefen Motorengeräusch beeindruckt.
Er seufzte entnervt. An seiner Wange konnte ich einen Muskel zucken sehen.
"Was ist? Man könnte auf die Idee kommen, du magst dieses Auto nicht ..." Abwartend schaute ich ihn an.
"Schnall dich einfach an, okay? Und ich will nicht über den Wagen reden." Er sah starr geradeaus. Seine Brust hob und senkte sich unter den tiefen Atemzügen.
"Schon gut", murmelte ich beschwichtigend.
Kaum rastete der Gurt ein, trat er auch schon auf das Gaspedal.
Gerne hätte ich noch einmal *wow* gesagt, doch ich verkniff es mir. Man konnte spüren, wie viele PS dieses Wahnsinnsauto besaß.
Geschickt lenkte er den Sportwagen aus der Tiefgarage. Dann sausten wir durch die Nacht.
Ich war verliebt.

Unsterblich verliebt, falls mich jemand fragen würde.
Dieser Wagen war der Wahnsinn!
Ich gestand es mir höchst ungern ein, doch es war besser als die Fahrt mit dem Motorrad.
Gabes Fahrstil war flott, aber besonnen. Eine Weile beobachtete ich ihn. Der temperamentvolle Wagen gehorchte ihm, das war klar ersichtlich. Vertrauensvoll kuschelte ich mich in den Sitz.
Wir sprachen während der Fahrt kein einziges Wort. Offensichtlich war er tief in Gedanken versunken. Als ich ihn verstohlen musterte, bemerkte ich, wie erschöpft er aussah.
Fünfundzwanzig Minuten später bremste er das Auto vor meiner Wohnung ab.
"Soll ich dich zur Tür bringen?" Mit müden Augen sah er mich an.
"Nicht nötig. Danke fürs Mitnehmen." Mit der rechten Hand betätigte ich den Türöffner und stieg aus.
"Gute Nacht, Süße. Ich werde von dir träumen."
Ich schnaubte erbost und knallte die Tür zu. Ohne einen Blick zurückzuwerfen, lief ich zur Haustür und schloss sie auf. Erleichtert betrat ich die Wohnung.
Nach dem Zähneputzen kuschelte ich mich ins Bett.
Wie von einem Magnet angezogen kehrten meine Gedanken zurück zu einem gewissen Jemand.
Ich war ihm tatsächlich dankbar, das ich nicht hatte laufen müssen. Doch den letzten Spruch hätte er mir durchaus ersparen können.
Als ich an das gemeinsame Spielen zurückdachte, begann ich zu zittern.
Eine Sehnsucht in mir hoch, die mich erschreckte.

Sie war ganz und gar urtümlich, als wären er und ich dazu bestimmt, gemeinsam die schönsten Melodien zum Leben zu erwecken.
Das Smartphone gab ein Piepsen von sich, riss mich aus den Gedanken.
Schon wieder eine Nachricht von ihm. Leise stöhnte ich.

Gabe
Hast du vielleicht etwas vergessen, Süße?

Ally
Nenn mich nicht Süße! Und nein, ich denke nicht.

Gabe
Viel zu spät, um mir das wieder abzugewöhnen, Süße! Sag, vermisst du deine Geige?

Ally
Scheiße! Ich komme gleich Montag früh vorbei und hole sie ab. Morgen habe ich leider keine Zeit. Pass, bitte, gut auf sie auf, tust du mir den
Gefallen? Und lass sie nicht in deinem Auto liegen. Kälte verträgt sie nicht besonders. Und was, wenn jemand dein Auto klaut?

Gabe
Jetzt hast du mich zum Lachen gebracht!
Schön, dass dir zumindest das Wohlergehen deiner Geige am Herzen liegt ... Ich werde gut auf sie aufpassen, versprochen!

Ally
Danke. Bis Montag.

Gabe
Schlaf schön, süßer Engel.

Ich schnaubte beim Lesen der letzten zwei Worte und schaltete das Handy stumm. Obwohl ich nicht glaubte, einschlafen zu können, fiel ich augenblicklich in einen tiefen Schlaf.

&

Nach einem anstrengenden Arbeitstag machte ich mich gegen halb sechs auf den Weg nach Hause.
Da die Prüfungen zum Semesterende drohend näher rückten, vertiefte ich mich in meine Bücher. Generell machte ich mir keine Sorgen, was die praktischen Prüfungen betraf. Doch mein Schwachpunkt war Kunstgeschichte.
Um Viertel nach neun schlug ich mein Buch zu und zog mir frische Kleidung an. Den Fußweg zum *Glendon* unterschätzte ich, sodass ich verspätet ankam.
"Hey, ist das eine neue Angewohnheit von dir, das zu spät kommen?" Jarold grinste dabei, also entspannte ich mich.
"Klar doch, damit ich eure volle Aufmerksamkeit bekomme", stichelte ich zurück. "Es dreht sich nicht die ganze Welt um dich, Jarold."
"Nicht?" Er legte sich die Hand auf das Herz und tat so, als wäre ihm schwindelig.

Ich sah mich suchend um. "Wo steckt denn Minako?"
"Sie ist zu ihrem neuen Freund gefahren", sagte Sam.
"Oh, na dann. Aber was mich wirklich interessiert ..."
Ich warf Mike einen Blick zu. "Irgendetwas Neues?"
Er grinste breit, legte den Arm um Sam und gab ihr einen dicken Kuss. Beide lächelten sich verliebt an. Er sah wieder zu mir und zwinkerte. "Alles Bestens. Ich hätte dich anrufen sollen. Aber aus mir unerfindlichen Gründen waren wir vollauf mit uns selbst beschäftigt."
Seine Hand streichelte zärtlich die von Sam.
Ich lächelte glücklich und freute mich von Herzen für die beiden.
Sam grinste. "Mike wird es dennoch nicht leicht mit mir haben. Schon seit einigen Jahren habe ich eine Schwäche für Celeb, den Sänger von Kings of Leon." Dabei blinzelte sie ihm zu.
Für den Rest des Abends drehte sich unser Gesprächsthema um das Konzert, das uns begeistert hatte.

Kapitel 12

Rührei & Milch

Kurz nach acht Uhr klingelte ich an Gabes Wohnung, doch es öffnete niemand, auch nicht, als ich zum dritten Mal läutete.
Enttäuscht schaute ich auf die Handyuhr und rechnete nach, ob ich noch Zeit zum Warten hatte. Mir blieben maximal zehn Minuten. Während des Fußmarsches war mir schon kalt gewesen, deswegen beschloss ich, die Geige ein anderes Mal abzuholen.
Gerade als ich die Hausecke erreichte, stieß ich schmerzhaft mit einem Jogger zusammen, der mit wesentlich mehr Schwung unterwegs war als ich. Unsanft landete ich auf meinem Po.
"Aua." Benommen saß ich da, versuchte, Gedanken und Körper zu ordnen.
"Verflixt. Entschuldige, ich habe dich nicht kommen sehen."
Innerlich stöhnte ich auf, da ich offensichtlich mit Gabe zusammengestoßen war.
"Es tut mir ehrlich leid. Habe ich dir weh getan?" Gebückt stand er vor mir und streckte die Hand aus. "Komm, ich helfe dir auf."
Grummelnd ignorierte ich sie und rappelte mich allein hoch, was garantiert nicht elegant aussah. "Übst du dich darin, eine umwerfende Wirkung auf Frauen zu haben, oder was?"

Einen Moment lang wirkte er sprachlos, dann blitzte das vertraute Lächeln auf. "Süße, ich denke, die Wirkung habe ich auch ohne zu üben."
Gereizt starrte ich ihn an, ging aber nicht auf seine Worte ein.
Ich registrierte die Sportbekleidung und sein verschwitztes Gesicht. Hätte man mich gefragt, dann hätte ich es nicht zugegeben, doch er sah unverschämt attraktiv aus. Als wäre er bei den Dreharbeiten für einen Werbespot.
"Kann ich meine Geige haben? Ich muss gleich zur Uni."
"Komm mit, sie ist oben. " Er ließ mir den Vortritt.
Ich war noch keine drei Schritte gegangen, als ich seine Hand an meinem Po spürte. Wie von der Tarantel gestochen schnellte ich herum. Sein Glück, dass ich zu perplex war, sonst hätte ich ihn wieder geohrfeigt.
"Was, zum Teufel ...? Spinnst du jetzt völlig?"
"Süße, deine Hose ist ganz schmutzig. Ich wollte nur den Staub abklopfen." Ein vielsagendes Lächeln umspielte seine Lippen.
Wäre es mir möglich gewesen, ihn mit einem simplen Blick zu töten, dann wäre dieser Moment sein garantiertes Ende gewesen.
"Das kann ich auch allein. Behalte gefälligst deine Finger bei dir, sonst wirst du nie wieder Klavier spielen können ..."
Gabe seufzte, ließ aber die Drohung unkommentiert.
"Komm mit hoch. Ginger ist nicht da, aber wir könnten gemeinsam frühstücken." Er warf mir einen fragenden Blick zu.

"Ich muss los, um neun ist eine Klausur dran."

Er warf einen Blick auf seine Uhr. "Bis dahin ist es fast noch eine Stunde."

"Ja, das weiß ich. Aber mein Rad ist kaputt, also werde ich länger für den Weg brauchen. Außerdem muss ich die Violine vorher noch nach Hause bringen."

"Ich kann dich fahren, ich muss ebenfalls um neun in der Uni sein."

"Nicht nötig."

"Komm schon, Ally. So gemütlich ist das Wetter nicht. Ich habe sogar Schokopulver da für einen Milchkakao."

Ganz böse Verführung!

Doch ich schüttelte ablehnend mit dem Kopf.

"Wieso bist du derart stur? Bist du jedem gegenüber so abweisend? Oder nur zu mir?" Er sah mich abschätzend an, eine Augenbraue hochgezogen.

"Das hat nichts mit Starrsinn zu tun. Ich will nicht mit dir allein in deiner Wohnung sein, das ist doch nicht schwer zu verstehen."

"Ach, Süße. Was soll ich bloß mit dir anfangen?" Seine Stimme war samtweich. Aus halb geschlossenen Augen sah er mich an. "Wie lange hast du gebraucht, um hierher zu laufen?"

"Zwanzig Minuten, weshalb?"

"Wenn ich dich fahre, müssen wir erst in einer Dreiviertelstunde los. Erwähnte ich schon, dass ich dir deine Geige erst gebe, wenn du mit mir frühstückst?" Er kratzte sich am Hals.

Mit offenem Mund starrte ich ihn an. "Du spinnst doch. Weshalb willst du mich dazu zwingen?"

"Du brauchst nichts essen, das liegt ganz bei dir. Also kann von Zwang gar keine Rede sein."
Was sollte das denn für eine schlüssige Argumentation sein?
Als mich gleich mehrere Regentropfen auf einmal trafen, zuckte ich zusammen. "Was zum ..." Ich starrte zum Himmel empor. Hatte sich der Wettergott mit Gabe verbündet?
"Der Punkt geht wohl an mich. Oder stehst du auf Regenspaziergänge? Wie verträgt eigentlich deine Geige Regen?" Seine Miene zeigte keine Spur von Triumph, doch zweifelsfrei feierte er innerlich bereits seinen Sieg.
Meine Jacke weichte zusehends durch. Der Himmel öffnete jetzt seine Schleusen vollständig. Ein heftiger Wolkenbruch ging hernieder, und Gabe lief sportlich zum Tor. Ich zögerte keinen Augenblick und rannte ihm hinterher.
Breit grinsend hielt er mir das Tor auf, und zitternd trat ich hindurch. Erneut wollte er mir den Vortritt lassen, doch ich schüttelte eigensinnig den Kopf.
Leicht mit der Zunge schnalzend lief er mir voran die steilen Treppen hoch.
Es ging mir gegen den Strich, wie leicht und locker er die Stufen nahm. Sein Atem beschleunigte sich nur geringfügig, während ich ein unsportliches Keuchen nicht unterdrücken konnte.
"Ehrlich mal, du solltest bei der Hausverwaltung einen Aufzug beantragen. Diese Treppen sind die Hölle ..."
Ich hielt vor der Wohnungstür inne und rang nach Atem.

Er lachte, schloss auf und ich folgte ihm hinein.
"Geh schon in die Küche. Ich springe schnell unter die Dusche."
Dusche?
Fassungslos starrte ich ihm hinterher, als er im Badezimmer verschwand. Ungebeten hatte ich das Bild von seinem nackten Oberkörper vor Augen.
Grummelnd ging ich in die Küche und blieb unschlüssig stehen. Bei jedem anderen hätte ich angefangen, den Tisch zu decken. Doch ich wollte nicht unaufgefordert in der Küche herumwühlen. Außerdem hatte ich keinen Schimmer davon, was er unter einem Frühstück verstand.
Unbehaglich setzte ich mich an den Esstisch und holte mein Handy hervor. Für eine Weile versuchte ich zu lesen, doch ich konnte mich nicht konzentrieren.
"Du wirst hier keinen Empfang haben." Gabes Stimme erklang von der Tür her, und ich zuckte zusammen.
Der Duft seines Duschgels umwehte mich, als er näher trat. Vollständig bekleidet, von seinen nackten Füßen einmal abgesehen, blieb er vor mir stehen.
"Möchtest du das Wi-Fi Passwort haben?"
"Muss nicht sein."
"Wie kommt es, dass ich ständig negative Antworten von dir bekomme, wenn ich schlicht versuche, nett zu dir zu sein?" Er wirkte, als wäre er ernsthaft an einer aufrichtigen Antwort interessiert.
Unschlüssig, was ich darauf sagen sollte, zuckte ich mit den Schultern.
Er ließ mich eine ganze Weile nicht aus den Augen, dann drehte er sich zum Kühlschrank um.

"Auf was hast du Hunger? Soll ich dir ein Omelette machen?"
Mit weit aufgerissenen Augen sah ich ihn an.
Er wollte für mich kochen?
Ernsthaft?
"Ich möchte nichts essen. Ich will meine Geige wiederhaben."
Laut seufzend nahm er vier Eier aus dem Kühlschrank. Fasziniert beobachtete ich, wie er mit sicheren Handgriffen die Eier aufschlug, Käse und ein paar andere Zutaten unterrührte. Einige Minuten später verteilte er das köstlich riechende Rührei auf zwei Teller, stellte das Essen auf den Tisch. Aus einer Schublade holte er zwei Gabeln heraus und öffnete den Kühlschrank.
"Milch? Oder lieber Orangensaft?"
Ich zögerte, doch der Duft vom Rührei ließ mich schwach werden. "Milch, bitte." Ich konnte sehen, wie er lächelte, doch er sagte nichts.
Er griff nach der weißen Plastikflasche, nahm zwei Becher aus einem Schrank und stellte die Sachen auf den Tisch.
Ich zupfte unbehaglich an dem feuchten T-Shirt.
"Oh, entschuldige", sagte Gabe und musterte - für meinen Geschmack etwas zu interessiert - meinen Oberkörper. "Soll ich dir ein T-Shirt leihen?"
"Nein, ich ziehe mich um, wenn du mich an meiner Wohnung absetzt."
Zum Teufel, ich würde doch nicht sein T-Shirt anziehen!
Er schien etwas sagen zu wollen, schluckte die Worte aber hinunter.

Auf den Tisch deutend, fragte er: "Brauchst du noch irgendwas anderes?"

Ich schüttelte verneinend den Kopf. Mir lief bereits das Wasser im Mund zusammen.

"Komm schon, probier doch wenigstens", bat er mit leiser Stimme.

Zögernd griff ich nach der Gabel. Meine Lippen verzogen sich, dann gab ich mir einen Ruck. Ich lud etwas von dem Ei auf die Gabel und ließ es im Mund verschwinden. *Verdammt*, es schmeckte sogar noch besser, als es roch. Ich konnte nur mit Mühe verhindern, die Augen genussvoll zu schließen.

"Magst du es?" Er hatte sein Ei noch nicht angerührt, sondern beobachtete mich.

Ich nickte und nahm einen zweiten Bissen, was ihm ein Lächeln entlockte.

Jetzt griff er nach der Milchflasche, schenkte erst meinen Becher voll, dann seinen. "Schokopulver?"

"Nein, ich trinke gern weiße Milch." Ich warf ihm einen kurzen Blick zu. "Danke." Dieses Wort kam mir nicht leicht von den Lippen. Ich wollte ihm nicht zu Dank verpflichtet sein.

Weshalb musste er plötzlich einen auf netter Mensch machen?

Ich könnte besser mit ihm umgehen, wenn er einfach der Arsch geblieben wäre, als den ich ihn zu Anfang eingeschätzt hatte.

Dennoch bereitete es mir keinerlei Probleme, den Teller leer zu essen. Als ich zu ihm aufsah, umspielte ein Lächeln seinen Mund.

Erst jetzt begann er zu essen.

Hatte er mir die ganze Zeit zugeguckt? *Hoffentlich habe ich nicht zu gierig gewirkt*, dachte ich verunsichert. Ich nahm den Becher in beide Hände und trank die kalte Milch genüsslich in kleinen Schlucken.
In Windeseile aß er auf, stürzte die Milch förmlich hinunter.
"Ich hole deine Geige, dann können wir los."
Ich war dabei, das letzte Teil in die Spülmaschine zu räumen, als er zurückkam.
Lächelnd streckte er mir den Koffer entgegen. "Hier. Und danke fürs Abräumen."
Mit beiden Händen nahm ich die Geige entgegen. Verlegen schaute ich zu Seite. "Danke fürs Frühstück."
"Sehr gerne, Süße." Er streckte die Hand aus, und ich zuckte automatisch zurück. "Bleib doch mal stehen. Du hast da ..." Er trat dicht an mich heran und wischte mit dem Daumen über meine Oberlippe. "... einen Milchbart."
"Das ist noch lange kein Grund, mich anzufassen", giftete ich ihn an, nachdem ich zurück gestolpert war.
"Nein? Ich konnte nicht widerstehen ..." Er zwinkerte mir zu.
Demonstrativ wischte ich mir über die Lippen, fühlte mich aber außerstande, weiter auf Konfrontation zu gehen. Zu deutlich spürte ich meine Lippe prickeln.
"Komm, wir sollten langsam losfahren. Es ist schon halb neun durch."
Knappe zehn Minuten später hielt Gabe den Wagen vor meiner Wohnung an. "Ich warte hier auf dich." Er sah mich von der Seite an. "Außer, ich darf dir beim Umziehen zuschauen, dann ko..."

"Blödmann!", schnitt ich ihm das Wort ab. Ich sprang aus dem Auto, verärgert und mit glühendem Gesicht. *Männer*, dachte ich empört.

Ich beeilte mich, legte die Geige auf ihren Platz, wechselte Jeans und Shirt. Im Laufschritt eilte ich nach unten. Hätte ich mehr Zeit gehabt, wäre ich zu Fuß zur Uni gelaufen, rein aus Prinzip. Leider hatte mir das Rührei einen Strich durch die Rechnung gemacht.

Rasch atmend ließ ich mich auf den Beifahrersitz fallen und schloss die Tür. Im Radio spielte ein Lied, das mir nicht bekannt war. Dafür begann mein Körper wie von allein, sich zu bewegen, als ich den nächsten Song erkannte: *Shake it off* von Taylor Swift. Ich lächelte, meine Laune verbesserte sich automatisch.

Gabe sah zu mir. "Das Lied scheint dir zu gefallen."

Ich zuckte mit den Schultern. "Ich mag viele Songs. Bei dem hier muss ich unweigerlich an das Video mit dem Polizisten denken." Ich musste schmunzeln.

Er schüttelte den Kopf und hielt vor dem Eingang. "Polizist?"

Ich öffnete die Beifahrertür, stieg aus und beugte mich hinunter, um ihn anzusehen. "Gib auf YouTube einfach '*Shake it off* police' ein. Ich muss los. Danke für die Fahrt." Ich schlug die Tür zu, drehte mich um und eilte in die Uni.

Kapitel 13

Verführung

Es waren noch fünf Minuten bis zum Klausurbeginn, als mein Handy vibrierte. Eine Nachricht von Gabe … Mein Herz machte einen unwillkommenen Hüpfer. Mit zitternden Fingern klickte ich die Nachricht auf.

Gabe
Ich vermisse dich, Süße.

Ally
Spinner!

Gabe
Ich sage die Wahrheit. Was muss ich tun, damit du mir eine Chance gibst?

Ally
Eine Chance wozu?

Gabe
Wir könnten mit einem Date beginnen. Ich fand es schön, mit dir zu frühstücken. Was sagst du?

Ally
Hör auf, mir zu texten. Ich schreibe gleich eine Klausur.

Gabe
Das war keine Antwort auf meine Frage.

Ally
Verarsche jemand anderen.

Gabe
Wieso denkst du, ich würde so etwas tun?

Ally
Frag deine Freundin nach einem Date. Bei mir bist du an der falschen Adresse!

Gabe
Welche Freundin meinst du? Ich hoffe, ich kann dich dafür gewinnen.

Ally
Das rothaarige Hochglanzhäschen.

Gabe
Hey, wirf mir das nicht vor. Das war, bevor du mich fest am Haken hattest. Ich denke ohnehin an keine Andere mehr, seitdem wir zusammen gespielt haben. Das möchte ich wieder erleben. Außerdem habe ich noch ein anderes Interesse an dir, das ist dir doch klar, oder?

Ally
Okay, hier mal schwarz auf weiß, damit du es verstehst: Such dir eine Andere.

Ich stehe nicht zur Verfügung! Ich will weder ein Date mit dir, noch will ich ins Bett mit dir. Erst recht will ich nicht mein Herz an dich verlieren, damit du es mir brechen kannst. War das deutlich genug?

Gabe
Ja, das war deutlich. Was aber, wenn du mir mein Herz brichst? Darüber verlierst du kein Wort! Gib mir eine einzige Chance, bitte.

Ally
Du bist bescheuert! Ich habe nichts, was für dich von Interesse ist. Okay, anscheinend springst du darauf an, dass ich noch Jungfrau bin. Aber das ist kein Kriterium, um so aufdringlich zu werden.

Gabe
Ich gebe zu, du reizt mich in der Hinsicht. Aber das ist nur eine von mehreren Sachen, die mich an dir interessieren. Was, wenn ich sage, ich habe mich in dich verliebt?

Ally
Ganz klarer Lacher hier!

Gabe
Genau das meine ich! Du verweigerst mir jede Chance! Weshalb?

Ally
Weil du spinnst!

Gabe
Woher nimmst du die Gewissheit?

Ally
Ist doch offensichtlich.

Gabe
Würdest du auch so mit mir reden, wenn ich wir uns gegenüber stehen würden, und ich dir dabei in die Augen schaue?

Ally
Genug jetzt. Ich denke, es reicht.

Gabe
Ally, wenn du glauben könntest, wie sehr ich meine, was ich schreibe, würdest du mir dann eine Chance geben?

Ally
Gib endlich auf. Ich schalte jetzt das Handy aus.

Meine Hände zitterten. Innerlich aufgewühlt hielt ich den Knopf gedrückt, bis sich das Telefon abschaltete.
Es war an der Zeit, sich auf die Klausur zu konzentrieren. Beherzt nahm ich den Stift in die Hand.
Doch es war wie verhext, meine Gedanken kehrten zu Gabe zurück, ohne dass ich es beeinflussen konnte.
Kurz vor Mittag hatte ich die Klausur überstanden, jedoch mit der deutlichen Ahnung, dieses Mal durchgefallen zu sein …

Ich ließ mich aus dem Hörsaal treiben.

Kaum hatte ich einen Fuß in den Flur gesetzt, blieb ich wie angewurzelt stehen. Andere Studenten drängten gegen meinen Rücken, Proteste wurden laut.

Davon bekam ich nichts mit. Ich hatte nur Augen für Gabe, der an einem Betonpfeiler lehnte und den Blick nicht von mir nahm.

Er kam mir nicht entgegen, sondern sah mich nur an mit seinen eindrucksvollen Augen.

Ich überlegte kurz, ihn zu ignorieren, doch er zog mich an wie ein Magnet. Wie von allein bewegten sich meine Füße. Einen Meter von ihm entfernt blieb ich stehen. "Was willst du hier?"

Lange sah er mich an. Zweimal setzte er zum Sprechen an, schloss aber wieder den Mund.

Je mehr Zeit verstrich, desto unsicherer wurde ich.

Was sollte das nun wieder bedeuten?

Er hob die Hand.

Unwillkürlich wich ich zurück.

Stumm schüttelte er den Kopf, als würde er mich dafür tadeln. Er trat so dicht an mich heran, dass unsere Körper sich fast berührten. Nicht eine Sekunde ließen seine Augen von mir ab.

Ich schluckte nervös.

Was hatte er vor?

Wieder hob er die Hand, und ich zwang mich zum Stehenbleiben.

Zart strich er mit den Fingern über meine Wange, seine Augen glitten rastlos über mein Gesicht.

Mir war, als müsste mein Herz jeden Moment stehen bleiben.

Ob meine Augen ihm vermittelten, wie viele Fragezeichen gerade in meinem Kopf entstanden?

Ein kurzes, merkwürdiges Lächeln glitt über sein Gesicht, dann sah er wieder äußerst ernst drein.

Seine Hand schob sich mir in die Haare. Sanft zog er mich zu sich, bis unsere Körper sich berührten.

Erschrocken schnappte ich nach Luft, und er blickte auf meine Lippen.

Hätte ich es ahnen können? War es offensichtlich und ich nur zu blind?

Tatsache war: Es war ein Schock, als Gabe mich zu küssen begann.

Niemals hätte ich vermutet, dass er so zärtlich küssen konnte. Wenn ich darüber nachgedacht hätte, wäre ich ohne Frage von einem leidenschaftlichen Kuss ausgegangen. Dieser allerdings war so sanft, dass ich nicht einmal versuchte, mich dagegen zu wehren.

Eine Million Schmetterlinge flatterten in meinem Bauch.

Oder waren es mehr?

Die Knie wurden mir weich, eine Gänsehaut ergriff meinen gesamten Körper.

Nach einer gefühlten Ewigkeit war der Kuss vorbei. Er zog sich zurück, und ich stand da wie ein begossener Pudel.

In mir war nichts mehr wie vorher. Meine Welt stand Kopf, drehte sich rasend schnell und brachte mich zum Taumeln. Mein Atem ging stoßweise, während sein Blick auf meinem Mund lag.

Er schluckte geräuschvoll, atmete tief ein, und zog meinen Kopf wieder zu sich heran.

Allerdings verharrten seine Lippen wenige Zentimeter vor meinen, und ich verlor jede Kontrolle über mich.
Küss mich!
Da war kein Raum in meinem Kopf für einen anderen Gedanken. Doch er bewegte sich nicht.
Er hob den Blick und sah mich direkt an. "Was möchtest du, Ally? Küssen? Oder aufhören?" Gabes Stimme war ein raues Flüstern.
Ohne darüber nachzudenken, kam ich ihm atemlos entgegen und spürte, wie die Finger in meinen Haaren kurz zuckten.
Er stöhnte auf und drückte mich gegen seinen harten Körper.
Ich schloss die Augen. Die Welt versank um mich herum, als sich unsere Lippen fanden. Nichts existierte mehr, ich konnte nur noch fühlen.
Der Kuss veränderte sich, wurde intensiver. Seine Zunge strich sacht über meine Unterlippe, und ein Schauder durchlief meinen Körper.
"O Ally", murmelte er dicht an meinen Lippen, "lass mich dich richtig küssen, bitte." Seine Zunge drängte leicht gegen den Spalt.
Ich gab nach, öffnete die Lippen und empfing seine Zunge, die behutsam in meinen Mund drang.
Ich fühlte mich einer Ohnmacht nahe, als unsere Zungen sich berührten. Hitze stieg in mir hoch, überlagerte jedes andere Gefühl. Zart umwarb seine Zunge meine. Vorsichtig reflektierte ich die Bewegungen.
Er stöhnte kehlig auf und nahm meine Unterlippe zwischen seine Zähne, was mich zu einem Stöhnen verleitete.

Überraschend drehte er mich herum, drängte mich rückwärts, bis ich den Pfeiler im Rücken spürte. Mit dem Körper drückte er mich dagegen, ohne unseren Kuss zu unterbrechen.

Ein lautes Räuspern ließ uns zusammenzucken.

Gabe löste die Lippen von meinen, lehnte aber weiterhin an mir, den Arm fest um mich geschlungen.

"Könnt ihr zwei das Schauspiel vielleicht zu euch nach Hause verlagern?" Ein Dozent, dessen Namen ich nicht kannte, starrte uns missbilligend an.

"Oh", entfuhr es mir verlegen. Schon spürte ich, wie mir das Blut in den Kopf schoss.

Er ging davon, und Gabe lehnte die Stirn gegen meine Schläfe. Ein paar Mal holte er tief Atem, ehe er sich von mir löste. Er griff nach meiner Hand und zog mich mit sich, bahnte uns einen Weg durch die Menschenmasse. Die Blicke vieler Studenten waren auf uns gerichtet.

Erst am Auto hielt er an, entriegelte ihn per Knopfdruck und hielt mir die Tür auf.

Kam ich langsam zur Besinnung?

Nein, ich ließ mich widerspruchslos auf den Ledersitz fallen, und er schloss die Tür für mich. Er stieg ein, startete und fuhr wortlos den kurzen Weg zu seiner Wohnung.

Fest hielt ich die Augen geschlossen. Mein Kopf war vollkommen leergefegt, als wären alle Gedanken im Nirgendwo verschwunden. Stattdessen *fühlte* ich.

Die Emotionen wirbelten wie ein Sturm in mir.

Der Wagen stand kaum, da lief er schon um das Auto herum und öffnete mir die Tür.

Noch ist Zeit zum Weglaufen, schoss es mir durch den Kopf.

Doch wie eine Puppe ließ ich mich die Treppe hinaufführen. Die Wohnungstür schloss sich hinter uns, und er zog mich in die Arme.

Ich war selig, als er mich heiß zu küssen begann. Als ich seine Zunge an meinen Lippen spürte, öffnete ich willig den Mund.

Er stöhnte dunkel.

Waren es viele Küsse, die ineinander übergingen?
Oder ein nicht enden wollender Kuss?

Ich hätte es nicht sagen können.

Seine Hände legten sich um mein Gesicht, unverhofft saugte er an meiner Unterlippe. Das Verlangen, das mich durchfuhr, war so brennend, dass ich ein Keuchen ausstieß.

"O Ally ..." Gabes raue Stimme war leise, aber deutlich: "Ich begehre dich so sehr, mein Engel. Willst du mich auch?"

Es dauerte einen Moment, bis die Worte in meinem Kopf Sinn ergaben.

Ja, ich wollte ihn!

Zustimmend nickte ich.

"Ich muss es hören." Immer wieder küsste er mich.

Benommen fragte ich mich, was er gesagt hatte?

"Bitte, sag, dass du mich willst!" Er lehnte den Oberkörper zurück, um mich anzusehen. "Ally ...", flehte er. "Ich werde nicht weitermachen, bevor du es nicht aussprichst."

Ich zögerte. Dann warf ich meine Bedenken über Bord und murmelte: "Ich will dich."

Gabe stöhnte wild auf.

Ungestüm presste er den Mund auf meine Lippen, sein Kuss wurde leidenschaftlicher und drängender. "Was machst du bloß mit mir?" Wieder und wieder küsste er mich.

Ein Stöhnen entfuhr ihm, was einen wahren Gefühlstaumel in mir auslöste. Seine Hand strich sanft meinen Hals hinunter, was einen köstlichen Schauder in mir hervorrief, und ich umschlang seinen Hals mit den Armen.

Ich hörte nicht, wie sich die Tür vom Badezimmer öffnete. Noch bemerkte ich, wie eine Gestalt neben uns trat. Erst als Gabe unter einem schmerzhaften Schlag zusammenzuckte, riss ich die Augen auf.

Wie eine Furie stand vor uns die Rothaarige und schrie ihn an: "Du Mistkerl! Was soll das, du Arschloch? Verdammt ..."

Er schüttelte abwehrend den Kopf und ließ mich los. "He, komm mal wieder runter! Was schiebst du denn für einen Trip?" Entschlossen griff er nach ihrem Handgelenk. Er zog Gilda zur Tür, öffnete sie. Kalt sagte er: "Verschwinde! Du bist hier nicht mehr willkommen." Er schob sie hinaus und schlug dröhnend die Tür zu.

Nur Sekunden später stand er vor mir und wollte seine Arme um mich schlingen, doch ich stieß ihn hart zurück.

"Ally?" Fassungslos starrte er mich an.

"Tut mir fast leid für dich, aber ich habe gerade meinen Verstand wiedergefunden." Bitter platzten die Worte aus mir raus.

Ich drückte mich an ihm vorbei, darum bemüht, ihn nicht zu berühren.
Er streckte die Hand nach mir aus, doch ich wich zurück.
"Nein!", rief ich abwehrend.
"Warte, bitte! Du kannst jetzt nicht ..."
"Nicht was? Dir einen Strich durch die Rechnung machen? Ich bin so bescheuert! Wie konnte ich bloß auf dich und deine Tour hereinfallen?" Wütend riss ich die Tür auf. Doch seine Hand schoss vor, hielt mich am Arm fest.
"Bitte, du hast das völlig falsch verstanden. Ich hatte keine Ahnung, das Gilda hier war. Ich habe sie nicht mehr gesehen seit dem Tag, an dem Ginger mit ihren blöden Handschellen ihren Auftritt hatte."
"Lass. Mich. Los." Eisig blitzte ich ihn an. "Lauf lieber deiner Freundin hinterher. Bei mir verschwendest du deine Zeit."
"Ally, hör mir doch zu! Ich will Gilda nicht. Ich will dich!"
Ich lachte bitter auf. "Ich bin nicht bereit, für dich das Wegwerfhäschen zu spielen. *Die* Erfahrung habe ich bereits hinter mir."
"Was?" Gabe klang fast hysterisch. "Ally, nein! Bitte, glaube mir doch. Was ich für dich empfinde, ist so viel mehr, als ich je für eine Andere empfunden habe." Sein Blick suchte meinen.
Für einige Sekunden wurde ich in die Vergangenheit zurückgeworfen. Und es war Cooper, der vor mir stand, mir die gleichen Worte sagte ...
Eiskalt überlief mich ein Schauder.

Entschlossen schüttelte ich die Erinnerung ab. "Ich glaube dir kein Wort. Lass mich los, ich will gehen."
"Ally ..."
Doch ich unterbrach ihn: "Ich will nichts mehr hören." Mit den Fingern versuchte ich, seine Umklammerung zu lösen, doch er ließ es nicht zu.
"Du kannst jetzt nicht gehen! Bitte, lass uns reden ..." Er klang verzweifelt, seine Stimme überschlug sich fast.
Reden? Was ich jetzt brauchte, war Abstand. Und Zeit zum Nachdenken!
"Willst du mich zwingen, hier zu bleiben? Dann komm, schlag zu ..."
Er zuckte zurück, seine Hand ließ mich los. Das Gesicht kreideweiß, blickte er mich geschockt an.
Sofort drehte ich mich um und rannte die Treppen hinunter.
Wie ich nach Hause gekommen bin, weiß ich nicht.
Als ich die Wohnungstür hinter mir zuschlug, ging es mir keinen Deut besser, aber ich fühlte mich etwas sicherer.
Weinend riss ich mir die Klamotten vom Leib, warf sie achtlos auf den Boden. Ich verkroch mich im Bett und zog mir die Decke über den Kopf.
Für den Rest des Tages konnte mir die Welt, die Uni und ganz besonders Gabe am Arsch vorbei gehen!
Das Klingeln des Handys ließ mich erschrocken zusammenfahren.
Eine Weile versuchte ich, den Anruf zu ignorieren, doch es gelang mir nicht. Erleichtert atmete ich auf, als das Telefon verstummte.

Ich kroch unter der Decke hervor und zog es aus der Hosentasche meiner Jeans, die zerknüllt am Fußboden lag. Ein Blick bestätigte meine Vermutung: Es war Gabe, der angerufen hatte.
Verdammt, hatte er nicht schon genug Schaden angerichtet?
Mein Kopf fühlte sich zentnerschwer an. Ich hatte keine Ahnung, wie es weitergehen sollte. Fürs Erste hielt ich den Knopf des Smartphones gedrückt, bis es komplett ausgeschaltet war. Irgendwann schlief ich vor Erschöpfung ein, aber selbst im Schlaf ließ er mich nicht los.

Kapitel 14

Fotos

Was hatte ich mir bloß dabei gedacht, mit Gabe rumzuknutschen? Aber es lag ohnehin klar auf der Hand: *Gedacht* hatte ich rein gar nichts, mein dummer Körper hatte das Kommando übernommen ...
Eine Stunde früher als normal machte ich mich auf den Weg zur Uni, da ich befürchtete, er könnte unten auf mich warten. Erleichtert atmete ich auf, denn von ihm war weit und breit nichts zu sehen.
Kurz vor neun schaltete ich mit zitternden Fingern das Smartphone wieder ein. Den Regler schob ich auf lautlos. Es waren keine zehn Sekunden vergangen, als das Handy aufleuchtete. Fünf Nachrichten von Gabe!
Das Herz schlug mir bis zum Hals. Mein Zeigefinger verharrte unschlüssig über dem Display, doch ich ließ das Telefon in der Tasche verschwinden, als James das Atelier betrat.
"Guten Morgen, ihr Verrückten. Wir haben viel zu tun, es sind nur noch zwei Wochen bis zum Semesterende. Schnappt euch eure Kameras, wir werden uns gleich über den Campus hermachen. Vergesst die Jacken nicht, es sieht nach Regen aus." Er klatschte aufmunternd in die Hände.
Regen, wie passend, dachte ich und verzog den Mund. Ich schnappte mir meine digitale Spiegelreflexkamera und zog die Jacke über.

"Was werden wir fotografieren?" Brad sah James fragend an.

"Das liegt ganz bei euch. Alles, von dem ihr denkt, es könnte euch zu einer besseren Abschlussnote verhelfen: Gebäude, Pflanzen, Menschen. Völlig egal. Aber es werden nur Bilder zugelassen, die mit einer stimmigen Begründung eingereicht werden", seine Stimme klang entschieden. "Jetzt macht ihr erst mal nur die Fotos, am Nachmittag könnt ihr die Bilder am Rechner sichten und bearbeiten, was immer euch einfällt. Morgen legt mir jeder von euch fünf Bilder in der digitalen Version vor, einschließlich schriftlicher Begründung. Was darin einfließen sollte, habe ich euch per E-Mail zugeschickt. Außerdem verlange ich einen Papierausdruck, von eurem Favorit."

James schaute in die Runde. "Bereit? Dann los. Ihr braucht nicht zusammen gehen, doch bleibt auf dem Unigelände. Fotos von außerhalb werden disqualifiziert. Habt ihr eure Handys? Ich werde jeden von euch für eine gewisse Zeit begleiten, also seht zu, dass ihr erreichbar seid."

Ein einstimmiges Kopfnicken war unsere Antwort, und James hängte sich an Brads Fersen.

Wenn ich ehrlich war, musste ich zugeben, ich war nicht mal ansatzweise in der Stimmung zum Fotografieren.

Seufzend holte ich meine heißgeliebte Kamera heraus, die ein Geschenk gewesen war von Gingers Eltern. In der unbestimmten Absicht, zumindest die Kamelien abzulichten, ging ich zum Skulpturengarten.

Mit Schrecken bemerkte ich, dass sie verblüht waren.

Ratlos sah ich mich um.

In diesem Moment vibrierte mein Telefon, und ich zuckte zusammen. Ich starrte auf das Display. Eine weitere Nachricht von Gabe ... Sollte ich sie lesen?

Unschlüssig blickte ich umher und bekam einen gewaltigen Schrecken. Unter einem Baum saß er und hielt sein Smartphone in der Hand, ohne den Blick davon abzuwenden.

Ich kniff die Augen zusammen, als ich versuchte, seinen Gesichtsausdruck zu entschlüsseln. Eine Gänsehaut kroch meine Arme hinauf, als ich eine gewisse Traurigkeit an ihm wahrzunehmen glaubte. Doch streng genommen war ich viel zu weit entfernt, um das mit Sicherheit sagen zu können.

Ich hob die Kamera vor die Augen, blickte durch den Sucher und zoomte dichter heran. Jetzt hatte ich sein Gesicht in der Nahaufnahme. Unbewusst drückte ich auf den Auslöser. Als ich die Aufnahme betrachtete, bestätigte sich meine Ahnung. Er sah übernächtigt und traurig aus. Ein paar Mal blinzelte ich, um die aufsteigenden Tränen zurückzudrängen.

Langsam bewegte ich mich seitwärts, ging im Halbkreis um ihn herum, ließ ihn aber nicht aus den Augen. Als ich ihn im Profil sehen konnte, schoss ich ein weiteres Foto.

Um das Display im Schatten zu haben, drehte ich mich zur Seite. Beklommen erkannte ich, dass er die Lippe eingezogen hatte, als würde er darauf beißen.

Mir fiel Gilda wieder ein. Ob er ihr auch Nachrichten schrieb?

Er hob den Kopf, sah sich suchend um.

Von der Bewegung aufgeschreckt, duckte ich mich hastig hinter einem steinernen Sockel, auf dem eine zweigesichtige Skulptur ruhte.
Hatte er meinen Blick gespürt?
Das Herz klopfte mir bis zum Hals. Ich betete darum, dass er mich nicht gesehen hatte. So leise wie möglich schlich ich mich davon. Es wurde Zeit für die Fotos, machte ich mir bewusst.
Ziellos ließ ich mich über das Gelände treiben. Hier und da machte ich ein paar Aufnahmen: Von Gebäudeteilen, einem steinernen Pfad, einem schief gewachsenen Baum. Sogar eine bauschige Wolke nahm ich auf. Kaum eines davon stellte mich zufrieden. In Gedanken war ich ausschließlich mit Gabe beschäftigt.
Gerade war ich auf der Suche nach einem letzten Motiv, als mein Handy erneut vibrierte. Dieses Mal war es James. Ich drückte auf das Hörersymbol.
"Hey, James", sagte ich gespielt munter ins Telefon.
"Wo bist du?"
"An der Royce Hall, im Säulengang."
"Ich bin gleich da. Warte auf mich, okay?"
"Natürlich", antwortete ich und beendete das Gespräch.
Wieder starrte ich auf das Display. Sechs Nachrichten warteten darauf, gelesen zu werden. Ich schluckte krampfhaft. Ärgerlicherweise stiegen mir Tränen in die Augen.
"Ally." James kam auf mich zu. "Hast du schon alle Bilder zusammen, oder fehlt dir noch etwas?"
"Ich denke, ich habe erst vier."

"Was ist los, Kleines? Tränen?" Er sah mich abschätzend an. "Seit drei Wochen bist du total verändert. Wenn es nicht *du* wärst, dann würde ich sagen, du leidest an Liebeskummer."

Geschockt starrte ich meinen Lieblingsprofessor an. "So ein Quatsch!"

Er lachte. "Das klingt schon mehr nach deinem alten Selbst." Mit der Hand deutete er zur Tür. "Komm, lass uns zusehen, dass wir rein kommen. Ich befürchte, es wird gleich regnen."

"Dann warte ich darauf. Ich liebe Regen."

Er grinste. "Auch das klingt wieder mehr nach dir. Aber etwas anderes: Wenn du jemanden zum Reden oder Zuhören brauchst, dann kannst jederzeit zu mir kommen, okay?"

"Danke. Ich denke, ich muss erst einmal selbst klarkommen." Ich warf James ein schwaches Lächeln zu, das er mit einem besorgten Blick quittierte.

"Gib mir mal deine Kamera." Er nahm sie entgegen und blätterte durch den Speicher. "Hm, ein paar nette Bilder. Allerdings nichts Herausragendes. Der Baum sieht gut aus. Oh", er holte Luft und neigte den Kopf tiefer, "dieses hier ist phänomenal!" Er hielt mir das Display hin, sodass ich einen Blick darauf werfen konnte.

Mir schossen sofort Tränen in den Augen, als ich auf das Foto von Gabe starrte. Unbewusst biss ich mir auf die Lippe.

James riss die Kamera hoch und machte ein Bild von mir. Dann klickte er es im Speicher auf. "Du sieht genauso traurig aus, wie der junge Mann."

Die ersten Regentropfen fielen vom Himmel.
"Komm, mach dein Bild."
"Geh schon vor, ich brauche noch eine Weile."
"In Ordnung. Du hast eine Viertelstunde, okay?"
"Ja, verstanden. Bis gleich." Ich trat in den Regen hinaus und reckte das Gesicht zum Himmel. Die Tropfen waren kalt, die Luft roch frisch und feucht.
Seufzend schloss ich die Augen und genoss den Guss, der zunehmend stärker wurde. Die Nässe kroch durch den Stoff meiner Jacke. Ich streckte die Handfläche nach oben. Vereinzelte Regentropfen setzten sich auf meine Haut. Rasch hob ich die Kamera, um davon ein Bild einzufangen.
Anschließend blickte ich mich um.
Ein winziger Kolibri erregte meine Aufmerksamkeit. Fast hätte ich ihn übersehen. Er saß zusammengekauert auf einem Zweig, um sich vor dem Regen schützen. Vorsichtig hob ich die Kamera und schoss ein schnelles Bild. Dann veränderte ich die Einstellung an der Kamera, drückte mehrfach auf den Auslöser. Ich hoffte, dass ein Bild darunter war, auf dem ich die fallenden Tropfen eingefangen hatte.
Tief in Gedanken versunken machte ich mich auf den Weg zum Atelier. Bereits von weitem sah ich, dass Gabe vor dem Eingang der Uni stand.
Hilflos blieb ich stehen.
Ich bin noch nicht so weit, um mit ihm reden zu können, dachte ich panisch.
Doch ich musste in den Kurs zurückkehren. Mit gesenktem Kopf strebte ich auf den Eingang zu, mein verräterisches Herz raste wie verrückt.

Es war keine Überraschung, dass er seine Hand nach mir ausstreckte, als ich an ihm vorbeigehen wollte.
"Ally ..."
Seine Stimme riss meinen Kopf nach oben. Spürbar wich mir das Blut aus dem Gesicht. Hilflos starrte ich ihn an. Mich durchlief ein Zittern, als ich den flehenden Ausdruck in seinen Augen bemerkte.
Abwehrend schüttelte ich den Kopf und hastete an ihm vorbei.
"Ally, bitte. Ich muss mit dir reden."
Selbst wenn ich es gewollt hätte, ich war unfähig, einen Ton hervorzubringen. Stumm lief ich weiter. Als sich die Tür hinter mir schloss, begannen die ersten Tränen aus meinen Augen zu kullern.
Kurz darauf war ich hinter der Tür des Ateliers verschwunden.
"Scheiße, was ist mit dir?" Timo sprang von seinem Stuhl hoch. Mit sorgenvoller Miene kam er auf mich zu.
"Nichts, alles okay. Lass mich einfach."
James klatschte in die Hände. "In Ordnung, geben wir Ally ein paar Minuten. In der Zwischenzeit macht, bitte, eine Sicherheitskopie von euren Fotos und bringt mir die Speicherkarten. Danach könnt ihr Mittagspause machen. Wir treffen uns um eins wieder."
Die Jungs gaben schnell ihre Speicherkarten ab, Timo und Mario stürmten zur Tür hinaus.
Brad drückte sich am Ausgang herum. "Kommst du, Ally?"
Leise schniefend schüttelte ich den Kopf. "Wir sehen uns später, genieße die Pause."

Ich brachte ein zitterndes Lächeln zustande, doch Brad schien es nicht zu beruhigen.
Sich räuspernd sagte James: "Geh. Ich passe auf sie auf."
Brad zögerte, ging aber langsam hinaus.
Lautlos liefen die Tränen über mein Gesicht. Sie bereiteten mir erhebliche Mühe, eine Sicherheitskopie zu erstellen. Ich legte die Karte auf James seinen Schreibtisch, der in einer Ecke neben dem Fenster stand. "Kann ich die Pause über hier bleiben?"
"Sicher. Aber hast du keinen Hunger? Du hast außer ein paar Süßigkeiten nichts dabei, wie ich dich kenne."
Ein kleines Lachen entschlüpfte mir. "Das wird reichen müssen."
James griff nach seiner Ledertasche und holte einen roten Apfel daraus hervor. "Hier, iss den. Etwas Gesundes, zur Abwechslung mal." Lächelnd warf er ihn mir zu.
Ich fing ihn auf, und war überrascht, dass ich ihn nicht verfehlt hatte. "Danke", sagte ich schlicht.
Ich biss hinein, und etwas von dem Saft tropfte auf mein Shirt, doch es war vom Regen ohnehin nass.
Tief einatmend setzte ich mich vor meinen Laptop und öffnete den Fotoordner.
Ich ignorierte die ersten Bilder und begann mit der letzten Serie, den Fotos von dem Kolibri.
James stellte sich hinter mich. "Ein beeindruckendes Bild. Fast so gut wie das von dem jungen Mann."
Versuchsweise wandelte ich es in Graustufen um.
"Ja, der Effekt ist gut. Arbeite unbedingt an der Schärfe, um den Fokus auf den Regentropfen zu legen."

Er deutete mit dem Finger auf den Monitor.
Stumm nickte ich.
Er sah mich an, etwas Abwartendes lag in seinem Blick.
"Zeig mir doch noch mal das andere Bild."
Meine Hand, die eben noch neben dem Touchpad lag, fiel mir in den Schoß. Abwehrend schüttelte ich den Kopf. "Ich kann nicht."
"Ally, ich sage dir mal etwas: Es bringt nichts, vor Problemen wegzulaufen. Sie holen dich ein, früher oder später." Er seufzte. "Okay, hier ist der Deal: Du verschwindest mitsamt deinem Laptop nach Hause und erledigst die Aufgabe dort. Morgen früh will ich die Resultate auf meinem Tisch haben. Den Papierabzug kannst du im Labor machen, komm einfach eine halbe Stunde früher."
Mit weit geöffneten Augen schaute ich zu James auf, dann nickte. "Danke."
"Für dich, Kleines, immer gerne. Stell dich wieder auf die Füße, ja? Denk daran: Ich bin da, wenn du mich brauchst." Er warf mir einen letzten, aufmunternden Blick zu und ging hinaus.
Schnell klemmte ich mir den Laptop unter den Arm. Ich hastete ihm hinterher, allerdings lenkte ich meine Schritte zum Ausgang. Erleichtert registrierte ich, dass Gabe gegangen war.

Zwanzig Minuten später saß ich mit dem Laptop auf der Couch und klappte den Monitor hoch.
Ich hörte, wie sich der Wasserkocher ausschaltete.

Rasch sprang ich hoch, und goss mir einen Tee auf. Den Becher in der Hand haltend, setzte ich mich im Schneidersitz auf das Sofa. Vorsichtig nippte ich an dem heißen Getränk.
Erst jetzt öffnete ich die Fotos.
Verkrampft schluckte ich, als Gabes Gesicht auf dem Bildschirm auftauchte. Ich musterte das markante Kinn, den sinnlichen Mund. Seine Augen machten mir zu schaffen, denn die Traurigkeit darin war unübersehbar.
Mit zitternden Fingern klickte ich zum nächsten Bild weiter, das ihn im Profil zeigte. Seine Gefühle waren nicht zu erkennen. Einzig die Unterlippe, auf die er biss, verriet etwas über sein Befinden. Es dauerte eine Weile, bis ich mich von dem Foto losreißen konnte.
Ich klickte mich durch belanglose Aufnahmen, wobei mir das Foto des Baumes recht gut gefiel, sowie die Aufnahme von meinem Arm und den Regentropfen. Das Bild mit dem Kolibri beließ ich in schwarz-weiß, spielte etwas mit dem Kontrast und legte einen Frostfilter auf den Rand, um eine Unschärfe zu erzeugen.
Zufrieden damit, machte ich mich an die Bearbeitung des Arm-Fotos. Bei dem Bild vom Säulengang erwog ich kurz, eine historische Aufnahme in die neue hineinzuschneiden, entschied mich aber doch dagegen.
Nach einer knappen halben Stunde hatte ich vier Bilder zu meiner Zufriedenheit bearbeitet, das fünfte auszuwählen fiel mir schwer. Eigentlich kam nur das Foto von Gabe in Frage.
Himmel, kaum hatte ich es wieder auf dem Bildschirm, klopfte mein Herz wie verrückt.

Mit dem Zeigefinger der rechten Hand fuhr ich die Konturen seines Gesichts nach, doch mir fehlte der Mut, dasselbe mit seinen Lippen zu tun. Wie albern, da bloß der Laptop vor mir stand ...
Ich schloss die Augen und glaubte, seinen Mund auf meinem zu spüren. In diesem Moment wünschte ich mir sehnlichst, Gilda hätte uns nicht unterbrochen.
Moment mal, was?
Ich riss die Augen auf und fragte mich, woher der absurde Gedanke gekommen war.
Entschlossen verdrängte ich ihn, spielte stattdessen mit dem Foto herum. Rasch war klar, dass ich es größtenteils unbearbeitet lassen würde. Ich kitzelte etwas mehr Schärfe heraus und klickte auf Speichern.
Per E-Mail schickte ich das Bild auf mein Handy. Ohne besonderen Grund tat ich dasselbe mit dem Foto von mir, das James geschossen hatte.
Die fünf Bilder zog ich auf eine leere Speicherkarte, steckte sie und den Laptop in meine Umhängetasche, um beides für morgen griffbereit zu haben. Anschließend arbeitete ich einige Minuten an dem Fragebogen und schickte ihn per E-Mail an James.
Seufzend griff ich nach meinem Becher und nahm einen Schluck. Angewidert verzog ich das Gesicht, da der Tee eiskalt geworden war, und stellte ihn zurück auf den Tisch. Ich schaute aufs Handy und sah die sechs Nachrichten. Doch ich war nicht imstande, sie zu öffnen. Meine Angst war zu groß ...
Hilflos schloss ich die Augen, erlaubte jedoch meinen Gedanken, frei zu fließen.
Es war Gabes Gesicht, das immer wieder auftauchte.

Doch auch die Gefühle, die ich bislang rigoros unterdrückt hatte. Jetzt betrachtete ich sie näher, holte sie ans Licht. Sie waren warm, hingerissen bei dem Gedanken an ihn. Zum ersten Mal wurde mir bewusst, wie stark die Emotionen waren, die er in mir weckte. Doch wie gewohnt schaltete sich mein Verstand dazwischen, predigte mir, dass er kein Mann für eine Beziehung war. Und dass ich mich von ihm fernhalten sollte.
Weshalb musste ich mich bloß in jemanden wie ihn verlieben?
Er ließ nichts unversucht, um mich ins Bett zu bekommen, das hatten seine Küsse hinlänglich bewiesen. Doch für eine kurze Affäre war ich einfach nicht geschaffen.
Moment, was hatte ich gerade gedacht?
Ich bin in ihn verliebt? Bitte, alles, nur das nicht!
Geschockt schlug ich die Hände vors Gesicht.
Herr im Himmel, steh mir bei ...
Jetzt verstand ich, weshalb mein Körper so hingebungsvoll auf ihn reagierte. Fassungslos starrte ich vor mich hin.
Du kannst es dir nicht aussuchen, in wen du dich verliebst.
Dieser uralte Satz geisterte durch meinen Kopf. Wie viel Wahrheit darin steckte ...
Denn wenn ich die Wahl gehabt hätte, dann hätte ich mich *gegen* Gabe entschieden, aus der Angst heraus, erneut verletzt zu werden.
So ungern ich es mir eingestand, Ginger hatte Recht: Ich traute mich nicht, mein Herz zu öffnen.

Kapitel 15

Eduardo

Am Donnerstag Nachmittag bekam ich eine Nachricht, mit der ich gar nicht mehr rechnete. Sie lenkte mich ein wenig ab von meinem inneren Zwiespalt.

Eduardo
Hallo, hübsche Fremde!
Jetzt habe ich dir fast eine ganze Woche Zeit gelassen …
Ich konnte mich nicht eher melden, ich hatte zu viel um die Ohren wegen der Abschlussprüfungen.
Hast du Lust auf eine Spritztour? Ich möchte mir den Kopf freipusten lassen, und das geht mit einer Runde auf dem Bike am besten. Mit Gesellschaft würde es noch mehr Spaß machen.
Was sagst du?

Eine ganze Weile dachte ich darüber nach, da es mich ungemein reizte. Die Worte *den Kopf freipusten* hatten mich gepackt.
Jedoch wollte ich ungern Hoffnungen in ihm wecken.

Ally
Hallo, Unbekannter.
Wer ist denn da? Kenne ich dich? (Kleiner Scherz …)
Kopf freipusten klingt verführerisch gut.

Doch es gibt etwas, was du wissen solltest.
Ich habe dir bereits gesagt, dass ich für eine Freundschaft jederzeit zu haben bin. Deine Worte sind mir noch gut in Erinnerung: Dass du für Spaß oder als Mr. Right zur Verfügung stehst.
Doch ich habe mein Herz an jemand anderen verschenkt. Ich denke, du solltest das wissen!

Eduardo
Was soll ich dazu sagen? Glückwunsch, dass du in festen Händen bist?
Ich gebe zu, ich bin nicht in der Stimmung für Luftsprünge. Aber es verblüfft mich auch nicht. Ich hatte mich ohnehin gewundert, dass du Single warst, so liebenswert und süß, wie du bist.
Hoffentlich trägt er dich auf Händen, denn das verdienst du!
Was deine Freundschaft anbelangt: Ich habe dir gesagt, du darfst mit mir fahren, wann immer dir danach ist. Wie sieht es mit gleich aus?

Ally
Ich würde wahnsinnig gern wieder mit dir fahren! Und zum Gratulieren besteht kein Grund, da derjenige, den ich liebe, mich nicht haben will.

Eduardo
Also sind wir schon zu zweit, was enttäuschte Liebe angeht …
Um wie viel Uhr soll ich dich abholen?

Ally
Ich habe nichts vor. Also wann immer es dir passt.

Eduardo
Ich bin in zwanzig Minuten da.
Soll ich dir eine Lederjacke mitbringen? Die würde am besten den Fahrtwind abhalten. Sollte es zu einem Sturz kommen, dann schützt sie die Haut besser als jede andere Jacke. Du musst dir jedoch keine Sorgen machen, ich bin noch nie mit dem Motorrad gestürzt.

Ally
Das wäre echt nett, danke. Bis gleich, ich freue mich.

Mir war etwas komisch zumute, denn ich hatte ihn erst ein Mal getroffen. Und das unter Alkoholeinfluss. Dennoch freute ich mich auf die Tour.
Ich stand von der Couch auf, auf der ich mich eingekuschelt hatte, um meinem neuesten Hobby - dem Grübeln – nachzugehen.
Rasch zog ich mir eine frische Jeans an und ging ins Bad, um mir die Haare zu einem Zopf zu flechten. Als ich in den Spiegel schaute, erschrak ich über mein blasses Gesicht. Entschlossen griff ich zum Lippenstift. Ich schnappte mir meine Bankkarte, Schlüssel und Handy, dann eilte ich die Stufen hinunter.
Mit einem mulmigen Gefühl lehnte ich mich an den Briefkasten, um auf Eduardo zu warten. Das flaue Gefühl hatte ich nicht wegen ihm, sondern wegen Gabe.

Vor genau einer Woche hatte er hier gestanden und auf mich gewartet.
Jetzt hörte ich ein knatterndes Motorengeräusch. Ich richtete mich auf, um die Straße hinunterzuschauen. Sekunden später hielt Eduardo neben mir an. Er schaltete den Motor aus und nahm seinen Helm ab.
"Hallo." Ein Lächeln lag um seinen Mund.
"Hey", grüßte ich zurück.
Sein Lächeln verstärkte sich. "So hübsch, wie ich dich in Erinnerung behalten habe."
"Und ich lerne allmählich, dass die coolen Biker ihre Sprüche beherrschen." Amüsiert grinste ich zurück.
"Da hast du recht. Das eben war aber ehrlich gemeint." Mit den Händen griff er nach dem Ersatzhelm und löste den Gurt. "Hier, die Jacke steckt drin."
Ich zog die schmal geschnittene Jacke heraus und schlüpfte hinein. Sie passte erstaunlich gut. Dann setzte ich den Helm auf. Ich versuchte mein Glück mit dem Kinngurt, doch ich bekam den Dreh einfach nicht raus.
"Komm, lass mich dir helfen." Eduardo schloss den Gurt, dann strich er kurz mit einem Finger über mein Kinn.
Ich zuckte zurück. "He, ich bin kitzelig, lass das!"
"Schon gut, Kätzchen. Ich wollte nur sehen, ob der Gurt eng genug sitzt." Er zwinkerte und zog seinen Helm an. "Bist du bereit?"
Als ich nickte, fragte er knapp: "Wohin?"
"Keine Ahnung. Ich kenne nur die Uni und die direkte Umgebung."
"Du kennst L.A. gar nicht? Dann fangen wir mit dem Wahrzeichen an. Komm, steig auf."

Ich schwang mich hinter ihn und schlang die Arme um seine Mitte.

Wieder fuhr er äußerst sanft an, sodass ich den Griff etwas lockerte. Als er schneller fuhr, erfasste mich wieder dieses Wahnsinnsgefühl. Fast war mir, als würden wir zum Fliegen ansetzen. Unter dem Helm verborgen grinste ich.

Eduardo bog ab auf die Interstate 405 in Richtung Norden. Er hätte das Tempo auf fünfundsechzig Meilen beschleunigen können, doch in der Rushhour konnte man davon höchstens träumen.

Wir waren ungefähr eine Stunde unterwegs, als Eduardo nach links in eine Haltebucht abbog, die erstaunlich gut besucht war.

"Wo sind wir?"

Eduardo half mir mit dem Gurt, und ich zog den Helm aus. "North Canyon Lake Drive, falls dir das etwas sagt. Aber schau da hoch", er deutete mit dem Finger. "Deswegen habe ich dich hergebracht."

Ich folgte mit dem Blick und sah zum ersten Mal in meinem Leben das berühmte Hollywood Zeichen. "Wow", mehr brachte ich nicht heraus.

"Ich würde mit dir hoch wandern, das dauert ungefähr eine Stunde. Die Aussicht von dort oben ist grandios. Aber ich denke nicht, dass du dafür zu haben bist, oder?"

Ich schüttelte energisch den Kopf. "Richtig geraten. Ich unsportliches Huhn soll eine Stunde wandern?"

"Zwei Stunden, da wir ja auch noch zurück müssten."

"Dann also zwei Mal nein!" Ich musste grinsen.

"Komm, lass uns ein Foto machen."

Er zog mich an der Hand zu einem rechteckigen, sandfarbenen Stein. Ein Pärchen stand darauf und ließ sich von einem jungen Mann fotografieren, das Wahrzeichen im Hintergrund.

Bald waren wir an der Reihe. Das Paar hinter uns war so freundlich, mit meinem Handy zwei Bilder von uns zu machen.

"Ich hoffe, du schickst mir das Bild nachher?" Er sah mich fragend an.

"Na klar." Ich schenkte ihm ein Lächeln. "Das hat mir gefallen."

"Mir auch. Wie sieht es aus, wollen wir irgendwo etwas essen gehen?"

"Gerne. Ich habe seit der Mittagspause nichts mehr gegessen."

"Wo möchtest du hin?"

"Völlig egal. Gerne Fast Food, aber entscheide du."

"Echt, Fast Food? So schlank wie du bist, dachte ich, du meidest solche Restaurants. Aber wenn das so ist, welche Kette bevorzugst du?"

"Hardee's! Ein Carl's Junior tut es aber auch. Aber dieses Mal darfst du aussuchen."

"Lass uns losfahren. Mal sehen, was uns über den Weg läuft."

Wieder versuchte ich mein Glück mit dem Gurt, doch ich scheiterte kläglich.

"Schau mal her, ich zeige es dir an meinem Helm. Der Gurt muss durch die Lasche, danach ziehst du ihn in die entgegengesetzte Richtung. Und dann den Druckknopf schließen."

"Oh", machte ich, als es zum ersten Mal Sinn ergab.

Ich grinste schief, schloss den Gurt mit Leichtigkeit und musste über mich selbst lachen.

"Ich mag dein Lachen", bemerkte er lächelnd.

Eine ganze Weile später parkte Eduardo sein Bike. Wir verstauten die Helme, und er griff nach meiner Hand. Ich zog sie aus seiner Reichweite, denn mir war nicht nach Komplikationen zumute.

"Kätzchen, vor mir brauchst du keine Angst haben."

"Habe ich auch nicht. Tatsache ist aber, dass ich in jemand anderen verliebt bin."

"Das habe ich verstanden. Trotzdem kann ich doch deine Hand halten." Dieses Mal erhaschte er sie, und ich ließ es zu, dass er sie festhielt.

Mit unseren Burgern setzten wir uns an einen kleinen Tisch, der unangenehm klebte, als ich meine Unterarme darauf ablegte.

Ein Biss reichte jedoch aus, schon schwebte ich im siebten Himmel. Genießerisch schloss ich die Augen, ließ mir den Geschmack auf der Zunge zergehen.

"Cheeseburger mit Speck ist dein Lieblingsburger?"

"Ja. Im Hardee's hätte ich mir einen Monster Thickburger bestellt, der ist der Beste von allen. Ich schaffe es nur nie, den aufzuessen."

Er ließ ein leises Lachen hören, das sehr angenehm klang. Dann murmelte er: "Verdammt."

Ich zog verwundert eine Augenbraue hoch. "Was ist los?"

"Ach, du weißt schon. Endlich finde ich eine Frau, die mir gefällt. Eine, die nicht wie ein Spatz isst. Die lustig, klug, ehrlich und hübsch ist. Und dann ist sie leider in einen Anderen verliebt."

Betroffen blickte ich ihn an. "Manchmal ist das Leben echt scheiße, stimmts? Mir wäre es auch lieber gewesen, wenn ich mich nicht verliebt hätte. Das kannst du mir gerne glauben." Niedergeschlagen verzog ich den Mund.
"Warum hast du dich in ihn verliebt? Was hat er, was dich anzieht?"
Sofort stand mir Gabes Gesicht vor Augen.
Nachdenklich biss ich von dem Burger ab und trank einen Schluck Cola. "Das kann ich nicht mit ein oder zwei Worten beantworten. Zuerst war es sein Aussehen, was mich aber mehr gestört hat, als dass es mich angezogen hätte."
Ich wollte weitersprechen, doch Eduardo unterbrach mich: "Wieso? Sieht er so übel aus?"
Ich lachte trocken auf. "Nein. Er sieht zu gut aus."
"*Zu* gut? Jetzt machst du mich neugierig. Kann jemand zu gut aussehen? Und was ist schlimm daran?"
"Natürlich kann jemand zu gut aussehen. Schau mich doch an, so blass und hell. Er ist eher dunkel. Jemand, den man immerzu anschauen möchte und trotzdem nicht genug bekommt."
Eduardo grinste. "Blass und hell? Ich würde dich eher als Engel beschreiben."
"Also *das* höre ich zum ersten Mal", scherzte ich und grinste.
"Es stimmt aber, du kannst es nicht bestreiten. Mit deinen langen, blonden Haaren und den strahlend blauen Augen bist du der Inbegriff eines Engels."
Heiß schoss mir das Blut in den Kopf, so verlegen machten mich seine Worte.

Er lachte leise und fuhr fort: "Dazu passt dein zierlicher Körper perfekt, zumal du dich äußerst anmutig bewegst."

"Danke. Ich denke, das reicht für einen Tag an Komplimenten." Ich kräuselte die Nase.

Laut platzte ein Lachen aus ihm heraus. "Ehrlich gemeinte Komplimente. Aber lass uns zurückkommen auf ... Wie sagtest du, war sein Name?"

"Gabe", flüsterte ich fast unhörbar. Ein Zittern durchlief meinen Körper. Von einer Sekunde zur anderen brannte Sehnsucht in mir. Als würde er mir gegenüber sitzen, glaubte ich, den Duft von seinem Duschgel zu riechen. Ich erinnerte mich an die Küsse, diese wundervoll zarten Küsse. Mir war, als könnte ich die Wärme seiner Lippen spüren.

"Was ist zwischen euch vorgefallen?"

"Nichts. Er hat mich geküsst und versucht, mich ins Bett zu bekommen. Ich habe ihn abgewiesen. So einfach."

"Warum hast du ihn abgewiesen?"

"Weil ich nicht auf der Suche nach einem One-Night-Stand bin."

"Oh, verstehe. Du suchst nach Mr. Right."

"Ja", antwortete ich seufzend. "Allmählich halte ich mich selbst für bescheuert. Was, wenn ich einem unerreichbaren Traum nachjage?"

Mir fiel mein Burger wieder ein, doch mir war der Appetit vergangen. Ich schob das Tablett zur Seite.

"Hoffen wir nicht alle auf die eine Person, die zu uns passt? Die uns glücklich macht? Deren simple Anwesenheit den Tag erhellt?" Seine Stimme klang seltsam.

Sichtlich riss er sich zusammen. "Also, rück raus mit der Sprache."
Verwirrt sah ich ihn an, gedanklich noch mit seinen traurigen Sätzen beschäftigt.
"Was hat er, was dich so anzieht?"
"Oh ..." Einen Augenblick starrte ich blicklos auf meine Hände. "Ich kenne ihn noch nicht sehr lange. Auf der einen Seite reagiere ich körperlich auf ihn. Doch ich glaube, verliebt habe ich mich, als wir zusammen gespielt haben."
"Gespielt? Was denn gespielt?"
"Er Klavier und ich Geige."
"Oh." Mehr sagte Eduardo nicht. An seinem Gesicht konnte man seine Verblüffung ablesen. "Was war daran so besonders?"
"Ich hatte das Gefühl ..." Schmerzhaft bohrte ich meine Zähne in die Lippe.
"Ja?"
"Ich hatte das Gefühl, dass seine und meine Seele verschmolzen."
"Wow, das ist starker Tobak." Er atmete tief durch, dann fragte er: "Was noch?"
"Seine Stimme."
Jetzt klang er extrem belustigt. "Was ist mit seiner Stimme?"
"Du willst es ganz genau wissen, was?"
"Ja, will ich. Also, seine Stimme?"
"Keine Ahnung. Sie ist wie Samt. Selbst bei geschlossenen Augen durchdringt sie mich." Es war leicht, sie sich vorzustellen. Schon kribbelte eine Gänsehaut über meine Unterarme.

"Klingt danach, als hätte es dich voll und ganz erwischt."

Ich blickte ihn an und nickte ganz langsam. "Ich fürchte, ja."

Er schenkte mir ein bedauerndes Lächeln.

Gewaltsam verdrängte ich Gabe aus meinem Kopf. "Bist du satt? Kannst du mich nach Hause bringen?"

Eduardo nickte, und wir warfen den Abfall in den Mülleimer, der neben dem Ausgang stand.

Mit dem Motorrad sausten wir den Freeway entlang. Wieder genoss ich die Fahrt und die Freiheit, die damit einher ging.

Als er seine Maschine vor meinem Haus stoppte, stieg ich mit leichtem Bedauern ab. Flink zog ich den Helm aus und reichte ihn Eduardo, der ihn festschnallte. Die Jacke faltete ich und schob sie in den Helm.

Lächelnd wandte ich mich ihm zu: "Es war schön, ich danke dir."

"Ich danke für deine Gesellschaft und das Essen. Beim nächsten Mal bezahle ich." Sein charmantes Lächeln machte mich ein wenig verlegen. "Falls aus euch doch ein Paar wird, dann sag ihm von mir, dass er ein Glückspilz ist. Versprichst du mir das?"

Mit aufgerissenen Augen blickte ich ihn an.

Er lächelte nur. Seine Hand hob sich, um über mein Kinn zu streicheln. "Machs gut, Kätzchen. Auch wenn es mir anders lieber wäre, werde ich dich weitestgehend in Ruhe lassen. Texten darf ich dir aber, oder?"

Er wartete mein Nicken ab, dann sagte er: "Sag Bescheid, wenn du eine Runde drehen willst. Mein Angebot bleibt bestehen, vergiss das nicht."

Ich schenkte ihm ein Lächeln, dann flüsterte ich: "Danke."
"Nichts zu danken, Kätzchen. Vergiss nicht, mir das Foto zu schicken." Er schwang das Bein über den Sitz.
Mit einem satten, laut knatternden Geräusch startete der Motor. Eduardo stülpte sich den Helm über, hob die Hand zum Gruß und fuhr los. Augenblicke später war er um die Ecke verschwunden.

Kapitel 16

Fahrstuhl

Am Samstagabend lief ich durch leichten Nieselregen und verfluchte das Wetter. Die Haare pappten mir feucht an den Wangen, und meinem Kleid erging es nicht besser.
Endlich erreichte ich das *Mayflower*.
Froh trat ich ins Trockene. Ich zog meinen Geigenkoffer unter der Jacke hervor, als ich mich auf den Weg zur Bar machte.
Seufzend stieg ich die Treppe zur Bühne hinauf, verschwand in dem kleinen Raum. Ernüchtert betrachtete ich mich im Spiegel, nachdem ich alle Lampen eingeschaltet hatte. Am liebsten wäre ich zurück nach Hause gelaufen. Doch Jay hatte mir einen tollen Job angeboten, und ich wollte ihn nicht enttäuschen, auch wenn mir nicht zum Spielen zumute war.
Gewaltsam riss ich mich zusammen. Ich brachte mein Make-up in Ordnung. An den feuchten Haaren konnte ich nichts machen. Da sie von Natur aus glatt waren, sah es nicht allzu schlimm aus. Ich schaltete den Vibrationsalarm meines Handys ein, steckte es in die Gürteltasche.
Nervös betrat ich die Bühne, sah mich aber nicht um. Sofort schloss ich die Augen, und die Musik befreite mich für eineinhalb Stunden, ließ aber meine Traurigkeit nicht verblassen.

Hin und wieder wurde mir bewusst, welch melancholische Stücke aus mir herausflossen, doch ich besaß nicht die Stärke, fröhliche Melodien zu spielen.
Als der Alarm mich aus der Versunkenheit riss, öffnete ich geschockt die Augen.
Staunend tastete mein Blick über die vielen Menschen. Ich konnte keinen freien Stuhl entdecken. Verblüfft bemerkte ich einige junge Leute, die dicht vor der Bühne auf dem Boden saßen. So viel Aufmerksamkeit trieb mir das Blut in die Wangen.
Dann fiel mein Blick auf Gabe. Er saß an dem Tisch, welcher der Bühnentreppe am nächsten stand. Mir wurde der Atem knapp, krampfhaft bemühte ich mich, die Fassung zu bewahren.
Ich schloss die Lider und stimmte als letztes Lied *Smile* von Nat King Cole an. Sofort war mir klar, dass diese Art des Ausschließens nicht funktionierte, zumal ich seinen Blick körperlich zu spüren glaubte.
Seufzend kapitulierte ich. Als ich die Augen öffnete, traf mein Blick genau in seinen. Unwillig schüttelte ich den Kopf, konnte mich aber nicht von ihm lösen.
Endlich war das Lied zu Ende. Ich knickste und ging bemüht langsam in den Nebenraum, während das Publikum applaudierte.
Heftig bedauerte ich, dass es keinen zweiten Ausgang gab. Wohl oder übel würde ich an Gabe vorbeigehen müssen.
Ich streckte die Hand nach dem Türknauf aus, und erschrak darüber, wie heftig sie zitterte. Dreimal rang ich nach Luft, erst dann war ich in der Lage, die Tür zu öffnen.

Er stand am Fuß der Treppe, und sah mir schweigend entgegen, mit einem ernsten Ausdruck im Gesicht.

Ich sog die Lippen in den Mund und schüttelte stumm den Kopf.

"Bitte, Ally. Ich muss mit dir reden. Lass mich dir erklären ..."

Abwehrend hob ich den Arm und unterbrach ihn: "Ich will aber nicht mit dir reden."

"Weshalb nicht? Kannst du mir nicht wenigstens das verraten?", fragte er mit eindringlicher Stimme.

Ihn zur Seite schiebend, drängte ich mich an ihm vorbei. Die schlichte Berührung seiner Schulter durchfuhr meinen Körper wie ein Schlag. Mir wurde heiß und kalt, schlagartig bekam ich Probleme mit der Atmung. Ich musste mich dazu zwingen, ihn weiterhin zu ignorieren. Tief in mir wusste ich, dass ich mich sonst in seine Arme werfen und ihn anflehen würde, mich wieder zu küssen ...

Schweigend lief ich in Richtung Ausgang.

Eine ältere Frau trat mir in den Weg. "Darf ich Ihnen sagen, wie sehr mir Ihr Spiel gefallen hat, meine Liebe?"

Erneut schoss mir das Blut in die Wangen. "Danke", murmelte ich verlegen.

"Ich danke Ihnen! Es war ein Vergnügen Ihnen zuzuhören." Sie strahlte mich an.

Ich nickte und sagte leise: "Sehr freundlich, danke. Auf Wiedersehen."

"Auf Wiedersehen, meine Liebe." Sie tätschelte meinen Arm und drehte sich zu ihrem Begleiter um.

Ich setzte meinen Weg fort, Gabe folgte mir.

Im Foyer kam uns Jay entgegen. "Ally, wie gut, dass ich dich noch antreffe. Wenn du einen Moment Zeit hast, dann würde ich dir gerne jemanden vorstellen." Erwartungsvoll sah er mich an.
Ergeben nickte ich. *So kann ich wenigstens Gabe entrinnen*, dachte ich erleichtert.
Seine nächsten Worte waren allerdings wie eine kalte Dusche. "Gabe, die Einladung gilt auch für dich. Mr. Hong ist Koreaner, und auf Geschäftsreise. Er möchte euch zwei um etwas bitten. Vielleicht fahrt ihr schon mal hoch, Zimmernummer 1108. Ich muss leider kurz in mein Büro, doch in spätestens fünf Minuten komme ich nach. Dann mache ich euch mit Mr. Hong bekannt." Jay deutete zum Fahrstuhl und eilte den Korridor hinunter.
Scheiße, weshalb war ich an diesem verflixten Abend bloß hierher gekommen?
Ich drückte auf den Fahrstuhlknopf. Mit einem leisen *Pling* öffneten sich die Türen. Mit abgewandtem Gesicht stieg ich ein und wartete darauf, dass Gabe nachkam.
Doch er stand wie angewurzelt im Flur.
Langsam schlossen sich die Türen. Automatisch trat ich vor und streckte die Hand aus, um die Lichtschranke zu durchbrechen. "Was ist?" Mehr wollte und konnte ich nicht sagen. Ich mied weiterhin seinen Blick.
"Ich nehme lieber die Treppe."
Ein Blick auf die Etagenknöpfe verriet mir, dass wir in den elften Stock hinauf mussten. "Elfte Etage. Und du willst die Treppe laufen? Viel Spaß dabei."

Er trat einen Schritt näher, zögerte noch.

Ich zog die Hand zurück und drückte auf die Nummer elf.

Augenscheinlich gab er sich einen Ruck, stieg ein und stellte sich neben mich an die hintere Wand. Sein Atem ging schnell und flach, was mich verwunderte.

Die Türen schlossen sich. Ruckartig setzte sich der Fahrstuhl in Bewegung.

Verstohlen musterte ich ihn von der Seite und sah mit Schrecken, dass sich auf seiner Stirn Schweißperlen bildeten.

Meine Abwehr brach augenblicklich in sich zusammen, denn es war leicht zu erkennen, dass er von Angst gepackt war. Fast hätte ich meine Hand ausgestreckt, um ihn zu beruhigen.

Gabe biss sich auf die Lippe, und seine Arme begannen zu zittern.

Insgeheim wünschte ich mir, er wäre die Treppen gelaufen. Ihn so zu sehen, setzte mir unheimlich zu. "Ist alles okay?", fragte ich leise.

Doch er schüttelte wortlos den Kopf.

Hatte er eine Vorahnung gehabt?

Die Frage stellte sich mir, kaum, dass der Fahrstuhl anfing heftig zu ruckeln. Abrupt blieb er stehen.

"Scheiße." Flach und extrem gestresst klang seine Stimme, mein Herz zog sich schmerzlich zusammen bei seinem Anblick. Voller Mitgefühl sah ich ihn an.

Er kniff die Augen zusammen, seine Stirn legte sich in tiefen Falten.

"Keine Sorge, sicherlich geht es gleich weiter", sagte ich betont munter und drückte auf den Alarmknopf.

Doch es kam keine Reaktion.
"Bestimmt." Seine Stimme war leiser als zuvor. Die Augen hielt er geschlossen.
Probeweise drückte ich die Taste für das zehnte Stockwerk, aber wieder nichts.
Aus den Augenwinkeln sah ich, wie er an der Wand nach unten rutschte. Haltlos zitternd saß er auf dem Boden. Seine Atmung bereitete mir Sorge, da sie immer flacher und unregelmäßiger wurde.
Mit ruhiger Hand ergriff ich den Hörer vom Nottelefon, doch es war tot. Die komplette Elektronik des Fahrstuhls schien ausgefallen zu sein.
Fast hätte ich mir die flache Hand vor die Stirn geschlagen, als mir mein Handy einfiel. Schnell fischte ich es aus der Hosentasche.
"Es tut mir leid, Ally", sagte er flüsternd. Es war unvermeidlich, die Verzweiflung in der Klangfarbe seiner Stimme wahrzunehmen. "Ich hätte niemals in diesen bescheuerten Fahrstuhl einsteigen dürfen."
"Entspann dich, so gut du kannst. Lass mich erst einmal versuchen, unsere Möglichkeiten auszuschöpfen."
Am liebsten hätte ich über seine Haare gestreichelt, wie bei einem kleinen Kind, das man trösten möchte. Doch ich verkniff es mir, da es mir unpassend vorkam.
Mit dem Smartphone versuchte ich, Jay zu erreichen. Innerlich fluchend warf ich den Kopf in den Nacken.
"Gib mir mal dein Handy, bitte. Meins hat keinen Empfang hier drin."
Er zog es langsam aus der Hosentasche.
Ich nahm es ihm aus den zitternden Fingern. "Oh, kannst du es entsperren? Oder sag mir den Code an."

"Drei, acht, vier, neun, sieben, sieben", flüsterte er mit stockendem Atem.

Hastig tippte ich Zahlenfolge ein. Kurz blinzelte ich überrascht, denn es war das Foto aus dem *Starbucks*, das er von mir gemacht hatte, was auf dem Display als Hintergrund eingerichtet war. Doch jetzt war nicht der richtige Moment, ihn darauf anzusprechen.

Rasch wählte ich Jays Nummer, doch nur ein schneller Piepton war zu hören. Genervt seufzte ich: "Mist."

Ich drückte Gabe das Telefon gegen die Hand, er öffnete sie und ich legte es hinein.

Achtlos steckte er es zurück in die Hosentasche.

Als nächstes versuchte ich, die Türen mit den Händen öffnen, doch sie gaben keinen Millimeter nach.

"Meinst du, du könntest mich für einen Moment unterstützen?"

Doch er schüttelte den Kopf und murmelte: "Sorry."

"Schon gut. Ich denke ohnehin nicht, dass es etwas gebracht hätte." Kurz überlegte ich. "Vielleicht sollte ich versuchen, durch das Dach hochzuklettern, wie in dem Film *Stirb langsam*?"

"O Gott! Ally, nein!" Er riss die Augen auf. Noch blasser als zuvor starrte er mich an. Angst loderte in seinen Augen, doch schon schlossen sich die Lider erneut.

Wieder sog ich meine Lippen in den Mund. "Keine Ahnung, was wir sonst noch machen könnten. Außer abwarten, meine ich."

Beklommen sah ich ihn an. "Sicher wird Jay uns bald hier rausholen. Er wollte doch gleich nachkommen." In meinem Inneren hoffte ich, ihm mit diesen Worten etwas Hoffnung schenken zu können.

Ich setzte mich neben ihn auf den Boden, unsicher, wie ich mich verhalten sollte.
Er atmete ungleichmäßig, was in mir das Bedürfnis auslöste, ihn zu streicheln. In mir kroch Angst um ihn hoch.
Wenn ich ihm nur helfen könnte ...
Sekundenlang tönten die Worte echogleich in meinem Kopf, dann fasste ich den Mut, sie laut auszusprechen: "Kann ich dir irgendwie helfen?"
"Sprich mit mir. Lenk mich ab, ja?" Sein Körper schien mehr und mehr zu verkrampfen. Ganz kurz öffnete er die Augen, um mich anzusehen. Geschockt sah ich Panik in ihnen flackern.
O Gott!
Diese heftige Emotion stand im krassen Gegensatz zu seinem ansonsten ruhigen Körper. Offenbar verfügte er über eine gewaltige Selbstbeherrschung, nur seine Arme zitterten noch immer.
Ich rutschte, ohne nachzudenken, näher an ihn heran, griff nach seiner rechten Hand. In mir brannte das Bedürfnis, ihm zu helfen. Sie zuckte, doch er ließ es geschehen.
"Okay", ich räusperte mich, "dann wollen wir mal. Einmal hast du gesagt, du willst mich besser kennenlernen. Also hör zu. Und entschuldige, dass mir gerade nichts Gescheiteres einfällt."
Er drückte kurz meine Hand, was ich als Zustimmung auffasste.
"Im Herbst werde ich meinen vierundzwanzigsten Geburtstag feiern. Geboren bin ich am dreizehnten Oktober, vom Sternzeichen bin ich Waage. Meine Eltern,

Julie und Thomas, sind kurz nach meinem sechzehnten Geburtstag bei einem Autounfall ums Leben gekommen. Das war eine schlimme Zeit für mich. Auch wenn ich glaube, für die zwei war es besser, gemeinsam zu sterben. Sie liebten sich sehr, und ich bin nicht sicher, wie einer ohne den anderen hätte weiterleben können." Kurz verstummte ich, warf ihm einen fragenden Blick zu.

Die Augen geschlossen, lehnte er den Kopf nach hinten, stützte ihn an der Wand ab. "Erzähl weiter, bitte." Noch immer klang seine Stimme gepresst, doch er schien mir etwas entspannter, als vor einer Minute.

"Außer meinen Eltern hatte ich keine weitere Familie. Zunächst war unklar, wo ich bis zu meiner Volljährigkeit leben würde. Für einen knappen Monat musste ich in ein Heim, dann durfte ich zu den Eltern meiner besten Freundin ziehen, die einen Antrag auf Pflegschaft gestellt hatten. Ginger und ich sind seit der vierten Klasse miteinander befreundet, seit sie mit ihrer Familie in unsere Stadt zog. Wir wohnten nicht weit voneinander entfernt, und haben unsere gesamte Zeit zusammen verbracht. So hatten meine Eltern, beziehungsweise ihre, immer entweder gar keine Tochter, oder eben gleich zwei. Ständig haben wir bei der jeweils anderen übernachtet."

Ich holte kurz Luft, die ich hörbar wieder ausstieß. "Ich kann nicht in Worte fassen, welch ein Glück es für mich war, Ginger zu haben und dass ihre Familie mich aufgenommen hat. Mit dem Studium hat sich aber unser beider Leben total verändert."

Wieder unterbrach ich mich, um tief Luft zu holen.

"Der Umzug nach L.A. war total aufregend. Ursprünglich wollten wir uns zusammen eine Wohnung nehmen, doch Ginger wäre durchgedreht, wegen meiner Geige. Und ich wegen ihren ständigen Affären." Meine Worte entlockten ihm ein Lachen.
"Zu Beginn haben wir beide Kunst studiert, doch schnell stellte sich für Ginger heraus, dass es ihr nicht lag. Fast jedes Semester hat sie ein neues Studium begonnen, derzeit versucht sie es mit Architektur."
Gabe räusperte sich. "Erzähl mir lieber von dir, bitte."
"Oh. Entschuldige, das war keine Absicht." Verlegen sah ich ihn von der Seite an und nahm einen neuen Anlauf.
"Wir lebten in einem kleinen Haus in Antelope, die nächst größere und bekanntere Stadt ist Sacramento, die etwas weiter im Süden liegt. Meine Großeltern habe ich nie kennengelernt, da sie schon vor meiner Geburt gestorben sind. Als ich vier wurde, haben meine Eltern mir einen Hund zum Geburtstag geschenkt. Ich habe ihn Diego genannt. So hieß einer unserer Nachbarn, den mochte ich, weil er mir oft Süßigkeiten geschenkt hat. Diego war eine Promenadenmischung, und keiner konnte sagen, welche Rassen in ihm steckten. Jedenfalls erinnere ich mich - und das ist eine meiner frühesten Kindheitserinnerungen - dass ich ihn einmal verkleidet habe. Das war in unserem ersten, gemeinsamen Sommer. Ich hatte ihm einen Pullover, Schal und Mütze angezogen. Meine Mom war fürchterlich sauer, weil Diego wohl arg geschwitzt hat. Woran ich mich deutlich erinnere, ist, dass er Mom angeknurrt hat, als sie mich von ihm wegzog."

Ich musste leise lächeln, als ich mich daran erinnerte.

"Das war seine Art. Er hat mich immer beschützt, ganz egal, wogegen. In diesem Fall war es eben meine Mom."

Ich seufzte. "Diego hatte wunderbar weiches Fell. Besonders auf dem Kopf war es seidenweich. Mom hat ihn oft gebürstet. Wahrscheinlich glänzte sein Fell deswegen so schön. Himmel, habe ich diesen Hund geliebt! Er ist leider gestorben, als ich vierzehn war. Er war krank und musste eingeschläfert werden. Danach wollte ich keinen neuen Hund. Ich hätte es nicht ertragen können, ihn zu ersetzen, verstehst du?"

Wieder warf ich ihm einen Blick zu, und sah ihn mit der Schulter zucken.

"Ich erinnere mich daran, wie ich täglich mit ihm in den Wald gegangen bin. Ginger war später immer dabei. Wir haben uns ein Baumhaus gebaut, in einem der größten Bäume. Mein Dad hat uns geholfen, doch das meiste haben wir selbst gemacht. Das war eine der Eigenschaften, die ich an meinem Dad liebte. Er hat mich immer Dinge ausprobieren lassen. Meine Mom war diejenige, die immer zur Vorsicht gemahnt hat. An diesem speziellen Abend war es noch nicht Sommer, aber auch nicht mehr kalt. Ich war zehn, glaube ich. Wir waren zu dritt unterwegs im Wald: Diego, Ginger und ich. Beim Spielen haben wir die Zeit vergessen, aber das war nichts Neues. Allerdings hat uns an dem Tag ein Unwetter überrascht. Ginger hat furchtbare Angst vor Gewitter, keine Ahnung, ob du das weißt?"

Gabe schüttelte den Kopf, und es war deutlich zu merken, dass es ihn eher weniger interessierte.

"Jedenfalls haben wir uns in dem Baumhaus verkrochen. Ich hatte keine Angst, aber mein armer Hund schon. Er saß jaulend am Fuß des Baumes, und Ginger saß heulend oben im Baumhaus. Ich weiß nicht, wie oft ich in dieser Nacht rauf- und wieder runtergeklettert bin. Ich wollte gerne beide beruhigen, aber ich konnte mich nicht zerteilen. Sie weigerte sich, das Baumhaus zu verlassen. Und Diego war zu schwer, um ihn nach oben zu bekommen."
Hier legte ich eine kurze Pause ein, unsicher, was ich als Nächstes erzählen sollte.
"Du kannst das gut." Gabe sprach mit etwas ruhigerer Stimme.
Ich glaubte, einen bewundernden Unterton herauszuhören. "Was meinst du?"
"Leute beruhigen. Oder Hunde."
"Dann geht es dir besser?"
"Etwas, ja." Er blickte mich kurz an. Die Panik war aus seinen Augen verschwunden.
"Magst du mir verraten, warum du solche A... Warum es dir so zu schaffen macht, hier festzusitzen?" Abwartend sah ich ihn an.
Sein Körper versteifte sich leicht, dann sagte er gepresst: "Warum ich solche Angst habe? Du kannst das Wort ruhig verwenden. Mein Vater hat mich zur Strafe immer in einen Schrank eingeschlossen." Mehr sagte er nicht.
Entsetzen packte mich.
Nun konnte ich es nicht länger unterdrücken. Vorsichtig strich ich über seine Haare, die sich viel weicher anfühlten, als ich es erwartet hätte.

Seine Stimme klang ruhig, geradezu emotionslos, als er sagte: "Damit brauchst du dich nicht belasten. Es reicht, dass ich es musste."

Ein leichter Ruck ging durch den Fahrstuhl.

Mit einem Mal war er wieder kreideweiß im Gesicht, und sein Atem beschleunigte sich extrem. Doch der Fahrstuhl rührte sich nicht weiter.

"Hey, alles ist gut. Ich bin doch bei dir. Soll ich weiter reden?"

"Ja, bitte. Mir geht es besser, wenn ich dir zuhören kann."

"Okay. Lass mich überlegen ..." Den Kopf zur Seite neigend, sah ich ihn an. Meine Augen glitten über sein Gesicht.

Selbst mit geschlossenen Augen und Schweiß auf der Stirn sieht er umwerfend aus, dachte ich bewundernd.

"Mein Dad hat mir das Geigespielen beigebracht. Ich glaube, ich war fünf Jahre alt, genau weiß ich es nicht mehr. Beim Versteckenspielen habe ich den Geigenkoffer in seinem Kleiderschrank gefunden. Ich erinnere mich, wie er mir vorspielte. Vom ersten Ton an habe ich mich in den Klang des Instruments verliebt. Es steckt so viel Seele darin. Die Musik hat mein Leben nachhaltig verändert. Das war ein Geschenk, welches nicht schöner hätte sein können. So ist noch."

Er lächelte mit geschlossenen Augen. "Man kann sie spüren, deine Liebe zur Musik."

"Ach ja?"

"Ja, du verlierst dich in der Musik. Man kann es dir ansehen, wenn du spielst." In seiner Stimme klang ein weicher Unterton mit, den ich für Zärtlichkeit hielt.

"Wie gut, dass ich mir selbst nicht zugucken kann", sagte ich trocken.

"Dabei siehst du wunderschön aus, wenn du spielst. Wie ein leibhaftiger Engel."

Ich lachte auf, ehrlich amüsiert. "Mit einem Engel habe ich wenig gemein."

Wieder öffnete er die Augen, aber nur für einen Moment.

Ein Ruck durchfuhr den Fahrstuhl, und ein leises Wimmern kam aus seinem Mund.

"Alles ist gut, ich bin ja da. Dir wird nichts passieren, okay?"

Schmerzhaft umklammerte er meine Hand. "Es tut mir leid, Ally. Ich kann gerade nicht aus meiner Haut", sagte er leise, die Augen fest geschlossen.

Weil mir das so nahe ging, wandte ich den Blick zur Seite, darum bemüht, nicht in Tränen auszubrechen.

Es brauchte ein paar Sekunden, bis ich etwas erwidern konnte. "Kein Grund, sich zu entschuldigen. Ich wünschte nur, ich könnte es leichter für dich machen."

Gabe sah mich an, und ein schwaches Lächeln zuckte um seinen Mund. "Das machst du doch, weißt du das denn nicht? Ich wäre längst durchgedreht, wenn du nicht hier wärst." Wieder schloss er die Augen und flüsterte: "Das Einzige, was mich noch besser ablenken könnte, brauche ich mir gar nicht erst zu wünschen."

Fragend sah ich ihn an. "Und was wäre das?"

"Vergiss es. Unwichtig. Sprich einfach weiter, bitte."

Grübelnd hielt ich den Blick auf ihn gerichtet.

Sekunden später fand mein Verstand die Antwort. Meine Wangen erglühten.

Ich biss mir auf die Unterlippe.

In Gedanken sah ich mich bereits in seinen Armen liegen und ihn küssen ...

O Gott!

"Willst du nicht weitererzählen?" Er sah mich an und stöhnte. "Oh, nein! Bitte, vergiss, was ich angedeutet habe."

Ich konnte die Verzweiflung in seiner Stimme hören.

Er hob die Hand, als wollte er mein Gesicht berühren, ließ sie aber wieder sinken. Es war offensichtlich, dass er sich nicht traute, mich anzufassen. "O Ally ... Ich sehne mich so danach, dich zu küssen, doch ich weiß, du willst das nicht." Er seufzte und schloss die Augen. "Bitte, vergiss einfach, was ich ges..."

Ich reckte mich zu ihm, und es war mein Mund, der ihn am Weitersprechen hinderte.

Gabe stöhnte und legte seine Arme um mich.

Ich konnte weder denken, noch richtig atmen. Mein Herz raste, doch endlich war ich da, wo ich sein wollte: In seinen Armen, mit seinen Lippen auf meinen. Jetzt begann er, den Kuss zu erwidern, und mir entschlüpfte ein Seufzen.

"O Ally, du hast keine Ahnung, wie heftig ich mich nach deinen Küssen sehne. Wie oft ich davon träume und schweißgebadet aufwache, nur um festzustellen, dass es ein leerer Traum war."

"Hör auf zu reden. Küss mich lieber." Erschrocken fragte ich mich, seit wann ich so draufgängerisch war.

Doch als er anfing, mich zärtlich zu küssen, waren alle störenden Gedanken wie weggeblasen.

Sein Kuss wurde intensiver, doch es war nicht genug.

Ich spürte, dass er sich zurückhielt, wusste aber nicht warum. Vielleicht aus Rücksicht mir gegenüber? Oder wegen der Umstände, die uns hier festhielten?

"Küss mich, Gabe. Und zwar richtig."

Himmel, waren das meine Worte?

Er stöhnte kehlig. Endlich wurde der Kuss so, wie ich ihn mir erträumte: Wild. Heiß. Leidenschaftlich. "Ich sehne mich so sehr nach dir", flüsterte er.

"Weshalb musst du immerzu reden?"

Mit vorwurfsvollem Unterton murmelte er: "Weil du mir in anderen Situationen nicht zuhörst."

Wieder presste er die Lippen auf meine, und ganz kurz dachte ich, wie recht er damit hatte. Doch jetzt übernahm mein Körper die Kontrolle, der Verstand rückte in den Hintergrund. Seufzend gab ich mich seinen himmlischen Küssen hin. Doch es war nicht genug. Ungeduldig zerrte ich an seinem Shirt, ohne zu wissen, was ich machte. "Ich will mehr! Gib mir mehr, bitte."

Er stöhnte und löste die Lippen von meinem Mund, was mich grummelnd protestieren ließ. Sie glitten über meine Wange, strichen erregend langsam am Hals hinab. Er hauchte leichte Küsse darauf, die mich erregten, aber auch unzufrieden machten.

Als er mit der Zunge über eine Stelle an meinem Hals fuhr, sie kräftig darüber streichen ließ, durchfuhr mich ein heftiges Beben. Ein Wimmern entschlüpfte mir.

"Du bringst mich um den Verstand, weißt du das?" Er stöhnte, und dieser Laut ließ mich erregt erschaudern. Ohne Vorwarnung legte er eine Hand auf meine Brust. Ich keuchte auf, erschrocken und begierig gleichermaßen.

Mit dem Daumen strich er über meine Brustwarze, die sich durch den Stoff des BHs und des Kleides der Berührung entgegen reckte Er verstärkte den Druck, woraufhin mein Herz zu stolpern begann.
Ein kräftiger Ruck ging durch den Aufzug.
Augenblicklich ließ er mich los. "O Gott", stöhnte er. Sein Gesicht wurde blass, er kniff die Augen zusammen.
Ich konnte spüren, wie heftig er zitterte, da ich an ihm lehnte. Jegliche Leidenschaft erlosch schlagartig, als hätte es die Küsse nie gegeben.
Ich legte die rechte Hand an seine Wange, und er drückte sein Gesicht hinein. Seine Bartstoppeln ließen meine Handfläche kribbeln. "Ich bin bei dir, Gabe. Alles ist gut. Ich passe auf dich auf, okay?" Die Worte kamen direkt aus meinem Herzen, weil ich ihn liebte.
Er nickte, hörte aber nicht auf zu zittern.
Zeitgleich nahmen wir ein Geräusch wahr. Es kam von oben aus dem Aufzugsschacht. Wir starrten beide an die Decke.
"Hallo? Ist jemand im Fahrstuhl?"
"Ja, verdammt." Meine Stimme war übermäßig laut, sodass Gabe zusammenzuckte.
"Entschuldige", sagte ich etwas leiser zu ihm. Im Nu war ich auf den Beinen.
"Ich brauche ein paar Minuten, dann hole ich dich da raus. Du brauchst dir keine Sorgen machen, verstanden?"
"Ja, und beeil dich, bitte", rief ich laut nach oben.
Erleichtert sah ich Gabe an, und freute mich für ihn, dass er bald den Aufzug verlassen konnte.

Noch immer war er viel zu blass, und seine Finger zitterten.
Dann streckte er die Arme nach mir aus.
Ohne zu zögern kniete ich mich zwischen seine Beine und ließ mich hineinfallen. Eng aneinander geschmiegt kauerten wir minutenlang lang auf dem Boden, ohne zu reden. Erleichtert spürte ich, wie er sich allmählich entspannte.
Er drückte mich sanft von sich weg, hob mein Kinn hoch und sah mich eindringlich an. "Ich danke dir, Engel. Ohne dich hätte ich hier drinnen den Verstand verloren."
Ich sah die Dankbarkeit in seinen Augen, und mein Herz strauchelte für einen Moment. Schwer schluckte ich und lächelte ihn verhalten an. "Ohne mich wärst du nicht in den Fahrstuhl gestiegen. Dafür muss ich mich bei dir entschuldigen."
Wortlos zog er mich zurück in seine Arme, und ich bettete den Kopf unter seinem Kinn. Ich hörte sein Herz schnell, aber gleichmäßig, schlagen. Es war ein unglaublich beglückendes Gefühl, als ich spürte, wie sein Zittern aufhörte.
Einen Moment später setzte sich der Aufzug lautlos in Bewegung. Der sanfte Ruck ließ ihn zusammenfahren.
Sekunden später hielt der Fahrstuhl an, die Türen glitten auf, und wir rappelten uns hoch.
Gabe brauchte nur zwei lange Schritte, dann stand er - offensichtlich zutiefst erleichtert - auf festem Boden.
Ein braunhaariger Mechaniker in einem blauen Arbeitsoverall stand vor mir und grinste mich an.
"Willkommen zurück. Und ich dachte, du wärst allein.

Dann hoffe ich mal, ich habe euch nicht bei irgendwas unterbrochen ..." Er zwinkerte mir zu, dann scheuchte er mich aus dem Aufzug.

Ich trat neben Gabe und konnte ein plötzliches Lachen nicht unterdrücken.

"Was ist so witzig?" Er sah mich irritiert an.

Noch immer konnte ich die Angst an ihm wahrnehmen, die er im Fahrstuhl durchlitten hatte. Mein Herz schmerzte voller Mitgefühl.

"Guck doch", ich deutete ablenkend auf die Wand, an der ein Schild hing. "Wir sind im zehnten Stock. Müssen wir nicht in den elften?" Jetzt musste ich laut lachen, und die ganze Anspannung verflog.

Er grinste, nur schwach zwar, aber immerhin. "Dieses Mal nehmen wir die Treppe, einverstanden?"

Ich nickte mit einem Lächeln. Schweigend stieg ich hinter ihm die Treppe hoch.

Kapitel 17

Nachrichten

Vor dem Zimmer 1108 blieben wir stehen. Ich klopfte an die Tür.
Sie öffnete sich von innen, und Jay sah uns entgegen.
"Wo bleibt ihr zwei denn? Ich warte hier schon seit einer guten halben Stunde!" Er musterte Gabe, dessen Gesicht noch die Anstrengung verriet, dann blinzelte er. "Ah, ich verstehe."
"Da gibt es nichts zu verstehen", unterbrach ich Jays Zwinkern rüde. "Außer, dass wir in deinem verdammten Aufzug feststeckten!"
"Wie bitte?" Erstaunt blickte er mich an.
Als Gabe sprach, klang seine Stimme relativ entspannt. "Der Monteur ist gerade dabei, ihn zu checken."
"Also, davon höre ich zum ersten Mal. Entschuldigt mich, bitte. Es scheint, als wartet Arbeit auf mich." Mit diesen Worten verließ er den Raum mit eiligen Schritten.
Hinter uns räusperte sich jemand, und ich fuhr zusammen. Wir drehten uns um.
"Guten Abend. Ich möchte mich entschuldigen, Sie so spät noch in Anspruch zu nehmen. Mein Name ist Hong Chin Wa."
"Annyeong-hashimnikka. Gabe Rhys." Er verbeugte er sich vor dem Koreaner, die Arme seitlich an die Schenkel gepresst.

Der erwiderte die Verbeugung, und reichte ihm eine kleine Visitenkarte, die Gabe mit beiden Händen entgegennahm. Lange studierte er die Karte, was mich irritiert den Kopf schütteln ließ.

"Darf ich Ihnen Ally Kendrick vorstellen?" Gabe wies mit der Hand auf mich.

Der Koreaner mit den grauen, glatten Haaren verbeugte sich erneut, dieses Mal in meine Richtung. "Ich bin sehr erfreut, Sie kennenzulernen."

Er lächelte breit, und nervös erwiderte ich das Lächeln. "Bitte, setzen Sie sich." Hong Chin Wa deutete auf ein Sofa, das links neben dem Fenster stand. Er selbst setzte sich auf die gegenüberliegende Couch.

Zwei Mal klatschte er in die Hände, und aus dem Nebenraum trat eine zierliche junge Frau, die Augen auf den Boden gerichtet.

"Dies ist meine Tochter, Sumi. Es war ihr Wunsch, Sie beide kennenzulernen und eine Bitte an Sie zu richten."

Er verstummte, und Sumi verbeugte sich vor uns.

Gabe stand auf und erwiderte den Gruß auf gleiche Weise. "Annyeong-hashimnikka. Sie machen Ihrem Namen alle Ehre, Sumi."

Ihr Kopf ruckte nach oben. Erstmals sah sie ihm in die Augen und errötete lieblich. Sie senkte die Augen zum Boden, verneigte sich ein weiteres Mal. "Ich danke Ihnen, Gabe Rhys."

Ich machte mir gedanklich eine Notiz, ihn später danach zu fragen. Laut sagte ich: "Ich möchte keinesfalls unhöflich sein, doch es ist spät, und ich muss morgen früh arbeiten ..."

Mr. Hong sah mich an und lächelte. "Verzeihen Sie. Tochter, trage deine Bitte vor."
Sumi wandte sich mir zu, blickte aber auf den Teppich. "Ich möchte Sie, und auch Gabe Rhys, bitten, am Montag in einer Woche zur Feier meines Geburtstags zu spielen."
Verwirrt sah ich zu Gabe. Er fragte nach: "Sie möchten, das Ally für Sie Geige spielt?"
Sumi nickte dem Teppich zu und fügte leise hinzu: "Und Sie Klavier. Ich hatte die Ehre, Sie beide gemeinsam spielen zu hören."
Gabe sah mich an, und ich blickte mit geöffnetem Mund zu ihm.
"Äh ... Wir spielen nicht zusammen. Wenn Sie die zwei Lieder meinen, die wir zusammen gespielt haben, das war lediglich ein kleiner Versuch."
Sumi blickte mir direkt in die Augen, und es war ihr anzumerken, wie wenig sie es gewohnt war, Menschen ins Gesicht zu schauen. "Ich habe nie zuvor harmonischere Musik gehört. Ich bitte Sie, mir dieses Geschenk zu machen."
Mr. Hong ergriff das Wort: "Sumi, du darfst dich in dein Zimmer zurückziehen." Er wartete, bis sie lautlos den Raum verlassen hatte, dann wandte er sich an mich: "Wir würden es zu schätzen wissen, wenn Sie uns zuliebe eine Ausnahme machen würden. Ich würde Ihnen beiden jeweils zweitausend Dollar bezahlen, wenn Sie bereit wären, zwei Stunden für meine Tochter zu spielen. Die Auswahl der Stücke läge ganz bei Ihnen beiden."
Ich biss mir auf die Unterlippe.

Himmel, das war eine Menge Geld.
Doch ich wollte nicht käuflich sein. Zumal ich mir geschworen hatte, nicht noch einmal mit Gabe zu spielen.
Der ließ mich nicht aus den Augen. Jetzt wandte er sich an den Koreaner: "Wir haben Ihre Visitenkarte. Bis Mittwoch werden wir uns bei Ihnen melden, um zu- oder abzusagen."
Mr. Hong verbeugte sich lächelnd und sagte höflich: "Vielen Dank für Ihre Zeit." Er brachte uns zur Tür, und schloss sie hinter uns.
Zu Fuß liefen wir die vielen Treppen hinunter. Keiner von uns sagte ein Wort. Erst in der Lobby blieb Gabe stehen und wandte sich zu mir. "Darf ich dich nach Hause fahren?"
Gewohnheitsmäßig wollte ich *Nein* sagen. Doch ich hörte mich - zu meinem eigenen Erstaunen - antworten: "Danke, ja."
Dafür schenkte er mir ein Lächeln.
Schweigend gingen wir zu seinem Wagen.
"Sprichst du Koreanisch?", fragte ich neugierig, kaum dass ich mich angeschnallt und er neben mir Platz genommen hatte.
Er sah mich erstaunt an. "Nein, nur ein paar Brocken, nicht mehr."
"Ich dachte, weil du so lange diese Karte angestarrt hast. Was bedeutet denn der Name Sumi?"
"Schönheit."
Er fuhr los, und ich biss mir auf die Lippen. Mir war nichts aufgefallen, aber fand er Sumi attraktiv?
Unsicher sah ich ihn an.

Er lächelte. "Ally, Koreaner sind immer höflich. Ich habe mich nur verhalten, wie sie es erwartet haben."
"Kennst du denn viele?"
"Nur durch meinen Vater und seine Geschäftsbeziehungen, aber das ist Vergangenheit." Seine Stimme klang kühler als zuvor.
Ich sah ihn die Stirn runzeln.
"Was sagst du zu dem Angebot?" Er warf mir einen schnellen Blick zu, konzentrierte sich aber wieder aufs Fahren.
"Keine Ahnung", seufzte ich. Lange sagte ich nichts, doch ich fühlte mich genötigt, hinzuzufügen: "Ich möchte dich ungern um das Geld bringen, das ist ein wahnsinnig hoher Betrag."
"Vergiss das Geld, ich brauche es nicht. Zieh das Angebot nur in Betracht, wenn *du* es willst."
Lange betrachtete ich sein Profil, fühlte mich hin- und hergerissen.
Soeben lenkte er den Wagen in eine kleine Parklücke unweit meiner Wohnung.
Er stieg aus und öffnete mir die Beifahrertür. Seine Hand streckte sich mir entgegen.
Zögernd ergriff ich sie und stieg aus. "Danke fürs nach Hause bringen." Unsicher verstummte ich, blickte ihn von unten herauf an.
"Gern geschehen. Ich möchte dir danken, Ally. Was ich im Fahrstuhl gesagt habe, habe ich wirklich so gemeint. Allein wäre ich durchgedreht. Du warst nicht nur da, du warst für mich da. Das werde ich dir nie vergessen." Er steckte beide Hände in seine Hosentaschen.

Meine Wangen brannten, da mich seine Worte verlegen machten. So lässig ich konnte, winkte ich mit der Hand ab. "Nichts zu danken, wirklich nicht."

"Ally", sein Tonfall wurde unvermittelt dunkler und drängender, "darf ich hoffen ..."

Erschrocken schnappte ich nach Luft, und blickte zu ihm hoch. "Nein! Worauf auch immer du hoffst, ich sage nein." Ich fühlte mit einem Schaudern, wie mir das Blut aus dem Kopf wich.

"Ich möchte mit dir reden. Über das, was zwischen uns war." Seine Augen bohrten sich in meine, und ich senkte panisch den Kopf zu Boden.

"Vergiss einfach, was passiert ist. Ich war nicht ich selbst."

"Ich kann das auf keinen Fall vergessen. Ich *will* es gar nicht vergessen!" Er zog die Hände aus den Taschen, griff nach meinen Schultern. "Bitte ..."

Meine Unterlippe begann zu zittern. "Ich kann nicht", flüsterte ich. Das war gelogen, aber ich traute mir selbst nicht. Das Durcheinander in meinem Kopf machte es mir nicht leichter.

Er fuhr sich mit beiden Händen durch die Haare. Seine Stimme klang frustriert, als er fragte: "Weshalb nicht? Und was war eben im Fahrstuhl? Warst du da auch nicht du selbst? Ally, wir haben uns geküsst, und es war unglaublich schön!"

"Das war der Situation geschuldet." Die Lüge ging mir glatt von den Lippen, und ich verachtete mich dafür.

Er wich einen Schritt zurück.

"Der Situation geschuldet? Weshalb kann ich dir das nicht glauben?"

"Bitte, vergiss mich einfach." Flehend sah ich ihn an.
Er atmete schwer, kam wieder auf mich zu. Seine Hand streckte sich meinem Gesicht entgegen. "Ich bin nicht fähig, dich zu vergessen."
Mit den Fingerspitzen streichelte er mir über die Wange. Er beugte sich herunter, verschloss meine Lippen mit seinen.
Verlangend stöhnte ich auf, verraten von meinem Körper. Dieser Kuss war gierig, lustvoll, und ich erwiderte ihn aus vollem Herzen.
"Du fühlst es doch auch. Gib es doch endlich zu." Er keuchte seinen heißen Atem in meinen Mund, küsste mich mit wilder Leidenschaft.
Gib es doch endlich zu.
Diese Worte drangen verspätet, aber umso schmerzhafter, in mein Bewusstsein.
Entschlossen trat ich einen Schritt zurück, entzog mich seiner Umarmung. "Es tut mir leid, ich kann nicht. Lass mich einfach in Ruhe, bitte." Rasch drehte ich mich um, ließ ihn stehen, und verschwand im Haus.
Mein Herz blutete.
Selbst das Atmen fiel mir schwer.
Ich sehnte mich danach, zu ihm zurückzulaufen, ihm zu sagen, was ich in Wirklichkeit fühlte. Doch mein Verstand schrie mich und meine Gefühle an, nannte mich dumm und schwach.
Ich versuchte, mein Herz gegen ihn zu verhärten. Führte mir die Tatsache vor Augen, dass er nur auf Sex aus war.
Dieser Gedanke schenkte mir Kraft, auch wenn er mir ganz und gar nicht gefiel.

Ich erinnerte mich deutlich daran, wie schmerzhaft die Lektion in meiner Jugend gewesen war, als ich so dämlich gewesen war, mein Herz jemandem zu schenken, der mir Gefühle vorgelogen hatte, aber einzig auf Sex aus gewesen war.
Mir wurde klar, dass ich gar nicht anders konnte, als Gabe weiterhin abzuweisen, wenn ich mein Herz in einem Stück behalten wollte.
Kaum zehn Minuten später piepste mein Handy, als die mittlerweile siebte Nachricht von Gabe eintraf …
Seufzend warf ich das Handy auf den Nachttisch und tat die letzten Handgriffe vor dem Schlafengehen. Dann stieg ich ins Bett und kuschelte mich unter die Decke.
Eine ganze Weile versagte ich es mir - und es fiel mir unglaublich schwer - doch wider besseren Wissens nahm ich das Telefon in die Hand und öffnete die neueste Nachricht.

Gabe
Ich möchte dir noch einmal danken, dafür, dass du mich im Fahrstuhl vor mir selbst bewahrt hast. Es tut mir leid, dich mit meiner Angst belastet zu haben.

Ich war versucht, ihm eine Antwort zu schreiben. Doch wie konnte ich von ihm verlangen, mich in Ruhe zu lassen, wenn ich mich selbst nicht daran hielt?
Seufzend schaltete ich das Handy auf stumm und knipste das Licht aus. Leider ließen sich die Gedanken und Gefühle nicht so simpel unterbinden.

Die Erinnerung an den Fahrstuhl überfiel mich. Es war unglaublich schwer gewesen, mitanzusehen, wie er litt. Liebend gerne hätte ich seine Angst auf mich genommen, mehr für ihn getan.
Jetzt landete ich - und meine Wangen wurden heiß bei der Erinnerung - bei den Küssen.
O Gott, diese Küsse!
Allein, daran zu denken, ließ eine Gänsehaut über meinen ganzen Körper kribbeln. Mein Herz klopfte schnell und schmerzhaft.
Ich schlug die Augen auf, starrte minutenlang an die Zimmerdecke, die ganz zart vom Mondlicht beschienen war.
Es zog förmlich in meinen Fingern, als hätte ich keinerlei Kontrolle mehr über meinen Körper.
Mit heftig klopfendem Herzen gab ich nach, nahm das Handy vom Nachttisch und schöpfte tief Luft. Eine kurze Sekunde zögerte ich, dann öffnete ich die erste der verbliebenen sechs Nachrichten.

Gabe
Ich habe den Fehler gemacht, dich zu sehr zu bedrängen, und das kann ich mir nicht verzeihen.
Dennoch möchte ich dich um Vergebung bitten.
Mir ist bewusst, dass du verärgert bist, doch ich bitte dich um eine Chance.
Ich möchte dir gerne beweisen, dass ich mehr als ein rein sexuelles Interesse an dir habe.

Stumm las ich die Worte, wieder und wieder. Doch sie verwirrten mich.

Ich wäre schön dumm, ihm mehr als die Absicht auf einen One-Night-Stand zu unterstellen. Mit einem flauen Gefühl im Bauch, klickte ich die nächste Nachricht auf.

Gabe
Woher wusste ich, dass du mich ignorieren würdest? Bitte, Ally, gib mir nur eine Chance!

Schon etwas besser. Zumindest schrieb er keine Unwahrheiten. Aber eine Chance geben?
Träum weiter!

Gabe
Bitte, antworte mir doch. Mit jeder Stunde, die vergeht und ich keine Nachricht von dir bekomme, geht es mir schlechter. Mittlerweile fürchte ich, du kannst oder willst mir nicht vergeben.

Gabe
Du willst mich bestrafen? Ich kann das durchaus nachvollziehen. Aber, bitte, spring über deinen Schatten, und gib mir eine Chance …

Gabe
Ich bemühe mich, die Nachrichten so höflich wie möglich zu verfassen. Auch wenn ich am liebsten fluchen und dich anschreien würde.
Doch soll ich dir verraten, was ich noch lieber täte? Vor dir auf die Knie fallen und dich um Vergebung anflehen.

Ja, ich habe es aufgegeben, dich zu bitten.
Jetzt flehe ich dich an! Gib mir nur eine einzige Chance …

Gabe
Himmel, jetzt erst bemerke ich, dass du meine Nachrichten gar nicht liest. Gut, das war wirklich dumm von mir, ich gebe es zu. Aber das passiert mir nur mit dir. Du schaffst es, dass ich mein ganzes Leben in Frage stelle!
Im Prinzip weiß ich, welche Eigenschaft mir fehlt, und dass du gut daran tust, mich nicht zu dicht an dich heranzulassen … Doch ich wünsche mir nichts sehnlicher, als dass du mir eine Chance gibst!

Jetzt saß ich zitternd im Bett, und mir drehte sich der Kopf. Wenn ich nur ein einziges Wort davon glauben könnte …
Was für zuckersüße Worte er geschrieben hatte.
Von was für einer Eigenschaft hatte er gesprochen, die ihm fehlte?
Der misstrauische Teil in mir fragte sich außerdem, wie oft er schon solche Nachrichten verschickt hatte? Allerdings kam es mir nicht so vor, als dass er irgendwelchen Frauen hinterherlaufen musste.
Allein die Blondinen in der Vorlesung waren das beste Beispiel dafür. Er hatte nicht ein Wort an sie gerichtet, aber sein Aussehen hatte genügt, um die beiden ganz närrisch zu machen. Er hätte bloß mit dem Finger winken müssen, dann hätte er sie haben können. Ebenso die Frau im Kino.

Das brachte mich wieder zurück zur Kernfrage: Was wollte er von mir?

Lag es an meinem Aussehen? Ich mochte als hübsch durchgehen, doch im Vergleich zu seinem umwerfend attraktivem Äußeren ...

Mein Charakter konnte ebenfalls nicht der ausschlaggebende Punkt sein, da ich ihm kaum eine Gelegenheit gab, mich näher kennenzulernen.

Vielleicht reizte es ihn, mich zu erobern, weil ich ihn immer wieder abwies?

Blieb noch die Sache mit meiner Jungfräulichkeit. Die schien ihn anzuziehen wie das sprichwörtliche Licht die Motte.

Tragisch war nur, dass er keine Beziehung, sondern mich ausschließlich ins Bett bekommen wollte. Und es war egal, ob er auf einen One-Night-Stand aus war, oder eine kurze Affäre anstrebte. Fest stand, ich würde mich weder auf das Eine, noch auf das Andere einlassen.

Mir war längst bewusst, dass ich mich körperlich stark zu ihm hingezogen fühlte. Doch noch war mein Verstand beharrlich genug, der Versuchung nicht nachzugeben.

Ich musste mir nicht erst Gilda in Erinnerung rufen, um einen weiteren Grund zu haben, ihm aus dem Weg zu gehen. Verflixt, die Frau sah makellos aus, optisch die perfekte Ergänzung zu ihm.

Ein Stöhnen drang aus meiner Kehle.

Letzten Endes lief es darauf hinaus: Ich musste mich von ihm fernhalten, wenn ich mich nicht verbrennen wollte.

Unabhängig davon, dass es längst zu spät war, denn ich liebte ihn bereits.
Wäre da nur nicht diese unbändige Sehnsucht ...
Ganz tief holte ich Luft, um Mut zu schöpfen. Dann stellte ich mich der alles entscheidenden Frage: War ich bereit, mich auf ihn einzulassen, um dann von ihm verlassen zu werden?
Okay, Ally, Pro und Kontra!
Definitiv Pro: Ich würde endlich erfahren, wie es ist, mit einem Mann zu schlafen. Mit einem Mann, den ich liebte, um es genau zu sagen.
Eindeutig Kontra: Der Schmerz, den ich durchleiden würde, wenn er mich fallen ließ. War ein gebrochenes Herz ein würdiger Preis für ein paar Stunden des Glücks? Leider wusste ich aus bitterer Erfahrung, dass es Monate dauerte, über ein gebrochenes Herz hinwegzukommen.
Außerdem ein Kontra: Ich könnte ihm meine Gefühle nicht gestehen. Es würde mich zu verletzlich machen.
Mein Kopf schmerzte, und ich massierte mir unbewusst die Schläfen.
Wie lautete die einfache Rechnung?
Herz in Sicherheit bringen vs. Gabe ganz nah sein, zumindest für kurze Zeit.
Und der Nachsatz war für mich der alles Entscheidende!
In jedem Fall war die Zeit zu kurz. Selbst wenn ich Wochen mit ihm hätte, was an sich schon unwahrscheinlich war, es würde mir nicht reichen.
Ich wollte mehr, ich träumte von einer lebenslangen Beziehung.

Dennoch kamen meine Gedanken nicht zur Ruhe.

In meiner Verzweiflung wählte ich Gingers Nummer.

"Hallo?", klang ihre Stimme verschlafen aus dem Telefon.

"Ginger, es ist sauspät, und ich weiß das. Aber ich brauche dich. Meinst du ..."

Sie ließ mich nicht ausreden. "Ich bin in zehn Minuten da."

Ich warf das Handy auf den Nachttisch. Stumme Tränen strömten aus meinen Augen.

Wieder hatte ich das Gefühl, Gabes Lippen auf meinen spüren zu können, und ein verzehrendes Sehnen stieg in mir hoch.

Unglücklich schlug ich mit der flachen Hand auf das Kissen, das schon unangenehm nass war.

Vielleicht sollte ich unerfüllte Sehnsucht, die einen verrückt macht, mit in die Rechnung einbeziehen, dachte ich verzweifelt.

Minuten später klingelte es, und ich sprang auf, um die Tür zu öffnen.

Ohne ein Wort zu sagen, umarmte Ginger mich. Laut schluchzend klammerte ich mich an sie.

"Komm, wir gehen ins Schlafzimmer. Und dann erzählst du mir von deinem Kummer." Sie führte mich den Flur entlang.

Im Schneidersitz kauerte ich mich unter die Decke, ans Kopfende gelehnt, während sie sich mir gegenüber niederließ. Aufmunternd sah sie mich an, und die Worte sprudelten aus mir heraus.

Mit großen Augen, aber ohne mich zu unterbrechen, lauschte sie.

Wie lange ich redete, weiß ich nicht. Doch ich erzählte ihr jede Einzelheit, hielt nichts zurück. Alles in mich hineinzufressen, hatte mir nicht gut getan.

Als ich mir alle Sorgen vom Herzen geredet hatte, verspürte ich eine ungeheure Erleichterung. Die Tränen versiegten, doch mein Gesicht fühlte sich unangenehm heiß und verquollen an.

Ginger seufzte leise. "O Ally. Ich dachte mir schon so etwas in der Art. Doch du steckst viel tiefer drin, als ich vermutete."

"Was soll ich bloß machen? Ich bin so durcheinander. Jedes Mal, wenn ich einen Entschluss gefasst habe, dann braucht es nur eine Begegnung mit Gabe, und ich weiß nicht mehr, wo oben und unten ist."

"Du weißt, ich möchte nur das Beste für dich. Was kann ich sagen, um dir zu helfen? Fangen wir bei Gabe an. Ich kenne ihn zu wenig. Bevor ich bei ihm einzog, habe ich ein einziges Mal wegen dem Zimmer mit ihm gesprochen, wie du weißt. Ich kann bloß wiederholen, was ich von anderen über ihn gehört habe. Jeder weiß, dass er nur einmalige Bettgeschichten anfängt. Doch seit ich bei ihm wohne, habe ich lediglich ein Mal mitbekommen, dass er eine Frau im Schlafzimmer hatte. Du hast Gilda ja auch gesehen."

Sie unterbrach sich, sah nachdenklich auf die Bettdecke. "Ehrlich gesagt bin ich überrascht, wie wenig von dem Klatsch sich bewahrheitet hat. Mittlerweile habe ich den Eindruck bekommen, dass er ganz anständig ist. Doch ich denke, nicht er ist das Problem, habe ich recht? Es ist noch immer die alte Geschichte mit Cooper, oder?"

Ich schnappte nach Luft. Abwehrend hob ich die Hand. Sie sprach weiter, bevor ich etwas sagen konnte: "Ich weiß, wie weh er dir getan hat. Doch ich bin überzeugt, dass dein Herz vollständig heilen könnte, wenn du es nur endlich zulässt. Wenn für dich zu viel gegen Gabe spricht, dann kann ich reden, was ich will. Doch ich denke, du solltest ihm eine Chance geben. Du musst ja nicht gleich mit ihm ins Bett steigen. Lerne ihn besser kennen. Wenn er ernsthaft an dir interessiert ist, dann wird er Geduld mit dir haben."

Ich ließ sie keine Sekunde aus den Augen, saugte ihre Worte auf. Sie leuchteten mir ein, und dennoch … "Darüber muss ich in Ruhe nachdenken." Ich rieb mir über die Nase. "Meinst du, ich irre mich damit, dass er mich nur ins Bett bekommen will?"

Sie runzelte die Stirn. "Ich weiß es ehrlich gesagt nicht. Warum fragst du ihn nicht danach?"

Ich lachte traurig auf. "Woher soll ich wissen, ob er mir die Wahrheit sagt? Ich habe mich von Cooper täuschen lassen, also könnte mir das Gleiche auch mit Gabe passieren."

"Mag sein. Aber du bist älter geworden, bist nicht mehr so naiv wie als Teenager. Selbstverständlich geht man ein Risiko ein, wenn man verliebt ist und nicht weiß, wie der Andere fühlt. Trau dich einfach. Es wäre natürlich scheiße, wenn du du wieder auf die Nase fällst. Aber rein vom Gefühl her halte ich ihn nicht für so einen Arsch, wie Cooper es war. Allem Klatsch zum Trotz."

Nachdenklich kaute ich am Fingernagel. In meinem Kopf schwirrte es.

Ginger lächelte mich an. "In gewisser Weise beneide ich dich, weißt du das?"
Ich riss die Augen auf und starrte sie an.
"Du bist verliebt und hast die Chance, mit Gabe glücklich zu werden. Glaube mir, manchmal wünsche sogar *ich* mir, mich zu verlieben. Jemanden zu finden, mit dem ich dauerhaft zusammen sein möchte."
Wortlos sah ich sie an.
"Ich denke, du brauchst nun Zeit zum Nachdenken. Ich mache mich auf den Heimweg."
"Danke, das du hergekommen bist und mir zugehört hast."
"Es ist selbstverständlich, dass ich für dich da bin. Ich hab dich doch lieb."
Ich lächelte und war den Tränen nah. "Ich dich auch. Du kannst gerne bleiben, wenn du möchtest."
"Ich gehe wieder nach Hause, da habe ich mehr Ruhe", sie zwinkerte mir zu. "Aber wenn du mich brauchst, bleibe ich natürlich."
"Nicht nötig. Ich möchte erst mal alles sacken lassen."
"Dann gehe ich jetzt. Denk nicht zu viel nach, okay?" Sie lächelte, stand auf und umarmte mich fest. "Schlaf erst mal. Morgen sieht die Welt schon wieder anders aus." Ein schnelles Winken, dann war sie gegangen.
Ich streckte mich im Bett aus, kuschelte mich tiefer unter die Decke. Entschieden schloss ich die Augen und hoffte, rasch einschlafen zu können. Doch natürlich kreisten meine Gedanken um das Gespräch mit Ginger. Und um Gabe.
Das Herz öffnen, dachte ich traurig. Wenn es so einfach wäre ...

Zumal ich nicht daran glauben konnte, dass ich für ihn mehr war als eine Herausforderung.
Ganze zwei Stunden lag ich noch wach und wälzte die Gedanken hin und her.
Kurz vor dem Einschlafen entschloss ich mich dazu, ihn weiterhin auf Abstand zu halten. Zu mehr hatte ich einfach nicht den Mut!

Kapitel 18

Nicht von Interesse

"Du hast endlich meine Nachrichten gelesen. Aber du hast mir nicht geantwortet." Gabe sah mich mit einem seltsamen Blick an, kaum dass ich auf die Straße getreten war. Er lehnte an dem Postkasten, trug eine hellgraue Jogginghose, einen dunkelgrauen Kapuzenpulli und Laufschuhe.
"Was willst du hier? Ich habe dich gebeten, mich in Ruhe lassen. Weshalb tust du es nicht?" Heftige Wut stieg in mir hoch, und sie war ausschließlich gegen mich selbst gerichtet. Wie konnte ich ihn mir aus dem Kopf schlagen, wenn er sich permanent in mein Leben drängte?
Er kam auf mich zu. Dicht vor mir blieb er stehen, den Blick starr auf mich gerichtet. "Weil ich es nicht kann."
Ich schob mich an ihm vorbei, doch er folgte mir.
"Verdammt, versteh es doch endlich: Du bist nicht der Mann, den ich brauche."
"Woher willst du das wissen, wenn du mir nicht einmal eine Chance gibst?"
Tja, auf eine Antwort darauf würde er lange warten müssen, dachte ich bitter.
"Lass uns zusammen frühstücken. Wir könnten reden, mehr nicht." Er streckte die Hand nach meinem Arm aus. Indem er mich festhielt, zwang mich zum Stehenbleiben.

"Ich muss zur Arbeit. Lass mich gehen." Ich weigerte mich, ihn anzusehen. Nach der letzten Nacht – besonders in dem Wissen, dass ich ihn liebte - wollte ich mich nicht vor ihm zum Deppen machen.

Himmel, ich war kurz davor, mich ihm an den Hals zu werfen!

Deswegen blickte ich stur auf den Boden.

"Ally, wieso tust du mir das an? Warum? Ich begreife es einfach nicht. Ich kann nicht mehr schlafen, weil ich keine Antwort darauf finde." Seine schöne Stimme klang verzweifelt.

Kopfschüttelnd entzog ich ihm meinen Arm und lief wortlos weiter. Was sollte ich auch sagen? Die Wahrheit? *Na super*, dachte ich ironisch. Das war ein Punkt, den ich bislang nicht in die Rechnung mit einbezogen hatte: Gestehe ihm deine Liebe, und er ist weg, noch bevor es zum Sex kommt ...

Innerlich fluchend blieb ich vor der Tür zur Tankstelle stehen. "Ich muss arbeiten. Bitte, geh jetzt, lass mich allein." Damit ließ ich ihn stehen und verschwand hinter der Tür.

Einige Sekunden hielt ich die Luft an, doch er folgte mir nicht. Mit Macht strömte mein Atem wieder aus. Ich fragte mich, was das für ein Gefühl in meinem Herzen war, Enttäuschung oder Erleichterung? Oder beides?

Unkonzentriert erledigte ich meine Arbeit, mit den Gedanken kam ich nicht von ihm los. *Gabe*.

Allein sein Name ließ mir einen Schauer über den Rücken laufen.

Oh, wie sehr verachtete ich mich dafür, dass ich ihn nicht aus dem Kopf verbannen konnte, oder aus meinem Herzen.

Zu meinem Verdruss musste ich auch noch länger arbeiten, da Jenny mit einer Darmverstimmung nach Hause ging.

Als Joan zur Arbeit erschien, hatte ich die Regale aufgefüllt, das Lager auf Vordermann gebracht und dort sogar den Boden gewischt.

Erst gegen zehn konnte ich die Tankstelle verlassen und machte mich direkt auf den Weg ins *Glendon*.

Alle anderen waren schon da. Zu meiner Freude auch Minako mit ihrem Freund.

Ich lief auf meine Freundin zu und fiel ihr um den Hals.

"Es ist so schön, dich wiederzusehen!"

"Ich vermisse dich total." Sie warf einen kurzen Blick zu David und lächelte ihn verliebt an. "Aber ich bin glücklich, sehr sogar. Komm, lass uns kurz an den Tresen gehen, ja?"

Ich murmelte David einen kurzen Gruß zu und antwortete ihr: "Gern, denn ich sterbe vor Hunger. Ich komme direkt von der Arbeit, meine Kollegin ist wieder krank geworden."

"O nein, du Ärmste." Sie lief mir voran zur Bar. Nachdem ich mich neben sie gesetzt hatte, nahm sie meine Hände in ihre. "O Ally, ich bin so glücklich."

"Und ich freue mich für dich. Wir sollten uns mal wieder außerhalb der Clique treffen. Ich vermisse unsere Gespräche."

"Ich auch. Ich kann es kaum abwarten, dir alles von David zu berichten." Minakos Gesicht glühte verliebt.
Aus den Augenwinkeln nahm ich eine Bewegung wahr. Paul stellte eine Schale mit Chili nebst weißem Baguettebrötchen vor mich hin.
"Hallo, Kleines. Ist das hier die richtige Adresse?"
"Paul, du bist mein Held!", rief ich laut und strahlte ihn an.
"Was ist mit dir, hübsche Lady?" Er sah Minako an.
"Danke, alles bestens. Mein Drink steht noch auf dem Tisch."
Nickend verkrümelte er sich, um einen anderen Gast zu bedienen.
"Ally, darf ich dich etwas fragen?" Minako sah mich prüfend an, während ich mich ausgehungert über das Chili hermachte.
Ich nickte, da mein Mund voll war.
"Du wirkst so verändert. Willst du mir vielleicht irgendetwas erzählen?"
Mit großen Augen sah ich sie an, schluckte runter und biss mir auf die Lippe.
"Wusste ich es doch!" Sie lächelte siegessicher.
Meine Schultern sackten herunter, und ich legte den Löffel hin. "Freue dich nicht für mich, bitte. Das wäre verschwendete Energie."
"Wieso? Was stimmt nicht mit dem Kerl?"
Langsam schüttelte ich den Kopf. Leise sagte ich: "Er will mich nicht, jedenfalls nicht richtig. Er ist nur auf Sex aus."
"Hast du etwa mit ihm geschlafen?" Minakos Stimme war mit einem Mal viel zu laut.

Mehrere Köpfe drehten sich in unsere Richtung.
"Ich bitte dich, schrei doch nicht so. Und nein, habe ich nicht." Meine Worte waren kaum mehr als ein Flüstern.
"Aber du bist in ihn verliebt. Das sehe ich." Sie flüsterte ebenfalls. In ihrem Blick lag Gewissheit, als sie mich ansah.
"Ja, stimmt schon", erwiderte ich und zögerte. Dann stellte ich ihr die Frage, die mich in meinem Inneren verrückt machte. "Wenn du an meiner Stelle wärst, wie würdest du dich verhalten? Würdest du nachgeben und ein gebrochenes Herz in Kauf nehmen? Bislang halte ich ihn auf Abstand, doch das wird von Tag zu Tag schwerer ..."
Sie sah mich lange an, senkte dann den Blick auf den Tresen. "Lass mich kurz darüber nachdenken."
Eine Weile blieb es still, dann rief Paul herüber: "Schmeckt dir mein Chili nicht, Ally?"
"Doch, Paul. Es ist wie immer saulecker." Ich griff schwach grinsend nach dem Löffel und aß langsam weiter, auch wenn mir ein wenig der Appetit vergangen war.
Gerade hatte ich die Schale geleert, als Minako ihren Kopf hob und mich ansah.
"Ich denke, ja, ich würde nachgeben. Selbstverständlich wünscht du dir Liebe für die Ewigkeit, das weiß ich. Welche Frau tut das nicht? Aber aus Erfahrung kann ich sagen, dass unerfüllte Liebe absolute Scheiße ist."
Meine Augenbrauen zuckten hoch, als sie den Kraftausdruck benutzte. Das war höchst untypisch für Minako.

Doch sie fuhr unbeirrt fort: "Wenn du ihn liebst, dann kralle ihn dir. Und wenn es bloß für eine leidenschaftliche Nacht ist, dann bleibt dir wenigstens die Erinnerung daran. Ein gebrochenes Herz wirst du in jedem Fall haben, ob du mit ihm schläfst oder nicht. Wenn er mit der Nächsten rummacht, dann ist ohnehin alles zu spät. Ich sage: Gönne es dir. Mach die Nacht zur schönsten deines Lebens." Sie lächelte mich verschmitzt an und fügte hinzu: "Mach sie zur schönsten *seines* Lebens, und vielleicht bleibt er bei dir …"
Sie stand auf, gab mir einen Kuss auf die Wange, und setzte sich neben David.
Ich saß vor der leeren Schale und steckte mir den letzten Bissen Baguette in den Mund. Langsam kauend dachte ich über ihre Worte nach. Sie leuchteten mir ein. Mein Herz klatschte jubelnd und aufgeregt Beifall. *Wer nicht wagt, der nicht gewinnt.*
Darüber musste ich nachdenken, aber das hatte Zeit bis später.
Neben mir erhob sich ein älterer Mann, was meinen Blick nach rechts lenkte. Mit einem gewaltigen Schrecken erkannte ich Gabe, der an dem Tisch saß, der dicht bei der Treppe stand, die nach oben auf die Galerie führte. Sein Blick war auf mich gerichtet.
Ich konnte spüren, wie mir das Blut aus dem Gesicht wich. Allerdings machte er keine Anstalten, zu mir zu kommen. Verunsichert fragte ich mich, ob er auf eine Frau wartete.
"Hey, Ally, kommst du auch?" Das war Jarolds Stimme. Ich drehte mich zu ihm um und nickte. "Ich bin gleich da." Zögernd blickte ich wieder zu Gabe.

Noch immer sah er mich an, den Kopf leicht zur Seite geneigt.
Ich rutschte vom Stuhl und ging zu ihm hinüber. "Was machst du hier?"
Er sah mich schweigend an. Dann hob er sein Glas, als wollte er mir zuprosten, und nahm einen kleinen Schluck.
"Allein?" Die Frage konnte ich nicht unterdrücken. Mein Herz schlug rascher, während ich auf die Antwort wartete.
Wenn er mit der Nächsten rummacht, dann ist ohnehin alles zu spät ...
Das waren Minakos Worte gewesen, und sie hallten wie ein Echo in meinem Kopf. Kalte Angst wallte in mir hoch, er würde mit einem *Nein* auf die Frage antworten. Unwillkürlich versteifte ich die Schultern.
Gabe sah mich lange an, sagte dann leise: "Wenn du dich zu mir setzt, dann bin ich nicht mehr allein."
Mein Stirnrunzeln drückte meine Verwirrung aus, doch tief in mir machte sich Erleichterung breit.
"Süße, ich habe dir gesagt, dass ich nicht fähig bin, dich allein zu lassen. Du wirst eine Unterlassungsklage brauchen, um mich davon abzuhalten, dir hinterherzulaufen."
"Du spinnst doch!" Mit großen Augen starrte ich ihn an.
Doch er lächelte nur milde. "Möglich. Aber ich bin verrückt nach dir. Leider weigerst du dich strikt, das zu begreifen."
Darauf wollte ich nicht eingehen, denn er hatte vollkommen recht damit.

Mädchen, mach dich vom Acker, solange du noch kannst.

"Wenn du mich entschuldigst, meine Freunde warten auf mich."

Gerade wollte ich mich umdrehen, als er leise sagte: "Bitte, geh nicht."

Es war der Tonfall seiner Stimme, der mich stehenbleiben ließ. Schweigend sah ich auf ihn hinunter.

Er hatte die Augen gesenkt und blickte auf seine Hände, die das Glas festhielten.

"Gabe?" Zögernd verstummte ich, nicht sicher, was ich sagen sollte.

Jetzt hob er den Blick.

Ich war außerstande, den Ausdruck seiner Augen zu deuten. Doch er ließ eindeutig meine Knie zittern.

"Ich kann nicht mehr schlafen, Ally. Ich flehe dich an, noch tiefer kann ich mich nicht vor dir erniedrigen. Und ja, ich dachte eigentlich von mir, ich wäre ein stärkerer Mann. Doch du schaffst es, dass ich mich in einen …" Er verstummte - offenbar in Ermangelung eines passenden Wortes - und schüttelte den Kopf.

Ich musste mich setzen, ob ich wollte oder nicht. Eindringlich sah ich ihn an. "Rede doch nicht solch einen Blödsinn. Bitte, hör einfach auf. Such dir …"

Ich wollte weiter reden, doch er unterbrach mich wutschnaubend: "Weshalb glaubst du mir nicht? Ich will keine Andere, verdammt. *Ich will dich!* Wieso geht das nicht in deinen Kopf?"

Er schloss die Augen, und eine scharfe Falte bildete sich zwischen seinen Brauen. Krampfhaft schien er um Fassung zu ringen.

Seine Fingerspitzen klopften pausenlos auf den Rand des Glases, verursachten ein klingendes Geräusch.
"Und ich verstehe nicht, warum. Aber selbst wenn ich es wüsste, dann würde es meine Entscheidung nicht beeinflussen, denn die muss ich in meinem eigenen Interesse fällen."
"Ist das der Grund, warum du mir keine Chance geben willst? Weil ich für dich nicht von Interesse bin? Weil ich dir gleichgültig bin?" Gabe sah mich nicht an, sein Gesicht war fast so weiß, wie es das im Fahrstuhl gewesen war.
Ich war so fassungslos von seiner Interpretation meiner Worte, dass ich nichts erwidern konnte.
Das Schweigen zwischen uns dauerte an.
"Ich verstehe ...", flüsterte er. "Dieses Mal hast du gewonnen. Ich werde dich mit deinen Freunden allein lassen." Er stand auf, zog zehn Dollar aus der Hosentasche und warf den Schein achtlos auf den Tisch.
Bevor ich mich rühren konnte, war er bereits mit langen Schritten zur Tür hinausgestürmt.
Verwirrter als jemals zuvor im Leben saß ich da. Langsam stand ich auf, um zu meinen Freunden zu gehen.
Sam sprang von ihrem Stuhl hoch, als sie in mein Gesicht sah. "Um Himmels Willen! Du bist ja total blass. Was ist mit dir?" Sie nahm mich in die Arme und drückte mich ganz vorsichtig.
"Ally, war das eben ...?" Minako schaute mich an, mit leiser Gewissheit in den Augen.
Ich konnte nur schwach nicken. Innerlich wie äußerlich zitterte ich, so erschüttert war ich von seiner Reaktion.
"Weshalb ist er weg?"

"Weg? Wer?" Jarold schaute von Minako zu mir und zurück.

Sam ließ mich los und drückte mich auf ihren Stuhl hinunter. Besorgt sah sie mich an, doch ich bekam kein Wort heraus.

Meine Hände waren eiskalt. Noch nie hatte ich mich schlechter gefühlt in meinem Leben. Alles in mir drängte danach, ihm nachzulaufen. Das Missverständnis, verdammt noch mal, richtigzustellen!

Wie konnte er bloß glauben, er wäre mir egal?

Doch wenn ich ehrlich war, was hätte er sonst annehmen sollen? Ich hatte ihn schließlich immer wieder zurückgestoßen. Tränen stiegen in mir hoch, und ich schlug die Hände vors Gesicht.

"Hat er etwa schon eine Andere?" Minakos Frage war so leise, dass nur ich sie hören konnte.

Ich lugte zwischen den Fingern hindurch, schüttelte den Kopf.

"Dann ist es noch nicht zu spät. Geh zu ihm."

"Ihm? Von wem redet ihr, verflixt? Und warum heulst du, Ally?" Jarold schien konfus zu sein.

"Jarold, halt die Klappe!" Minako sprach in einem strengen Tonfall, der in ihrer späteren Karriere als Ärztin sicher hilfreich sein würde.

Schmollend verstummte er.

"Ally?" Mike sah mich fragend an. "Kann ich irgendetwas tun? Soll ich jemanden für dich verprügeln?"

Das entlockte mir ein kleines Lächeln. "Nein, Mike. Danke für das Angebot, aber Schläge sind keine Lösung." Ich dachte an Gabes starke Arme. Er würde kaum Mühe haben, jemanden abzuwehren.

Mit einer raschen Bewegung stand ich auf. "Seid nicht böse, aber ich gehe nach Hause. Ich habe dreizehn Stunden Arbeit hinter mir." Noch immer liefen mir vereinzelt Tränen über die Wangen.
"Soll ich dich begleiten?" Sam musterte mich besorgt.
Ich warf ihr ein, wie ich hoffte, beruhigendes Lächeln zu. "Nicht nötig, aber ich danke dir."
Minako stand auf und umarmte mich. "Es war schön, dich zu sehen. Denk darüber nach, was ich gesagt habe. Warte nicht zu lange."
Stumm nickte ich, drückte sie dabei ganz fest. Dann verabschiedete ich mich von meinen Freunden.
Zu Fuß machte ich mich auf den Weg nach Hause. Die ganze Zeit dachte ich an Gabe.
Jetzt hast du ihn endlich so weit, dass er sich zurückzieht. Und dir fällt nichts Besseres ein, als ihm hinterherlaufen zu wollen.
Ich malte mir aus, unsere Rollen wären vertauscht und ich würde mir dermaßen abgewiesen vorkommen. Mir wurde schlecht bei dem Gedanken. Ich sah deutlich sein Gesicht vor mir. Wie blass er geworden war ...
Noch während des Laufens holte ich das Handy heraus, doch es war keine neue Nachricht von ihm da.
Ich blieb stehen, um ihm zu schreiben.
Fast fünf Minuten brauchte ich, bis ich halbwegs zufriedenstellende Worte gefunden hatte. An die zehn Mal las ich den Text durch, bevor ich ihn absendete.

Ally
Es tut mir leid. Ich wollte dich nicht kränken, ganz bestimmt nicht!

Bitte, mach dir *keine* Hoffnungen, wenn ich sage, dass du mir *nicht* egal bist. Aber für dich und mich gibt es keine gemeinsame Zukunft.

Es war ein letzter, verzweifelter Versuch, ihn auf Abstand zu halten. Mir war bewusst, dass dieser Mann mein Untergang war. Ich konnte ihm nicht entrinnen. Alles, was ich noch tun konnte, war, Schadensbegrenzung zu betreiben.

Mein Herz war bereits dabei, zu brechen. Ich konnte mir nicht vorstellen, noch mehr zu ertragen. Deswegen entschied ich mich ganz bewusst gegen den Rat von Minako.

Langsam ging ich weiter. Der Weg schien kein Ende zu nehmen. Immer wieder schaute ich auf das Display des Smartphones, doch er schickte keine Antwort. Dabei hatte er die Nachricht gelesen, wie mein Handy mir verriet.

Dies war der Tropfen, der alles zum Überlaufen brachte ...

Es waren vielleicht noch hundert Meter bis zu meinem Haus, doch ich konnte keinen Schritt weitergehen. Es war, als würde mir die Luft wegbleiben. Weinend setzte ich mich auf den Gehweg, lehnte den Rücken an die Hauswand.

Minuten später zogen mich starke Arme hoch. Selbst mit geschlossenen Augen verriet mir der Geruch, dass es Gabe war.

"Nein, lass mich! Ich will nicht, dass du hier bist." Schluchzend versuchte ich ihn wegzuschieben, doch er war zu stark.

Entschlossen hob er mich auf seine Arme.
Entsetzt riss ich die Augen auf. "Lass mich runter!" Es klang nicht sonderlich beeindruckend, da ich von Schluchzern geschüttelt wurde.
"Sorry, aber es wirkt nicht so, als könntest du laufen." Schon stand er vor der Eingangstür. "Dein Schlüssel?"
Erschrocken starrte ich ihn an, dann stotterte ich: "Oh ... Scheiße ... Ich habe meine Tasche im *Glendon* vergessen."
Er schien einen Moment lang unentschlossen, dann trug er mich zum Auto. Mit einer Hand schaffte er es, die Tür aufzumachen. Behutsam setzte er mich auf den Beifahrersitz. Er griff nach dem Gurt und schloss ihn, bevor ich protestieren konnte.
"Kannst du einen deiner Freunde bitten, die Tasche mitzunehmen? Schaffst du das?", fragte er, nachdem er eingestiegen war, und fuhr zügig los.
Es dauerte eine Weile, bis ich Sam die Textnachricht schicken konnte, da meine Finger zitterten.

Ally
Hey, ich habe meine Tasche vergessen. Kannst du sie mitnehmen, bitte? Danke!

Sam
Logo. Nehme sie mit zu mir.

"Geht das klar?" Er sah mich prüfend von der Seite an. Ich nickte stumm, noch immer rollten Tränen mein Gesicht herunter.
Angestrengt sah ich aus dem Seitenfenster.

Gabe sagte nichts weiter, ob aus Mitleid oder weshalb auch immer, ich wusste es nicht. Doch ich fand es sehr einfühlsam von ihm. Allmählich beruhigte ich mich, die Tränen versiegten fast vollkommen.

Allerdings schnappte ich hörbar nach Luft, als ich sah, dass er vor dem Lagerhaus parkte, in der seine Wohnung lag.

"Nein." Das Wort entschlüpfte mir, bevor ich überhaupt wusste, dass ich etwas sagen wollte.

"Du kannst jetzt unmöglich allein sein. Ich lasse dir auch keine Wahl, um das klipp und klar zu sagen. Doch du kannst mir vertrauen. Ich bin dein Freund, okay? Dir wird nichts geschehen, das verspreche ich dir."

Ich konnte ihn weder ansehen, noch antworten. Stattdessen nickte ich.

Er stellte den Motor aus, kam um das Auto herum, um mir die Tür aufzumachen. "Kannst du laufen? Oder soll ich dich tragen?"

Erschrocken riss ich die Augen auf und rief lauter, als ich es beabsichtigte: "Ich werde laufen."

Leicht panisch sprang ich aus dem Wagen, und er schloss die Tür. "Hast du keine Angst, jemand könnte dir den klauen?" Ich biss mir auf die Lippe, ansehen wollte ich ihn nicht.

"Der ist mit einem Alarm gesichert. Und wenn es doch einer schafft, c'est la vie."

Jetzt griff er nach meinem Ellenbogen und zog mich zu dem Holztor. Er schloss auf, und bedeutete mir mit einer Geste, dass ich vorgehen sollte.

"Ich gehe hinter dir. Ich bin nicht so sportlich wie du."

Noch immer war ich unfähig, ihn anzuschauen.
"Ich kann dich gerne tragen." Seine leise Stimme klang ganz weich.
Doch erbost schüttelte ich den Kopf. "Einen Teufel wirst du tun."
Kurz sann ich über meine Fluchtmöglichkeiten nach, doch ich war viel zu müde, um ernsthaft darüber nachzudenken.
"Dann geh neben mir. Ich passe mich deinem Tempo an, okay?"
Meine Lippen zuckten, und ich nickte knapp. Seite an Seite stiegen wir gemächlich die steilen Treppen hinauf.
Auf der Hälfte blieb ich abrupt stehen und stöhnte auf.
"Was ist?" Er sah mich irritiert an.
"Ich habe nicht mal das Chili bezahlt ..." Rasch schrieb ich Sam eine weitere Nachricht.

Ally
Verdammt, ich habe vergessen mein Chili zu bezahlen, fällt mir gerade ein. Falls du noch im *Glendon* bist, kannst du Paul, bitte, ausrichten, ich bezahle es ihm nächste Woche? Danke!

Sam
Keine Panik. Das habe ich bezahlt.

Ally
Danke, du bist ein Schatz! Du bekommst das Geld dafür morgen zurück. Nach der Uni komme ich vorbei, um meine Tasche abzuholen.

Sam
Ähm, ohne Schlüssel kommst du nicht in deine Wohnung. Wo willst du denn schlafen?

Ally
Bei Ginger.

Sam
Ah, okay. Bis morgen dann.

Seufzend nahm ich die letzten Stufen in Angriff.
Er schloss die Wohnungstür auf und Dunkelheit empfing uns. Im Flur wurde es hell, als er einen Lichtschalter umlegte.
Mit vollem Körper lehnte Gabe sich gegen die Tür. Abwartend sah er mich an, doch ich wich seinem Blick aus.
Ich zog die Schuhe von meinen müden Füßen, stellte sie zu den anderen in das offene Regal der Garderobe.
"Wie geht es dir mittlerweile?"
"Müde." Ohne ein weiteres Wort ging ich über die Hängebrücken und klopfte an Gingers Tür.
Alles blieb still. Hoffnungsvoll drehte ich an dem Türknauf, fand den Raum leer vor. Ich betete nur, sie würde ohne männliche Begleitung nach Hause kommen.
Schnell trat ich in ihr Zimmer, und wollte die Tür hinter mir schließen, als seine Stimme mich erstarren ließ:
"Ally?"
"Ja?"
"Wollen wir nicht noch einen Augenblick reden?"

"Es gibt nichts zu reden. Gute Nacht." Jetzt schloss ich die Tür. Sofort tropfte es heiß aus meinen Augen.
Es war schrecklich, wo kamen nur all die Tränen her?
Ich zog mich aus, behielt aber T-Shirt und Slip an, und kroch in das Bett.
Es war vermessen, auf einen prompten Schlaf zu hoffen, das wusste ich. Mit offenen Augen lag ich da, lauschte auf irgendwelche Geräusche. Tatsächlich hörte ich die Badezimmertür auf- und wieder zugehen. Es klang, als würde Gabe eine Dusche nehmen, dem Rauschen des Wassers nach zu urteilen. Doch das Geräusch verstummte bald. Wieder quietschte die Tür leise, und ich hörte seine Schritte näher kommen.
Vor Gingers Tür hielten sie an, und mir brach der Schweiß aus. Sekundenlang lag ich mit heftig klopfendem Herzen unter der Decke. Dann ging er weiter, und ich hörte seine Zimmertür zufallen.
Es bereitete mir Mühe, still liegen zu bleiben.
Am liebsten wäre ich aufgesprungen und ihm hinterhergelaufen. Im Prinzip wollte ich mit ihm reden, wollte von ihm wissen, was *genau* er von mir wollte. Doch ich hatte nicht den Mut, ihm zu folgen.
Rastlos wälzte ich mich im Bett herum, der Schlaf rückte in immer weitere Ferne.
Eine Weile später quälte mich brennender Durst. Barfuß ging ich zur Tür. Einige Sekunden lauschte ich, doch alles war still. So leise wie möglich öffnete ich die Tür, tastete mich den dunklen Flur entlang zur Küche. Im Dunkeln empfand ich das Schwanken der Hängebrücken als viel heftiger.
Ich öffnete die Kühlschranktür.

Kurzerhand ließ ich sie offen, um etwas Licht zu haben. Die Kälte ließ mich schaudern.

Ich griff nach dem großen Kanister Orangensaft und stellte ihn auf die Arbeitsfläche.

In dem Schrank, aus dem Gabe die Becher für die Milch genommen hatte, suchte ich nach einem Glas, fand aber keines. Doch ein Becher würde den gleichen Zweck erfüllen.

Rasch goss ich Saft hinein und stellte den Kanister zurück. Als ich die Kühlschranktür schloss, hörte ich Schritte näher kommen.

Nervös hielt ich den Atem an.

Ein dunkler Schatten erschien im Durchgang zum Flur. Selbst im Dunkeln konnte ich die Silhouette problemlos Gabe zuordnen. "Ally? Ist alles in Ordnung?"

Ich musste mich räuspern, bevor ich sprechen konnte. "Ja, ich bin nur durstig."

"Verstehe. Weshalb hast du kein Licht angemacht?"
"Ich wollte dich nicht wecken."

Er schnaubte kurz, und es klang keineswegs amüsiert: "Ich kann ohnehin nicht schlafen, aber das sagte ich dir ja schon." Der Satz schien im Raum nachzuhallen.

Erwidern konnte ich nichts, denn mein Mund fühlte sich mittlerweile staubtrocken an.

Hektisch griff ich nach dem Becher, und tollpatschig verschüttete ich ein wenig von dem Saft. "Mist", murmelte ich, zutiefst verlegen.

Es überkam mich wie ein Déjà-vu.

Ich griff nach dem Wischlappen und machte ihn unter dem Wasserhahn nass, um ihn entschlossen auszuwringen.

Dann kniete ich am Boden und wischte blind die Tropfen auf.

"Ally, lass das doch." Die gleichen Worte hatte er in der Nacht von Gingers Einzugsparty gesagt. Er kam näher, und ich konnte ihn jetzt deutlicher erkennen.

"Himmel, konntest du dir nicht wenigstens eine Hose anziehen?" Er starrte mich an, offensichtlich entgeistert.

Ich rappelte mich hoch und warf ihm den schmutzigen Lappen zu, den er trotz der Dunkelheit geschickt auffing. "Und du?" Ich deutete auf seinen nackten Oberkörper. "Sind alle deine T-Shirts in der Wäsche, oder was?"

Schwer atmend starrten wir uns in der Düsternis an.

"Verdammt, ich habe dir eben noch versprochen, dass du hier sicher bist. Aber du machst es mir nicht gerade einfach." Sein Atem hatte sich beschleunigt, und er starrte meine nackten Beine an.

"Wärst du in deinem verdammten Schlafzimmer geblieben, dann gäbe es gar kein Problem!" Gekränkt sah ich ihn an, die Arme vor der Brust verschränkt.

"Ich wollte nur sicher gehen, dass es dir gut geht, entschuldige bitte", erwiderte er laut mit zornigem Unterton.

Mit zitternden Händen griff ich erneut nach dem Becher, sehr darum bemüht, nicht wieder zu kleckern. Mit großen Schlucken trank ich den kalten Saft.

Gabe machte einen großen Schritt auf mich zu, nahm mir den Becher aus der Hand. Er stellte ihn hinter mich, legte die Hände um mein Gesicht und küsste mich gierig.

Vollkommen geschockt ließ ich es zu. Bevor ich auch nur ansatzweise reagieren konnte, ließ er mich los.
Schwer atmend trat er einen Schritt zurück.
Leise, aber in sehr merkwürdigem Tonfall, sagte er: "Entschuldige, das hätte ich nicht tun dürfen."
Er drehte sich um und ging mit steifen Schritten den Flur hinunter. Sekunden später hörte ich die Schlafzimmertür hinter ihm zufallen.
Was zum Teufel ...?
Sprachlos starrte ich auf die Stelle, an der er eben noch gestanden hatte. Dieser Mann war verwirrend und unkalkulierbar ...
O nein, du wirst jetzt nicht schon wieder heulen, befahl ich mir selber, als mir Tränen in die Augen schossen.
Sollte ich wütend oder enttäuscht sein, dass er sich besser unter Kontrolle hatte als ich?
Mit Sicherheit wusste ich jedoch, dass mir dieser kurze Kuss nicht genug war. Mit zitternden Fingern tastete ich über meinen Mund.
Mir fiel der Becher wieder ein und stellte ihn in den Geschirrspüler. So leise wie möglich ging ich zurück in Gingers Zimmer, schloss die Tür hinter mir.
Einen Augenblick lang spielte ich mit dem Gedanken, mich anzuziehen und zu Sam zu laufen.
Das Risiko, das Gabe mir erneut nachlief, wollte ich jedoch nicht eingehen ...

Kapitel 19

Beinbruch

Verwirrt erwachte ich und setzte mich ruckartig auf. Es dauerte eine Weile, bis ich Gingers Zimmer erkannte. Schon fiel mir der vorige Abend wieder ein und stöhnte gequält auf.
Ich sprang aus dem Bett und warf einen Blick aufs Handy.
Verdammt, schon halb zehn!
Hektisch schlüpfte ich in meine Klamotten, zum Duschen blieb keine Zeit. Ich hätte Gabes Dusche ohnehin nicht benutzen mögen. Allein bei der Vorstellung kam ich mir wie ein Eindringling in seine Privatsphäre vor.
Ich hastete in den Flur, lauschte kurz, doch alles war still.
Kurz erwog ich, an seine Tür zu klopfen, doch ich hatte Angst, er könnte das missverstehen.
Vor der Garderobe blieb ich stehen, um die Schuhe anzuziehen, als er verschlafen aus dem Schlafzimmer kam. Er trug lediglich ein T-Shirt und Boxershorts.
Wir starrten einander an.
Er fasste sich schneller als ich. "Läufst du wieder davon?"
"Wie bitte?" Leicht angesäuert sah ich ihn an. "Schon mal auf die Uhr geschaut? Ich bin zu spät dran für die Uni."

"Oh ... Ich fahre dich. Warte kurz, ich ziehe mir schnell eine Jeans an." Nur wenige Sekunden später kam er zurück, schlüpfte in seine Schuhe und schnappte sich Jacke und Autoschlüssel. Dann hielt mir die Wohnungstür auf. "Nach dir."
Ich eilte die Treppen hinunter, öffnete das Tor und trat ins Freie. Tief sog ich die frische Luft ein.
Mit leicht überhöhtem Tempo fuhr er zur Uni.
Verstohlen blickte ich ihn von der Seite an und bemerkte dunkle Schatten unter seinen Augen. Rasch sah ich aus dem Seitenfenster, während wir schweigend durch die Stadt fuhren.
Seine Hand streckte sich aus, und ich zuckte zusammen. Doch er griff nur nach einer Packung Kaugummi, nahm zwei heraus, und hielt mir eins hin.
Da ich keine Zähne geputzt hatte, nahm ich es und nickte dankend.
Als er mich an der Uni absetzte, murmelte ich: "Danke." Ich stieg aus und hastete in das Gebäude.

Zwanzig Minuten hatte der Fußmarsch nach Hause gedauert, als mir siedend heiß einfiel, dass sich meine Tasche nebst Schlüssel bei Sam befand.
Ich schlug mir – ob meiner Vergesslichkeit - die Hand vor die Stirn und zog mein Handy hervor.

Ally
Hey, Sam. Bist du zu Hause? Kann ich vorbeikommen, um meine Tasche abzuholen?

Sam
Ja, bis gleich.

Ich war noch keine zwei Minuten unterwegs, als mein Handy klingelte.
"Ja?"
"Ich bin es, Sam. Sag mal, kennst du jemanden, der ein Auto hat?"
Sofort fiel mir Gabe ein, und ich war nicht gerade erfreut darüber. "Ja, wieso fragst du?"
"Ich brauche jemanden, der mich ins Krankenhaus fährt. Ich fürchte, ich habe mir das Bein gebrochen …"
"Was?" Wie angewurzelt blieb ich stehen, den Mund weit geöffnet.
"Ich bin nach Hause gekommen und oben an der Treppe gestürzt." Sie stöhnte leicht.
"Um Himmels Willen! Ich werde Gabe fragen, ob er dich fahren kann, und melde mich gleich wieder."
Nervös drückte ich auf seine Telefonnummer, mein Herz raste. Noch nie hatte ich ihn angerufen. Nach letzter Nacht war es mir besonders unangenehm.
"Ally?" Seine Stimme drang verwundert aus dem Lautsprecher.
Wenn mich nicht alles täuschte, klang er müde.
"Ja, ich bin es. Hast du eventuell Zeit? Könntest du mir, beziehungsweise meiner Freundin Sam, einen Gefallen tun?"
"Natürlich. Was für einen Gefallen?"
"Sie braucht eine Fahrt ins Krankenhaus. Sie glaubt, sich das Bein gebrochen zu haben. Ich bin gerade auf dem Weg zu ihr."

"Wo soll ich dich abholen? Dann bringe ich dich zu ihr und fahre sie."

Erleichtert seufzte ich laut. "Danke. Ich warte vor meiner Wohnung auf dich." Ich konnte übers Telefon hören, wie er seinen Wagen startete.

"Bis gleich", sagte er und legte auf.

Sechs Minuten später hielt er mitten auf der Straße an, und schon hupte das Auto hinter ihm. Ich beeilte mich, bei ihm einzusteigen.

"Wohin?" Gabe warf mir einen kurzen Blick zu, fuhr schon wieder an.

"Groverton Place, über den Sunset Boulevard in Richtung Süden."

"Sag Bescheid, sobald ich abbiegen muss." Zügig glitt der Wagen durch den Verkehr.

Ich rief kurz Sam an, um ihr zu sagen, dass wir unterwegs waren.

Mich ihm zuwendend, sagte ich: "Danke, dass du das machst. Ich wusste nicht, wen ich sonst hätte fragen können. Meine Freunde haben alle kein Auto."

Er sah mich kurz von der Seite an. "Jederzeit, Ally. Ich habe dir schon einmal gesagt, dass ich dir so ziemlich jeden Gefallen tun würde."

Ungläubig blickte ich ihn an. Das hatte er einmal gesagt, ja. An dem Abend von Gingers Party. Aber das war doch bloß ein Spruch gewesen, oder?

Verunsichert blickte ich auf meine Hände hinab, die verkrampft in meinem Schoß lagen. Ich lenkte meine Gedanken zu Sam. "In welches Krankenhaus wirst du sie bringen? Ins UCLA Medical Center?"

"Ja, das liegt am dichtesten an ihrer Wohnung."

Ich wählte die Nummer von Mike und hielt mir das Telefon ans Ohr.
Er meldete sich sofort. "Sam hat es mir eben gesagt. Wohin bringt ihr sie?"
"Zum UCLA Medical."
"Gut, ich mache mich auf den Weg. Wir sehen uns dort."
"Ich kann nicht mitkommen, Gabes Wagen ist ein Zweisitzer. Aber ich komme nach, okay?"
"Ja, in Ordnung. Sag deinem Freund danke von mir."
"Mach ich, bis nachher." Ich legte auf und sah wieder Gabe an. "Ich soll dir ein Danke ausrichten von Mike. Das ist Sams Freund."
"Der Mike, der nach dem Kino auf dich gewartet hat?" Seine Stimme klang kühl.
"Ja, genau der. Die nächste Straße rechts rein."
Er folgte der Anweisung. Eine Minute später hielten wir vor Sams Haus.
Ich lief im Eilschritt auf die Tür zu, drückte auf alle Klingeln.
Es dauerte fast eine Minute, bis einer der Nachbarn den Türöffner drückte.
Direkt am Fuß der Treppe saß eine blasse Sam, offensichtlich litt sie Schmerzen. "O Sam, was machst du bloß für Sachen?"
Gabe schob mich umstandslos zur Seite und beugte sich zu ihr hinunter. "Welches Bein ist es?"
"Das linke, genau hier." Sie zeigte auf ihr Schienbein, und ich bemerkte ihr Zittern.
"Wir ziehen dich hoch, okay? Ally, nimm ihren linken Arm und stütze sie."

Kaum stand Sam auf einem Bein, hob er sie auf seine Arme. "Ally, lauf voraus und schiebe den Sitz so weit wie möglich nach hinten." Vorsichtig trug er Sam hinaus zum Wagen, dessen Motor noch lief.
Schnell verstellte ich den Sitz und trat zurück.
Äußerst behutsam setzte er sie auf den Beifahrersitz. Trotzdem konnte sie ein schmerzhaftes Stöhnen nicht unterdrücken.
"Entschuldige, bitte", sagte er leise, ganz blass im Gesicht.
"Hey, noch nie ist jemand so sanft mit mir umgegangen, also erspare dir jede Entschuldigung." Sie grinste ihn an.
Wortlos, aber mit einem Lächeln um den Mund, beugte er sich über sie und befestigte ihren Sicherheitsgurt. Sanft schloss er die Tür und drehte sich zu mir um.
"Ich hol dich ab. Warte hier, okay?"
"Was? Nein! Ich kann laufen, es ist doch nicht weit."
Genervt stieß er seinen Atem aus. "Kannst du ein einziges Mal im Leben machen, worum ich dich bitte?" Einmal mehr bemerkte ich die Müdigkeit in seiner schönen Stimme.
"Aber das ist doch be..."
Doch er unterbrach mich: "Ich bin zu müde zum Streiten. Rühr dich nicht vom Fleck, ich bin gleich wieder da." Mit diesen Worten ging er um den Wagen herum und fuhr los.
Fünfzehn Minuten später sah ich den grauen Sportwagen die Straße heraufkommen. Ich erhob mich von der Steinstufe, auf die ich mich gesetzt hatte. Tief holte ich Luft, um meine Nerven zu beruhigen.

Das Auto wendete, sodass ich direkt einsteigen konnte, und wir fuhren in Richtung Krankenhaus.
Gabe gähnte hinter vorgehaltener Hand und murmelte: "Sorry."
Abwehrend schüttelte ich den Kopf. "War Mike schon da?"
"Ja, er hat mit einem Rollstuhl vor dem Eingang gewartet."
"Gut."
Den Rest des Weges legten wir schweigend zurück. Er fand einen Parkplatz, der nicht weit vom Eingang entfernt lag.
"Danke fürs Mitnehmen und dass du Sam gefahren hast." Ich schlüpfte aus dem Wagen und runzelte die Stirn, denn auch Gabe stieg aus.
Er stellte sich neben mich und sah mich abwartend an.
"Was ist? Du brauchst mich nicht begleiten, ich finde den Weg schon."
"Was hast du nur immer gegen meine Anwesenheit, Süße?"
Den Mund weit offen, starrte ich ihn an. Da war das Kosewort wieder. Und ich gestand mir ein, ich hatte es vermisst ...
Mädchen, denk daran, Abstand zu halten, ermahnte ich mich in Gedanken.
"Komm, ich will auch wissen, wie es Sam geht."
Er streckte mir die Hand entgegen, doch ich ignorierte sie. Kopfschüttelnd machte ich mich auf dem Weg, konnte sein Seufzen jedoch nicht überhören.
Sam und Mike saßen im Warteraum der Notaufnahme. Beide lächelten, als wir eintraten.

"Hey, wieso musst du noch warten?", rief ich ihr entgegen.
"Es ist gerade ein Notfall reingekommen. Die Schwester sagte, dass alle Patienten mit mindestens einer weiteren Stunde Wartezeit rechnen müssen. Sie hat mir aber schon ein Schmerzmittel gegeben, und ich darf gleich zum Röntgen. Danach muss ich auf einen Arzt warten." Sie seufzte und lehnte ihren Kopf an Mikes Schulter.
"Ally, du brauchst nicht mit uns zu warten", sagte Mike.
"Doch, ich möchte es aber. Ich komme ja ohnehin nicht in meine Wohnung", lachte ich.
"Das tut mir total leid. Ist echt blöd gelaufen." Sam verzog den Mund.
"Sieh du zu, dass du den Gips bis zum Urlaub los bist. Sonst sitzt du als einzige am Strand, während wir anderen uns im Wasser amüsieren." Breit grinsend sah ich sie an.
"Freche Göre ... Jetzt setz dich endlich, sonst bekomme ich Nackenstarre. Auf eine Halskrause habe ich noch weniger Lust, als auf einen Gips." Dann wandte sie sich an Gabe: "Hey, ich möchte mich noch einmal bedanken."
Er winkte ab, setzte sich auf den Stuhl Sam gegenüber. Zögernd ließ ich mich auf dem Sitz neben ihm nieder, auch wenn ich mich gerne woanders hingesetzt hätte. Doch das hätte sicherlich einen sprechenden Blick von ihm provoziert, und dafür hatte ich - schlicht gesagt - keine Energie über.
Wieder gähnte er hinter vorgehaltener Hand.

Er lehnte den Kopf an die Wand und schloss die Augen.

Sam nutzte den Moment, um mir einen fragenden Blick zuzuwerfen.

Ich schüttelte stumm den Kopf. Dann stupste ich Gabe leicht mit dem Ellenbogen an. "Du solltest nach Hause fahren, ein wenig Schlaf nachholen."

Ich biss mir auf die Zunge, als ich sah, wie Sam die Augenbrauen bedeutungsvoll hochhob.

"Süße, ich werde nicht ohne dich hier wegfahren, zumal du keine Wohnungsschlüssel hast. Das bedeutet, du schläfst wieder bei mir." Er hielt die Augen geschlossen.

Seine Worte hatten ausgereicht, um heißes Blut in meine Wangen zu pumpen.

Sam sah mich breit grinsend an. Sie brauchte ihre Gedanken nicht aussprechen, ich verstand sie problemlos.

Verneinend schüttelte ich den Kopf, konnte mir aber ein Grinsen nicht verkneifen.

Einige Minuten später wurde Sams Name aufgerufen, und eine Schwester schob sie mit dem Rollstuhl davon.

Mike stand auf und schaute ihr hinterher. Er sah traurig aus.

"Sie wird schon wieder", sagte ich aufmunternd.

Er blickte mich an. "Ich weiß, doch ich wünschte …"

Ich lächelte ihn an, ging zu ihm, und nahm ihn in den Arm. "Ist es dermaßen schwer, sie so zu sehen?"

"Ja. Ich wünschte, ich könnte mehr für sie tun. Ihre Schmerzen auf mich nehmen."

"Das nennt man Liebe, Mike. Ich kenne das ..." Schnell biss ich mir auf die Lippen und warf Gabe einen Blick zu.

Doch er hatte die Augen geschlossen und schien zu schlafen.

Erleichterung durchfuhr mich. "Solange du sie liebst, wird dieses Gefühl immer da sein."

"Ich habe dir noch gar nicht gedankt, das muss ich endlich nachholen. Auch dafür, dass du für mich da bist."

"Spinn nicht rum. Ich bin glücklich, wenn du glücklich bist. Außerdem sind Freunde doch dafür da, einander zu helfen."

Mike hob die Hand und streichelte über meine Wange.

"Sam", rief er plötzlich mit freudiger Stimme und wandte sich von mir ab.

"Hey, wirst du mir etwa untreu?" Sie zwinkerte ihm vergnügt zu und schenkte mir ein Lächeln.

"Nie im Leben", sagte Mike grinsend, doch sein Tonfall war ernst und aufrichtig. "Sag mal lieber, was für Drogen sie dir gegeben haben, dass du trotz Beinbruch so munter bist."

"Tja, davon hättest du auch gerne etwas, du Frechdachs, stimmts?"

Er nickte grinsend. "Wie lange musst du auf den Arzt warten? Was hat das Röntgen ergeben?"

"Das wird der Arzt mit mir besprechen. Die Schwester meinte, ist er bereits auf dem Weg hierher." Sie lächelte entspannt und lehnte ihren Kopf wieder an seine Schulter.

Ich strich ihr über die Haare und setzte mich wieder, und warf Gabe einen kurzen Blick zu. Er schien tatsächlich eingeschlafen zu sein.
Eine Weile lauschte ich dem Gespräch der beiden, während ich die anderen Leute musterte, die ebenfalls hier warteten. Schon wurde Sam wieder aufgerufen und weggeschoben.
"Ich gehe kurz nach draußen. Ich möchte unsere Freunde und Sams Eltern anrufen. Ist das okay?"
"Ja, natürlich."
Mike nickte mir zu und ging hinaus.
Ich warf erneut einen Blick auf Gabe, dessen Kopf zur Seite gefallen war. Eine Strähne von seinem Haar hing ihm ins Auge. Keine Sekunde dachte ich darüber nach, ich hob die Hand, um sie vorsichtig zur Seite zu streichen.
Er schlug die Lider auf, unsere Blicke trafen sich.
Einmal mehr staunte ich, wie schön seine Augen waren. Verlegen murmelte ich: "Entschuldige, ich wollte dich nicht aufwecken."
Kopfschüttelnd richtete er sich auf. "Ich bin nur kurz eingenickt. Ich habe deinem Gespräch mit Mike gelauscht." Er warf mir einen fragenden Blick zu und gähnte unterdrückt.
Unsicher, worauf er hinaus wollte, zuckte ich die Schultern.
"Es klang danach ..." Er brach ab und schüttelte wieder den Kopf.
"Wonach?" Ich biss mir nervös auf die Lippe.
Himmel, hatte er es mitbekommen, als ich mich fast verplappert hatte?

Das Herz rutschte mir in die Hose.

"Wart ihr zwei mal ein Paar?"

Erstaunt, und gleichzeitig erleichtert, blickte ich ihn an. "Mike und ich? Nein, er ist mein bester Freund. Wir sind zusammen zur Highschool gegangen, allerdings in unterschiedliche Klassen. Er war mit einer meiner Freundinnen zusammen. Seitdem sind wir gut befreundet." Etwas leiser ergänzte ich: "Sie ist an Leukämie gestorben, kurz vor dem Abschluss. Das hat Mike und mich noch enger verbunden."

Gabe sah mich entsetzt an. "Tut mir leid, das mit deiner Freundin."

„Danke", murmelte ich.

Er schloss die Augen erneut. Mir schien es, dass er wieder schlafen wollte. Deshalb zog ich das Handy aus der Hosentasche und vertiefte mich in mein Buch.

"Was liest du?"

Erschrocken zuckte ich zusammen. "Ich dachte, du bist wieder eingeschlafen."

"Nein, ich habe nachgedacht." Er blickte mich an und hielt meinen Blick fest. Seine Augen schienen zu sprechen, doch ich verstand die Worte nicht.

Also entschied ich mich, seine Frage zu beantworten. "Das Buch kennst du sicher nicht. Es heißt *Feuer und Stein*."

"Wovon handelt es?"

"Von einer Frau, die in den zweiten Flitterwochen mit ihrem Mann nach Schottland reist. Sie berührt einen Felsen in einem uralten Steinkreis, und verliert das Bewusstsein. Als sie erwacht, ist sie zweihundert Jahre in der Zeit zurückgereist."

"Aha. Klingt ..." Er räusperte sich vielsagend. "... interessant."

Ich lachte amüsiert. "Die Autorin hat daraus eine wundervolle Liebesgeschichte gemacht. Sie wird von einem Highlander gerettet und flickt ihn nach einem Kampf wieder zusammen. In ihrer Zeit war sie Krankenschwester. Die zwei heiraten sogar, doch die Umstände sind, naja, widrig."

Er grinste. "Und so was gefällt dir?"

"Die Liebesgeschichte sogar sehr. Es ist außerdem spannend, von den Highlands zu lesen, als die Clans noch herrschten. Ich würde selbst gerne einmal nach Schottland reisen, es muss ein herrliches Land sein."

"Wohin möchtest du noch reisen? Wo warst du schon überall?" Sein Blick hing noch immer an mir, und ein ehrliches Interesse lag darin.

"Ich bin in Kanada geboren. Ich war vier, als meine Eltern mit mir nach Kalifornien zogen. Gereist sind wir nie, dafür war kein Geld da. Stattdessen waren wir viel draußen, haben Radtouren gemacht, Picknicks und so weiter."

"Und wohin würdest du gerne mal reisen?"

"Gute Frage ... England würde mich reizen. Oder Ägypten, die Pyramiden würde ich gerne sehen." Ich zuckte mit der Schulter. "Und du?"

Gabe richtete den Blick geradeaus. Sein Gesicht verschloss sich ein wenig. "Ich hatte nie den Wunsch zu reisen."

Diese knappen Worte stimmten mich nachdenklich, doch er wirkte nicht besonders mitteilsam. Deshalb ließ ich das Thema fallen.

"Wie geht es mit dem Studium voran?" Das schien mir eine unverfängliche Frage zu sein.

"Ich bin im Prinzip schon durch. Alles, was für die Benotung und den Abschluss gebraucht wird, habe ich schon abgeliefert. Ich muss, so gesehen, nur noch meine Zeit dort absitzen." Wieder gähnte er.

"Und was willst du nach dem Studium machen?"

Er zuckte die Schultern. "Einfach weiter wie bisher. Ich komponiere nebenbei, das bringt mir ein wenig Geld ein. Ich brauche nicht viel zum Leben."

"Und was fängst du dann mit der ganzen freien Zeit an?" Gespannt betrachtete ich sein Profil.

"Nun ..." Er wandte mir das Gesicht zu. "Es scheint so, als bräuchte ich jede freie Minute, um ein bestimmtes Mädchen dazu zu bringen, mir eine Chance zu geben ..." Jetzt grinste breit.

Völlig überrumpelt starrte ich ihn an, dann fauchte ich: "Sehr witzig! Du solltest dir ernsthaft überlegen, Comedy und Schauspiel zu studieren."

Jetzt lachte er laut auf. Er schloss die Augen und lehnte den Kopf wieder gegen die Wand.

Schweigend saß ich neben ihm. Ich tat so, als würde ich weiterlesen. Doch das Buch hatte keinerlei Reiz mehr für mich. Meine Gedanken kreisten um seine Worte.

"Hey, wo steckt denn Mike?" Das war Sams Stimme. Zutiefst erleichtert sprang ich auf, dankbar für ihr Auftauchen.

"Er telefoniert mit deinen Eltern. Schicker Gips!" Amüsiert sah ich sie an.

Ihr Unterschenkel war in leuchtendem Pink eingegipst.

Sie grinste breit. "Soll man nicht immer das Beste aus einer Situation machen? Und Pink ist definitiv meine Lieblingsfarbe." Sie rollte auf uns zu, dann nahm sie einen schwarzen Stift von ihrem Schoß und hielt ihn Gabe entgegen.

Er starrte verwirrt darauf.

"Mein edler Ritter, bekomme ich ein Autogramm, bitte?" Verschmitzt blinzelte sie ihn an.

Mit einem stummen *O* auf den Lippen nahm er den Marker. Er kniete neben ihr nieder, bevor er etwas auf ihren Gips schrieb.

Sam klatschte in die Hände und seufzte hingerissen. "Sieh doch, Ally. Ein Ritter, der niederkniet. Behandle ihn bloß gut, nicht dass er dir wegläuft."

Gabe grinste zu Sam hoch und sagte zu mir: "Genau, Ally. Behandle mich bloß gut."

"Also wirklich ..." Mein Gesicht glühte. Verwirrt schaute ich ihn an, dann bedachte ich Sam mit einem bösen Blick.

Er stand auf, und Sam warf einen Blick auf ihren Gips. "Sogar mit Zeichnung. Was ist das? Ein Schwert?"

"Ja, holde Maid. Einen Ritter trefft Ihr niemals ohne sein Schwert an." Er nahm ihre Hand, verbeugte sich galant vor ihr, und hauchte einen Kuss darauf. "Stets zu Euren Diensten, edle Dame."

Sam lachte hell auf.

Gereizt warf ich ihm einen Blick zu.

Er sah mich an, zog die Augenbrauen fragend hoch.

"Du solltest tatsächlich in Erwägung ziehen, Schauspiel zu studieren."

Von Sam kam ein zustimmender Laut.

"Oh, da muss ich Ally recht geben. Die Frauen werden dir in Scharen zu Füßen liegen." Sie strahlte ihn an.
Ich schnaubte. "*Dafür* braucht er kein Studium ..."
Er sah mich an, und sein Blick wurde zärtlich. "Keine Sorge, meine Süße, ich bin dir treu ergeben."
Genervt verdrehte ich die Augen und stieß meinen Atem laut aus. Doch ich verkniff mir jeden Kommentar. Eine Schwester kam herein und rief Sam auf.
"Endlich der Arzt", seufzte sie erleichtert und rollte davon.
Er setzte sich neben mich, doch ich ignorierte seinen Blick. Es wäre jedoch sinnlos gewesen, zu leugnen, dass mein Herz verräterisch schnell schlug.
Schon drei Minuten später war Sam wieder da. Sie sah sehr blass aus.
"Wo ist Mike?", fragte sie mit zitternder Stimme.
Ich sprang hoch. "Ich gehe ihn holen." Besorgt warf ich ihr einen Blick zu, dann trat ich ins Freie. Schnell hatte ich Mike entdeckt und winkte ihn zu mir. "Sam ist ganz bleich, komm rasch mit rein."
Mike stürzte an mir vorbei. Ich hatte Mühe, mit ihm Schritt zu halten.
"Sam? Was ist los?" Besorgt musterte er ihr Gesicht. Er erschrak sichtlich, als bei ihr Tränen zu fließen begannen. Er kniete sich neben sie und schlang die Arme um sie.
"Mike ..." Sie barg das Gesicht an seinem Hals und schluchzte.
"Hey, was hat der Arzt gesagt? So schlimm kann es doch nicht sein." Beruhigend streichelte er unablässig über ihre Haare.

"Es kommt ganz darauf an, was du dazu sagst", sagte sie und vergrub ihr Gesicht noch tiefer an seinem Hals. Gabe und ich schauten uns einen Augenblick lang ratlos an.

"Ich? Was meinst du?" Mikes Gesicht trug einen ebenso verwirrten Ausdruck.

"Der Arzt hat mir gerade gesagt ..." Sie verstummte und schluckte heftig.

"*Was* hat der Arzt gesagt?" Seine Stimme nahm einen leicht panischen Unterton an.

"Ich bin schwanger", flüsterte Sam.

Die Welt schien zu erstarren.

Er drückte sie von sich weg, sein Gesicht war blass. "Wir bekommen ein Baby?"

Sie nickte und schien ängstlich auf seine Reaktion zu warten.

Es dauerte drei oder vier Sekunden, dann breitete sich ein Lächeln auf Mikes Gesicht aus. "O mein Gott, wir werden ein Baby bekommen!" Zärtlich strich er mit der Hand über ihre Wange.

Zögernd fragte sie: "Du freust dich?"

"Natürlich! Komm, lass dich umarmen."

Erleichtert drückte sie sich an ihn. "Ich hatte solche Angst vor deiner Reaktion. Ich weiß, es ist viel zu früh für ein Baby, aber ich könnte es niemals ..."

"Sch, kein Wort darüber. Es kommt, wie es kommen soll, und alles wird gut." Er rückte von ihr ab, dann nahm er ihre Hand. "Samantha, wirst du mir die Ehre erweisen, meine Frau zu werden?"

Ihr klappte der Unterkiefer herunter, sprachlos blickte sie ihn an. "O Mike, bist du dir sicher? Ich meine ..."

"Absolut, Darling! Nie war ich mir sicherer."

Jubelnd schlang sie ihre Arme um seinen Hals und nickte, die Augen voller Tränen. "Ja! Natürlich will ich deine Frau werden!"

Gerührt lächelnd hatte ich den beiden zugeschaut.

Sam gab Mike einen dicken Kuss, dann sah sie zu uns herüber. "Komm her, Ally. Ich freue mich so, dass du dabei bist. Ohne dich hätten wir uns nie so schnell gefunden. Ich wünsche mir, dass du meine Trauzeugin wirst. Und Taufpatin, ja? Es würde mir viel bedeuten." Sie strahlte mich an.

Mike nickte zustimmend. "Das wünsche ich mir auch. Ohne meine beste Freundin geht es gar nicht."

Mir kullerten Freudentränen die Wangen hinunter, als ich nickte. "Von Herzen gerne. Jetzt lasst euch mal umarmen. Ich gratuliere euch beiden."

Kapitel 20

Pizza

*G*abe fuhr das frisch verlobte Paar zu Mike, damit er sich um Sam kümmern konnte. Sie saß während der Fahrt auf Mikes Schoß, das eingegipste Bein lag über Gabes Schenkel.
Da er darauf bestanden hatte, mich abzuholen, versuchte ich die Wartezeit mit lesen zu überbrücken, konnte mich aber nicht konzentrieren.
Aufgekratzt ging ich nach draußen, um frische Luft zu schnappen. Es wurde allmählich dunkel. In dieser Sekunde schalteten sich die Lichter der Laternen ein.
Ein Baby, dachte ich sehnsuchtsvoll. Schon als kleines Mädchen wollte ich Mama werden. Wie immer ich mir die Zukunft ausgemalt hatte, eines stand fest: Ich wollte Kinder haben.
Meine Gedanken flogen automatisch weiter zu Gabe. Ob er Kinder wollte? Ich war so mit Sam und Mike beschäftigt gewesen, dass ich nicht auf seine Reaktion geachtet hatte.
Es kann dir doch egal sein, ob Gabe einmal Kinder haben wird, dachte ich traurig.
Dann wurde mir übel bei der Vorstellung, er könnte sich eine andere Frau suchen, die sein Bett teilen und seine Babys zur Welt bringen würde. Einen Moment musste ich mich nach unten beugen, um das Schwindelgefühl zu unterdrücken, das mich erfasst hatte.

Mit den Händen bedeckte ich mein Gesicht.
Verdammt, mit jeder Stunde wurden meine Gefühle für Gabe stärker, und ich konnte rein gar nichts dagegen machen ... Panik erfasste mich, simples Atemholen wurde zur Qual.
"Geht es Ihnen gut, Miss?" Ein Mann mittleren Alters war neben mir stehen geblieben und sah mich besorgt an.
Erschrocken schaute ich auf. "Ja", krächzte ich, "alles in Ordnung."
"Ich kümmere mich um sie, danke." Urplötzlich stand Gabe neben mir. Er wartete, bis der Mann sich entfernt hatte. "Ist wirklich alles in Ordnung?"
"Ja, sicher. Warum auch nicht? Können wir jetzt fahren?" Ich richtete mich auf und ging in Richtung Parkplatz.
Neben mir herlaufend, sah er mich zweifelnd an. Dann lächelte er. "Es gefällt mir, wenn du *wir* sagst."
"Blödmann", nuschelte ich.
Er seufzte und sah mich bekümmert an. "Ich weiß nie, wie ich mit dir umgehen soll. Alles, was ich sage oder mache, scheint falsch bei dir anzukommen."
Ich gab ihm keine Antwort. Suchend schaute ich die Autoreihen entlang.
"Da hinten", sagte Gabe, der meinen Blick richtig gedeutet hatte, und deutete nach Osten.
Stumm gingen wir weiter.
Die Fahrt verlief ebenso schweigend.
Er stellte das Auto vor dem Haus ab, und wir liefen nach oben.
"Hast du Hunger?"

"Ja, sogar großen." Ich traute mich nicht, ihn anzusehen. Stattdessen zog ich mir in aller Ruhe die Schuhe aus.

"Was möchtest du essen? Ich habe nicht allzu viel da, doch zum Sattwerden wird es reichen."

"Könnten", ich stockte und bohrte meine Zähne in die Unterlippe. Starr blickte ich hinunter auf die Holzplanken. "Könnten *wir* Pizza bestellen?"

Nein, sieh ihn nicht an.

In seiner Stimme konnte ich das Lächeln hören, als er leise sagte: "Natürlich können *wir* Pizza bestellen, Süße." Er ging in die Küche, kam mit einem Telefonbuch zurück. "Welchen Pizzaservice?"

"Ganz egal", sagte ich.

"Da ich noch nie Pizza bestellt habe, brauche ich deine Hilfe."

Mein Kopf ruckte nach oben. Überrascht starrte ich ihn an. "Du hast noch nie Pizza bestellt?", fragte ich ungläubig.

Ein lediger Mann in Los Angeles, und er hatte noch nie Pizza bestellt?

Ich war sprachlos.

"Nein, noch nie. Ich könnte dir aber anbieten, Pizza zu machen. Das geht recht schnell."

Mit offenem Mund starrte ich ihn an. "Du machst deine Pizza selbst?"

"Ja." Gabe lächelte verhalten. "In fünfundvierzig Minuten könnte sie fertig sein. Wie lange braucht dein Pizzaservice?"

"Bestimmt dreißig Minuten, vielleicht eine Dreiviertelstunde." Ich biss mir wieder auf die Lippe.

"Deine Entscheidung. Komm mit, lass uns in den Kühlschrank gucken." Er verschwand in der Küche.

Ich ging ihm nach, blieb aber in der Tür stehen und beobachtete, wie er Schränke öffnete und den Inhalt inspizierte.

"Peperoni und Kochschinken hätte ich da." Fragend hielt er eine Dose Ananas hoch: "Magst du Pizza Hawaii? Oder lieber Peperoni?"

"Hawaii ist meine Lieblingspizza."

Er grinste. "Darauf hätte ich wetten können." Er deutete auf die Sachen. "Also? Selbstgemacht, oder lieber bestellen?"

Ich dachte an meine Tasche in Sams Wohnung, in der sich mein Geld befand. "Wenn ich nicht kochen muss ..."

Laut lachte er, dann schaltete er den Ofen zum Vorheizen ein. Mit geübtem Griff nahm er Mehl, Trockenhefe und ein paar weitere Zutaten aus einem der Schränke. Mit einem Messlöffel schaufelte er die Zutaten in die Rührschüssel der KitchenAid, fügte Wasser hinzu, und die Maschine begann, den Teig zu kneten. Als sie fertig war, legte er ein Küchenhandtuch über die Schüssel.

"Der Teig muss zehn Minuten gehen. Möchtest du zur Pizza ein Glas Wein trinken?", fragte er, öffnete die Ananas Konserve und goss den Inhalt durch ein kleines Sieb.

"Lieber nicht. Hast du Cola da?"

Gabe öffnete den Vorratsschrank und zog eine Zwei-Liter-Flasche heraus.

"Hast du auch kalte Cola?"

Betrübt schaute er mich an. "Leider nicht. Aber Eiswürfel ..." Sein verhaltenes Lächeln ließ mich sofort an den Partyabend zurückdenken.
Ich ging zu ihm und griff nach der Flasche. "Hast du ein sauberes Geschirrtuch?"
"Ja." Er nahm eins aus einem Schrank und reichte es mir, blickte mich aber fragend an.
Ich hielt es unter fließend kaltes Wasser, umwickelte die Flasche damit und legte sie in das Eisfach.
"Aha, und wozu das Handtuch?" Mit zur Seite geneigtem Kopf sah er mich an.
"Ist doch logisch: Das Wasser gefriert, die Cola wird schneller kalt. Bis deine Pizza fertig ist, wird sie kalt genug sein zum Trinken."
"Du bist eine Frau mit vielen Talenten, das gefällt mir." Er blickte mich an, als würde er es ernst meinen.
Ich schnaubte. "Verderbe es dir nicht mit deinen blöden Sprüchen."
Er seufzte, nickte aber. "Also wieder rein freundschaftlich? In Ordnung."
Misstrauisch sah ich ihn an.
Er begann, den zähen Teig auf einen Pizzastein zu geben, rollte mit einem mir unbekannten Küchenutensil darüber.
"Holst du, bitte, die Pizzasauce aus dem Kühlschrank? Da steht eine Flasche in der linken, unteren Schublade."
Sie war leicht zu finden, und ich stellte sie auf die Arbeitsfläche.
"Kannst du auch den geriebenen Käse rausholen? Der ist in der anderen Schublade."

"Ey! Ich sagte doch, ich *hasse* es, zu kochen."

Gabe sah auf, ein zerknirschter Ausdruck huschte über sein Gesicht. "Entschuldige."

Ich zwinkerte ihm zu und reichte ihm die Tüte. "Ich wollte dich nur ärgern, entspann dich wieder. Ich hasse es tatsächlich, kochen zu müssen. Aber Sachen aus dem Kühlschrank holen, das schaffe ich gerade noch." So entspannt hatte ich mich noch nie in seiner Gegenwart gefühlt, fiel mir auf.

"Du bist so ..." Er schüttelte den Kopf, sah mich mit intensivem Blick an. "Wieso überraschst du mich immer wieder? Ich kann dich überhaupt nicht einschätzen." Er richtete seine Aufmerksamkeit wieder auf den Teig. Geschickt verteilte er die Sauce auf dem Teig. "Viel oder wenig Käse?"

"Was denkst du denn? Wie würdest du mich in diesem Fall einschätzen?"

Er sah mich prüfend an, und mir wurde seltsam zumute unter seinem Blick.

"Viel Käse", sagte er dann bestimmt.

Lächelnd kräuselte ich die Nase. "Ich würde gerne das Gegenteil behaupten, nur um dich zu verunsichern, aber dann schmeckt die Pizza nicht. Also ..."

Er grinste. Rasch hatte er eine riesige Menge Käse auf der Pizza verteilt und griff nach dem Aufschnitt. "Schinken? Oder auch Peperoni?"

Schweigend sah ich ihn an, mit hochgezogener Augenbraue.

Er atmete tief ein und legte die Peperoni zurück in den Kühlschrank. Mit anmutigen Bewegungen verteilte er den Kochschinken auf der Pizza.

Lächelnd sah ich ihm zu. *Was für schöne Hände er hat*, dachte ich im Stillen.

Er streute die Ananas darüber, dann schob er den Pizzastein in den Ofen, und stellte den Timer ein.

"Keinen Käse oben drüber?" Erstaunt musterte ich ihn.

"Den mache ich immer erst zwei Minuten, bevor die Pizza fertig ist, drauf. Mir schmeckt verbrannter Käse nicht sonderlich." Er zuckte mit den Schultern.

Ein paar Minuten später war der Arbeitstresen wieder sauber.

"Wow." Ich konnte es mir nicht verkneifen, ihn zu necken: "Ein Mann mit Talent in der Küche. Ich sollte vielleicht doch in Erwägung ziehen …"

Gabe sah mich an, und seine Augen schienen aufzuleuchten. "Für dich würde ich sogar zwei Mal am Tag kochen."

"Das sollte zwar ein Witz sein, aber ich danke dennoch für die Information."

"Mist … Ich hoffte, jetzt hätte ich endlich einen Pluspunkt bei dir." Er sah enttäuscht drein.

"Warten wir ab, wie deine Pizza schmeckt." Mutwillig grinste ich ihn an.

"Unberechenbares Weib", murmelte er, konnte aber ein Lächeln nicht unterdrücken.

Eine Weile sprachen wir über Sam und Mike. Er wollte wissen, wie lange die beiden schon zusammen waren und wie sie sich kennengelernt hatten. Bereitwillig erzählte ich es ihm.

"Sam ist sehr nett. Ich mag sie."

"Und was hältst du von Mike?" Gespannt wartete ich auf seine Antwort.

Er zögerte einen Augenblick. "Die Frage kann ich noch nicht beantworten, dafür kenne ich ihn zu wenig."

Der Timer begann zu piepsen. Er streute Käse auf die Pizza und schloss die Ofentür wieder.

Der köstliche Geruch ließ mir das Wasser im Mund zusammenlaufen.

"Wo finde ich Gläser?", fragte ich.

Er deutete auf den Schrank links vom Herd.

Ich nahm welche heraus, außerdem noch zwei Teller, und stellte die Sachen auf den Esstisch. "Brauchst du Besteck?" Fragend sah ich ihn an.

Gabe grinste. "Was denkst du denn?"

Oh, er dreht den Spieß um?

Das machte mir Spaß.

Gespielt grübelnd strich ich mit der Hand über mein Kinn. Ich musterte ihn, froh über die Gelegenheit, ihn ansehen zu können, ohne meinen Blick rechtfertigen zu müssen. Jetzt fiel mir wieder auf, wie verflixt attraktiv er war.

Ich liebe ihn, schoss es mir durch den Kopf.

Mein Lächeln verblasste abrupt, ebenso wie meine gute Laune. Ich senkte die Augen und sagte leise: "Kein Besteck."

"Richtig geraten. Ally? Was hast du auf einmal?"

Ich ignorierte die Frage.

Der Timer ging. Er öffnete den Ofen und schaltete ihn aus.

Ich holte die Cola aus dem Eisfach, wickelte das steif gefrorene Handtuch ab und legte es auf die Spüle. "Trinkst du auch Cola?"

"Ja, bitte."

Gabe nahm einen Pizzaroller, folgte mir zum Tisch und begann, die Pizza in der Mitte durchzuschneiden.
"Achteln oder sechsteln?"
Jetzt musste ich wieder grinsen.
Er stöhnte auf. "Das kann ich doch gar nicht erraten. Also mache ich es so, wie ich es gerne mag."
Er schnitt die Pizza in sechs Stücke und legte erst mir, dann sich selbst eins auf den Teller. "Iss, bevor es kalt wird."
Das ließ ich mir nicht zwei Mal sagen. Ich setzte mich, und er ließ sich neben mir nieder. Abwartend sah er mich an.
Ich schnitt ihm eine Grimasse, da aber der Duft so herrlich war, nahm ich das Stück und biss ab. "Autsch!" Mir schossen Tränen in die Augen. "Verflixt ..." Die Pizza war so heiß, dass ich mir den Gaumen verbrannte. Hastig schluckte ich den Bissen hinunter.
Mein Daumen strich über das versehrte Fleisch hinter meinen Zähnen, und ich konnte fühlen, wie sich eine Hautschicht bereits abzulösen begann. Hektisch trank ich einen Schluck Cola.
Gabe schaute mich Verzeihung heischend an. "Tut es sehr weh?"
"Ach, mach keinen Film davon. Ich bin einfach zu hungrig." Ich lachte, um ihn zu beruhigen. "Riechen tut es jedenfalls lecker."
Er griff nach seinem Stück und pustete darauf.
Da ich ihn beobachtete, fiel mein Blick zwangsweise auf seinen Mund. Mit den gespitzten Lippen sah er teuflisch sexy aus.
Er biss ein ab und kaute zufrieden.

Hilfe, denk an etwas anderes, flehte ich zum Himmel, als mir sein Kuss von letzter Nacht wieder einfiel. Schnell hob ich mein Stück zum Mund und pustete. Ich nahm einen Bissen, und es schmeckte unglaublich gut. "Hm", machte ich genießerisch. "Pizza backen kannst du, das muss ich dir zugestehen." Lächelnd warf ich ihm einen Blick zu.

Seine Augen waren auf meinen Mund gerichtet.

Erschrocken fragte ich: "Was ist? Habe ich Sauce im Gesicht?"

Kopfschüttelnd verneinte er und sagte leise: "Das willst du eh nicht hören." Er wandte den Blick ab und biss erneut in seine Pizza.

Verunsichert strich ich mit dem Zeigefinger über meinen Mund und leckte ihn verstohlen ab, konnte aber keine Sauce daran schmecken.

Gabe stöhnte auf, sein Blick klebte an meinem Finger. "Kannst du nicht die Pizza essen, wie jeder andere normale Mensch auch?" Seine Stimme bebte vor Wut, und er warf mir einen bösen Blick zu.

"Was mache ich denn?" Erschrocken sah ich ihn an.

"Nichts. Ich bin gleich wieder da." Er stand auf und lief ins Wohnzimmer hinunter.

Ich hörte, wie er eine Tür öffnete und wieder zuknallte. Dann war es still.

Völlig verdattert saß ich da und verstand die Welt nicht mehr.

Langsam aß ich weiter, doch er kam nicht zurück. Ich hätte gern ein weiteres Stück gegessen, traute mich aber nicht.

Was war mit ihm los?

Zögernd stand ich auf, ging langsam ins Wohnzimmer hinunter und sah mich um. Die einzige Tür war die zur Dachterrasse. Langsam stieg ich hinauf. Oben angekommen sah ich ihn. Er hatte die Arme auf der Mauer aufgestützt und lehnte dagegen.
"Gabe? Was ist denn los?" Meine Stimme war leise, dennoch zuckte er zusammen.
"Nichts. Geh wieder runter." Nicht einen Blick hatte er für mich über.
Ich zögerte.
Jetzt drehte er sich zu mir. "Ally, geh einfach."
Gekränkt sah ich ihn an. Ich drehte mich um, und wollte die Stufen nach unten laufen, als ich hinter mir Schritte hörte.
Seine Hand griff nach meinem Arm, und er drehte mich zu sich um. Statt eine Erklärung abzugeben, zog er mich an sich und küsste mich gierig.
Der Kuss nahm kein Ende.
Ich ließ jede Vernunft fahren. Meine Hände glitten an seiner Brust hinauf, um sich schließlich in seine Haare zu schieben.
Gabe stöhnte auf. Dieser Laut machte meine Knie butterweich.
Unvermittelt stieß er mich von sich.
Schwer atmend presste er die Augenlider zusammen.
"Besser, du gehst zurück in die Küche." Er drehte sich um und lehnte sich erneut gegen die Mauer.
Völlig verwirrt stand ich da, dann lief ich nach unten.
Warum, zum Teufel, hörte er mit dem Kuss auf, kaum dass er damit begonnen hatte?
Es war zum Verrücktwerden!

Ich setzte mich wieder an den Esstisch und nahm mir ein Stück Pizza. Es schmeckte ohne seine Gesellschaft nur noch halb so gut. Lustlos kaute ich darauf herum. Der Kuss ließ mich nicht los.

Ein Geräusch, das aus dem Flur kam, ließ mich aufsehen.

"Oh. Hey, Ginger", rief ich ihr zu, insgeheim enttäuscht, da ich Gabe erwartet hatte.

Sie ließ ihre Tasche im Flur fallen, kam herein, und zog mich in eine Umarmung. "Was machst du denn hier? Wartest du auf mich?"

"Eigentlich nicht. Aber es ist schön, dass du da bist. Gabe hat Pizza gemacht, willst du ein Stück haben?"

Interessiert beäugte Ginger die Pizza und nickte. "Wegen dem Geruch bin ich eilig die Treppe hoch gelaufen. Wow, sieht echt lecker aus." Sie griff sich meinen Teller, legt sich ein Stück darauf und begann zu essen. "Erzähl, was machst du hier, wenn du nicht auf mich wartest?"

Ich berichtete ihr von Sams Unfall und der Sache mit meiner Tasche.

"Du solltest dringend einen Zweitschlüssel bei mir deponieren."

Zustimmend nickte ich. "Sobald ich meine Tasche wieder habe, werde ich einen Schlüssel nachmachen lassen und ihn dir geben. Oder besser zwei. Einen für deinen Schlüsselbund, den zweiten kannst du irgendwo hier parken."

"Gute Idee. Also, was machen wir? Hast du Lust, mich auf eine Party zu begleiten?" Sie sah mich zustimmungsheischend an.

"Nein, lieber nicht. Ich habe seit zwei Tagen die gleichen Klamotten an. Und geduscht habe ich ebenfalls nicht."

"Du kannst doch Sachen von mir anziehen. Es gibt sogar eine Dusche hier in der Wohnung, was sagt man dazu ..." Gingers Stimme klang zum Ende des Satzes hin sarkastisch. "Wo ist Gabe überhaupt?"

"Oben auf der Dachterrasse."

"Habt ihr gestritten?"

"Keine Ahnung. Auf einmal ist er weggelaufen." Ich seufzte.

"Männer. Versuche niemals, sie zu verstehen." Sie nickte weise mit dem Kopf. "Ally, schau mich mal an ..." Sie klang auf einmal merkwürdig.

"Was ist?", fragte ich und wandte ihr den Kopf zu.

"Du siehst aus, als hätte dich gerade jemand geküsst." Sie starrte meinen Mund an.

Ich versuchte, abzuwiegeln: "Quatsch, ich habe mir den Gaumen an der Pizza verbrannt."

"Du konntest noch nie gut lügen. Entwickelt sich etwas zwischen dir und Gabe?"

Ich zog es vor, zu schweigen.

"Es ist kompliziert, verstehe schon." Sie seufzte, sprach dann munter weiter: "Wie steht es mit der Party? Wir sollten mal wieder einen Abend zusammen verbringen."

"Ist es nicht schon etwas spät dafür? Morgen ist doch wieder Uni." Ich sah sie fragend an.

"Ich schwänze morgen", sie zuckte mit der Schulter. "Komm schon, ich würde mich freuen, wenn du mitkommst."

"Bei wem ist denn die Party?"

"Bei Justin. Mensch, ich habe vollkommen vergessen, dir zu sagen, dass er dich eingeladen hat. Ständig fragt er nach dir, es wird langsam lästig."

"Justin?" Gabe stand im Durchgang zur Küche, sah zu Ginger hinüber.

"Du hast ihn doch kennengelernt, bei meiner Einzugsparty", erwiderte sie. Dann blickte sie zu mir: "Er fragt mich jeden verdammten Tag nach deiner Handynummer …" Sie verdrehte genervt die Augen.

"Wehe, du gibst sie ihm!"

"Ich mag dich zwar manchmal zu einer Verabredung zwingen", sie zwinkerte zu Gabe, "aber du weißt, ich würde nie deine Telefonnummer rausgeben. Also, was ist? Geh schnell duschen, dann können wir gleich los."

"Nein, lieber nicht. Ich bin nicht gerade versessen darauf, Justin wiederzusehen. Ist dir eigentlich klar, dass er mindestens drei Jahre jünger ist als ich?"

"O Ally, auf der Party kannst du jede Menge andere Typen kennenlernen. Wie willst du jemals deine Jungfr…"

Ich fiel ihr rüde ins Wort. "Es reicht! Weshalb musst du immer darauf herumreiten? Es genügt, wenn du von Bett zu Bett hüpfst. Ich muss dir das echt nicht nachmachen, danke." Ich war leicht angepisst, immerhin stritten wir nicht das erste Mal darüber.

"Entschuldige." Sie verzog bittend den Mund. "Sei nicht sauer auf mich."

Wie könnte ich ihrem flehenden Blick widerstehen?
Den setzte sie seit Jahren als Waffe gegen mich ein, und leider funktionierte er immer …

Ich musste grinsen. "Schon gut."
Sie warf mir eine Kusshand zu und ging zur Tür. "Ich geh mich umziehen und bin dann weg. Wolltest du in meinem Bett schlafen? Es könnte sein, dass ich jemanden mit nach Hause bringe."
"Oh." Ich sah Ginger kurz an. "Ich schlafe einfach auf dem Sofa, wenn das okay ist?", mein Blick wanderte zu Gabe. Immerhin war es seine Couch.
Ginger nickte und lief eilig in den Flur, doch er sagte: "Du kannst in meinem Bett schlafen, ich nehme die Couch."
"Ich werde unter Garantie *nicht* in deinem Bett schlafen! Wenn das mit der Couch nicht geht, kann ich sicher bei Jarold übernachten. Er wohnt nicht weit weg." Ich strich über meine Nase, und bemerkte erschrocken, dass meine Finger zitterten.
Ich in Gabes Bett schlafen ... Das fehlte mir gerade noch!
Er stieß ärgerlich den Atem aus. "Ich habe es nett gemeint. Natürlich darfst du auf der Couch schlafen." Jetzt kam er zum Tisch und griff nach seinem Stück Pizza, das garantiert schon kalt war. Er verzog leicht den Mund, aß aber weiter.
Er hatte noch nicht aufgegessen, als Ginger sich auch schon verabschiedete und rief: "Bis später. Viel Spaß euch beiden."

Kapitel 21

Ehrenschuld

Gabe nahm sich ein weiteres Stück Pizza. "Hast du Lust, einen Film anzusehen? Nur solange, bis du schlafen möchtest?"
"Film klingt gut. Aber mir ist nie ein Fernseher aufgefallen?" Irritiert sah ich ihn an.
Er lachte leise. "Ich habe auch keinen. Aber einen Beamer. Auf meiner Festplatte habe ich ein paar Filme."
"Oh. Okay."
"Möchtest du das letzte Stück Pizza haben?"
"Nein, danke. Ich bin satt."
"Gut", murmelte er, und trank seine Cola aus.
Ich starrte auf seinen Arm und konnte die Muskeln unter dem Shirt erahnen. Mein Mund wurde ganz trocken, und ich streckte die Hand nach meinem Glas aus.
Im selben Moment griff er nach der Pizza.
Wir hielten beide mitten in der Bewegung inne.
"Du kannst es gerne essen." Er sah verwirrt aus.
"Ich wollte etwas trinken."
"Entschuldige, ich bin selbst zum Denken zu müde."
Ich zuckte mit den Schultern und fragte ablenkend: "Was für Filme hast du denn?"
Gabe biss von dem Stück ab, legte es auf seinen Teller. "Ich hole meinen Laptop, dann kannst du dir einen aussuchen."

Eine gefühlte Ewigkeit später stellte er den Computer vor mich auf den Tisch.

"Himmel, wie viele sind das denn? Kannst du nicht einen Film aussuchen?" Überfordert blickte ich auf den Monitor. Ich las ein paar der Titel, doch ich kannte nicht einen davon. "Hast du die alle schon gesehen?"

"Ja. Welches Genre würdest du bevorzugen?"

"Keine Ahnung. Nichts Gruseliges, nichts Blutiges. Ansonsten ist es mir egal."

"Und ich dachte, du sagst Liebesschnulze." Er grinste leicht.

"Mach dich ruhig lustig über mich. Ich wette, du hast gar keine." Verdrossen zog ich eine Schnute.

"Die Wette verlierst du, Süße." Gabe hatte anscheinend seine gute Laune wiedergefunden, da er breit grinste. "Welcher ist dein Lieblingsfilm?"

"Kategorie Liebesfilm?" Ich dachte kurz nach, dann sagte ich: "*Weil es dich gibt*."

Er klickte ein paar Mal auf das Touchpad, dann klappte er das Laptop halb zu. "Komm mit", sagte er und ging zur Tür.

"Aber die Küche ..."

"Da kümmert sich Jane morgen Vormittag drum. Komm." Wartend hatte er sich zu mir umgedreht.

"Wer ist Jane?"

"Meine Putzfrau." Er lächelte.

"Aha." Ich griff nach meinem Glas und der Flasche. Nach einem winzigen Zögern nahm ich auch sein Glas mit.

"Danke, an das Glas hatte ich nicht gedacht." Er nahm es entgegen, wobei seine Finger meine streiften.

Unwillkürlich hielt ich den Atem an. Er schien es nicht zu bemerken, wie ich erleichtert feststellte.
"Und? Wer hat die Wette gewonnen?", fragte er, als wir im Wohnzimmer auf die Couch zugingen. Er deutete auf die Wand.
"Offensichtlich du", murmelte ich und sah mein Lieblingsfilmpärchen um ein Paar schwarze Handschuhe streiten.
"Und was bekomme ich von dir als Siegerprämie?"
Erschrocken blickte ich ihn sekundenlang an. Dann grinste ich: "Nichts. Du hast ja keinen Wetteinsatz festgelegt."
"Mist, verdammter." Gabe sah extrem enttäuscht aus. Dann stellte er sein Glas auf den Couchtisch, setzte sich und klopfte auf das Polster.
Ich setzte mich neben ihn, allerdings ans andere Ende der Couch.
"Um was hättest du denn gewettet?", wollte er wissen, seine Stimme klang beiläufig. Er griff nach einer Fernbedienung. Nun war der Ton zu hören.
Ich blickte zum Holzfußboden, weil ich über seine Frage nachdachte. "Keine Ahnung."
Eine Wette mit Gabe?
Da wäre jeder Wetteinsatz zu hoch, das war mir glasklar.
"Einen Kuss? Ein Lied zusammen spielen?" Er sah mich von der Seite an, die Augen halb geschlossen.
Heftig schüttelte ich den Kopf.
"Was denn? Den Einsatz fände ich nicht zu hoch."
Unterkühlt warf ich ihm einen Blick als Antwort zu.
"Sag schon: Welchen Einsatz hättest du gewagt?"

"Keine Ahnung. Ist doch ohnehin irrelevant."
"Warum? Schon mal etwas von einer Ehrenschuld gehört?"
"Einer *was?*" Mir stand der Mund offen.
"Du hast die Wette verloren, und es war kein Einsatz abgesprochen. Doch was bietest du als Ehrenschuld?"
Mit großen Augen sah ich ihn an. "Du verlangst, dass ich eine Wettschuld begleiche? Obwohl weder ein Einsatz festgelegt wurde, noch ich ernsthaft auf die Wette eingegangen bin?"
"Ja." Gabe nickte ernst.
"Vergiss es!"
Er seufzte übertrieben.
"Rein der Neugierde wegen: Worum hättest *du* gewettet?" Ich traute mich nicht, ihn anzusehen. Gespannt wie ein Flitzbogen wartete ich auf seine Antwort.
"Ich glaube, ich hätte jeden Einsatz gewagt, bei einer Wette mit dir. Schließlich hätte ich nur gewinnen können, selbst wenn ich verloren hätte."
"Sehr witzig. Können wir jetzt den Film gucken?"
"Natürlich können *wir* den Film gucken, Süße."
Sollte es mich irritieren, dass er sich seitlich drehte, und seine Augen öfter auf mir ruhten, als das sie dem Film zuschauten?
Entschlossen drehte ich mich ebenso zur Seite, und er durfte meine Schulter anschauen.
"Du bist auf der ganzen Linie eine Spielverderberin", murrte er.
"Tja, du spielst auch nicht fair", entgegnete ich in vorwurfsvollem Ton.
"Was?", fuhr er auf. "Wie kannst du das behaupten?"

"Wettschulden einfordern, obwohl es gar keine gültige Wette gab? Soll das etwa fair sein?"

Er gab ein schnaubendes Geräusch von sich. "Und nur Feiglinge verweigern die Ehrenschuld."

"Nenn mich ja nicht Feigling." Beleidigt blickte ich ihn über meine Schulter hinweg an.

"Mache ich aber." Er hatte ein gänzlich unbewegtes Gesicht aufgesetzt.

Himmel, vergiss die Schauspielerei ... Er sollte Profi-Pokerspieler werden!

"In Ordnung, verdammt. Du sollst deine Ehrenschuld bekommen. Auch wenn ich mir sicher bin, dass du sie dir nur ausgedacht hast."

Er war gut, wie ich zugeben musste, denn er zeigte keinerlei körperliche Reaktion. "Das bliebe zu beweisen. Und was setzt du als Ehrenschuld ein?"

Jetzt überlegte ich verunsichert. Was könnte ich ihm anbieten? Ich grübelte, aber mir fiel nichts ein.

"Feigling ..."

"Hey, ich überlege doch schon. Mir fällt aber nichts ein, was du von mir würdest haben wollen." Nachdenklich zupfte ich mit den Fingern an meiner Lippe, und sein Blick blieb daran hängen.

Er holte tief Luft. "Wie steht es mit einem Kuss?"

Merklich veränderte sich die Luft. Ich hatte Mühe, zu atmen.

"Also wirklich", stöhnte ich entrüstet. "Davon hattest du wahrlich schon genug."

"O nein, meine süße Ally, davon habe ich garantiert noch nicht genug. Also, bist du mutig genug?" Mit glitzernden Augen betrachtete er meinen Mund.

"Das ist doch lächerlich." Mir war schwindelig. Allein der Gedanke, er würde mich gleich küssen, ließ meinen Puls sprunghaft ansteigen.
"Also kneifst du?" Wieder wirkte er äußerst cool und blickte zum Film.
Ich zuckte unentschlossen mit den Schultern.
"Komm, Süße, gib dir einen Ruck", flüsterte Gabe - ohne mich dabei anzusehen - und ein Schauer lief meinen Rücken hinunter beim Klang seiner samtenen Stimme.
"In Ordnung", murmelte ich, wagte aber nicht, den Blick zu heben.
"Wow! Das wird unser erster Kuss, den du mir freiwillig gibst." Wieder diese Samtstimme ...
"Moment mal, ich dir?" Entsetzt riss ich die Augen auf.
"Aber Süße, natürlich du mir. Deine Ehrenschuld, dein Kuss." Er schien - mit all seiner Willenskraft - ein Lächeln zu unterdrücken, doch seine Mundwinkel zuckten trotzdem ganz kurz.
"Du bist echt fies ..."
"Komm dichter, Süße." Gabes Stimme lockte, und ich senkte den Blick auf seine Lippen.
Ja, ich wollte ihn küssen. Das konnte ich nicht leugnen.
Tu es einfach, feuerte ich mich selbst an. Langsam rutschte ich näher an ihn heran, ließ den Blick auf seinem Mund liegen.
O Gott, was mache ich hier?
Seine Lippen öffneten sich, doch er sagte kein Wort.
Ich kniete mich zwischen seine Beine, zögerte und kämpfte mit meiner Schüchternheit.
Doch der Wunsch, ihn zu küssen, war übermächtig.

Wie von selbst, neigte ich mich ihm entgegen.

Auf einmal übernahm eine Person in mir, die ich nicht kannte - und die kein bisschen schüchtern war - die Kontrolle. Ohne es bewusst zu steuern, hob ich beide Hände und legte sie an seine Wangen. Mein Gesicht kam seinem immer näher, doch ich verharrte einige Zentimeter davor.

Gabes Atem ging schneller.

Ich blickte in seine Augen, die mich fasziniert betrachteten. Sie wurden dunkler, schienen aufzulodern.

Mit der Hand streichelte ich seine Wange, während ich die andere fest an seinem Hals hinunter streichen ließ. Am Rande meines Bewusstseins registrierte ich seinen schnellen Herzschlag, den ich unter den Fingerspitzen fühlen konnte. Mit der Rückseite meiner Finger liebkoste ich seine Wange, strich langsam nach unten, kam seinen Lippen immer näher.

Wieder beschleunigte sich sein Atem.

Ich beugte mich ihm entgegen, meine Augen schlossen sich fast vollständig. Dann traf mein Mund auf seinen, und er gab ein ersticktes Stöhnen von sich.

Dieser Laut ging mir direkt unter die Haut.

Ich öffnete den Mund, strich mit der Zunge über seine Lippen.

Ich spürte, wie er die Hände an meine Arme legte und mit ihnen nach oben strich.

Sofort zog ich mich zurück und sagte ganz leise: "Mein Kuss. Halt still!"

Augenblicklich ließ er die Hände fallen.

Mit den Lippen strich ich zwei Mal über seinen Mund.

Gabe saß da wie erstarrt.

Jetzt nahm ich die Zunge zur Hilfe. Ich drängte sie gegen den Spalt, damit er den Mund für mich öffnete. Kaum tat er mir den Gefallen, schob ich die Zunge sanft in seinen Mund, fand seine und umschmeichelte sie neckend.

Als er Anstalten machte, den Kuss zu erwidern, zog ich mich leicht zurück.

Jetzt hatte er verstanden und verhielt sich vollkommen passiv. Ich bemerkte seinen hektischen Atem. Wie berauscht davon wagte ich mich weiter vor.

Mit der Zunge kitzelte ich seinen Mundwinkel, und er stöhnte dunkel auf. Rhythmisch begann ich, seinen Mund zu küssen, mal mit, mal ohne Zunge. Und es war herrlich!

Mein Herz raste, während heißes Verlangen in mir emporstieg. Ein letztes Mal ließ ich die Zunge in seinen Mund tauchen, kostete seinen Geschmack aus, und saugte sanft an seiner Unterlippe.

Laut keuchte er auf, und ich zog mich langsam zurück. Zögernd öffnete ich die Augen.

Gabe saß vor mir, die Augen geschlossen, die Brust hob und senkte sich hektisch. Seine Hände, die auf den Oberschenkeln lagen, zitterten, wie ich erschüttert bemerkte. Tief holte ich Luft.

Der Laut schien ihn aus seiner Erstarrung zu lösen.

Augen, die fast schwarz wirkten, bohrten sich in meine. Jetzt hob er eine Hand, wollte sie an meine Wange legen.

Doch ich schüttelte vehement den Kopf.

Meine Schüchternheit kehrte zurück, und meine ganzes Gesicht erglühte.

"Ally", sehnsuchtsvoll klang seine Stimme. Sein Blick bohrte sich in meinen.

Gefahr, meldete sich mein Verstand panisch, *sofortigen Rückzug antreten!*

Rasch setzte ich mich auf meinen Platz zurück und blickte auf die Projektion an der Wand.

Dennoch wollte ich eine Bestätigung. "Ehrenschuld beglichen?", fragte ich so lässig, wie ich es vermochte.

"Sieh mich mal an, Ally", lockte seine Stimme dunkel.

Mein Körper gehorchte ihm, ohne dass mein Verstand auch nur den Hauch einer Chance hatte, zu widerstehen. Meine Augen waren gefesselt von seinem Blick, hilflos dem lodernden Feuer seiner Pupillen ausgeliefert.

"Ja, Süße, die Ehrenschuld hast du gerade tausendfach beglichen. Und dennoch", er machte eine Pause, bevor er weitersprach, "reicht es mir noch lange nicht." Er rückte dichter, wollte mich an sich ziehen.

Ich sprang vom Sofa hoch und streckte ihm meine Handfläche entgegen. "Nicht! Du hast deinen Kuss bekommen."

Himmel, wenn er mich jetzt küsst, dann werde ich ihn anbetteln, mich in sein Bett zu tragen.

Der Gedanke brachte mich völlig aus dem Konzept. Ich spürte, wie meine Finger zu zittern begannen.

"Ja, aber ich wünschte ..." Gabe sprach den Satz nicht zu Ende.

Er seufzte tief und stand von der Couch auf. "Ich denke, ich gehe jetzt besser. Drück diesen Knopf, um den Film auszuschalten." Er zeigte auf einen weißen Knopf an der Fernbedienung.

"Lass mich dir aber noch sagen", er beugte sich dicht meinem Ohr entgegen, "dass mich nie eine Frau mehr erregt hat, wie du gerade mit diesem Kuss." Er sah mir tief in die Augen. Sein Blick weckte eine noch tiefer gehende Sehnsucht in mir, und ich war unfähig, die Augen von seinen zu lösen.

Dann drehte er sich um und stieg langsam die Treppe hinauf.

Mein Blick folgte ihm, als er über die Hängebrücke ging und in seinem Schlafzimmer verschwand.

Mit hoffnungslos hämmerndem Herzen stand ich da. Und wünschte mir, er wäre nicht gegangen ...

Kapitel 22

Abweisend

In der Nacht wachte ich urplötzlich auf.

Ein unbekanntes Gefühl hatte meine Sinne in Alarmbereitschaft versetzt. Nach Luft schnappend setzte ich mich auf. Ich versuchte, mich in der Dunkelheit zurechtzufinden, doch ich war völlig desorientiert.

Heftig zuckte ich zusammen, als Gabe flüsterte: "Entschuldige, ich wollte dich nicht aufwecken."

Beim Klang seiner Stimme fiel mir wieder ein, wo ich mich befand. Auch die Erinnerung an den Kuss kam zurück.

"Ich habe dir eine Wolldecke gebracht. Es tut mir leid, in meiner Verwirrung hatte ich nicht daran gedacht, dir Bettzeug zu geben."

Jetzt spürte ich das Gewicht der zusätzlichen Decke. Mein Herzschlag beruhigte sich allmählich.

"Ich konnte nicht schlafen. Als ich hier runter kam, um auf die Dachterrasse zu gehen, habe ich bemerkt, dass du gezittert hast." Gabe schien durcheinander zu sein. "Sag doch etwas, bitte."

"Weshalb schläfst du so schlecht?" Die Frage war heraus, ehe ich darüber nachgedacht hatte. Meine Augen hatten sich an die Dunkelheit gewöhnt, ich sah ihn zwei Meter von der Couch entfernt stehen.

Er lachte humorlos auf. "Das sagte ich doch schon: Ich kann wegen dir nicht schlafen."

"Spinn doch nicht rum." Ich war verstimmt ob seiner dämlichen Antwort.

"Ich weiß, du glaubst mir nicht. Deine Anwesenheit macht es nicht besser, weißt du, sondern eher schlimmer."

Er nahm einen tiefen Atemzug, wandte aber den Blick ab. "Willst du die Wahrheit hören? Ich kam zurück, um dich beim Schlafen zu beobachten. Weil ich nicht genug von dir bekomme."

Ich hatte ihn nicht unterbrochen. Doch als er schwieg, schnaubte ich ungläubig.

Er lachte müde auf, dann ging er mit steifen Bewegungen zur Tür, die zur Dachterrasse führte. Mit einem leisen: "Schlaf gut", war er verschwunden.

Ich legte mich wieder hin, tastete aber nach meinem Handy.

Da war eine Nachricht von Ginger.

Ginger
Ich hoffe, du schläfst noch nicht, auch wenn es schon spät ist. Du kannst in meinem Bett schlafen. Ich bleibe über Nacht bei einem Freund. x

Seufzend ignorierte ich das, denn wenn ich jetzt aufstand, würde ich womöglich nicht wieder einschlafen können. Ich warf einen Blick auf die Uhr.

Himmel, schon halb vier!

Rasch stellte ich den Handywecker auf sieben Uhr, da ich vorhin nicht daran gedacht hatte. Dann kuschelte ich mich unter die zwei Decken, und mir wurde allmählich warm.

Die Worte von Gabe schob ich in das entlegenste Hinterstübchen meines Kopfes, über sie wollte ich jetzt nicht grübeln.

Erneut versank ich in einen tiefen Schlaf, driftete ab in einen Traum, der angefüllt war mit heißen Küssen und grauen Augen, in denen ein Feuer brannte …

Es war bereits hell draußen, als ich erwachte.

Mir war viel zu heiß! Kurzerhand zog ich mein T-Shirt aus, das unangenehm feucht war.

Weil mir immer noch viel zu warm war, schob ich die Wolldecke zur Seite, um den Schweiß trocknen zu lassen, die andere ließ ich auf den Boden fallen.

Es dauerte ein paar Minuten, bis sich meine Körpertemperatur halbwegs auf Normal einpendelte. Die Decke klemmte ich mir zwischen die Beine und zog sie vor die Brust.

War Gabe noch auf der Dachterrasse? Oder war er schlafen gegangen?

Ich hoffte für ihn, dass er schlief.

Jetzt fielen mir seine Worte wieder ein. Sie drängten sich aus dem Winkel meines Gedächtnisses hervor, in die ich sie geschoben hatte, nicht länger bereit, ignoriert zu werden.

Ich kann wegen dir nicht schlafen.

Ja, sicher … Müsste es mir dann nicht genauso, wenn nicht schlimmer, gehen?

Immerhin war ich in ihn verliebt. Schlafen konnte ich jedoch problemlos.

Dann kam mir ein Gedanke, der für seine Aussage sprechen würde: Ich hatte die Tatsache akzeptiert, dass aus ihm und mir nie ein Paar werden würde. Er hingegen hoffte zweifelsfrei weiterhin darauf, mich ins Bett zu bekommen ...
Mochte es daran liegen? Ich konnte mir zumindest vorstellen, dass unerfüllte Hoffnung einen um den Schlaf brachte. Das würde im Kehrschluss bedeuten, dass es gewissermaßen in meiner Macht lag, ihm seinen Schlaf wiederzugeben. Ich müsste nur mit ihm ins Bett steigen ... Fast musste ich laut lachen.
Dann überkam mich Wehmut. Ich sollte ehrlich sein: Ich sehnte mich danach, mit ihm zu schlafen. Doch die Rahmenbedingungen waren einfach falsch.
Seufzend drehte ich mich weiter auf die Seite. Erschrocken kniff ich die Augen zu, als ich hörte, wie die Außentür sich leise öffnete und wieder schloss.
Gabe kam näher, schon konnte ich die leisen Schritte hören. Plötzlich sog er scharf die Luft ein.
Der Laut ließ mich zusammenfahren.
Einen endlos langen Augenblick war alles still, dann fühlte ich, wie er die zweite Decke über mich breitete. Krampfhaft tat ich weiter so, als würde ich schlafen, doch mein Herz raste wie verrückt.
Seine Schritte entfernten sich. Endlich hörte ich, wie die Zimmertür sich leise hinter ihm schloss.
Verdammt, ich hatte gar nicht daran gedacht, dass ich praktisch nackt war, da ich einzig einen Slip trug. Ich tröstete mich jedoch damit, dass er kaum etwas hatte sehen können, denn Bauch und Brust waren unter der Decke versteckt gewesen.

An Schlaf war nicht mehr zu denken.

Fast hätte ich über die Ironie der Situation gelacht, denn jetzt konnte ich wegen ihm nicht schlafen …

Lange lag ich da, die Decke weit von mir geschoben, und grübelte über Gabe nach.

Als mein Wecker leise anfing zu piepsen, setzte ich mich auf und angelte nach dem T-Shirt. *Igitt*, es war immer noch feucht. Ich zog es über, es nützte ja nichts.

Ordentlich faltete ich die Decken und legte sie auf die Couch.

Leise lief ich in Gingers Zimmer, nahm mir frische Wäsche, eine Jeans und eine hellblaue Bluse aus ihrem Schrank.

So lautlos wie möglich ging ich mit den Sachen ins Badezimmer und schloss die Tür hinter mir ab.

Neugierig sah ich mich um, denn ich war zum ersten Mal in dem langgezogenen Raum.

Ein großes Fenster lag der Tür gegenüber. Neben einer tiefen Badewanne gab es eine riesige Dusche, die von zwei Seiten durch eine Glaswand abgetrennt war. Hinter der Duschwand versteckt stand die Toilette.

Zwei Waschbecken säumten die rechte Wand, die von deckenhohen Schränken eingerahmt waren. Wobei Gingers Waschtisch von Gabes leicht zu unterscheiden war, denn der war überladen mit Schönheitsprodukten.

Die Farben, die hier vorherrschten, gefielen mir besonders. Es waren die gleichen Nuancen, die auch in der Küche so edel aussahen.

Wände und Decke waren in dunkelgrau gestrichen.

In der Kombination mit dem weißen Fußboden und dem weißen Porzellan sah es fantastisch aussah.
Gleich in dem ersten Wandschrank, den ich zögernd öffnete, fand ich saubere Handtücher. Ich zog ich mich aus und stieg in die Dusche.
Bewundernd tasteten meine Fingerspitzen über die Mini-Mosaiksteine, die als Borte zwischen den Kacheln verliefen. Sie schimmerten in zig unterschiedlichen Grauschattierungen. Manche glänzten, andere waren matt, einige schienen aus durchsichtigem Glas zu bestehen. Die glitzernden Steine hatten es mir sofort angetan.
Ich drehte den Hahn auf. Als das Wasser warm wurde, schaltete ich auf den Duschkopf um, der hoch oben an der Wand hing.
Es war herrlich, unter dem warmen Wasserstrahl zu stehen. Ich nahm mir von Gingers Shampoo, und eine Sekunde lang war ich in der Versuchung, nach Gabes Duschgel zu greifen.
Irgendwie war ich dem Duft verfallen. Ich konnte mir nicht vorstellen, dass er es bemerken würde, wenn ich es nehmen würde. Doch ich brachte es nicht über mich, es zu benutzen.
Trotzdem öffnete ich die Flasche, um daran zu riechen. Verwirrt runzelte ich die Stirn, denn es war nicht der Geruch, den ich immer an ihm wahrnahm. Der Duft passte irgendwie, aber diese gewisse Würze fehlte, die ich unentrinnbar mit ihm verband.
Leise enttäuscht stellte ich die Flasche zurück.
Nach dem Duschen stand ich vor Gingers Waschbecken, eingewickelt in das Handtuch.

Ich öffnete den Spiegelschrank. Erleichtert fand ich mehrere Zahnbürsten, befreite eine von der Verpackung, und putzte mir die Zähne. Meine nassen Haare würden von allein trocknen.
Rasch zog ich mich an.
Einen Augenblick lang hielt ich das feuchte Duschtuch unschlüssig in der Hand, nahm es dann mit in Gingers Zimmer, und warf es - zusammen mit meinen Klamotten - in ihre Wäschetonne.
Zögernd ging ich über die Hängebrücken und warf einen Blick hinunter in das Wohnzimmer.
Durch die verglaste Wand sah ich Gabe am Esstisch n der Küche sitzen, den Rücken mir zugewandt. Das erinnerte mich an die Partynacht, als er auf demselben Stuhl gesessen hatte.
"Guten Morgen", sagte ich leise, unsicher, ob er mein Eintreten bemerkt hatte oder nicht.
"Hallo."
Meine Stirn legte sich in Falten ob der knappen Begrüßung, zudem er sich auch nicht umdrehte.
Was war jetzt wieder los mit ihm?
Zögernd stand ich da und wusste nicht recht, was ich sagen sollte. "Äh ..."
"Bedien dich einfach, wenn du etwas essen möchtest. Ich gehe duschen und warte im Wohnzimmer, bis es Zeit wird zum Losfahren." Er stand auf, nahm den Kaffeebecher und ging mit gesenkten Augen an mir vorbei, ohne mich anzusehen. Sein Gesicht wirkte absolut verschlossen.
Verdattert blickte ich ihm hinterher.
Unwillkürlich fragte ich mich, was ich ihm getan hatte?

Oder lag es am Schlafmangel?

Mein Magen machte sich knurrend bemerkbar. Rasch nahm ich mir eine Scheibe Toast, die ich mit Erdbeerkonfitüre bestrich. Dazu trank ich einen Becher Milch.

Ich räumte Messer und Becher in die Spülmaschine. Weil es noch früh war, beseitigte ich die Unordnung vom Pizza essen.

Einen vorsichtigen Blick durch die Glaswand werfend, setzte ich mich an den Esstisch. Ich versuchte zu lesen, konnte mich aber nicht konzentrieren.

Schreckhaft zuckte ich zusammen, als ich sah, wie die Badezimmertür sich öffnete.

Mein Mund klappte auf, als Gabe herauskam, und lediglich ein Handtuch um die Hüften trug. Er verschwand in seinem Zimmer, ohne den Blick zu heben.

Wenig später ging er, mit Jeans und T-Shirt bekleidet, hinunter ins Wohnzimmer. Mit dem Rücken zu mir setzte er sich in einen Sessel.

Allmählich begann ich mich schlecht zu fühlen. Verdammt schlecht, um ehrlich zu sein.

Grübelnd saß ich da, doch das war sinnlose Zeitverschwendung.

Entschlossen stand ich auf und ging zur Eingangstür, wo ich in meine Schuhe schlüpfte. In der festen Absicht, zu Fuß zur Uni zu laufen, zog ich die Jacke über.

Aus den Augenwinkeln sah ich, wie Gabe die Treppe hochkam und ebenfalls Schuhe anzog.

"Ich gehe zu Fuß", sagte ich leise, unsicher, wie ich mich ihm gegenüber verhalten sollte.

"Sei nicht albern. Ich fahre dich." Er sah mich nach wie vor nicht an, als er mir die Tür aufhielt.

Eilig lief ich die Treppen hinunter. Frische Luft empfing mich, als ich vor das Tor trat, trotz dem regen Verkehr auf der Straße.

Kaum saßen wir in seinem Wagen, als ich es nicht länger aushielt. Ich musste wissen, weshalb er sich so seltsam verhielt. "Gabe?"

"Hm?" Noch immer hatte er keinen Blick für mich über.

"Habe ich irgendetwas gemacht? Bist du sauer auf mich?"

"Nein."

Es war zum Verrücktwerden!

"Was ist dann los?"

"Nichts."

Nichts?

Ich war genervt und verstand gar nichts mehr.

Eine Weile blieb es still, bis Gabe sagte: "Sieh zu, dass du nachher deine Tasche abholen kannst. Wenn du möchtest, fahre ich dich."

Oh!

Jetzt fiel bei mir der Groschen.

Und zwar schmerzhaft!

Er wollte also nicht, dass ich eine weitere Nacht in seiner Wohnung übernachten musste …

"Ich werde laufen, danke." Meine Stimme klang kalt. Doch das war mir egal, sollte er doch denken, was er wollte. Wütend drehte ich das Gesicht zum Seitenfenster, um ihn nicht mehr angucken zu müssen.

Von ihm kam keine Antwort, ich konnte lediglich einen tiefen Atemzug hören.

Vor der Universität hielt er den Wagen an.

Ich schnallte ich mich ab und stieß die Tür auf.
"Ally?" Seine Stimme klang nervös.
"Was?", fragte ich patzig, ohne ihn anzusehen.
Eine Weile blieb es still.
Aus den Augenwinkeln heraus warf ich ihm einen Blick zu. Er saß da, hielt das Lenkrad fest umklammert, und setzte zum Sprechen an. Dann schüttelte er wortlos den Kopf.
Genervt stieg ich aus und knallte die Tür hinter mir zu. Ohne einen Blick zurück ging ich mit langen, energischen Schritten in die Uni.

☙

Als ich kurz nach vier die Uni verließ, rief ich als erstes Sam an, kaum dass ich in den strahlenden Sonnenschein hinaustrat.
"Hey, Sam. Wie geht es dir? Du, ich brauche unbedingt meine Tasche."
"Mir geht es gut, danke. Mike ist schon auf dem Weg zu deiner Wohnung."
Erleichtert atmete ich aus. "Danke."
"Nichts zu danken. Wir sehen uns am Sonntag. Machs gut."
"Ja. Bis dann." Ich legte auf.
Mit beschwingten Schritten machte ich mich auf den Weg. Wenigstens ein Problem, das sich in Kürze in Luft auflösen würde.
Gute Laune breitete sich in mir aus, und die Wärme der Sonne tat ihr Übriges. Ein Lächeln umspielte meinen Mund, als ich den Fußweg entlang lief.

Bis neben mir ein Wagen auftauchte, der gerade mal so schnell fuhr, wie ich ging.

Meine Augen ruckten automatisch in die Richtung, und abrupt verblasste mein Lächeln. Zu meinem Verdruss stieg die Verärgerung vom Morgen wieder in mir hoch. Stur richtete ich den Blick wieder geradeaus, in der schwachen Hoffnung, ihn ignorieren zu können. Ein lautes Hupen riss meinen Blick erneut zu ihm herum.

"Steig schon ein." Gabe rief mir die Worte durch das offene Fenster zu, aber ich schüttelte den Kopf.

"Süße, bitte. Lass mich dich fahren."

Wortlos wiederholte ich die Kopfbewegung.

Er lenkte das Auto in eine Parklücke, sprang heraus und lief mir hinterher. Schon hatte er aufgeholt und passte sich meinem Lauftempo an.

"Was soll das?", fragte ich aggressiv, weigerte mich aber, ihn anzusehen.

"Wenn du nicht mit mir fahren willst, dann laufe ich mit dir."

"Sehr witzig. Vielleicht will ich dich ja überhaupt nicht in meiner Nähe haben", sagte ich mit ätzender Stimme.

"Autsch! Sei doch nicht so gemein zu mir."

Ich schüttelte genervt mit dem Kopf.

"Es tut mir leid." Diese Worte waren um einiges leiser.

"Was denn?", fragte ich scheinheilig. Ich war nicht bereit, ihm das kleinste Zugeständnis zu machen. Tatsächlich verkrampfte mein Kiefer bereits, so stark biss ich die Zähne zusammen.

"Das ich mich so blöd verhalten habe."

"Schon gut", sagte ich leichthin, in wenig überzeugendem Ton. "Nehme ich dir nicht übel, immerhin musstest du mich zwei Tage lang ertragen." Das war gelogen: Ich nahm es ihm sogar extrem übel ...
"Ertragen? Spinnst du? Ich fand es total schön, dich um mich zu haben."
Verächtlich lachte ich auf. "Ja, klar. So sehr, dass du sichergehen willst, dass ich diese Nacht in meiner Wohnung schlafe. Ich habe es begriffen, danke."
"Ally, du missverstehst da etwas. Du darfst jederzeit in meiner Wohnung übernachten."
"Und weshalb warst du dann so scheiße drauf, wenn nicht wegen mir?" Jetzt warf ich ihm einen Blick zu, und fand seine Augen auf mich gerichtet. Meine Gereiztheit verflog ein wenig, als ich die Aufrichtigkeit in ihnen sah.
"Das hatte nichts mit dir zu tun. Jedenfalls nicht viel. Es lag an mir."
"Nicht viel? Wie soll ich das verstehen?"
"Wenn ich es dir erklären würde, wärst du nur wieder sauer auf mich. Können wir den Morgen nicht einfach vergessen?"
"Eigentlich würde ich es schon gerne verstehen. Oh, da ist Mike." Freudig lief ich die letzten Schritte schneller und umarmte meinen Freund.
"Hier", sagte Mike und reichte mir die Tasche. "Du hast sie sicher arg vermisst."
"Du ahnst nicht, wie sehr", sagte ich mit bedeutungsschwerer Stimme, und warf Gabe einen anklagenden Blick zu, der neben uns stehen geblieben war.
Mike streckte ihm die Hand entgegen.

"Hey, schön, dich zu sehen. Mir ist zu spät klar geworden, dass ich mich gar nicht persönlich bei dir bedankt habe. Es war echt toll von dir, wie du Sam geholfen hast. Danke, Mann."

Gabe schüttelte seine Hand, winkte aber mit der anderen ab. "Keine Ursache."

"Wir haben für den Abend eine kleine Party geplant, nur unsere Clique. Sam und ich würden uns freuen, wenn du nachher auch kommst. Gegen sechs, dachten wir, weil morgen wieder Uni ist", sagte Mike zu ihm.

Er wirkte überrascht, doch auch erfreut. "Danke, ich komme gern."

"Prima. Wo ich wohne, weißt du ja. Ich muss wieder los, ich mag Sam ungern allein lassen."

"Warte, kann ich dir das Geld mitgeben, dass Sam für mein Chili bezahlt hat?" Ich öffnete die ungeliebte Tasche, und kramte darin herum.

"Lass stecken, Ally. Sam hat gesagt, sie spendiert dir das Chili."

"Oh. Richte ihr mein Dankeschön aus, ja?"

"Na klar, mach ich. Dann bis nachher." Er winkte und verschwand mit seinem Skateboard.

Ich drehte mich wortlos zur Haustür um, doch Gabe griff nach meinem Ellenbogen.

"Warte doch mal, bitte. Zwei Sachen noch. Ich möchte Hong Chin Wa eine Antwort geben. Ich hatte ihm eine Zu- oder Absage bis morgen versprochen." Abwartend sah er mich an.

Ich biss mir auf die Lippen. "Du kannst auf das Geld verzichten, sagst du?"

"Ja, absolut."

"Dann lautet meine Antwort *Nein*."
"In Ordnung. Dann wäre da noch die Party. Wie wäre es, wenn ich dich abhole?" Er sah mich fragend an.
Unschlüssig kaute ich auf meiner Lippe. Zu Fuß würde ich für den Weg eine Dreiviertelstunde brauchen. Zögernd nickte ich.
Er lächelte. "Ich bin um halb sechs hier."
"Viertel vor sechs genügt, bei deinem flotten Fahrstil."
"In Ordnung. Ich freue mich auf nachher. Bekomme ich einen Kuss zum Abschied?", fragte er hoffnungsvoll.
"Träum weiter ..." Entschlossen drehte ich mich um, schloss die Haustür auf und beeilte mich, aus seiner Nähe zu kommen.
Eineinhalb Stunden, die ich mit Lernen verbringen konnte ...
Doch es wurde nichts daraus.
Es war, als hätte Gabe mich mit einem Fluch belegt. Jetzt war ich diejenige, die ihn nicht aus dem Kopf bekommen konnte.
Der Kuss von letzter Nacht spukte in meinem Kopf herum. Ständig dachte ich über seine seltsame Stimmung vom Morgen nach.
Nach einer Weile fasste ich den Entschluss, ihn später so lange zu nerven, bis er mir die Ursache verraten würde.
Mit einem Mal wurde mir bewusst, dass ich mich darauf freute, ihn nachher wiederzusehen.
Verdammt!

Kapitel 23

Party

Ein Blick zur Uhr ließ mich hektisch aufspringen, denn es war fünf nach halb sechs! Schnell zog ich eine saubere Jeans an.
Im Küchenschrank fand ich eine Flasche Wodka, die mit einer ansehnlichen Staubschicht überzogen war, und wischte sie sauber.
Ich zog meine Jacke über und eilte nach unten.
Der Sportwagen stand mit laufendem Motor vor dem Haus. Gabe öffnete von innen die Tür für mich. "Hey, Süße." Seine Augen leuchteten, und er lächelte.
"Hey", erwiderte ich knapp und in ablehnendem Tonfall. Mir fiel mir auf, wie gut er in der schwarzen Jeans und dem hellblauen Hemd aussah.
"Hattest du einen schönen Nachmittag?", fragte er.
Bei dem Versuch, ein Lachen zu unterdrücken, entfuhr mir ein Schnauben.
Ich würde mir eher eine Hand abhacken, ihm zu verraten, dass ich keinen klaren Gedanken mehr fassen konnte, und alles nur seinetwegen.
Er warf mir einen fragenden Blick zu.
Ausweichend antwortete ich: "Ich hatte Zeit zum Lernen. Würdest du das einen schönen Nachmittag nennen?"
"Zumindest klingt es nicht nach Spaß. Aber hey, in eineinhalb Wochen ist das Semester rum."

Ich nickte nur und atmete tief durch.
Es war der Duft von Gabes Duschgel, der mir in die Nase stieg. Und seinen ganz eigenen Duft, fiel es mir plötzlich wie Schuppen von den Augen.
Ich spürte, wie mir das Blut aus dem Gesicht wich.
O Gott, dachte ich, *wie soll ich ihm bloß mit heilem Herzen entkommen?*
Wir fuhren schon eine Weile, als er seine Hand ausstreckte.
Ich zuckte zusammen.
Doch er schaltete nur das Radio ein. Justin Bieber sang *Love Yourself*, eines meiner Lieblingslieder. Stumm sang ich mit, um mich abzulenken.
Leise sagte er: "Du darfst gerne laut mitsingen."
"Ich werde mich garantiert nicht vor dir zum Kasper machen, das glaube mal."
Gabe lachte leise, dann begann er - zu meiner Verblüffung - selbst mitzusingen.
Mit offenem Mund sah ich ihn an, ein wenig frustriert, weil sogar seine Singstimme schön war.
"Komm schon, mach mit." Er sang weiter und warf mir einen schnellen Blick zu.
Stumm schüttelte ich den Kopf. Ich schloss die Augen, beugte den Kopf nach hinten und lauschte seinem Gesang.
Bald darauf lenkte er den Wagen in eine Parklücke. Wir brauchten nicht lange, um zu Mikes Erdgeschosswohnung zu laufen.
Gabe ließ mir den Vortritt an der Tür.
Jarold öffnete uns und konnte es sich nicht verkneifen zu sagen: "Wieder einmal die Letzte."

Ich streckte ihm die Zunge raus.

Lautstark begrüßten mich meine Freunde.

Sam saß in einem Sessel und hatte ihr Bein hochgelegt. Gabe ging ohne Zögern zu ihr hinüber.

"Wo steckt denn Mike?", fragte ich Jarold, als ich ihn nirgendwo entdecken konnte.

"Er ist noch mal los, da er vergessen hat, Cola zu kaufen. Sag mal, wer ist denn dein Freund?"

Ich fuhr auf: "Er ist *nicht* mein Freund! Und sein Name ist Gabe." Als ich zu ihm hinübersah, trafen sich unsere Blicke.

"Aber du bist mit ihm hier." Interessiert musterte er ihn, und ich fragte mich, warum.

"Ja, trotzdem ist er nicht mein Freund."

"Also seid ihr zwei kein Paar?"

Langsam wurde ich ärgerlich. Meine Stimme wurde um einiges lauter, als ich es beabsichtigte: "Nein, wir sind auf *keinen Fall* ein Paar, verdammt."

Gabe hatte mich gehört, das konnte ich an seinem Blick erkennen.

Er wandte seine Augen ab und ging zu der kleinen Sammlung Flaschen hinüber. Er nahm sich ein kurzes Glas, ließ geschickt einige Eiswürfel hineingleiten und goss sich einen Whisky ein.

Sams Stimme riss meinen Kopf herum, als sie laut sagte: "Ally, willst du den anderen deinen Freund nicht mal vorstellen?"

Schon wieder diese Betitelung!

Mit Mühe verkniff ich es mir, die Augen zu verdrehen. "Warum machst du das nicht?"

"Ally! Bitte." Sams Stimme klang vorwurfsvoll.

Gefrustet ging ich zu ihm hinüber und rief laut: "Leute, alle mal herhören: Das ist Gabe." Dann flüsterte ich ihm laut zu: "Ich hoffe, du wirst mir verzeihen, wenn ich dich mit meinen verrückten Freunden bekannt mache. Du hast ja keine Ahnung, auf was du dich hier eingelassen hast ..."
Jarold sprang sofort darauf an: "Hey, das habe ich gehört, du freche Göre."
"Das", ich deutete grinsend auf ihn, "ist Jarold. Surfer, Witzbold, Nervensäge und ein äußerst lästiger Teil dieser Clique."
Gabe schmunzelte, während Jarold eine Grimasse schnitt.
Dann wies ich auf Hannah, die im Schneidersitz auf dem Boden saß. "Hannah. Sie studiert Psychologie, ist bekennende Esoterikerin, Veganerin und hat vier Hunde."
Sie hob grüßend die Hand.
"Bernie, unser Sportstudent. Seit Jahren heimlich verliebt in Hannah, aber zu schüchtern, es ihr zu sagen."
Gabe starrte mich mit großen Augen an. Offenbar wusste er nicht, was er von meinen Worten halten sollte.
Hannah und Bernie lächelten breit.
Jetzt wandte ich mich wieder an Gabe. "Sam und Mike kennst du ja schon. Alexander fehlt noch, wo steckt der denn?" Ich schaute fragend in die Runde.
"Alex näht an irgendeiner Klamotte, für die Abschlussprüfung", sagte Jarold in einem vernichtendem Tonfall. "Er kommt nicht."
"Verstehe."

Zu Gabe sagte ich: "Alexander studiert Modedesign und nimmt sein Studium sehr ernst."
"Du hast Minako vergessen", warf Jarold ein.
"Minako ist vor kurzem an eine andere Uni gewechselt. Doch im Juni ist die ganze Clique wieder vollzählig, da fahren wir alle für eine Woche an die Küste."
"Und da macht ihr was?"
Jarold antwortete: "Na, was wohl? Eine Woche lang durchvögeln. Ich sage nur: Swingerclub."
Alle grinsten.
Laut platzte ein Lachen aus mir heraus. "Ja klar, Jarold. Schade nur, dass dein Bett dabei immer leer bleibt. Aber wo du gerade davon redest: Wann hattest du eigentlich das letzte Mal Sex?"
"Was spielt das denn für eine Rolle? Im Gegensatz zu dir hatte ich wenigstens schon welchen", antwortete er in eingeschnappten Ton.
"Tja, ich bin eben wählerisch."
"Das weiß ich wohl. Ich habe mein Glück ja oft genug bei dir versucht. Du weißt, ich stehe dir jederzeit zur Verfügung, Miss Sexy."
Sam mischte sich in das Gespräch ein: "Gabe, achte nicht auf die beiden. Die zwei sind immer am kabbeln. Und keiner meint, was er sagt." Sie sah ihn an, als würde sie sich Sorgen um ihn machen.

Moment mal. Sorgen um ihn machen?

Schnell warf ich ihm einen Blick zu. Er schaute mich an, und ein höchst merkwürdiger Ausdruck stand in seinen Augen.
Doch er wandte den Kopf zur Seite, bevor ich das Gefühl darin deuten konnte.

"Sag mal, Gabe, was machst du denn so? Studierst du auch?" Jarold blickte ihn abwartend an.

"Musik, letztes Semester", erwiderte er wortkarg.

"Und was machst du an Sport?" Jarold schien brennend daran interessiert zu sein, beäugte abschätzend den Oberköper seines Gegenübers. Auch Bernie und ich blickten ihn neugierig an.

Er zuckte mit den Achseln. "Ich laufe hauptsächlich. Ansonsten mache ich Aikidō, Taijiquan und Taekwondo."

Jarold sah beeindruckt aus. „Wow, da muss man sich ja vor dir in Acht nehmen."

Ich konnte damit nicht viel anfangen, glaubte aber etwas wie Tai Chi verstanden zu haben. Das hatte ich mal im Fernsehen gesehen, war mir aber nicht sicher.

"Hast du einen festen Trainingspartner? Wo trainierst du?"

"Ich trainiere mit meinem Freund Stephen. In einem privaten Raum."

In diesem Moment ging die Wohnungstür auf. "Hey, da bin ich wieder. Jetzt kann die Party losgehen, denn schaut mal, wen ich mitgebracht habe." Mike kam herein, gefolgt von Minako und ihrem neuen Freund David.

Freudige Rufe erschallten.

Ich lief los, um Minako in den Arm zu nehmen. "Ist das eine tolle Überraschung", quietschte ich erfreut.

"Mike rief gestern an. Und da ich euch alle vermisse, haben David und ich beschlossen, morgen die Uni zu schwänzen und mit euch zu feiern", sagte Minako. Ihre Stimme verklang auf einmal.

Dann warf sie mir einen fragenden Blick zu. "Sag mal, Ally, ist das nicht …" Sie sah zu Gabe hinüber.

"Oh." Ich verfluchte im Stillen meine heißen Wangen. Gerade noch hörbar flüsterte ich ihr ins Ohr: "Bitte, sag kein Wort, ich flehe dich an."

"Dein Geheimnis ist gut bei mir aufgehoben, das weißt du. Bedeutet das, du hast meinen Ratschlag befolgt? Oder doch nicht?"

"Nein, ich kann einfach nicht. Aber komm, ich mache euch bekannt." Ich zog sie am Arm zu ihm hinüber.

Sein Blick war in sein Glas gerichtet, und er wirkte etwas verloren. Er schaute auf, als ich mich neben ihn stellte, und ein Lächeln legte sich um seinen Mund.

"Gabe, darf ich dir meine Freundin Minako vorstellen? Mina, das ist Gabe. Ginger ist bei ihm eingezogen."

Er stellte sich aufrechter hin und sah lächelnd auf sie hinunter. Dann verbeugte er sich, wie er es auch vor dem Koreaner im Hotel gemacht hatte. "Konnichiwa."

Minako starrte ihn an. Zu meinem Erstaunen wurde sie knallrot, und erst Sekunden später erwiderte sie die Begrüßung.

Die beiden begannen, sich angeregt zu unterhalten.

Da ich mich überflüssig fühlte, ging ich zu Mike hinüber.

Er reichte mir ein Glas. "Hier, Zeit zum Feiern."

"Mach mich bloß nicht betrunken. Das letzte Mal war schlimm genug." Ich warf ihm einen strafenden Blick zu.

"Warte, was war noch mal passiert? Bist du nicht irgendwie ins Meer gefallen?"

"Ja, du Schlaumeier, als wüsstest du es nicht genau."

Jarold kam dazu. "Ich will auch einen Drink. Worüber redet ihr?"

"Über Allys Bad im Meer."

Jarold lachte. "Oh, Miss Sexy, das hattest du so was von verdient ..."

"Okay, das reicht. Ich denke, das Thema lassen wir fallen."

"So, wie wir dich haben fallen lassen?", gluckste er.

"Danke, ich erinnere mich gut. Und verziehen habe ich euch noch längst nicht, nur damit ihr es wisst."

Hannah und Bernie gesellten sich zu uns. Wir unterhielten uns eine Weile über vergangene Partys.

Ab und an warf ich einen Blick zu Gabe, der noch immer in ein Gespräch mit Minako vertieft war.

Seltsamerweise trafen sich unsere Blicke jedes Mal. Und stets schenkte er mir ein Lächeln.

"Hey, Sam. Komm rüber, trinkt mit uns", rief Jarold und klopfte mit dem Fuß auf eine Stelle neben sich.

Sam warf ihm einen zögernden Blick zu, und Mike grinste. "Setzen wir uns lieber hin, ist doch viel gemütlicher. Und Sam sollte besser nichts trinken, wegen der Schmerzmittel."

Minako zog Gabe am Ärmel mit sich zu dem kleinen Sofa. Stirnrunzelnd sah sie Sam an. "Was nimmst du denn, dass du nicht einmal ein Glas trinken kannst?"

Mike und Sam tauschten einen Blick, dann sah sie in die Runde und rief laut: "Hey, alle Mann auf die Couch."

Jarold gab Mike einen Drink, und wir setzten uns alle um den Couchtisch herum. Sam räusperte sich. "Mike und ich wollten euch etwas sagen."

Alle blickten sie gespannt an, nur Gabe sah mit einem Lächeln zu mir.

"Anfang Dezember werden Mike und ich ein Baby bekommen." Sam lächelte angespannt.

Minako sprang auf. "Ha, wusste ich es doch!"

"Ja, Frau Doktor." Sam grinste und ließ sich von ihr umarmen.

Die anderen stürmten vor, um Mike auf die Schultern zu klopfen und Sam zu küssen. Es war herrlich, dem Gewusel zuzuschauen.

"Was haltet ihr alle davon, wenn wir im Juni eine Hochzeit am Strand feiern?", fragte Mike beiläufig. Ein noch größerer Tumult brach aus.

Eine Weile drehte sich das Gespräch um das Baby, die Hochzeit und den geplanten Urlaub am Strand.

Gabe trug nichts zum Gespräch bei. Er saß zwischen Sam und Minako, und hielt den Blick in sein Glas gerichtet.

Nach einer Weile zog Sam ihn in ein Gespräch.

Immer wieder blickte ich zu ihm hinüber. Ich fragte mich, worüber sich die zwei so ernsthaft unterhielten. Er schien viel mehr zu sprechen als Sam, doch wenn sie etwas erwiderte, schien er mit dem Blick an ihren Lippen zu kleben.

Vielleicht war es eine Angewohnheit von ihm, und er tat das bei jeder Frau? Ich war überzeugt, mir seine vielen Blicke nicht eingebildet zu haben, die so oft auf meinem Mund gelegen hatten.

Ich ging mir einen Drink holen, setzte mich aber gleich wieder hin.

Fast die Hälfte der Flaschen waren mittlerweile geleert.

Die Stimmung allgemein wurde immer ausgelassener. Ich hingegen trank, weil mir Gabes seltsames Verhalten Rätsel aufgab. Auf diese Weise konnte ich zumindest meine Hände beschäftigt halten.
Mike wandte sich gerade an ihn: "Hey, du bist übrigens herzlich eingeladen zur Hochzeit, Gabe. Wir wollten in der großen Runde fragen, ob alle einverstanden sind, aber Sam und ich würden uns freuen, wenn du im Juni die Woche mitkommst. Vorausgesetzt natürlich, du hast Lust und noch nichts anderes vor."
Alle guckten sich gegenseitig an, und nickten zustimmend mit dem Kopf.
Nur ich saß da, vollkommen geschockt. Eine ganze Woche mit ihm in einem Haus?
Das wäre mein Untergang!
Ich spürte seinen Blick, doch ich weigerte mich, ihn anzusehen.
"Da fällt mir ein: Gib mir mal deine Handynummer, Gabe. Seid ihr alle einverstanden, ihn in den Gruppenchat einzuladen?", fragte Mike, und alle nickten.
Gabe trug einmal mehr diesen seltsamen Gesichtsausdruck, den ich nicht deuten konnte. Er suchte meinen Blick, doch ich sah hektisch in die andere Richtung.
Ich erhob mich, um mir einen weiteren Tequila einzuschenken. Ohne aufsehen zu müssen, wusste ich, wer sich neben mich stellte.
"Ally." Seine samtene Stimme ließ mich erschaudern. "Das hier sind deine Freunde. Die Entscheidung liegt bei dir, okay? Wenn du nicht möchtest, dass ich mit euch Urlaub mache, dann ist das völlig in Ordnung. Du musst es mir nur sagen."

"Ich werde darüber nachdenken."

Trotzdem ich schon einen im Tee hatte, besaß ich nicht den Mut, ihm klipp und klar zu sagen, dass ich ihn auf gar keinen Fall dabei haben wollte.

"In Ordnung. Ich habe übrigens mit Chin Wa telefoniert. Er war nicht sonderlich glücklich. Was er natürlich nicht zugegeben hat, schließlich ist er Koreaner. Doch ich habe ihm versprochen, dass zumindest einer von uns für Sumi spielt." Fragend sah er mich an.

Überrumpelt schüttelte ich den Kopf. "Äh ... Also, ich möchte lieber nicht. Wenn es dir nichts ausmacht, lasse ich dir den Vortritt."

"Kein Problem." Er blickte mich an, und seine Augen strichen über mein Gesicht. "Du bist unglaublich hübsch, weißt du das eigentlich?"

"Kannst du nicht langsam mal aufhören mit dem ewigen Anbaggern?" Meine Stimme klang gereizt, und ich verdrehte genervt die Augen.

"Entschuldige. Das ist mir so rausgerutscht", sagte er leise und wandte den Blick ab.

"Verrate mir lieber, weshalb du am Morgen so scheiße drauf warst."

Er atmete tief ein, verneinte aber kopfschüttelnd. "Vergiss es einfach."

"Ich hasse es, wenn du so ..." Ich suchte nach einem passenden Wort. "... wenn du so verstockt bist."

Er lachte bitter auf. "Ach ja? Dann frag mich mal! Du bist doch die Meisterin darin, mir nicht das klitzekleinste bisschen einzugestehen. Ich bin vollkommen ratlos, was dich betrifft." Tief holte er Luft, und ließ den Atem laut entweichen.

"Ich weiß nicht einmal, ob du mich überhaupt eine Winzigkeit magst. Du hast zugegeben, dass ich dir nicht egal bin, aber was soll das bedeuten? Das Einzige, was ich weiß, ist, dass du mich immer wegstößt. Weshalb soll ich also *alles* verraten und du rein *gar nichts*? Jedes Mal, wenn ich ein wenig Hoffnung schöpfe, dann gehst du auf zehn Meter Abstand."
Gabe atmete schwerer. "Und dann diese Momente ... Verdammt, Ally, was war mit dem Kuss gestern Abend? Das war kein normaler Kuss. Das war Verführung pur! Erst erregst du mich bis zum Äußersten, nur um mich - ohne Umwege - wieder zurück in die Hölle zu stoßen."
Sprachlos sah ich ihn an. "Das meinst du doch nicht ernst?"
"Ich will dich! Und du weißt das."
"Sind wir wieder bei dem Punkt angekommen?" Ich schloss frustriert die Augen.
Doch er ließ nicht locker. "Du hast den Kuss genauso genossen wie ich. Gib es doch einfach zu."
"Ich gebe gar nichts zu. Ich habe eine Wettschuld eingelöst, sonst nichts."
"Und der Kuss an der Uni? Verdammt, wir wären zusammen im Bett gelandet, wenn Gilda nicht aufgetaucht wäre."
"Daran brauchst du mich nicht erinnern, danke", fauchte ich ihn an. "Und ich will darüber nicht reden, verdammt." In einem Zug trank ich aus und füllte das Glas sofort wieder.
"Wir sollten aber reden. Du kannst mich nicht ewig ignorieren." Er blickte finster auf mein Glas.

"Du solltest nicht so viel trinken."

"Himmel, bist du penetrant. Weißt du eigentlich, wie sehr du mich manchmal nervst?"

"Und weißt du eigentlich, dass ich mich in jeder einzelnen Sekunde danach verzehre, dich zu küssen?"

Jetzt reichte es.

Ich nahm entschlossen das Glas, um zum Sofa zurückzugehen. Etwas zu schwungvoll vielleicht, denn ich geriet ins Taumeln.

Ohne es recht zu verstehen, lag ich plötzlich in Gabes Armen. Er hatte mich aufgefangen, und presste mich fester an sich, als es nötig gewesen wäre. "Ally ..."

Wieder diese Samtstimme.

"Hör auf mit dieser verfluchten *Komm-in-mein-Bett-Stimme*." In meinem Kopf drehte es sich. Ich hatte Mühe, ihm in die Augen zu sehen.

"Genau das ist es aber, was ich ersehne. Ich will dich in meinem Bett haben. Ich will dich küssen und lieben, bis du vor Leidenschaft vergehst ..."

Was hatte er gesagt?

Ich musste ihn missverstanden haben.

Jetzt besaß er auch noch die Stirn, sich zu mir herunterzubeugen.

Einzig Jarolds laute Stimme verhinderte, dass er mich küsste. "Hey, was ist mit Ally? Ist sie schon so betrunken, dass sie nicht mehr allein stehen kann?"

Gabe lachte auf, halb amüsiert, halb frustriert. "Keine Ahnung. Sie hat sich mir einfach an den Hals geworfen. Und ich wäre der Letzte, der sie daran hindert."

Jarold musterte ihn abschätzend, dann zuckte er mit den Schultern. "Kann ich absolut verstehen, Alter."

"Lass mich endlich los. Oder ist es dir entfallen, dass du mich immer noch festhältst?"
"Wie könnte mir das entfallen? Wenn es nach mir ginge", er beugte sich zu meinem Ohr und flüsterte deutlich hörbar, "würde ich dich überhaupt nicht mehr loslassen. Ich möchte dich in das nächstbeste Bett tragen, und meine Sehnsucht nach dir unter Beweis stellen."
"Ach ja? Der Drang muss tatsächlich enorm sein. So gewaltig", meine Stimme wurde sarkastisch, "dass du mich am Morgen nicht ein einziges Mal angesehen hast. Oder mit mir reden wolltest. Ganz im Gegenteil, du konntest mich gar nicht schnell genug los werden."
"Verdammt, das stimmt so überhaupt nicht. Wenn ich dich angesehen hätte, dann wärst du jetzt garantiert keine Jungfrau mehr. Ob freiwillig oder nicht, ich hätte dich nicht mehr um Erlaubnis gefragt. War das deutlich genug?"
"Was soll der Stuss?"
Er starrte mich mit vorwurfsvollem Blick an. "Du hast keine Ahnung, wie es mir nach dem Kuss ging, oder? Es war dir vollkommen egal, wie heftig du mich erregt hast. Ich hoffe, es hat dir Freude bereitet, denn mehr war es nicht für dich, stimmts? Bloß ein kleiner Spaß auf meine Kosten."
Ich kam nicht mehr mir. "Du warst so scheiße drauf wegen des Kusses?"
Er wandte die Augen ab. "Ich war durch den Wind wegen des Kusses, wegen der Frustration danach und weil ich dich fast nackt auf dem Sofa habe schlafen sehen. Verdammt, du hattest dein T-Shirt ausgezogen!"
Heftiger Zorn glühte in seinen Augen.

"Himmel, du warst nicht mal richtig zugedeckt! Du hast auf dem Sofa gelegen, einzig mit einem Slip bekleidet ... Du hast keine Ahnung, wie knapp ich davor war, dich zu wecken und in mein verdammtes Bett zu tragen."

Ich biss mir auf die Lippe. Was sollte ich dazu schon sagen? Mein Gewissen regte sich unangenehm.

Er atmete hektisch: "Hätte ich dich am Morgen angesehen, dann ... Ich hatte mich nicht unter Kontrolle, okay? Ich hatte nichts anderes vor Augen, als wie du fast nackt auf der Couch gelegen hast ..."

Ein reuevolles Seufzen entschlüpfte mir. "Es tut mir leid. Weshalb suchst ..."

Wütend fiel er mir ins Wort: "Ally, begreife es endlich: Ich will keine Andere. Ich will dich!"

"Wir drehen uns im Kreis. Lass uns ein anderes Mal darüber streiten." Undeutlich war mir bewusst, dass er mich - nach wie vor - in seinen Armen hielt.

Seine Stimme nahm einen milden Ton an. "Süße, ich will überhaupt nicht mit dir streiten. Gib mir nur eine Chance, bitte. Ich möchte mehr Zeit mit dir verbringen, dich besser kennenlernen. Lern mich besser kennen. So wie ich das einschätze, würden wir weit mehr als nur gut zusammen passen."

"Genug jetzt, bitte", stöhnte ich.

"Ich kann warten. Ein ganzes Jahr, wenn du das willst. Bitte, ich werde nie mehr mit dem Thema anfangen, wenn du mir nur eine Chance gibst."

Dieses Flehen in seiner Stimme ... Es fehlte nicht mehr viel, und ich würde all meine Prinzipien über den Haufen werfen ...

Stumm löste ich mich aus seiner Umarmung und ließ ihn einfach stehen. Ich setzte mich zwischen Jarold und Bernie, wäre aber am liebsten nach Hause gegangen.
Doch wie ich Gabe kannte, würde er sich aufdrängen, um mich zu fahren. Und es wäre äußerst fatal, in diesem Moment mit ihm allein zu sein.
So tat ich das Einzige, was mir eine Pause versprach von diesem Dilemma: Ich betrank mich.

Kapitel 24

Zu viel Tequila

Stunden später fand ich mich auf der Toilette wieder. Ich schaffte es einfach nicht, wieder hochzukommen. Jemand hämmerte von außen gegen die Tür.
"Beeil dich mal, ich muss auch aufs Klo." Das war Jarolds Stimme.
Ich wunderte mich, wie klar er noch sprechen konnte. Dabei hatten wir die Flasche Tequila gemeinsam geleert.
"Geht nich, komm nich hoch ..."
"Was?"
"Kann nich aufstehn, alles dreht sich."
"Schließ auf, dann helfe ich dir."
"Nee."
"Ally?" Das war Gabes Stimme. Sie bebte vor unterdrückter Wut. "Mach die Tür auf!"
"Geh wech. Ich will dich nich", nuschelte ich und schloss die Augen, damit mein Kopf aufhörte, sich zu drehen.
"Mach auf. Du hast genug getrunken. Ich werde dich nach Hause fahren."
"Du auch, du darfs ganich mehr fahn."
Himmel, war mir schwindelig.
"Ich habe ein Glas Whisky getrunken, du eine halbe Flasche Tequila. Jetzt mach die Tür auf."
"Nein!"

Jetzt konnte ich ein Klimpern hören, aber nicht einordnen. Das Geräusch ließ in meinem Kopf ein unwillkommenes Dröhnen entstehen.
"Ich komme rein, ob du angezogen bist oder nicht. Wenn ich bis drei zähle, mache ich die Tür auf." Er fing an zu zählen.
Hektisch sprang ich von der Toilette hoch. Kaum hatte ich mir Slip und Hose in einem Rutsch hochgezogen, da öffnete sich die Tür.
Gabe hielt ein Schlüsselbund in der Hand, an dem ein kurzer Schraubendreher hing. Er kam herein, griff nach meiner Hand, schloss den Klodeckel und drückte die Spülung.
"Hey", hauchte ich verlegen, schloss die Augen und lehnte mich gegen ihn.
Seine Arme umschlangen mich.
Glücklich kuschelte ich mich in seine Umarmung.
"Was soll ich bloß mit dir machen?", murmelte er leise.
"Küss mich." Ich hielt die Augen geschlossen, hob das Gesicht zu ihm hoch, und spitzte den Mund.
Doch nichts geschah. "Wasn los? Willsu mich nich küssn?" Frustriert öffnete ich die Augen.
Sein Blick war finster, als er erwiderte: "Ich will dich immer küssen, selbst wenn du betrunken bist. Aber es ist Zeit, nach Hause zu fahren."
"Du bist so chauv... chauvi... herrisch, verdammt nochma."
Er zog unerbittlich an meinem Arm, und mürrisch stolperte ich hinter ihm her.
"Na endlich", murmelte Jarold, verschwand im Badezimmer, und schlug lautstark die Tür hinter sich zu.

"Sag bye zu deinen Freunden."
"Bye, Freune."
"Bye, Ally", riefen alle.
Sam sagte zu Gabe: "Pass gut auf sie auf, ja?"
"Das verspreche ich." Er drehte sich um und zog mich zur Haustür hinaus.
"Menno, was rennsn du so?" Ich hatte Mühe, meine Schritte zu koordinieren.
Kurzerhand hob er mich hoch.
"Ey, lass das", protestierte ich, legte aber den Arm um seinen Hals.
"Wird es jemals einen Moment geben, in dem du mir nicht widersprichst?" Er klang ärgerlich und frustriert gleichermaßen.
Erstaunt sah ich ihn an. "Bissu böse auf mich?"
"Sehr sogar."
"Das sollsu nich. Du solls mich lieb habn." Ich legte die Wange auf seine Brust und kuschelte mich an ihn.
"Das habe ich. Und jetzt sei still."
Verstimmt schwig ich, weil er so verärgert geklungen hatte.
Bei seinem Auto angekommen, stellte er mich sanft auf den Boden.
Halt suchend klammerte ich mich an seine Schultern, weil das Schwanken mir Übelkeit bereitete. "Huch, wieso dreht sich das Audo?"
Gabe öffnete die Tür, und sanft half er mir hinein.
Mit einem Seufzen ließ ich mich auf den Sitz fallen. Die Augen fest zusammengekniffen, genoss ich seine Fürsorge. Ein lautes Klicken verriet mir, dass er mich angeschnallt hatte.

Während der Fahrt konzentrierte ich mich darauf, das unwohle Gefühl im Magen unter Kontrolle zu halten. Als er mir die Beifahrertür öffnete, riss ich die Augen auf.
"Gut geschlafen?" Sanft lächelte er mich an.
"Hab ganich geschlafn."
"Wie du meinst. Schaffst du es, auszusteigen?"
Mein Kopf dröhnte, und mir war schwindelig. Aber irgendwie schaffte ich es, zumal seine Hände nach mir griffen und mich hochzogen.
"Wo isn der Himmel abgebliebn?" Staunend blickte ich nach oben.
"In einer Garage gibt es keinen Himmel. Komm mit, wir werden ein paar Stufen hochsteigen, und dann kannst du schlafen gehen."
"Will keine Stufn hoch, mir is schwinnelig." Bockig verzog ich die Lippen zu einem Schmollmund.
Gabe seufzte, dann hob er mich wieder hoch und murmelte: "Selbst wenn du betrunken bist, bist du niedlich."
Stufe für Stufe trug er mich nach oben.
"Bin nich niedlich. Aber du bis süß." Ich drückte die Nase gegen seinen Hals und atmete tief seinen Duft ein. "Und du riechs imma so gut."
Er lachte leise. "Ja, findest du?"
"A-hm", machte ich zustimmend. Das wusste er doch bestimmt. Einige seiner hundert Frauen hatten es ihm doch sicherlich gesagt.
An dem Gedanken blieb ich kleben. "Wie viele Frauen haddes du eignlich schon?" Ich nahm den Kopf zurück, um seinen Blick zu erhaschen.

"Wie bitte?" Er klang schockiert. Doch er weigerte sich, mich anzusehen.

"Na, sach doch. Brauchs dich nich schämn."

"Ally, das spielt doch gar keine Rolle." Er hatte mich durch eine Tür getragen, dann eine Treppe hinunter. In dieser Sekunde ging er in die Knie und legte mich sanft auf ein Sofa.

"Für mich schon, das kannsu glaubn. Deswegn will ich dich ja nich habn." Ich piekste ihm mit dem Zeigefinger in die Schulter.

"Du willst mich nicht, weil ich bereits mit ein paar Frauen Sex hatte?" Aufgebracht starrte er mich an, seine Stimme klang mit einem Mal sauer. In hockender Haltung saß er vor mir.

"Nich sauer sein. Das is nich schön." Ich hob meine Hand, um seine Wange zu streicheln, auch wenn ich leichte Koordinationsschwierigkeiten hatte.

"Frag mich mal, was ich nicht schön finde."

Trotz seiner bitteren Worte wich er meiner Hand nicht aus. Ich staunte, wie weich seine Haut sich anfühlte, und genoss das leichte Kratzen seiner Bartstoppeln.

"Also?" Es ließ mir keine Ruhe.

"Also was?"

"Wie viele Fraun?" Ich sah ihn an, versuchte im Kopf eine Zahl zu finden. "Ich tippe auf hunnert."

Er ballte die Hände zu Fäusten. "Das ist doch lächerlich. Wie kommst du auf solch einen Blödsinn?"

"Also zu wenich? Ja, stimmt schon. Siehs ja auch viel zu gut aus."

Hicks.

"Ally, du redest solch einen Unsinn."

Mit einem Kopfschütteln betrachtete er mich. "Bleib brav hier liegen, machst du das? Ich gehe rasch in die Küche und hole einen Eimer." Er zog meine Hand von seinem Gesicht weg.
Oh, hatte ich ihn die ganze Zeit gestreichelt?
"Ich hab gar keinen Eima inner Küche."
"Aber ich. Bleib einfach hier."
Schon war er weg, und mein Blick fiel auf den Stoff der Couch.
Nanu?
Seit wann hatte mein Sofa eine graue Farbe?
Ich hob langsam den Blick, und sah mich um. *Hm*, dachte ich, *hier sieht es aus wie bei Gabe.*
Gabe ... *Dieser Mann macht mich wahnsinnig*, dachte ich müde.
Ich versuchte aufzustehen, doch das war alles andere als leicht, da meine Beine zitterten. Ich schaffte es, mich hinzusetzen, was ich als einen Erfolg wertete.
"Wo willst du hin?" Er war wieder da und stellte einen roten Eimer neben die Couch.
"Zu dir. Ich will nen Kuss." Schon schlossen sich meine Augen, und erwartungsvoll wandte ich das Gesicht nach oben.
Ich fühlte, wie er mit der Hand sanft über meine Wange streichelte. "Das ist momentan nicht die beste Idee, meine Süße", flüsterte er lächelnd, ganz dicht vor meinem Mund. Trotzdem küsste er mich.
Zufrieden seufzte ich auf.
Doch aus dem Seufzer wurde ein enttäuschtes Stöhnen, als er den Kuss sofort wieder beendete. "Du bis gemein. Wasn das fürn Kuss?", empörte ich mich.

"Ich denke nicht, dass wir jetzt küssen sollten, auch wenn ich es liebend gerne tue." Wieder streichelte er mein Gesicht. Erneut legten sich seine Lippen auf meine, küssten mich unendlich sanft. Seine Zunge strich über meine Unterlippe.

Noch bevor ich die Lippen öffnen konnte, zog er sich zurück. Er stieß ein leises Stöhnen aus. "Ally, ich habe nicht die Kraft, dir zu widerstehen. Deshalb werde ich gehen und du darfst schlafen. Aber zuerst solltest du Schuhe, Jeans und BH ausziehen."

Ich protestierte schmollend. "Du solls nich gehn, du solls mich küssn."

Was? BH ausziehen?

Verspätet ergaben seine Worte in meinem Kopf einen Sinn.

"Du darfst mich jederzeit küssen, vergiss das nie." Gabe lächelte mich traurig an. Er zog mir die Schuhe von den Füßen, ließ sie achtlos zu Boden fallen. Dann zog er mich hoch.

Unsicher wankte ich leicht, hielt ich mich an seinen Schultern fest.

"Zieh die Jeans aus, Süße."

"Wieso?" Bockig sah ich ihn an.

"Bitte, vertrau mir! Ich möchte sicher gehen, dass du bequem schlafen kannst. Zieh die Hose aus, ja?"

Doch ich rührte mich nicht, schloss stattdessen die Augen.

Er seufzte. Seine Finger öffneten flink den Knopf meiner Jeans und zogen den Reißverschluss hinab. Er schob die Hose langsam nach unten, ging dabei in die Knie. "Kannst du heraussteigen, bitte?"

"Küssn wir dann?" Die Worte formten sich schwer und langsam in meinem Mund, doch irgendwie schaffte ich es, sie auszusprechen.

"Gleich", wiegelte er ab. "Komm schon, Süße, heb den rechten Fuß."

Ich tat ihm den Gefallen und freute mich bereits auf den Kuss.

Er lachte leise auf. "Der linke also zuerst, in Ordnung." Schnell streifte er die Jeans herunter. "Nun den anderen Fuß, schaffst du das?"

"Du solls mich küssn!"

"Erst ausziehen. Hilf mir, Süße."

Murrend hob ich das andere Bein, und er warf die Hose zu Seite.

"Jetzt deinen BH."

"Nee, küssn!" Ich schloss erwartungsvoll die Augen.

Er stand auf, ließ einen Seufzer hören.

Wieder spürte ich seinen Mund und lächelte selig.

Eine Sekunde später protestierte ich verdrossen, denn er sagte laut: "Jetzt der BH."

Ich hob die Arme hoch.

Doch er schüttelte den Kopf, die Augen weit aufgerissen. "*Nein!* Die Bluse musst du anbehalten!"

"Wie soll ichn dann den BH ausziehn?" Ratlos blickte ich ihn an, meine Augenlider wurden von Moment zu Moment schwerer.

"Der Himmel steh mir bei", flehte Gabe mit leiser Stimme. Er holte tief Luft, dann trat er dichter an mich heran. Seine Hände schoben sich unter Gingers Bluse, fuhren über meinen nackten Rücken nach oben. Den Verschluss hatte er im Nullkommanichts geöffnet.

"Hm", machte ich mit geschlossenen Augen und legte die Wange an seine Brust. Seine Hände hatten ein Prickeln auf meiner Haut ausgelöst, das herrlich und verführerisch war.

"Ally, bitte, nicht. Du musst mir helfen mit dem BH."
"Ich will aba jetz mit dir kuscheln."
"Bitte mich noch einmal, wenn du nicht betrunken bist, und bin ich mit Feuereifer dabei. Aber jetzt musst du aus dem BH heraus." Er wartete, aber ich machte keine Bewegung, denn mir gefiel es viel zu gut in seinen Armen.

Seufzend schob er seine Hände von unten in die Ärmel der Bluse. Er hakte die Daumen unter die Träger, und zog langsam die Hände nach unten. Er kam bis zu den Ellenbogen, als es nicht mehr weiter ging. "Winkel deine Arme an, Süße."

Ich tat ihm den Gefallen.

Er zog die Träger weiter meine Arme hinunter, bis sie über meine Fingerspitzen hinwegglitten. "Greif unter die Bluse und zieh den BH heraus."

"Kannsu machen. Ich mag deine Hände auf meina Haut ..." Ich seufzte.

"O Gott, Ally", hauchte er mit verzweifelter Stimme. "Du weißt nicht, was du da von mir verlangst ..."

Fragend hob ich den Kopf und bemerkte verwirrt, dass er die Augen geschlossen hatte. Ratlos sah ich an.

Mochte er mich nicht ausziehen?

Er schien etwas sagen zu wollen, schüttelte aber nur matt den Kopf. Mit gequältem Gesichtsausdruck trat er zurück. "Ich kann das nicht." Als ich die Hand unter das Oberteil schob, riss er die Augen auf.

Mit einem Ruck zog ich am BH und warf Gabe den Fetzen Stoff zu, der ihn heftig atmend auffing.

"Küssn!" Mit Nachdruck sprach ich das Wort, wenn auch nicht deutlich in der Aussprache.

Er stand starr da, ohne sich zu rühren.

Jetzt war ich es, die zu ihm trat.

Doch bevor ich ihn küssen konnte, wandte er sein Gesicht zur Seite. "Nicht! Komm, leg dich hin."

Enttäuscht sah ich ihn an.

Auf einmal war ich unendlich müde. Also tat ich, wie befohlen, ließ ihn aber nicht aus den Augen.

Er nahm die Decken, die ich am Morgen gefaltet hatte, und breitete sie über mich. Dann stellte er meine Schuhe ordentlich neben die Couch, hob die Jeans auf, glättete sie und hing sie über die Sofalehne.

"Wieso willssu mich bloß? Das is mirn Rätsel", fragte ich ihn mit schwerer Zunge, die Augen fest geschlossen, da sich alles zu drehen schien.

"Weil du bildhübsch und begehrenswert bist. Weil du mich erregst, wie keine zuvor. Und weil ich mich in dich verliebt habe."

Ganz leise drangen die Worte an mein Ohr, und brachten mich zum Kichern. "Du bisso witzich ..."

"Nicht ein bisschen. Ich wünschte bloß, ich wüsste, wie du für mich empfindest." Ein eindringlicher Ton lag in seiner Stimme.

Das wollte er wissen?

Ich blinzelte, um einen Blick auf ihn zu erhaschen, schloss aber schnell wieder die Augen, da sich der Raum zu drehen schien. "Nee, nee. Ich bin nich so betrungen, dir das zu verratn!"

Leise seufzte ich, auch wenn es eher nach *seinem* Seufzer klang. Dann driftete ich in einen bleiernen Schlaf.

Mein Kopf brachte mich um. Oder ein Schmiedehammer, der darauf einschlug. Eins von beiden jedenfalls.
Ich kniff die Augen zusammen, weil mir die Sonne direkt ins Gesicht schien. *Moment mal*, mein Zimmer lag in Richtung Westen. Hatte ich etwa den ganzen Tag verschlafen? Abrupt setzte ich mich auf.
Sofort war mir übel.
Mein Blick fiel auf einen Eimer. Das verwirrte mich dermaßen, dass die Übelkeit schlagartig vergessen war. Dennoch stand da eindeutig ein roter Eimer!
Schnell schloss ich die Augen, vielleicht verschwand er einfach wieder?
"Guten Morgen, mein Engel. Wie fühlst du dich?" Das war Gabes Samtstimme.
Doch das konnte nicht sein, also antwortete ich nicht.
Ich hörte Schritte näher kommen.
Himmel, das war ein sehr realistischer Traum ...
Eine Hand strich über meine Wange, und ich riss erschrocken die Augen auf. "Wie kommst du in meine Wohnung?"
Er lächelte. "Du bist in meiner Wohnung, Süße."
Geschockt von den Worten blickte ich mich um. Scheiße, er hatte recht. "Wie ... Wie bin ich hierher gekommen?"
"Erinnerst du dich nicht an letzte Nacht?"

Er sah mich mit zurückhaltendem Blick an.
"Ich erinnere mich an a..." Ich wollte *alles* sagen, aber mir wurde jäh bewusst, dass es gar nicht stimmte. "Verdammt ..."
"Woran erinnerst du dich noch?"
In meinem Kopf hämmerte es so laut, dass ich keinen klaren Gedanken fassen konnte. Meine Hand presste sich auf die Stirn, als könnte ich die Schmerzen hinaus quetschen.
"Ich habe dir Wasser und Schmerztabletten mitgebracht. Hier, nimm sie, dann geht es dir bald besser."
Einen kleinen Spalt breit öffnete ich die Augen und sah zwei rote Tabletten auf seiner Handfläche liegen. Zögernd griff ich danach. Eine Wasserflasche schob sich in mein Sichtfeld. Stöhnend griff ich danach und spülte die Tabletten mit einem großen Schluck hinunter. Das Wasser schmeckte so gut, dass ich die halbe Flasche austrank, bevor ich sie absetzte.
"Gut gemacht. Verrätst du mir, an was du dich noch erinnern kannst?"
"Ich bin mir nicht sicher."
"Du erinnerst dich aber an die Party?"
"Ja", erwiderte ich zögernd. "Wir haben wieder gestritten."
"Und erinnerst du noch irgendetwas von dem, was danach kam?"
"Ich glaube, ich habe viel zu viel getrunken. O Gott, ist etwas geschehen, an das ich mich erinnern müsste?"
Alles Blut wich mir spürbar aus dem Gesicht, und ich sah ihn entsetzt an.
"Nichts Wichtiges." Gabe sah eine Spur enttäuscht aus.

"Hast du Hunger? Ich war gerade in der Küche am Pfannkuchen backen."

"Urgs", würgte ich und schüttelte den Kopf, was ich sofort bereute, da mein Kopf jetzt umso heftiger dröhnte. "Aua", murmelte ich betrübt.

Mitfühlend strich er mir über die Haare. "Leg dich wieder hin, bis die Tabletten wirken. Wenn es dir nichts ausmacht, werde ich schnell etwas essen. Ich bin gleich wieder zurück."

Vorsichtig nickte ich, und mein Kopf protestierte nicht. Seufzend legte ich mich wieder hin und schloss matt die Augen.

Die Schritte entfernten sich, wurden leiser.

Mir kam der Gedanke, eine Bestandsaufnahme zu machen, also öffnete ich die Augen wieder. Als erstes luscherte ich unter die Decke und sah mit Erleichterung, dass ich Gingers Bluse anhatte. Ich tastete darüber und bemerkte erschrocken, dass ich keinen BH trug. Ich hob die Decke weiter hoch und sah einen Slip, aber keine Jeans. Hatte Gabe mich ausgezogen?

Heiß stieg mir das Blut ins Gesicht.

Himmel, wie peinlich!

Ich schloss die Augen und konzentrierte mich auf meinen Körper, bewegte nacheinander meine Arme und Beine. Außer meinem Kopf tat mir nichts weh.

Dann hörte ich Gabes Stimme.

Vorsichtig blinzelte ich und sah mich um, doch ich war allein. Ich versuchte mich zu konzentrieren.

Keine Ahnung, sie hat sich mir einfach an den Hals geworfen. Und ich wäre der Letzte, der sie daran hindert.

Das war eindeutig seine Stimme. Wahrscheinlich telefonierte er.
Wer hat sich ihm an den Hals geworfen? In meinem Bauch verspürte ich einen Stich, als ich mir vorstellte, er würde von nun an einer anderen Frau hinterherlaufen.
Das war kein normaler Kuss. Das war Verführung pur! Erst erregst du mich bis zum Äußersten, nur um mich - ohne Umwege - wieder zurück in die Hölle zu stoßen.
Moment mal, jetzt erinnerte ich mich! Das hatte er gestern Abend zu mir gesagt. Oder nicht?
Bissu böse auf mich?
Das war meine Stimme! Also waren die Stimmen in meinem Kopf? Mir fiel die Klapsmühle wieder ein. Schon sah ich mich in einer Gummizelle ... Entschieden schob ich den Gedanken zur Seite.
Du solls mich lieb habn.
Das habe ich, und jetzt sei still.
Bitte, das habe ich doch nicht wirklich zu ihm gesagt, oder? Gequält verzog ich den Mund.
Moment, was hatte er gesagt? Dann verzog ich den Mund. Ganz sicher hatte er mich nur zum Schweigen bringen wollen mit den Worten ...
Ally, du redest solch einen Unsinn.
Okay, damit konnte ich leben. Es stimmte, meistens jedenfalls.
Du darfst mich jederzeit küssen, vergiss das nie.
Ein Lächeln glitt über mein Gesicht. Das gefiel mir, sogar sehr.
Doch hatte er das wirklich gesagt?

Oder bildete ich mir nur ein, mich daran zu erinnern?
Verunsichert runzelte ich die Stirn, und das Lächeln verblasste.

Weil du bildhübsch und begehrenswert bist. Weil du mich erregst, wie keine zuvor. Und weil ich mich in dich verliebt habe.

Damit war klar, dass alles nur eine Ausgeburt meiner Fantasie war ...
Zutiefst enttäuscht zog ich mir die Decke über das Gesicht, und schwor mir, nie wieder so maßlos Alkohol zu trinken!
Ich fühlte mich elend wie selten zuvor. Am liebsten wäre ich in Tränen ausgebrochen, doch dann müsste ich mit verheultem Gesicht an ihm vorbei. Weinen konnte ich auch zu Hause, da würde er es wenigstens nicht mitbekommen ...
Entschlossen setzte ich mich auf. Es wurde Zeit, diesem Wahnsinn ein Ende zu bereiten.
Ich fand meine Jeans zusammengefaltet auf dem Sessel, die Schuhe standen neben der Couch. Mein Kopf hämmerte, doch nicht mehr so heftig, wie noch vor einigen Minuten.
Schnell war ich in meine Sachen geschlüpft, doch den BH konnte ich nirgendwo finden. Ich würde Sam danach fragen, vielleicht fand er sich ja in Mikes Wohnung.
Gerade als ich die letzte Stufe zum Flur hinaufstieg, tauchte Gabe im Durchgang zur Küche auf.
Erstaunt blieb er stehen. "Hey, was machst du? Musst du ins Badezimmer?"
"Nein, ich gehe nach Hause."

Ich konnte ihn nicht ansehen. Instinktiv wusste ich, dass es mehr Kraft von mir fordern würde, als ich besaß.

"Wieso? Für die Uni ist es viel zu spät. Warum bleibst du nicht? Zumindest, bis es dir besser geht." Die Worte kamen zögernd über seine Lippen.

Weshalb hatte ich das Gefühl, er wollte eigentlich etwas anderes sagen?

Ich schüttelte den Kopf. Es war an der Zeit, zu gehen. Dies war die letzte Chance, mein Herz zu retten, das konnte ich fühlen. Ich hatte ihn viel, *viel* zu dicht an mich herangelassen.

Schnell schlüpfte ich in die Schuhe und öffnete die Tür. Ein schlichtes *"Bye"* lag mir auf der Zunge, doch bevor ich es aussprechen konnte, fiel mein Blick auf Gilda.

Sie trat ein und säuselte: "Hallo, Honey. Ich bin fast böse mit dir, weil du mich nicht angerufen hast." Jetzt lächelte sie ihn an, legte ihre Arme um seinen Hals und küsste ihn.

Mit schmerzhaft schlagendem Herzen, in dem sich eine plötzliche Leere breit machte, wandte ich den Blick ab.

Ich musste fort von hier. Es war unerträglich, ihn in den Armen einer Anderen zu sehen.

"Ally ..."

"Viel Spaß, ihr zwei", rief ich gespielt fröhlich und eilte die Treppen hinunter.

Es ist merkwürdig, dachte ich, als ich auf die Straße stolperte und die Wärme der Sonne auf meiner Haut spürte.

Merkwürdig, wie frei und gleichzeitig gefesselt mein Innerstes war.

Frei, weil ich endlich bereit war für einen abschließenden Schnitt.

Wohingegen mein Herz gefesselt war, und zwar an Gabe, auf ewig.

Kapitel 25

Brief

Ich konnte nicht sagen, wie ich die nächsten Tage überstand, auch wenn mir manchmal der Vergleich zu einem Roboter durch den Kopf schoss.
Im Grunde fühlte ich mich wie ein zweigeteiltes Wesen.
Ich kam ohne Probleme an der Uni mit, erledigte die mir gestellten Aufgaben, lernte ohne Schwierigkeiten. Ermöglicht durch das innere Freisein, so verrückt es auch klang.
Und doch stand ich komplett neben mir.
Mein Verstand, mein gesamtes Denken, schien wie in Watte gehüllt. Alles kam mir seltsam fern vor, nichts kam an mich heran. Doch sobald ich nachts schlaflos im Bett lag, und meine Gedanken zwangsläufig zu Gabe zurückkehrten, ging es mir beschissen.
Ich sah sein Gesicht so deutlich vor mir, als hätte ich Jahre gehabt, es zu studieren. Dabei hatte ich ihn vor knapp sechs Wochen zum ersten Mal gesehen, an dem Tag, als Ginger bei ihm einzog.
Ich erinnerte mich zurück, erlebte den Moment noch einmal ...

> Nach Atem ringend stand ich im Türrahmen, als mein Blick auf ihn fiel. Er stieg die Wendeltreppe hinauf, um auf der letzten Stufe stehen zu bleiben.

Eine fast animalische Ausstrahlung umgab ihn, dunkel und unglaublich sexy, die mein Herz augenblicklich zum Stolpern brachte. Sein Blick, diese unglaublichen Augen, die mich musterten, die über meinen Körper tasteten, sodass ich fast glaubte, es fühlen zu können.
Ich hatte extreme Mühe, zu Atem zu kommen, was nur geringfügig an den Treppen lag, die ich gerade heraufgekommen war. Ich war außerstande, meine Augen von ihm abzuwenden.
Mit einem lasziven Lächeln um den Mund, den Kopf leicht zur Seite geneigt, sprach er mich mit einer unverwechselbaren Samtstimme an: "Hallo, schöner Engel. Wo bist du nur gewesen?"
Das brachte mich wieder zur Besinnung.
Gab es einen noch flacheren Spruch? Höllisch verärgert schnaubte ich. So gut ich es vermochte, ignorierte ich ihn. Wortlos trug ich den Karton, den ich mühsam heraufgeschleppt hatte, in Gingers Zimmer. Nur gut, dass ich ohnehin nicht auf ihn hereingefallen wäre, auch wenn er den witzigsten oder intelligentesten Spruch abgelassen hätte. Denn sie hatte mich vor ihm gewarnt, mir von seiner One-Night-Stand-Philosophie erzählt.

Das Klingeln des Handys riss mich aus meiner Erinnerung.
Es war nicht Gabe, dessen zahlreiche Anrufe ich anfänglich ignoriert hatte. Doch vor drei Tagen hatte er anscheinend aufgegeben, da mein Telefon seither stumm blieb.

Es war Ginger, die anrief.

"Hey."

"Kannst du mir mal verraten, was - *zum Teufel* - du mit Gabe angestellt hast?"

"Gar nichts habe ich mit ihm angestellt", fuhr ich auf. „Ginger, ich sage es nur ein einziges Mal, okay? Ich möchte nicht über ihn sprechen. Ich möchte nichts von ihm hören. Und ab sofort brauchst du seinen Namen nicht mehr in meiner Gegenwart erwähnen. Hast du das verstanden?"

"Ally, ihm geht es schlecht! Ich habe von Natur aus selten Mitleid mit Männern. Du weißt schon: Sie sterben bei einer leichten Erkältung, ertragen nicht den geringsten Schmerz ... Doch in seinem Fall mache ich ein Ausnahme. Er leidet! Seit wann bist du so herzlos? So kenne ich dich gar nicht. Du rettest ertrinkende Marienkäfer aus dämlichen Brunnen, Herrgott noch mal!"

"Gibt es sonst noch einen Grund für deinen Anruf?"

Einen Augenblick blieb es still, dann sagte sie kühl: "Nein, das war alles." Sie legte auf.

Meine beste Freundin hatte sich also auf seine Seite gestellt. Das war natürlich ihr gutes Recht, und ich hatte keinen Grund, ihr das übel zu nehmen. Erfreut war ich allerdings auch nicht.

Mein Handy vibrierte.

Ich sah eine Nachricht von ihr auf dem Display. Nach dem Anklicken bemerkte ich - allerdings zu spät - dass sie mir ein Foto von Gabe geschickt hatte.

Er saß auf dem Sofa, hielt die Decke in der Hand, unter der ich geschlafen hatte, und sah aus dem Fenster.

Sein Blick schien wund zu sein vor Kummer.
Wieso tat sie mir das an?
Noch einmal schaute ich auf das Bild hinab, und eine einzelne Träne kullerte mir über die Wange.
Himmel, jetzt hatte sie ein weiteres Bild geschickt.
Unverändert saß er da, doch dieses Mal hatte er die Augen geschlossen. Deutlich waren tiefe Kerben neben dem Mund zu erkennen, da er die Lippen aufeinander presste.
O bitte, nicht noch ein Bild …
Jetzt lehnte er an der Couch, der Kopf war nach hinten geneigt. Sein rechtes Handgelenk ruhte über den Augen, als wollte er die komplette Welt ausblenden.

Ally
Wage es nicht, noch mehr Fotos zu schicken. Es interessiert mich nicht. Sag lieber Gilda Bescheid, dass sie ihn *trösten* soll.

Ginger
Du herzloses Miststück! Die Bilder sind von gerade eben. Und so beschissen sieht er seit verdammten fünf Tagen aus.

Ally
Miststück? Danke für das Kompliment.

Ginger
Entschuldige, das hätte ich nicht sagen dürfen. Ich wollte nur deutlich machen, dass es hier jemanden gibt, der wegen dir scheiße unglücklich ist.

Ally
Hat er das gesagt, oder wie kommst du zu der Annahme?

Ginger
Weil ich vor fünf Tagen nach Hause kam und mitbekommen habe, wie er versucht hat, sich der lästigen Gilda zu erwehren. Was er zu ihr gesagt hat, möchte ich nicht wiederholen, die Worte waren nicht jugendfrei.
Doch er hat ihr deutlich zu verstehen gegeben, dass er dich will und nicht sie!
Leider redet er nicht mit mir, vielleicht weil wir befreundet sind. Aber in diesem Fall bin ich eher seine Freundin. Denn es geht ihm wirklich absolut beschissen!
Und du bist doch eigentlich gar nicht so. Ally, du liebst ihn doch! Weshalb willst du ihm nicht helfen?
Gilda taucht hier übrigens uneingeladen auf. Das weiß ich, weil Gabe nicht mehr in sein Zimmer geht zum Schlafen. Er schläft auf der Couch, sofern er überhaupt schlafen kann.
Ich habe ihn am Wochenende im Auge behalten. Er hat die Wohnung nicht verlassen, nicht telefoniert und niemandem getextet.
Stattdessen hat er immer wieder zur Wohnungstür geschaut, als wenn er auf jemanden warten würde. Und definitiv nicht auf Gilda! Sie war einige Male da, und er hat sie jedes Mal umstandslos wieder rausgeworfen!

Ally
Ich muss jetzt zur Uni.

Ginger
Ich auch. Aber ich mache dir die Hölle heiß, wenn du nicht spätestens nach der Uni herkommst und mit Gabe redest!

Ich zog es vor, nicht auf die Drohung zu reagieren.
Augenblicke später zog ich meine Schuhe an und trat in den Flur hinaus.
Gerade wollte ich die Tür abschließen, als ich einen weißen Umschlag bemerkte, der auf meiner Türmatte lag. Verwundert blickte ich darauf hinab.
Ich hob ihn hoch und war überrascht, wie dick er war und wie schwer er sich anfühlte.
Darauf stand mein Name, *Ally*. Nichts weiter. Die Schrift war mir unbekannt.
Mit dem Zeigefinger fuhr ich unter die Lasche und riss - auf unschöne Weise - den Umschlag auf. Ich hielt mehrere Bogen weißes Papier, alle mit derselben Handschrift beschrieben, in meinen Händen.
Ich begann, die ersten Zeilen zu lesen. Sprachlos ließ ich die Hand sinken.
Einige Sekunden lang starrte ich mit leerem Blick auf die Tür, dann stieß ich sie wieder auf.
Mit weichen Knien ging ich ins Wohnzimmer, setzte mich in den Sessel.
Um genug Mut zu sammeln, nahm ich einen tiefen Atemzug. Erst dann begann ich zu lesen.

Liebe Ally,

mir ist in den letzten Tagen klar geworden, dass du nichts mehr mit mir zu tun haben willst, da du keinen meiner Anrufe angenommen hast. Dabei möchte ich so gerne mit dir reden. Ich hasse mich dafür, es per Brief tun, doch gestatte mir, bitte, den Versuch, mich dir zu erklären.

Ich bin mir unsicher, was ich schreiben soll. Zudem bin ich kein besonderes Sprachtalent. Ich erhoffe mir, dass du versuchst, mich zu verstehen, auch wenn ich mich unbeholfen ausdrücken sollte. Ich fange am besten ganz von vorne an.

Seit ich dich kenne - und mir ist bewusst, wie kurz diese Zeitspanne im Grunde ist - ist meine Welt nicht mehr, wie sie einmal war!
Ich bin überzeugt davon, dass du es mir bewusst nicht glauben willst, doch ich habe nur einen Blick auf dich werfen müssen, und mein Herz war unwiederbringlich an dich verloren.
Jetzt schüttelst du gerade heftig deinen Kopf, nicht wahr? Es ist die reine Wahrheit, Ally.
Ich hatte nicht die geringste Chance. Ich habe dich gesehen und war verloren. Jeder Versuch, mein Herz vor dir zu verschließen, kam längst zu spät. Und ich bekam es mit der Angst zu tun, das will ich nicht verschweigen.
Weshalb, das erkläre ich etwas später, lass mich, bitte, einfach weitersprechen.

Ich bemerkte ziemlich schnell, dass du am Tag von Gingers Einzug kaum einen Blick für mich übrig hattest. Das setzte mir zu, aber ich war viel zu geschockt von den heftigen Gefühlen, die du in mir auslöstest.
Dann wart ihr zwei mit einem Mal weg, und ich saß da, inmitten der Trümmer meines Lebens.

Ally, dich zu treffen hat mir den Boden unter den Füßen weggerissen! Meine ganze Welt stand auf dem Kopf. Ich hätte dir nicht sagen können, wo rechts oder links ist, wenn du mich gefragt hättest. In der Nacht habe ich nicht eine Minute schlafen können, denn ich bekam dich nicht aus dem Kopf.

Die nächsten Tage schwänzte ich die Uni, in der Hoffnung, dass du wiederkommen würdest, um Ginger zu besuchen. Dieser Wunsch erfüllte sich drei Tage nach ihrem Einzug.
Mit einem Mal standest du in der Tür, und ich habe mich so gefreut dich wiederzusehen. Erinnerst du dich, wie du, anstatt "Hallo" zu sagen, mir diesen eisigen Blick zugeworfen hast?
Glaube mir, ich habe viele Stunden darüber gegrübelt, weshalb du mich nicht einmal begrüßen wolltest.
Wie auch immer. Ich konnte mich nicht sattsehen an dir, du hast einfach bildhübsch ausgesehen! Deine Haare leuchteten golden im Sonnenschein, und deine Augen glänzten noch heller, als ich sie in Erinnerung hatte.

Müsste ich nach einem Vergleich suchen, dann fiele mir ein Aquamarin ein, funkelnd und zugleich geheimnisvoll.
Doch jedes Lächeln von mir hast du finster niedergestarrt. Und du warst kaum da, als du auch schon mit Ginger fortgegangen bist.

Ich muss gestehen, dass ich an dem Tag nur noch versuchte, die Stücke meines Herzens zu retten, die noch nicht in tausend Scherben zerbrochen waren.
Nenn es albern oder bescheuert, aber ich bildete mir ein, den Ausdruck in deinen Augen verstanden zu haben. Es war Verachtung, nicht wahr?
Aber weshalb? Deine ablehnende Haltung mir gegenüber war jedenfalls überdeutlich. Und sie bewirkte, dass ich beschloss, dich zu vergessen, da ich mir eine ungefähre Chance von null Prozent ausrechnen konnte, dich für mich zu gewinnen.

Gut, es entschuldigt nicht, was ich dann getan habe: Ich habe mich auf Gilda eingelassen. Ein Fehler, den ich bitter bereue.
Ich gebe es nicht gerne zu, aber ich tat es nur, um von dir loszukommen. Muss ich betonen, dass es nicht funktioniert hat?
Ich denke, du willst es nicht hören, aber der Sex mit ihr in dieser Nacht war schrecklich! Ich hatte nur dein Bild vor Augen, und ich kam mir wie ein Betrüger vor. Ja, ich versuchte mich selbst zu betrügen. Es hat definitiv nicht funktioniert.

Ganz sicher habe ich Gilda betrogen. Aber in erster Linie dich! Und das hat mir am meisten zu schaffen gemacht.
Dein eiskalter Blick, als ich in Gingers Zimmer kam, hat es noch schlimmer für mich gemacht.
Zeitgleich wurde mir bewusst, dass ich ein Narr war, zu glauben, ich könnte von dir loskommen.
Ich tat dann etwas Dämliches, nur um zu sehen, wie du darauf reagieren würdest: Ich küsste sie vor deinen Augen.
Auf meine Flirtversuche zuvor bist du so was von nicht angesprungen, und ich wollte sehen, ob du tatsächlich so eiskalt warst, wie du tatest.
Aber was habe ich bekommen? Nichts!
Einen Moment lang war ich allerdings überzeugt davon, du wolltest mich auslachen. Das war - ich gebe es zu - kein schönes Gefühl. Schneller, als mir lieb war, warst du schon wieder weggelaufen. Und ich war nicht ein Stück schlauer ...

Der komplette Tag war schrecklich für mich.
Ich konnte an nichts anderes als an dich denken. Eines jedoch hatte ich begriffen durch meinen verhassten Fehler mit Gilda: Ich würde versuchen müssen, dich für mich zu gewinnen.
Ich wusste, du würdest zu der Party kommen.
Mit jeder Stunde, die verstrich, wurde ich nervöser. Tausend Dinge habe ich mir ausgemalt, mir Worte zurechtgelegt. Kurz gesagt: Ich träumte mir die wahnwitzigsten Dinge zurecht ...
Ich konnte es kaum erwarten, dich wiederzusehen.

Und ja, ich habe aus dem Fenster gesehen, um deine Ankunft nicht zu verpassen. Doch du hast mich schon im Treppenhaus eiskalt wissen lassen, dass du nicht den Wunsch verspürtest, mit mir zu reden. Du hast keine Ahnung, wie hart mich das getroffen hat.
Als du mir auch noch das mit Stephen vorwarfst, war der Abend für mich gelaufen.
Doch ich schaffte es nicht, mich von dir fernzuhalten, deswegen bin ich dir nachgelaufen. Du weißt selbst, du hast mich wieder einmal stehen gelassen.
An dem Punkt war ich mit meinem Latein am Ende, und ich verkroch mich in der Küche.
Durch die Glaswand habe ich dich beobachtet, und ich sah, wie dieser Idiot sich an dich herangemacht hat. Meine Eifersucht kannte keine Grenzen, als du ihn angelächelt hast!

Was allerdings auf der Dachterrasse geschah ... Ally, ich finde keine Worte dafür, wie glücklich du mich in dem Moment gemacht hast!
Dich in den Armen halten zu dürfen, das war unbeschreiblich schön! Deinen Duft zu riechen, dein Herz schlagen zu hören ...
Vielleicht war es gut, dass du mich von dir gestoßen hast, auch wenn es sich grausam anfühlte. Doch ich war kurz davor, dir zu sagen, dass ich mich in dich verliebt hatte. Das wäre schätzungsweise der denkbar ungünstigste Augenblick für ein solches Geständnis gewesen.

Obwohl mir mittlerweile natürlich klar ist, dass du mir ohnehin nicht geglaubt hättest.

Dann kam der Morgen, an dem ich euch beim Frühstück antraf.
Mir wurde bewusst, dass du mich nicht in deiner Nähe haben wolltest. Die Erkenntnis hat weh getan, ich gebe es zu. Ich hingegen wollte mehr von dir. Aber ich hatte nie eine Chance bei dir, weil du es einfach nicht zugelassen hast. Und das hat mich wahnsinnig und wütend zugleich gemacht! Ich hatte keine Idee, wie ich es schaffen sollte, dir näher zu kommen. Wenn ich mich wie ein absoluter Idiot verhielt, dann tut es mir leid. Ich war völlig ratlos, was dich betraf.
Jedenfalls hast du mich total durcheinander gebracht, als du deinen Finger in den Honig und dann in deinen Mund gesteckt hast. Ich kann es noch immer vor mir sehen, wenn ich die Augen schließe, und die Wirkung ist jedes Mal dieselbe ... Soll ich es aussprechen?
In dem Moment hätte ich dich am liebsten auf den verdammten Tisch gelegt und dich genommen. Es tut mir leid, das war zu direkt, nicht wahr? Ich will dich - ohne Frage - als ganze Person, aber dieser Augenblick, der hat einfach nur meine primitive Seite erweckt.
Ich dachte, dass mir eine kalte Dusche gut tun würde, aber so schnell ich konnte, ging ich wieder in die Küche. Es war wie ein Zwang. Ich wollte, nein, ich musste in deiner Nähe sein.

Bitte verzeih mir, dass ich lediglich halb bekleidet erschien, doch ich wollte eine Reaktion von dir erzwingen. Du erinnerst dich sicher genauso wie ich, dass du eher noch kälter wurdest. Wieder war ich nicht schlauer, sondern noch ratloser.
Ist es böse, wenn ich gestehe, dass mich deine Berührung erregt hat?
Sicher, du hast mich - wieder einmal - von dir gestoßen. Ich hingegen hätte dich am liebsten in mein Bett getragen, um dir zu beweisen, dass ich in der Lage wäre, jeden anderen Mann aus deinem Kopf zu löschen.
Ja, ich bin genauso schlimm, wie es sich anhört ...
Ich schulde dir eine Entschuldigung für meinen bescheuerten Versuch, dich zu küssen.
Es tut mir ehrlich leid. Ich war nicht mehr Herr meiner Sinne, hatte völlig die Kontrolle über mich verloren. Mir hat die Ohrfeige nicht gefallen, das kannst du mir glauben, doch ich habe sie dir sofort verziehen, da ich sie verdient hatte.

Ich will nicht jede Begegnung mit dir bis ins tiefste Detail analysieren, das könnte ich nicht durchstehen, verzeih mir. Gestatte mir nur, dir zu versichern, dass ich mich in jeder Minute, die wir uns danach sahen, mehr in dich verliebt habe. Ich weiß, du glaubst mir nicht, aber ich will es nicht unerwähnt lassen, denn es ist die reine Wahrheit.

Existierte eine Chance für mich, über dich hinwegzukommen?

Mittlerweile weiß ich, dass es keine gab.
Wahrscheinlich wird es nie eine geben. In dem Moment, als ich dich Geige spielen hörte, da war nicht nur mein Herz an dich verloren, sondern auch meine Seele … Auf ewig, Ally!

Die Woche drauf, als wir gemeinsam diese zwei Lieder spielten, war ich bereit zum Sterben.
Niemals ist mir etwas Wundervolleres widerfahren. Bis an mein Lebensende werde ich die Erinnerung daran in meinem Herzen behüten. Du hast es vermutlich anders empfunden, aber ich konnte spüren, wie unsere Seelen sich zu einem Ganzen zusammenfügten.
Keine Worte der Welt würden genügen, dir zu vermitteln, welches Glück ich dabei empfand. Deshalb werde ich auch keinen Versuch wagen.

Ich komme jetzt einfach auf den Tag zu sprechen, an dem wir beinahe zusammen im Bett gelandet wären.
An dem Tag hatte ich einen Entschluss gefasst, vielmehr in der Nacht zuvor, als ich wieder einmal nicht schlafen konnte. Ich war bereit, alles auf eine Karte setzen. Bereit, dir alle Zeit der Welt zu geben, ein ganzes Jahr oder auch mehr, wenn du es brauchen würdest. Ich wollte dich! Und was immer es erforderte, dich davon zu überzeugen, ich war dazu bereit.
Ich hätte alles getan, ohne Einschränkung!
Himmel, das klingt furchtbar episch …

Doch dieses Gefühl war da, und ist es noch. Also entschuldige ich mich auch nicht dafür.
Was immer ich geplant hatte, dir zu sagen, war jedoch vergessen, als du vor mir standest. In mir brannte nur noch der Wunsch, dich zu küssen.

O Gott, ich träume noch immer in jeder wachen Minute von unseren Küssen ...
Ally, du hast mich in den Himmel geholt!
Dass du mich zurück geküsst hast, hat meine kühnsten Erwartungen um Lichtjahre übertroffen. Und ich will ehrlich sein: Meine Hoffnung war winzig, gemessen an der Zurückweisung, die du immer für mich parat hattest.
Gut, meine niederen Instinkte haben nach einer Weile die Oberhand gewonnen, doch wie hätte ich stark bleiben können?
Wären wir nicht unterbrochen worden, ich hätte dich dort vor den Augen aller genommen. Und es wäre mir egal gewesen, wer uns zugesehen hätte ...
Entschuldige, ich weiß, das Thema Sex macht dich nervös. Doch du ahnst nicht, wie selig du mich gemacht hast, als du dennoch bereit warst, mit mir zu meiner Wohnung zu fahren.

Ally, mein Herz rast, während ich hier sitze und daran zurückdenke. Es gibt keine Worte, die die Intensität meines Verlangens beschreiben könnten. Der einzige Gedanke, der noch Platz hatte in meinem Kopf, war der, dass ich dich unbedingt haben musste.

Mein ursprünglicher Plan war, dich erst einmal davon zu überzeugen, dass ich mich in dich verliebt hatte. Ich wollte dich dazu zu bringen, mir die Chance zu geben, dein Freund (welch ein schwaches Wort) zu werden.
Als du allerdings meine Küsse erwidert hast, war all das aus meinem Kopf gelöscht. Der Drang, dich ins Bett zu bekommen, wurde in dem Moment zu übermächtig.
In meinem Hinterkopf war mir klar, dass ich es langsamer hätte angehen müssen. Und ich verachte mich dafür, dass ich nicht dazu in der Lage war. Ich kann nur wiederholen, dass außer dem Verlangen, dich zu besitzen, nichts mehr in meinem Kopf Raum hatte.

War es eine verdiente Strafe, dass Gilda plötzlich da war und mich anschrie?
Wahrscheinlich ja. Doch es war die reine Hölle für mich! Nicht wegen ihr, sondern wegen deiner Reaktion. Von einer Sekunde auf die andere war alles verloren, ich hatte dich verloren! Ich konnte es deutlich in deinen Augen lesen.
Wenn ich mich besser unter Kontrolle gehabt hätte, dann hätte ich versucht, dich von meinen Gefühlen zu überzeugen. Ich hätte dich angefleht, mir eine Chance zu geben. (Himmel, ich klinge wie eine gesprungene Schallplatte.) Leider hat mein Verlangen alles ruiniert …
Als du mich allerdings aufforderst, dich zu schlagen, war ich entsetzt.

Nichts hätte mich mehr schocken, oder mich wirkungsvoller zurückweisen können.

Ich wünsche mir oft, ich hätte von Anfang an alles richtig gemacht. Doch ich bin nur ein Mensch und leider total ratlos, wie ich mit dir umgehen soll. Alles, was ich je wollte - von der ersten Sekunde an, seit ich dich traf - war, eine Chance von dir zu bekommen.
Eine Chance, es zu schaffen, dass du dich auch in mich verliebst.
Mir ist bewusst, Gefühle kann man nicht erzwingen. Vielleicht wirst du mich nie lieben. Aber die Hoffnung, dass du es eines Tages vielleicht doch tust, die kann ich einfach nicht aufgeben.

Gut, es gibt etwas, worauf ich zurückkommen wollte, und ich will mein Versprechen nicht brechen. Es fällt mir nicht leicht, aber ich werde ehrlich sein, damit du verstehen kannst, weshalb ich so handelte, wie ich es tat.
An dem Tag, an dem wir uns geküsst haben, hast du mich gefragt, ob ich dich zwingen will. Du hast mich - zweifelsfrei nicht ernsthaft - aufgefordert, dich zu schlagen. Hier muss ich etwas ausholen, um zu erklären, warum du mich damit so kalt erwischt hast.

Ich war noch keine drei Jahre alt, als meine Mutter starb. An sie habe ich keinerlei Erinnerung, mir wurde nicht einmal gesagt, woran sie starb.

Ich hatte nur noch meinen Vater, und er war fast nie da. Ich erinnere mich lediglich an eine Handvoll Tage, an denen er Zeit mit mir verbracht hat.
Bis ich ungefähr zwölf Jahre alt war, änderte sich daran nichts. Er hat übermäßig viel gearbeitet. Mit Sicherheit war er kein liebevoller Vater, wie es in anderen Familien eventuell üblich ist.
Das ist aber nebensächlich, jedenfalls veränderte sich mein Leben erneut drastisch, als ich gerade in die Pubertät gekommen war.
Jetzt sitze ich hier und überlege, was und wie ich es erzählen soll?
Ich denke, ich halte mich schlicht an die Fakten: Mein Vater fing an mich zu schlagen.
Die ersten zwei Jahre war es nur ab und an, und jedes Mal entschuldigte er sich danach. Im Laufe der Zeit wurde es häufiger.
Bevor ich von zu Hause abgehauen bin, hat er mich täglich verprügelt.
Ich mag nicht näher darauf eingehen, aber eventuell kannst du jetzt verstehen, warum ich so geschockt war.

Das sollte vielleicht auch als Begründung ausreichen, warum ich mich so schwer damit tat, mir einzugestehen, dass ich mich in dich verliebt hatte.
Lange Zeit konnte ich das Gefühl nicht begreifen, nicht in Worte fassen. Erst, als ich dich Geige spielen hörte, wurde mir klar, dass es Liebe ist. Doch ich schweife ab.

An dem ersten Tag - als ich dich traf und dieses Gefühl in mir entstand - bekam ich es mit der Angst zu tun.
In meinem Leben gab es niemanden, der mich je geliebt hat. Ich hatte mich mit mir arrangiert, doch liebte ich mich selbst? Ich weiß es nicht. Mir hat niemand Liebe beigebracht.
Umso schwerer traf mich die Begegnung mit dir. Und ja, ich versuchte alles, um mich und mein Herz vor dir zu schützen. Dass ich auf verlorenem Posten stand, begriff ich erst später.
Es tut mir keinesfalls leid, dass ich mich in dich verliebt habe, bitte, glaube das nicht! Im Gegenteil, ich bin dir sogar dankbar dafür. Immerhin weiß ich jetzt, dass ich zur Liebe fähig bin.

Dann möchte ich noch auf etwas anderes eingehen, was damit sozusagen eng verbunden ist: Du hast mich gefragt, wie viele Frauen ich schon hatte. Du wirst dich nicht mehr daran erinnern, denn zu dem Zeitpunkt hattest du eine halbe Flasche Tequila intus.
Dennoch möchte ich dir eine Antwort geben: Ich habe nicht mitgezählt. Es waren viele, das will ich nicht verschweigen. Ich mag Sex. Es ist ein Körperkontakt, den ich genießen kann, nach dem ganzen Mist mit meinem Vater.
Was ich dir damit aber wirklich erklären möchte: Nicht eine der Frauen kam mir nahe, emotional gesehen. Ich hätte es nicht nicht ertragen, eine von ihnen näher an mich heranzulassen.

Unkomplizierter Sex, ohne Gefühle, ohne irgendeine Verpflichtung. Mehr war es nie!

Dann möchte ich dir noch etwas sagen: An dem Tag, in dem Fahrstuhl, wie du mir da geholfen hast, das werde ich dir niemals vergessen. Es war unbeschreiblich! Zu erfahren, dass jemand sich um mich kümmert, versucht, mir zu helfen ...
Ich kann es nicht in Worte fassen. Ich habe so etwas niemals zuvor erlebt. Es war fast, als hättest du es aus Liebe getan. Ich weiß, du wolltest nur helfen, wie du jedem anderen auch geholfen hättest. Doch für mich hat es die Welt bedeutet! Du hat mir an dem Tag ein unfassbar kostbares Geschenk gemacht, und ich werde dir ewig dankbar dafür sein.

Ich denke, ich habe das Wichtigste gesagt, von dem, was ich dir sagen wollte.
Jetzt bleibt mir nur noch eine Hoffnung, und ich bete darum, dass du sie mir erfüllst: Bitte, gib uns eine Chance!

Gabe

Hier saß ich, diesen unglaublichen Brief in den zitternden Händen, das Gesicht heiß und verquollen, weil ich nicht aufhören konnte, zu weinen. Zwei Mal hatte ich ihn lesen müssen, um es begreifen zu können.
Mein Herz blutete bei dem Gedanken, dass sein Vater ihn geschlagen hatte!

Zusätzlich überforderte mich die Vorstellung, dass er ohne Liebe aufgewachsen war.

Doch in diesem Moment zählte für mich einzig sein Geständnis, dass er sich in mich verliebt hatte.

Und was hatte ich getan? Ich hatte ihn genauso zurückgestoßen wie sein Vater ...

Daran war nur mein verdammter Selbstschutz schuld.

Am schlimmsten war für mich, dass er alle Schuld bei sich suchte. Das konnte ich so nicht stehen lassen.

Der Drang, Gabe zu sehen und mich in seine Arme zu werfen, war unerträglich groß. Ich sprang auf und ließ den Brief achtlos auf den Sessel fallen.

So schnell meine Füße mich trugen, machte ich mich auf den Weg zu seiner Wohnung.

Kapitel 26

Zusammen

Knappe fünfzehn Minuten später klingelte ich an seiner Wohnung.
Eine ganze Weile musste ich warten, dann endlich ertönte der Summer. Ich stemmte mich gegen das Tor, das laut gegen die Wand krachte, doch es kümmerte mich nicht. Im Eiltempo stürzte ich die steilen Treppen hoch. Schnaufend hielt ich auf dem letzten Absatz inne, da ich kaum noch Luft bekam.
So konnte ich ihm nicht unter die Augen treten, wie sollte ich auch nur ein einziges Wort hervorbringen?
"Hallo?" Gabes wunderschöne Stimme klang fragend ins Treppenhaus, offenbar erstaunt, das niemand vor der Tür erschien.
Mein Herz klopfte heftiger, wenn das überhaupt möglich war. Ich trat einen Schritt vor, um die letzte Treppe in Angriff zu nehmen, da hörte ich, dass er die Tür schloss.
Wenige Augenblicke später stand ich vor der Wohnungstür. Zitternd holte ich Luft, dann schlug ich meine bebenden Finger entschlossen gegen das Holz.
Es dauerte einen langen Moment, dann öffnete sich die Tür erneut.
Und da stand er. Blass, unrasiert und offenbar total übernächtigt. Als sein Blick auf meinen traf, nahmen seine Augen einen geschockten Ausdruck an.

"Ally ..." Wie Seide umschmeichelte mich das Flüstern seiner Stimme, das traurig - und in erster Linie ungläubig - klang.

Ich stand da, unfähig mich zu rühren. Plötzlich war ich gehemmt und hatte keine Ahnung, was ich machen oder sagen sollte.

Gabe streckte eine Hand nach mir aus, ließ sie aber sofort wieder fallen.

Ich konnte die Unsicherheit in seinen Augen lesen, jetzt, wo ich mir Mühe gab, ihn wirklich anzuschauen.

Eben hatten seine Augen für einen winzigen Moment aufgeleuchtet, doch genauso schnell wurde der Ausdruck in ihnen wieder matt. Er wandte den Blick von mir ab.

"Möchtest du rein kommen? Weshalb bist du hier?"

Wie konnte er das noch fragen, nach dem Brief? Ich versuchte, seinen Blick einzufangen, aber er weigerte sich, mich anzuschauen.

Ich trat einen kleinen Schritt auf ihn zu, doch er wich zurück.

Bestürzt blieb ich stehen. Das Herz rutschte mir in die Hose. Dann fiel mein Blick auf seine Hände, die so fest geballt waren, dass die Knöchel unter der Haut deutlich zu sehen waren. Also war er doch nicht so gelassen, wie er tat.

"Ja, ich möchte rein kommen."

Er wich weiter zurück, sah mich noch immer nicht an.

"Ist Ginger zu Hause?", fragte ich, um Gewissheit zu bekommen, ob wir allein waren oder nicht.

Gabe zuckte zusammen, seine Schultern sackten nach unten. "Ach so, du willst zu Ginger. Sie ist nicht da."

Mit diesen tonlosen Worten drehte er sich von mir weg. Offenbar wollte er in sein Zimmer gehen.

"Spinn nicht rum! Jetzt warte gefälligst, verdammt", schrie ich ihn an.

Er stoppte mitten in der Bewegung, drehte sich aber nicht um.

Weshalb machte er es mir so schwer?

Ich brauchte drei Schritte, um hinter ihn zu treten. Dann griff ich entschlossen nach seinem Arm und drehte ihn zu mir um. "Verflixt, was ist los mit dir? Ich bin wegen dir hier, wegen deinem Brief."

Er schloss die Augen.

"Nun sag doch etwas!" Ich konnte nicht begreifen, weshalb er sich so passiv verhielt.

"Was willst du von mir hören?" Endlich sah er mich an, und mein Herz wurde eiskalt vor Schreck. Wie konnten Augen so unendlich traurig aussehen?

"Gabe, ich ...", meine Stimme war bloß ein Flüstern, doch er ließ mich nicht aussprechen.

"Was willst du, Ally? Mein Herz vollständig herausreißen? Ich warte seit drei verdammten Tagen auf irgendeine Reaktion von dir, aber es kam keine. Nichts! Gut, nicht zu ändern, ich werde schon irgendwann drüber hinwegkommen. Aber was, zum Teufel, willst du noch?"

Ich begriff nicht. "Drei Tage?"

"Geh einfach wieder. Ich habe nicht die Kraft hierfür." Er wollte sich abwenden, doch meine Hand schoss vor, und ich umklammerte fest sein Handgelenk.

"Ich habe den Brief vor einer Stunde gefunden, verdammt, und bin sofort hierher gelaufen."

Ich ließ ihn los. Am liebsten hätte ich ihn gegen die Brust geboxt, doch der Gedanke an seinen Vater ließ mich davon Abstand nehmen.

Er hob den Kopf, endlich schien etwas Leben in ihn zurückzukehren. "Wie kann das sein? Ich habe den Brief am Freitagabend vor deiner Tür abgelegt." Seine Nasenflügel bebten, und ein verhaltener Ausdruck stand in seinen Augen.

"Ich war seit Freitagnachmittag nicht mehr vor der Tür. Im *Mayflower* und auf der Arbeit habe ich mich krank gemeldet. Ich ..." Meine Stimme zitterte erbärmlich.

Ich ging einen weiteren Schritt auf ihn zu, nahm meinen ganzen Mut zusammen und fragte langsam: "Kannst du mich, bitte, einfach in den Arm nehmen?"

In schneller Folge wechselte sein Gesichtsausdruck von erschrocken zu ungläubig, und schlussendlich zu hoffnungsvoll.

Sanft zog er mich in die Arme, und endlich war ich zu Hause angekommen. Hier gehörte ich hin, hier war ich geborgen und sicher.

Ich lauschte seinem rasenden Herzschlag, den ich nicht nur hören, sondern auch unter meinem Ohr spüren konnte, so fest presste ich mich gegen ihn.

"Ich habe dich schrecklich vermisst." Er flüsterte die Worte, doch sie klangen laut in meinem Kopf und wurden von meinem Herzen reflektiert.

"Nicht halb so sehr, wie ich dich vermisst habe." Plötzliche Tränen stiegen in meine Augen, doch ich blinzelte sie weg.

Mit sanfter Gewalt drückte Gabe mich von sich weg, um mich anschauen zu können.

"Ally, bedeutet es das, was ich mir so sehnlich erhoffe? Gibst du mir eine Chance?"

"Nein, ich gebe dir keine Chance, du Idiot."

Ich spürte, wie er zusammenfuhr und zurückweichen wollte. Eilig fügte ich hinzu: "Ich liebe dich, verdammt! Ist doch nicht so schwer, zu verstehen ..." Erschrocken über meinen Mut, die Worte ausgesprochen zu haben, schloss ich die Augen.

Sein Griff um meine Oberarme war fast schmerzhaft. "Ally, bitte, treibe keine Scherze mit mir ..." Atemlos flüsterte er diese Worte.

Langsam öffnete ich die Augen. Und noch langsamer sagte ich: "Es tut mir leid. Ich habe dir tatsächlich keine Chance gegeben. Ich hatte entsetzliche Angst, verletzt zu werden, deshalb war ich so abweisend. Es tut mir unendlich leid, erst recht, nachdem ich deinen Brief gelesen habe." Ich versuchte, seinem Blick standzuhalten.

Gabe schluckte, dann fragte er ungläubig: "Du liebst mich?"

Mit einem Mal konnte ich den Jungen in ihm erkennen, der so einsam gewesen sein musste, nach Liebe gehungert, aber nur Schläge empfangen hatte.

Hätte es in meiner Macht gestanden, ich hätte diese schrecklichen Erinnerungen liebend gerne ausgelöscht.

Mein Nicken war schwach, verglichen mit dem Gefühl, welches in mir emporstieg. "Ja. Ich habe mich gegen dich gewehrt, weil ich überzeugt davon war, du wolltest mich lediglich ins Bett bekommen ..." Ich konnte nichts weiter sagen, meine Stimme brach.

"Ally ..." Sein Blick war durchdringend.

Mir war, als würde mich ein unsichtbares Band zu ihm ziehen, obwohl keiner von uns sich bewegte.

Ich verlor mich in seinen Augen, die glücklich aufstrahlten.

Staunend fragte er: "Du liebst mich? Bitte, sag es noch einmal ..."

Wie könnte ich dieser Bitte widerstehen?

"Ich liebe dich."

Meine Belohnung war ein herzzerreißendes Lächeln. Für einen Augenblick sah ich den Jungen in ihm, sah, wie glücklich ihn die Liebe machte, die ich ihm schenkte. In diesem Moment schwor ich mir, ihn für alle Zeit zu lieben, denn er hatte wahrhaft genug gelitten in seinem Leben.

Dann verlor sich das Bild des Kindes, denn sein Gesicht neigte sich mir entgegen.

Mit deutlicher Sehnsucht in der Stimme fragte er flüsternd: "Darf ich dich küssen?"

"Jederzeit", antwortete ich, und das Herz schlug mir bis zum Hals.

Bevor er der Aufforderung nachkam, streichelte er meine Wange, und ich spürte, dass seine Finger zitterten. Dann flüsterte er: "Ich liebe dich, Ally."

Mein Herz stolperte, so selig machte es mich, diese Worte von ihm zu hören. Sie ließen mich glücklich lächeln.

Er ließ den Blick über mein Gesicht wandern, für einen Moment blieb er auf meinen Lippen liegen. Dann schloss er die Augen, und endlich spürte ich seinen Mund auf meinem.

"Hey!"

Wir rissen beide den Kopf herum, und sahen zur Wohnungstür hinüber.

Das nennt man perfektes Timing, oder?

Ginger stand in der offenen Tür und starrte uns an, den Mund weit geöffnet.

"Hey, Ginger." Ich lächelte sie schwach an. "Was machst du hier? Du wolltest doch zur Uni."

"Da war ich auch, ich habe nur etwas vergessen. Ally? Was habe ich hier gerade verpasst?"

"Och, nicht viel. Nur den *überaus privaten* Moment, der aus Gabe und mir ein Paar gemacht hat." Mein Tonfall war eindeutig.

Doch sie ignorierte meinen Unmut und sah uns mit hochgezogenen Augenbrauen an. "Aha. Spannend! Irgendwelche Details? Nicht, dass ich neugierig bin ..." Sie sah von mir zu ihm und wieder zurück.

Er hielt mich weiterhin fest umschlungen, und ich war mir nicht sicher, ob er Ginger überhaupt noch wahrnahm. Sein Blick war staunend und voller Liebe auf mich gerichtet.

"Die Details würden wir gerne unter uns ausmachen, allein." Ich starrte sie vielsagend an, doch erneut schaltete sie auf stur.

"Ach, komm schon. Ich will Einzelheiten hören! Und wenn ich das noch anmerken darf: Es wurde allmählich Zeit, dass du herkommst." Sie legte ihren Kopf schief, dann fragte sie schleppend: "Sag mal, ist nicht an diesem Morgen der Abgabetermin für dein expressionistisches Gemälde?"

Entsetzt starrte ich sie an.

"Verdammt, das habe ich total vergessen! Himmel, James wird mich einen Kopf kürzer machen. Entschuldige, Gabe, ich will wirklich nicht, aber ich muss leider weg. Sehen wir uns um vier?"
Er sah mich bedauernd an. "Leider nein. Stephen hat einen Termin für eine ambulante Operation. Ich habe ihm schon vor Wochen versprochen, ihn zum Arzt zu begleiten. Und am Abend spiele ich für Sumi. Ich würde höchst ungern absagen, da ich mein Versprechen gegeben habe. Magst du mich eventuell begleiten? Du musst nicht spielen, wenn du nicht möchtest."
Doch ich schüttelte den Kopf. "Ich muss noch das abstrakte Gemälde vollenden, sonst lässt mich James womöglich noch durchrasseln. Es tut mir leid." Zaghaft lächelte ich ihn an. "Wie wäre es mit Frühstück morgen früh? Ich bringe Brötchen mit."
Gabe nickte, fragte dann schmunzelnd: "Auch Honig?"
"Selbstverständlich, was wäre denn ein Frühstück ohne Honig?" Ich zwinkerte ihm zu. Dann hielt ich mich an seinen Schultern fest, stellte mich auf Zehenspitzen und gab ihm einen schnellen Kuss. Bevor er ihn erwidern konnte, zog ich mich schon zurück. "Ich muss mich beeilen. Dir viel Spaß nachher bei Sumi. Wir sehen uns morgen früh. Versprochen?"
"Ja. Ich vermisse dich jetzt schon ..." Er schenkte mir einen sehnsüchtigen Blick.
"Bis morgen." Ich warf ihm eine Kusshand zu, nickte Ginger zu und rannte die Treppen hinunter.
Keineswegs hätte ich so eilig den Weg zur Uni angetreten, wenn Gabe und ich allein gewesen wären. Doch ich kannte sie und ihre Neugier nur zu genau.

Sie hätte uns keinen Moment in Ruhe gelassen.
James war tatsächlich sauer, als ich ins Atelier stürzte. Doch er beruhigte sich schnell wieder und ich beeilte mich, aufzuholen, was ich an Zeit versäumt hatte.
Über den ganzen Tag verteilt schickten Gabe und ich uns Nachrichten. Ich dachte an nichts anderes, als an ihn.
Es war bereits zehn nach elf am Abend, als auf meinem Handy eine weitere Nachricht einging.

Gabe
Hey, Süße, ich vermisse dich ganz schrecklich! Darf ich noch kurz vorbei kommen? Ich träume seit dem Morgen von einem Kuss, und es fällt mir so verflixt schwer, bis morgen früh zu warten ...
(Bitte, sag mir, dass ich deine Liebeserklärung nicht geträumt habe!)

Ally
Grundsätzlich würde ich liebend gerne ja sagen. Denn ich sehne mich ebenfalls nach einem Kuss von dir. Allerdings glaube ich zu wissen, dass es nicht bei einem Kuss bleiben wird.
Und leider arbeite ich noch an dem blöden Gemälde, was mir kein bisschen Freude bereitet, das aber leider bis morgen fertig sein muss ...
Können wir den Kuss auf morgen früh verschieben?
(Nein, du hast nicht geträumt! Nach den vielen Nachrichten, die ich dir geschrieben habe, fällt es dir noch immer schwer, es zu glauben?)

Gabe
Natürlich. Entschuldige meine Ungeduld. Es fällt mir zugegebenermaßen nicht leicht, aber umso mehr freue ich mich auf morgen früh. Gute Nacht, mein süßer Engel. Schlaf schön und vergiss mich nicht!
(Es fällt mir deswegen schwer, es zu glauben, weil du so weit weg bist! Ich glaube es erst dann wieder, wenn ich dich in die Arme schließen und dich spüren kann.)

Ally
Wie könnte ich dich vergessen? Ich liebe dich doch! Schlaf du auch schön ...
(Oh. Jetzt ist die Vorfreude noch größer!)

Gabe
Wenn du nur ahnen könntest, wie glücklich du mich gerade mit deinen süßen Worten gemacht hast ... Ich liebe dich auch!
(Verdammt, mindestens noch sieben Stunden bis dahin ...)

Muss ich erwähnen, dass ich es jetzt arg bereute, ihn abgewiesen zu haben? Nichts hätte mich glücklicher gemacht, als wenn er doch noch hergekommen wäre, um mich zu küssen.
Frustriert griff ich erneut zum Pinsel. Ich seufzte laut vernehmlich und versuchte, mich auf das vermaledeite Gemälde zu konzentrieren.
Eine halbe Stunde später klingelte es an der Tür.

Gabe, war mein erster, hoffnungsvoller Gedanke. Aufgeregt sprang ich vom Hocker, lief in den Flur und drückte den Türöffner. Mein Herz schlug rasend schnell. Sekunden später klopfte es. Als ich die Tür aufmachte, stand Gabe davor.

"Hey", sagte ich und war mit einem Mal so unsagbar glücklich, dass ich ein breites Lächeln nicht unterdrücken konnte.

Er kam auf mich zu und schlang die Arme um mich. "Es tut mir leid, aber ich kann unmöglich bis morgen warten." Dann neigte er den Kopf, und unsere Lippen berührten sich. Der Kuss war ganz zart, und das Herz schlug mir bis zum Hals.

Sich von mir lösend, blickte er mich fragend an. "Vielleicht noch ein zweiter Kuss?"

Ich nickte lächelnd, und er zog mich wieder an sich. Dieser Kuss schien nicht enden zu wollen. Unser beider Atem beschleunigte sich.

Doch irgendwann ließ er mich los und strich mir über die Haare. "Ich liebe dich, Ally."

Sein Lächeln ließ mein Herz einen kleinen Hüpfer machen. Bevor ich etwas erwidern konnte, war er schon gegangen.

Kopfschüttelnd schloss ich die Tür.

Wie süß war das denn?

Ich wünschte mir, er wäre nicht gegangen. Verdammt, erst seit diesem Morgen waren wir ein Paar, sollten wir nicht eine leidenschaftliche Nacht miteinander verbringen? Stattdessen war ich blöde Kuh so dumm gewesen, ihn auf morgen früh zu vertrösten.

Entschlossen riss ich die Tür wieder auf.

Laut rief ich seinen Namen ins Treppenhaus, doch es kam keine Antwort.
Also mussten wir doch bis morgen warten.
Enttäuscht versuchte ich, dem Gemälde den finalen Touch zu geben, doch es stellte sich als hoffnungsloses Unterfangen heraus.
Was ich auch machte, ich war einfach nicht zufrieden damit, und schlussendlich gab es auf.
Mit leichter Resignation ging ich ins Bett, in der Hoffnung, wenigstens von Gabe zu träumen. Himmel, es war schon zehn vor zwölf!
Rasch stellte ich den Wecker, um morgen zeitig bei ihm sein zu können. Weil ich das Smartphone ohnehin in der Hand hielt, schickte ich ihm noch schnell eine Nachricht.

Ally
Danke, dass du hergekommen bist! Ich habe dir hinterher gerufen, um dich zum Bleiben zu überreden, doch du warst schon weg. Nun liege ich in meinem einsamen Bett und träume von unseren Küssen ...

Gabe
O Gott, schreib mir doch nicht so etwas!
Hast du eine Vorstellung davon, was deine Worte in meinem Herzen anrichten?
Liebend gerne würde ich mich jetzt ins Auto setzen und zu dir fahren.
Leider muss ich dringend duschen, nach einer unangenehmen Begegnung mit Gilda.

Jetzt stinke ich nach ihrem ekelhaften Parfüm.
Ich hege allerdings die Hoffnung, dass sie endlich aufgibt. Denn ich habe ihr gesagt, dass wir zusammen sind und ich mich darauf freue, dich morgen früh wiederzusehen.
(Ich liebe dich, mein süßer Engel, hatte ich das schon erwähnt?)

Ally
Was war mit Gilda? Ich komme nicht ganz mit.
(Ja, ich denke, du hast es ein Mal erwähnt …)

Gabe
Vergiss es, sie ist eine Nervensäge. Ich bereue es unendlich, mich mit ihr eingelassen zu haben. Du weißt, weshalb. Die letzte Woche stand sie fast täglich vor der Tür und hat mich in den Wahnsinn getrieben. Aber jetzt habe ich ja dich. Du wirst mich doch vor ihr beschützen?
Wenn ich schnell dusche, könnte ich in fünfzehn Minuten bei dir sein.
(Nur ein Mal? Viel zu wenig! Ich gelobe Besserung. Ich liebe dich, Ally.)

Ally
Ich liege bereits im Bett. Mir fallen schon fast die Augen zu. Und ja, ich werde dich auf jeden Fall beschützen.
(Wow, eine Steigerung um einhundert Prozent. Sehr beeindruckend! Ich kann das auch: Ich liebe dich.)

Gabe
Habe verstanden. Träum schön, mein Engel. Ich werde von dir träumen und freue mich auf morgen früh. So sehr, dass ich es kaum abwarten kann!
(Danke, jetzt grinse ich wie ein Idiot ...)

Ally
Bis morgen. Schlaf gut, ich liebe dich.
(Grinst du jetzt noch mehr?)

Gabe
Ich liebe dich. Mehr, als ich mit Worten jemals sagen könnte.
(Volltreffer!)

Lächelnd legte ich das Smartphone auf den Nachttisch. Es war keine Lüge, als ich sagte, ich wäre müde. Es dauerte nur Sekunden, dann schlief ich mit einem glücklichen Lächeln auf den Lippen ein.

Kapitel 27

Ein böser Traum

Als der Wecker mich unsanft aus einem wundervollen Traum – in dem Gabe die Hauptrolle spielte - riss, hätte ich das Handy am liebsten aus dem Fenster geworfen und mich wieder umgedreht. Dann fiel mir das geplante Frühstück ein.
Schon lief ich ins Badezimmer, und im Nullkommanichts war ich zum Aufbruch bereit.
Das Eingangstor zu Gabes Haus stand offen, was mich irritierte. Oben fand ich die Wohnungstür nur angelehnt. Hatte er mir das Anklopfen ersparen wollen?
Geräuschlos schwang die Tür auf, als ich sanft dagegen drückte.
Vorfreude machte sich in meinem Bauch breit. Rasch lief ich in die Küche und schaltete das Licht ein. Die Brötchentüte und den Honig stellte ich auf den Esstisch.
Augenblicke später klopfte ich an seine Schlafzimmertür. Als ich keine Antwort erhielt, klopfte ich ein zweites Mal, drehte den Türknauf herum und öffnete die Tür.
"Gabe?" Schüchtern blieb ich im Rahmen stehen, denn ich hatte sein Zimmer nie zuvor betreten. Auf der rechten Seite konnte ich im Dämmerlicht ein großes Bett ausmachen. "Gabe?", fragte ich eine Spur lauter.
Mein Blick wurde von einer Bewegung angezogen.

"Wer ist da?"
Geschockt schnappte ich nach Luft, denn es war eine Frauenstimme gewesen, die diese Worte ausgesprochen hatte.

Mein Herz setzte einen Schlag aus, um sich dann schmerzhaft zusammenzukrampfen, während meine Hand zitternd nach dem Lichtschalter tastete. Jetzt lag der Raum in hellem Licht.

Ich konnte die zwei Personen im Bett ohne Mühe erkennen. Plötzliche Tränen liefen mir das Gesicht herunter.

Gabe schlief noch, an ihn geschmiegt lag Gilda, die mich ansah, als wollte sie mich umbringen.

Wortlos starrte ich sie an und konnte dennoch nicht begreifen, was ich sah. Krampfhaft schluckte ich.

Sie zischte mich wütend an: "Verschwinde, du Schlampe. Er gehört mir allein!"

Ich schluchzte auf, denn meine letzte Hoffnung – in einem bösen Traum zu stecken - erlosch gerade.

Gabe regte sich und schlug die Augen auf. "Ally?" Seine Stimme war rau, und er räusperte sich.

"Ich bin hier", sagte ich mit tonloser Stimme.

Abrupt richtete er sich auf, starrte erst mich und anschließend Gilda an. "Was zum Teufel? Gilda? Was machst du hier? Verdammte Scheiße ..."

Er sprang aus dem Bett und lief auf mich zu. Immerhin trug er ein T-Shirt und Boxershorts.

"Ally", sagte er, und seine Stimme klang flehend.

"Lass mich raten: Es ist nicht so, wie es aussieht?" Ich hielt die Augen auf den Teppich gerichtet, denn ich konnte ihren Anblick nicht mehr ertragen.

Meine Tränen fielen ungebremst auf den Boden.

Gabe stand vor mir und streckte die Hand nach mir aus.

Doch ich wollte nicht von ihm berührt werden und wich einen Schritt in den Flur zurück.

"Ally, *ich flehe dich an!* Glaube das hier nicht, bitte. Ich liebe nur dich!"

Mein Blick hob sich, als Gilda anmutig aus dem Bett stieg, und zu uns trat. Sie war splitternackt und sah aus wie die perfekte Männerfantasie: Makellos, weiblich und überirdisch schön. Doch ihr Blick war eiskalt, keinerlei Gefühl lag darin.

So kalt kann keine Frau gucken, nicht nach einer leidenschaftlichen Nacht mit Gabe, dachte ich verwirrt.

Die ganze Wirkung, die sie auf mich hatte, brach in sich zusammen. In meinem Kopf wurde es wieder klar, und meine Tränen versiegten.

Prüfend musterte ich ihr Gesicht und fand einen Zug um ihren Mund, der sowohl Boshaftigkeit, als auch Besessenheit hätte ausdrücken können.

Ich rief mir Gabes Worte vom Vortag in Erinnerung, seine zärtlichen Küsse, die Blicke voller Liebe.

Etwas in mir schob sich zurück an den richtigen Platz, und ich konnte wieder frei atmen …

Ich hob den Blick zu ihm.

Mit traurigen Augen stand er vor mir, streckte mir noch immer seine Hand entgegen.

Jetzt nahm ich sie und legte sie auf die Stelle, unter der mein Herz schlug, indem ich näher zu ihm trat.

Die Hoffnungslosigkeit in seinen Augen verwandelte sich in Staunen.

"Ich liebe dich, Gabe. Ich habe dir geglaubt, als du mir sagtest, du liebst mich."

"Das tue ich auch, mein Engel." Sein Blick lag voller Liebe auf mir. Er trat dichter an mich heran.

Sofort stieg mir der Duft ihres Parfüms in die Nase. Zitternd lachte ich auf. "Scheint so, als müsstest du noch einmal duschen."

Einen Moment lang sah er mich verwirrt an, dann fiel bei ihm der Groschen. "Ja, definitiv. Aber zuerst", er drehte sich zu Gilda um, und seine Stimme wurde grollend, "werde ich dieses Miststück hinauswerfen."

"Gabe, bitte, schick mich nicht fort." Sie klammerte sich plötzlich an seinen Hals, und wirkte verwirrt. "Du hast mit mir geschlafen und es war wundervoll."

"Das war ein Fehler, und ich entschuldige mich dafür. Doch meine Liebe gehört Ally." Er versuchte, sich aus ihren Armen zu befreien, doch ich merkte, dass er ihr nicht weh tun wollte.

"Du sollst aber mich lieben, nicht sie. Wie kannst du mich nur abweisen?" Mit hängendem Kopf stand sie da, ihre Arme fielen kraftlos herunter.

Sie tat mir ein wenig leid, und ihm schien es ähnlich zu gehen. "Ich liebe aber Ally, ohne Einschränkung. Bitte, akzeptiere das. Wir lassen dich allein, dann kannst du dich anziehen und gehen." Gabe nahm meine Hand und zog mich in die Küche.

"Ich würde dich jetzt liebend gern in die Arme schließen, doch ich sollte zuerst duschen gehen, sonst stinkst du auch noch nach diesem grauenvollen Parfüm." Seine Augen suchten meine. "Möchtest du darüber reden?"

"Nein. Ja. Ich weiß es nicht."
"Ich hatte keine Ahnung, kannst du mir das glauben? Ich habe ewig lange wach gelegen und dabei an dich gedacht. Erst gegen vier Uhr, nachdem ich kurz im Badezimmer war, bin ich eingeschlafen. Zu dem Zeitpunkt war ich allein in meinem Bett. Sie muss sich irgendwann reingeschlichen haben."
"Ich glaube dir. Dennoch ..."
"Süße, ich liebe nur dich! Wenn du mir das glauben kannst, dann wird alles gut. Was ich dir sagen kann, ist, dass ich nichts von ihr will. Und auch nicht bemerkt habe, wie oder wann sie hier reingekommen ist." Er blickte mir beschwörend in die Augen.
Ich nickte.
Mit einem leisen Geräusch klappte eine Tür.
Gabe lief in sein Schlafzimmer, und ich ging ihm nach, blieb aber im Türrahmen stehen.
Vehement zog er das Rollo hoch, öffnete das Fenster weit, und frische Luft strömte herein. Dann ging er zum Bett und zerrte die Bettwäsche herunter. Umstandslos warf er sie in den Wäschekorb. Er verschwand hinter einer Tür, die anscheinend in einen begehbaren Kleiderschrank führte, denn er kam mit einem Stapel frischem Bettzeug zurück.
"Komm doch rein, Süße", bat er leise. "Zwar hatte ich mir deinen ersten Besuch in meinem Schlafzimmer *etwas anders* vorgestellt", er zwinkerte mir zu, "doch jetzt würdest du mich schon glücklich machen, wenn du dich überwinden könntest, die Schwelle zu übertreten."
Seine Worte brachten mich zum Kichern.

Zwei Schritte trat ich vor, und er murmelte: "Danke."
Sein sanftes Lächeln brachte mein Herz zum Stolpern. Er legte die Bettwäsche auf die Matratze und griff nach einem Kopfkissen.
Unruhig bewegte ich mich, dann sagte ich zögernd: "Ich kann das machen, wenn du duschen gehen möchtest?"
"Das musst du nicht. Allerdings würde ich liebend gerne duschen gehen, um diesen ekelhaften Geruch loszuwerden." Er hatte sich aufgerichtet und schenkte mir ein Lächeln.
"Dann geh, ich erledige das hier."
Er kam auf mich zu, und ich trat einen Schritt zur Seite.
"Ich bin gleich wieder da, okay? Lauf mir, bitte, nicht weg."
Ich lächelte, und er verließ den Raum. Kaum war ich fertig, zog ich mich rasch in die Küche zurück.
Als Gabe in der Tür erschien, war ich gerade dabei, zwei Becher und die Milch auf den Tisch zu stellen. Leicht verlegen blickte ich ihn an.
Er kam auf mich zu. Mir blieb der Atem weg, als mir seine geschmeidigen Bewegungen auffielen.
"Ist es okay, wenn ich dich in den Arm nehme?"
Ein schlichtes Nicken war alles, was ich erwidern konnte. Als seine Arme mich umschlangen, schmiegte ich das Gesicht an seinen Hals. "Ich hatte mich so auf diesen Morgen gefreut." Die bittere Enttäuschung in meiner Stimme war nicht zu überhören.
"Ich mich auch, Süße."
Eine Ewigkeit hätte ich in seinen Armen bleiben und dem Schlagen seines Herzens lauschen können.

"Wann musst du los?", fragte er nach einer Weile, und strich sanft über meine Haare.
"Ich muss um elf in der Uni sein, also besteht kein Grund zum Hetzen."
Er machte Anstalten, mich loszulassen.
Ich protestierte grummelnd. "Warte, bitte. Es gefällt mir gerade ausnehmend gut in deinen Armen."
"Du bist unglaublich süß, weißt du das? Das ist eines der Dinge, die ich absolut an dir liebe. Und es gibt noch tausend andere Sachen, die ich an dir hinreißend finde. Wenn du lächelst, zum Beispiel, dann entsteht da dieses Grübchen neben deinem Mund. Und jedes Mal möchte ich dich küssen, genau auf diese bezaubernde Stelle. Mit deinem Mund geht es mir nicht anders. Manchmal verziehst du ihn auf so niedliche Weise ..." Er brach ab und schluckte.
Ich legte den Kopf in den Nacken, um ihn ansehen zu können.
"Genau jetzt", flüsterte er. "Mit deinen zusammengezogenen Augenbrauen siehst du zum Anbeißen aus. Was denkst du gerade? Dass ich dummes Zeug rede?"
"Nein, ich habe mich gefragt, wie ein Mann solch süße Sachen sagen kann. Von einer Frau hätte mich das nicht überrascht." Ich lehnte mich weiter zurück, um ihn besser ansehen zu können.
"Süße Sachen?" Er grinste, sagte aber kopfschüttelnd: "Ich meine es ganz ernst. Du bist das niedlichste Wesen, das ich kenne. Hinreißend süß, betörend und zauberhaft. Ich könnte dich stundenlang anschauen, dich einfach nur beobachten, und bekäme dennoch nicht genug von dir."

Amüsiert lachte ich auf. "Damit hast du praktisch bewiesen, dass du weit süßer bist als ich. Denken alle Männer so? Es kommt mir ungewöhnlich vor."
Er sah mich einen langen Moment an, dann sagte er langsam: "Keine Ahnung. Hilft es dir weiter, wenn ich sage, dass ich solche Gedanken erst habe, seitdem ich dich kenne?"
"Oh." Meine Wangen erglühten und ich biss mir auf die Lippen.
Er deutete auf meinen Mund. "Jetzt gerade wieder. Du bist so süß, ich könnte dich glatt anknabbern." Sein Daumen strich vorsichtig über meinen Mundwinkel.
"Mit dem Anknabbern bin ich mir nicht so sicher. Wie wäre es stattdessen mit einem Kuss?"
"Danke, Engel, ich hatte nicht den Mut, dich zu fragen." Er hatte kaum das letzte Wort ausgesprochen, als er mich schon behutsam küsste.
Ich schmiegte mich fester an ihn, doch viel zu schnell beendete er den Kuss und lehnte seine Stirn an meine. Mit einem unverständlichen Murmeln protestierte ich dagegen.
"Einer von uns muss vernünftig sein, Süße. Ich kann dich nicht küssen, ohne mehr zu wollen. Und du musst nachher zur Uni. Wenn du allerdings schwänzen möchtest, dann würde mir einiges einfallen, was wir machen könnten ..." Mit glänzenden Augen betrachtete er mich. Es war leicht, die Sehnsucht in seiner Stimme wahrzunehmen.
"Leider kann ich nicht schwänzen, wegen dem Gemälde. Zu einem Teil wird es in die Endnote einfließen." Kurz zögerte ich, doch ich musste es aussprechen.

"Wenn ich ehrlich sein darf: Hätte ich dich eben allein in deinem Bett vorgefunden, dann hätte ich ernsthaft darüber nachgedacht. Ich brauche aber ein wenig Zeit, wenn du einverstanden bist. Ist das böse von mir?"
Gabe schloss einen Moment lang die Augen, doch er nickte. "Was immer du möchtest. Wenn du noch warten willst, dann werde ich das akzeptieren. Es wird mir nicht leicht fallen, darüber möchte ich dich nicht belügen. Vielleicht hast du es bemerkt, an dem Tag in der Uni. Du bringst mein Blut ziemlich in Wallung." Er zwinkerte mir bedeutungsvoll zu.
In einem anderen Tonfall sprach er weiter: "Zeit fürs Frühstück, was meinst du?"
Ein lautes Knurren meines Magens gab ihm Antwort.
Er grinste, dann löste er seine Umarmung.
Sofort fehlte mir seine Wärme.

"Sehen wir uns nachher? Ich vermisse dich jetzt schon", sagte er, als er mich an der Uni absetzte. Mit der Hand streichelte Gabe über meine Wange.
"Ich habe um vier Uhr Schluss."
"Wie wäre es, wenn du mir nachher ein paar deiner Arbeiten zeigst? Ginge das?"
"Mit Vergnügen", antwortete ich erfreut.
Dann schoss mir ein Gedanke durch den Kopf. Schmunzelnd sagte ich: "Zu schade, dass wir mit dem Aktzeichnen schon durch sind. Ich hätte lieber dich gezeichnet als Stephen ..." Gespannt wartete ich auf seine Reaktion, und er enttäuschte mich nicht.

Ihm klappte die Kinnlade runter, und mit riesengroßen Augen blickte er mich an. "Du hast Stephen gezeichnet? *Nackt?*"
"Er war nackt, nicht ich." Ein leises Lachen begleitete meine Worte. "Es wundert mich, dass er dir nichts davon erzählt hat."
"Ja, das erstaunt mich allerdings auch." Nachdenklich rieb er sich über das Kinn. "Ich werde ihn auf jeden Fall danach fragen."
"Oh? Hm."
Was würde Stephen erzählen?
Kurz ging ich die Stunden im Geiste durch, doch bis auf meine Schüchternheit konnte er nicht viel ausplaudern, oder?
Gabe grinste. "Jetzt machst du mich aber neugierig. So, wie du gerade reagierst …"
Peinlich berührt mied ich seinen Blick.
"Komm schon, Ally. Weshalb bist du so verlegen?" Sein Blick wurde von einer Sekunde zur anderen vorsichtig. "Oh. Hat er dich angegraben? War da etwas … Ich meine, wolltest du etwas von ihm?"
"Was? Nein!" Die Wangen brennend heiß, schüttelte ich energisch den Kopf. "Blödsinn. Ich hatte lediglich Schwierigkeiten, mein Bild zu zeichnen. Das klappt nicht sonderlich gut mit geschlossenen Augen …"
Er blickte mich prüfend an, und seine Zurückhaltung löste sich langsam auf. Murmelnd fragte er: "War er der erste Mann, den du je nackt gesehen hast?" Obwohl er einen auf desinteressiert machte, konnte er nicht verstecken, dass er gespannt auf die Antwort wartete.

"Ich habe die Augen zugemacht. Und dann meinen Platz mit Brad getauscht, sodass ich ihn nur von hinten angucken musste."

"Musste?" Er ließ die Zunge über seine Unterlippe gleiten und konnte seine Erleichterung nicht verstecken.

"Ja, musste! Ich war nicht scharf darauf, ihn mir genauer anzugucken, das kann ich dir versichern." Meine Wangen legten mit Hitze nach, und ich drückte meine Hände darauf, um es zu verbergen.

Jetzt zog ein warmes Lächeln über sein Gesicht, und er schien Mitleid mit mir zu haben. Er kam auf seine ursprüngliche Frage zurück: "Also, wann soll ich hier sein?"

"Gegen vier."

"Bekomme ich einen Abschiedskuss? Sonst überstehe ich den Tag nicht." Seine Augen schienen mich anzubetteln, *Ja* zu sagen.

Wie hätte ich diesem Blick widerstehen können?

Ich beugte mich zu ihm, und unsere Lippen fanden sich in einem sanften Kuss, der leider viel zu schnell ein Ende fand.

Er zog seine Augenbraue hoch, lächelte mich dabei verschmitzt an: "Wirst du mich auch einmal nackt zeichnen?"

Prompt schoss mir das Blut erneut in den Kopf. Ohne darauf zu antworten stieg ich rasch aus, murmelte ein schnelles "Bye."

Gabes sanftes Lachen folgte mir.

Himmel, das war eine ganz fiese Frage gewesen!

Während ich den Flur entlang ging, spukte sie mir im Kopf herum.

Schlimmer noch: Ungebeten sah ich ihn vor mir sitzen, mit nacktem Oberkörper. Für den Rest fehlte mir die Fantasie.
Tatsächlich würde ich ihn liebend gerne einmal zeichnen. Zumindest in bekleidetem Zustand ...

Kapitel 28

Haken & Geheimnisse

*G*abe wartete im Flur vor dem Atelier, das konnte ich aus den Augenwinkeln sehen, als Brad den Raum verließ. Ich war noch nicht ganz fertig mit meinem abstrakten Gemälde, doch ich unterbrach die Arbeit und ging zu James hinüber. "Wäre es okay, wenn mein Freund hereinkäme?"
"Dein Freund? Nanu, habe ich etwas verpasst?" Mit großen Augen staunte er mich an.
"Ha ha, sehr amüsant. Also darf er?" Ich konnte ein glückliches Lächeln aber nicht verbergen.
"Ja, allein schon deswegen, weil ich mir den Knaben ansehen will."
Ich öffnete die Tür. "Hey, möchtest du rein kommen?"
Gabe riss den Kopf hoch, er wirkte verblüfft. "Darf ich? Ja, gerne."
Ich lächelte. "Du bist früh dran."
Er zuckte mit der Schulter und murmelte: "Sehnsucht."
Ich streckte ihm die Hand entgegen und zog ihn durch die Tür.
"Hallo, Freund von Ally! Ich bin James. Einige Verrückte allerdings nennen mich Professor Battlefield."
"Hallo, James. Ich bin Gabe." Die zwei schüttelten sich die Hand.
"Darf ich fragen, ob du ihr Freund bist, oder nur *ein* Freund?"

"Definitiv Allys Freund. Nicht nur *ein* Freund." Er konnte sich ein Grinsen nicht verkneifen. Anscheinend fand er Gefallen an James. "Muss ich sie küssen, damit du es glauben kannst?"
Verdammt, jetzt wurden meine Wangen schon wieder heiß.
James grinste, und die Jungs fingen an zu johlen.
Gabe drehte mich zu sich herum und küsste mich so heißblütig, dass meine Knie weich wie Pudding wurden. Ihn schien ihm die Zurschaustellung Spaß zu machen.
Ich hingegen war verlegen. Da ich es aber irgendwie süß fand, dass er seine Liebe zu mir demonstrieren wollte, erwiderte ich seinen Kuss leidenschaftlich.
Offenbar überrascht von meiner Reaktion, keuchte er auf und beendete den Kuss. Mit glühenden Augen starrte er mich an. Seine Hand griff nach meiner und drückte sie seitlich an seinen Oberschenkel.
Die Jungs klatschten und pfiffen.
James grinste breit, dann sagte er: "Dass ich das noch erleben darf." Gespielt ergriffen wischte er sich eine Träne aus dem Auge. Er beugte sich zu mir und murmelte: "Das mit dem Knaben nehme ich zurück ..."
Das brachte mich zum Lachen, was zu einem Lächeln wurde, als er flüsterte: "Ich bin froh, dass du deinen Kummer überwunden hast."
Gabe blickte sich interessiert um, als die Tür aufging und Brad hereinkam.
"Oh, ich habe dir meine Studienkollegen noch gar nicht vorgestellt." Ich deutete einmal im Kreis: "Das sind Timo, Brad und Mario."

Mario grinste er Brad an. "Hey, Brad. Du hast voll Pech, Alter. Gerade hast du einen echt heißen Kuss verpasst. Das ist Gabe, der Freund von Ally."

Brad blickte sichtlich geschockt zwischen ihm und mir hin und her, sagte aber kein Wort.

"Komm, ich zeige dir, woran ich gerade arbeite", zog ich Gabes Aufmerksamkeit wieder auf mich.

"Ein gutes Stichwort, Leute. Haltet euch ran, wir haben nur noch eine halbe Stunde." James klatschte in die Hände.

Gabe stellte sich neben mich, und ich raunte ihm zu: "Ich fürchte, ich brauche beide Hände, wenn ich jemals fertig werden will ..."

"Oh, natürlich", murmelte er und hauchte einen Kuss auf meinen Handrücken. Widerstrebend ließ er mich los.

Ich warf ihm ein Lächeln zu, dann griff ich zu Pinsel und Palette.

"Was soll das darstellen?", fragte er leise und deutete mit dem Kinn auf die Leinwand.

Bevor ich etwas erwidern konnte, trat James neben uns und betrachtete mein Werk. "Bist du in deiner blauen Phase? Erklär mir das mal, bitte."

Während ich mit James redete, ging Gabe leise im Raum umher, warf einen Blick auf die Bilder der Jungs, und kam erst zurück, als James sich entfernte. "Und, was hat es mit der Farbe Blau auf sich?" Er sah mich fragend an.

"Hm, wir sollten malen, wie wir uns die Liebe vorstellen. Na ja, vor ein paar Tagen hat mich das Thema Liebe einfach nur traurig gemacht, deshalb das Blau."

"Verstehe. Und welche Farbe hat Liebe jetzt für dich?"
"Hm, vielleicht gelb? Weil sie mich glücklich macht, so wie der Sonnenschein. Aber eigentlich hätte ich eher grau gewählt."
"Grau?", wiederholte er entsetzt.
Ich biss mir auf die Lippe, und meine Wangen wurden wieder warm. "Nun ...", ich zögerte, weil ich leicht beschämt war. "Ja. Wegen deinen Augen." Meine Stimme war lediglich ein Flüstern.
Gabe sah mich sprachlos an.
Dann begannen seine Augen glücklich zu strahlen, und ein Lächeln spielte um seinen Mund. "Wie ich schon sagte: Zuckersüß." Ich konnte ihm ansehen, dass er mich gerade liebend gerne küssen würde.
"Was machst du eigentlich, Gabe?", fragte Timo interessiert.
"Ich studiere im letzten Semester Musik."
"Cool! Welche Instrumente spielst du?"
Mir fiel auf, wie starr Brad Gabe im Auge behielt. Ich konnte mir aber keinen Reim darauf machen.
"Klavier. Ich kann noch ein wenig Gitarre spielen, aber gerade mal genug, um Musik studieren zu dürfen."
"Also gerade mal gut genug fürs Lagerfeuer am Strand?" Brads Stimme klang feindselig, wenn ich das richtig wahrnahm.
"So ist es. Was spielst du denn für ein Instrument?" Gabe gab den Ball wieder an Brad ab.
"Gitarre. Und zwar richtig gut."
"Wusstest du, das Ally Geige spielt? Und zwar so verdammt gut, dass sie eigentlich Musik hätte studieren sollen?" Er blickte Brad an.

Der wirkte überrascht, so wie James auch.

"Aber Hallo! Ally? Also dann ist es klar: Du wirst mit deinem Bild nur dann eine gute Note bekommen, wenn du morgen deine Geige mitbringst und uns ein oder zwei Lieder vorspielst. Und das", er sah mich streng an, "ist mein voller Ernst. Wir wollen dich spielen hören. Danke für den Hinweis, Gabe."

James wandte sich ab und murmelte: "Viereinhalb Jahre und die kleine Lady verschweigt uns das. Frechheit!"

Gabe lenkte seinen Wagen durch den dichten Verkehr und sah mich kurz von der Seite an. "Blöde Frage, aber: Zu dir oder zu mir?", fragte er trocken.

Ich musste lachen ob seines Tonfalls. "Wohin möchtest du?"

"Wenn es die richtige Frage gewesen wäre? Oder die harmlose Variante?"

"Die harmlose Variante. Die andere vertagen wir noch etwas."

"Okay, dann möchte ich lieber zu dir."

"Warum? Weil ich keine Kondome zu Hause habe?"

Ein wenig durfte ich doch sticheln, oder?

"Hey, wenn hier jemand sexuelle Anspielungen macht, dann ich, okay? Alles andere verkraftet mein armes Herz nicht!" Leicht hysterisch kamen die Worte über seine Lippen.

"In Ordnung", sagte ich beschwichtigend. "Warum also zu mir?"

"Simpel zu beantworten: Ich möchte dich besser kennenlernen."
Dazu schwieg ich erst einmal. Ich kam nicht dahinter, wie ein solch maskuliner Mann so süß sein konnte.
Ein Gedanke schoss mir durch den Kopf, dem ich sofort auf den Grund gehen musste. Mit einem Stirnrunzeln fragte ich: "Sag mal, wo ist bei dir der Haken?"
Gabe starrte mich kurz an, offensichtlich ratlos. Dann konzentrierte er sich wieder auf die Straße. "Was meinst du?"
"Na, jeder hat doch einen Schwachpunkt. Was ist deiner?" Ich überlegte einen Moment lang, ob ich es aussprechen sollte. "Ich meine, du siehst toll aus, du bist lieb, du spielst Klavier zum Dahinschmelzen. Wenn ich an deine bisherigen Frauen denke, dann bist du sicherlich auch noch gut im Bett. Du kannst kochen ... Ich meine, wo ist dein Haken?"
"Willst du mich verlegen machen? Hör auf damit! Und ich habe, so gesehen, jede Menge Haken."
"Die da wären?"
"Keine Ahnung. Willst du banale Sachen hören? Wie zum Beispiel, dass ich ungern putze? Oder niemals Wäsche bügeln würde?"
"Okay, das war schon mal nicht schlecht. Und jetzt zu den nicht banalen Sachen."
"Wieso fragst du? Machst du davon irgendetwas abhängig? Weil dann verweigere ich die Aussage." Nervös blickte er mich von der Seite an.
"Du meinst, ob ich dich gleich abschieße, weil du etwas sagen könntest, was mir nicht gefällt? Hm, ein wirklich interessanter Gedanke ..."

"Aha! Und deshalb sage ich, dass du das schon allein herausfinden musst."
"Spielverderber", schmollte ich.
"Falsch, Süße. Denn jetzt beginnt das Spiel erst."
"Okay, dann zur nächsten Frage: Nenne mir ein Geheimnis, das du bisher mit noch niemandem geteilt hast."
"O nein, meine Süße. Zuerst einmal wirst du mir die gleiche Frage beantworten."
"Oh, du willst meine banalen Haken wissen?"
Er nickte.
In diesem Moment erreichten wir meine Wohnung. Er schaltete den Motor aus, blieb aber sitzen und drehte sich zu mir um. "Ich bin gespannt."
"Hm, zuerst einmal hasse ich es, zu kochen. Ich backe lieber. Ich bin oft ungeduldig. Ich kann es nicht ausstehen, wenn mir jemand meine Lieblingssüßigkeiten wegisst."
Während ich nachdachte, steckte ich die äußerste Spitze meines Zeigefingers in den Mund und leckte über den Fingernagel. Eine doofe Angewohnheit, die ich schon seit vielen Jahren vergeblich versuchte, abzulegen. "Ich kann Unordnung nicht ausstehen, außerdem mag ich nicht gerne telefonieren."
Eine Weile sagte Gabe nichts, sondern blickte unverwandt auf meinen Finger. Dann sagte er mit rauer Stimme: "Interessant. Irgendwelche nicht banalen Sachen, die du jetzt gerne preisgeben würdest?"
"Nein, eigentlich nicht."
"Wollen wir dann nach oben gehen?", fragte er mit einem Lächeln.

"Okay."
Kurz darauf schloss ich die Wohnungstür auf. Über einen kleinen Vorflur ging es direkt ins Wohnzimmer. Gabe blickte sich neugierig um.
"Ist nichts Besonderes", zuckte ich entschuldigend mit den Schultern. "Aber ich muss die Wohnung nicht teilen. Das war der Hauptgrund, weshalb ich hier eingezogen bin."
"Mir gefällt dein Wohnzimmer. Es ist sehr gemütlich, vor allem mit den vielen Pflanzen. Du scheinst gerne zu lesen, wenn ich mir deine Buchregale so anschaue."
"Ja, sofern ich Zeit habe. Möchtest du dich vielleicht setzen?"
"Nein, zeig mir den Rest." Abwartend sah er mich an.
Ich zögerte und biss mir auf die Lippen, um dann knapp zu nicken.
Wohnzimmer und Küche lagen offen nebeneinander, der Raum war allerdings L-förmig geschnitten, sodass es zwei klar getrennte Bereiche waren.
"Die Küche war schon so, als ich einzog. Sie ist nicht gerade hilfreich, wenn man es wie ich hasst, zu kochen."
Er grinste nur.
Zurück im Flur warteten zwei weitere Türen. Hinter der ersten befand sich das Minibad, fensterlos, aber zweckmäßig.
Gabe lächelte mich voller Erwartung an, seine Augen glänzten. "Und dein Schlafzimmer?"
"Ähm ... Na ja, da eben." Ich deutete auf die Tür.
Mit heftig klopfendem Herzen beobachtete ich ihn, wie er zu der Tür ging und sie aufstieß.

Wie jeder Raum war auch dieser klein. Es gab einen winzigen Einbauschrank, einen Schaukelstuhl nebst kleinem Tischchen, Nachttisch und das Bett.
"Sieht sehr weiblich aus, sehr süß."
Süß?
Ich versuchte den Raum neutral zu betrachten. Meinte er die Tapete mit den winzigen roten Rosen? Denn es gab hier weder Gardinen noch sonst irgendwelchen Tant.
Besser, ich frage nicht nach, beschloss ich spontan. "Wohnzimmer?"
"Ich möchte lieber hier bleiben." Er lächelte mich an.
Schlagartig stieg meine Nervosität an. "Äh ..."
"Keine Sorge, Süße. Ich möchte einfach mit dir auf deinem Bett sitzen. Lass uns das Spiel weiterspielen, ich fand es überaus interessant."
"Okay", sagte ich, dennoch war ich extrem unruhig. Wie könnte es auch anders sein? Seine Präsenz füllte den gesamten Raum, ebenso wie sein Geruch.
Total entspannt setzte er sich im Schneidersitz an das Bettende. Die Ellenbogen stützte er auf seine Beine und hielt die Hände verschränkt.
"Okay, jetzt wird es spannend. Du wolltest ein Geheimnis hören, das ich bislang noch nie mit jemandem geteilt habe. Lass mich einen Moment nachdenken. Ich habe ein paar mehr ..." Er schloss die Augen, legte Daumen und Zeigefinger an die Nasenwurzel.
Eine ganze Weile blieb es still, dann öffnete er die Augen wieder, sah mich jedoch nicht an, sondern auf seine Beine. "Also gut, ich habe mich jetzt ganz bewusst für eins entschieden, das ich nur ungern preisgebe."

Seine Hände verschränkten sich fest ineinander. "Ich wollte es mir nicht zu leicht machen, also ... Ich muss dich aber vorwarnen, denn es hat etwas mit Sex zu tun. Ich denke jedoch, du hast ein Recht darauf, es zu erfahren."
Gabe holte tief Luft, schloss wieder die Augen. Er zögerte lange. Flüsternd sprach er weiter: "Ich habe dir in dem Brief erzählt, dass mein Vater mich geschlagen hat. Ich hoffe, das kommt jetzt nicht falsch rüber, weil es für mich nichts mit ihm zu tun hat. Aber manchmal stehe ich beim Sex auf, hm, Schläge. Nichts Hartes, keine Sorge, doch manchmal, in der richtigen Situation, dann macht es mich an." Er verstummte, öffnete die Augen aber nicht.
Ich stand vor dem Bett und sah einen Moment lang geschockt auf ihn hinunter, fasste mich jedoch schnell wieder. Mir war deutlich bewusst, dass er mir soeben großes Vertrauen bewiesen hatte, indem er mir etwas so Intimes anvertraute. Ich konnte nicht anders, als ihn dafür nur noch mehr zu lieben.
Mein Blick fiel auf seine Hände, deren Knöchel deutlich sichtbar waren, weil er die Finger viel zu fest ineinander verschränkte.
Ich setzte mich neben ihn auf das Bett und legte die Arme um ihn. Meine Wange schmiegte sich an seine Schulter.
Sein Körper versteifte sich unter meiner Berührung. Die Augen fest geschlossen, fragte er leise: "Kannst du mich immer noch lieben, jetzt, wo du das von mir weißt?"
Ich hob die Hand und legte sie an seine Wange.

Sein Gesicht schmiegte sich hinein, und ein Zittern durchlief seinen Körper.

"Um deiner Qual ein Ende zu bereiten: Ja, ich liebe dich noch immer. Ich war nur einen Augenblick lang geschockt. Wenn ich ehrlich sein soll, liebe ich dich jetzt sogar noch mehr, weil du den Mut hattest, mir davon zu erzählen. Gabe, bitte, sieh mich an ..."

Auf meinen Wunsch hin öffnete er die Augen, blickte aber zunächst auf seine Hände, die unverändert in seinem Schoß lagen. Sichtlich fasste er sich ein Herz und blickte mich an, mit einem verhaltenen Ausdruck in den Augen.

Ich konnte gar nicht anders, als ihn anzulächeln. Schon beugte ich mich nach vorne und gab ihm einen zarten Kuss. "Ich liebe dich."

Das kürzeste Lächeln der Weltgeschichte zuckte um seinen Mund, dann flüsterte er: "Ich dich auch. Danke für deine Worte, auch wenn sie mir gerade nicht helfen, da ich doch etwas verlegen bin."

"Okay, das verstehe ich. Dann ist jetzt die Zeit gekommen, dir mein Geheimnis zu verraten. Und weil ich so beeindruckt bin von deinem Mut, verrate ich dir sogar zwei. Das erste rein wegen deinem Geheimnis." Jetzt war es an mir, tief Luft zu holen. Auch ich schloss für einen Moment die Augen.

"Du weißt, dass ich noch Jungfrau bin. Es ist nicht so, dass ich noch nie geknutscht hätte. Tatsächlich hatte ich mit fünfzehn einen Freund, mit dem ich etwas weiter gegangen bin. Aber bis auf ein wenig - du würdest es vielleicht Rumfummeln nennen - ist nichts weiter passiert. Das nur als Erklärung vorweg."

Ich warf ihm einen schnellen Blick zu und sah seine Augen aufmerksam auf mich gerichtet.
Es kostete mich einiges, an diesem Punkt die Augen nicht zu schließen und ihn weiterhin anzusehen.
"Ich ...", nervös befeuchtete ich mit der Zunge die Lippen. "Ich gestehe, dass ich überaus neugierig bin auf alles, was du mir zeigen wirst in Sachen Sex. Ich will nicht zu viel versprechen, aber mit dir möchte ich gerne so ziemlich alles ausprobieren. Und wenn du mir hilfst, dann auch in Bezug auf dein Geheimnis." Jetzt atmete ich zittrig ein, einmal mehr erglühte mein Gesicht.
Gabes Blick war mit jedem meiner Worte staunender geworden. Jetzt blickte er mich an, als wäre ich ein Wesen von einem anderen Stern.
"Ally!" Seine Stimme klang atemlos, und er neigte den Kopf leicht zur Seite. "Ich wünschte, ich könnte dir begreiflich machen, wie glücklich mich deine Worte machen. Und ich verspreche dir, ich werde immer dein Glück an erste Stelle setzen. So sehr liebe ich dich."
"Du hättest Schauspiel studieren sollen, das denke ich nicht zum ersten Mal. Wenn ich mir vorstelle, wie du einer Frau im Film solche Worte sagst, dann weiß ich, tausende weibliche Fans würden mit den Blicken an deinen Lippen kleben. Wenn ich mich nicht längst in dich verliebt hätte, spätestens jetzt hättest du mich."
Amüsiert lachte er leise. "Ich, Schauspieler? Was für ein Blödsinn. Außerdem möchte ich diese Worte zu keiner anderen sagen, als zu dir."
"Du bist süß." Seine Worte machten mich wahnsinnig glücklich.

"Im Moment fühle ich mich kein bisschen süß. Viel eher habe ich ganz intensive Wünsche, die ich aber versprochen habe, hinten anzustellen, weil du mich um Zeit gebeten hast."

"Oh ... Wie wäre es mit einem Themenwechsel? Ich schulde dir noch mein zweites Geheimnis." Ich blickte ihn entschuldigend an.

"Schon gut, meine Süße. Ich sagte ja, dass es mir nicht leichtfallen wird, zu warten. Doch dein Geständnis war so bezaubernd und vielversprechend ... Du musst mir kein zweites verraten."

"Aber das möchte ich dir verraten. Ich habe sogar ein wenig die Hoffnung, du könntest mir meinen Herzenswunsch irgendwann erfüllen ..."

"Herzenswunsch? Das klingt in der Tat interessant. Du hast meine volle Aufmerksamkeit." Er legte den Kopf leicht schief und blickte mich gespannt an.

"Also, du hast vorhin zu meinen Studienkollegen gesagt, ich hätte eigentlich Musik studieren sollen. Tatsache ist aber, das kam nie für mich in Frage."

Hier unterbrach er mich mit einem erstaunten: "Weshalb nicht, um Himmels Willen? Du bist so talentiert."

"Mag sein. Ich weiß gar nicht recht, wie ich es erklären soll. Die Musik ist wie ein Freund für mich, schon solange ich denken kann. Da ist ein Gefühl in mir, als könnte ich die Musik *anfassen*, sie berühren. Das war und ist etwas ganz Besonderes für mich. Wie eine Liebe, die man nicht bereit ist zu teilen, in der Angst, sie würde sonst kaputt gehen. Als ich jünger war, habe ich ein paar Mal an Schulwettbewerben teilgenommen." Mein Blick richtete sich in die Ferne.

"Ich kann nicht sagen, es hätte keinen Spaß gemacht, doch irgendwann hat sich für mich etwas verändert. *Ich* habe mich verändert. Auf einmal war mir diese emotionale Verbindung zur Musik zu privat, zu intim. Ich war nicht mehr bereit, sie mit anderen zu teilen. Ich kann es gerade nicht besser beschreiben."
Gabe setzte sich etwas entspannter hin, ließ mich jedoch keine Sekunde aus den Augen.
"Irgendwann kam die Frage nach dem Studium auf. Aller Welt war klar, dass ich mich für ein Musikstudium einschreibe. Es hat ein paar Tage gedauert, bis ich mir darüber klar wurde, was *ich* wollte. Ich habe viele Stunden darüber nachgedacht und bin in mich gegangen."
Kurz hob ich den Blick. Einmal mehr staunte ich über die Intensität, mit der er mich betrachtete.
"Fakt war, ich wollte meine Musik für mich behalten. Ich wollte sie mir nicht zerstören lassen durch Theorie und gradlinigem Studium, verdorrt durch trockenes Abhandeln aller möglichen Variationen. Ich kann es nicht besser ausdrücken. Meinen allerbesten Freund konnte ich einfach nicht riskieren, zu verlieren. Ergibt das irgendeinen Sinn?"
Gabe sah mich lange an, durchdringend und schweigend. Dann sagte er langsam: "Ja, es macht Sinn. Ich selbst habe es nie so empfunden, aber ein Stück weit kann ich deine Theorie nachvollziehen. Durch das Studium hat sich meine Musik verändert. Dieses Unwillkürliche, das Ursprüngliche hat sich verändert, wurde gezähmt irgendwie und ist doch freier als zuvor ..." Er hielt inne, die Augen nachdenklich zur Seite gewandt.

"Jetzt, wo ich darüber nachdenke, ja ..."

Ich ergriff wieder das Wort. "Das war jedenfalls der wichtigste meiner Gründe, warum ich auf keinen Fall Musik studieren wollte. Der andere ist, dass mir Rhythmusgefühl völlig abgeht."

Er wollte etwas sagen, doch lächelnd sprach ich weiter: "Ich weiß, auch das ist erlernbar. Behaupten zumindest einige. Aber für mich ist das wie pfuschen am Werk Gottes, auch wenn es theatralisch klingt. Ich habe diese Begabung nicht in die Wiege gelegt bekommen. Das war mir also ein zweiter Hinweis darauf, nicht Musik zu studieren. Dann gibt es noch einen dritten Grund, und hier kommst du ins Spiel: Ich habe nie ein anderes Instrument spielen gelernt, was ja oftmals Voraussetzung ist für ein Studium. Mein geheimster Wunsch war es immer, Klavier spielen zu lernen. Wenn ich mir also einen Lehrer wünschen könnte ..." Ich neigte den Kopf zur Seite, mein Blick lag vielsagend auf ihm.

Er schien ein Lächeln zu unterdrücken, auch wenn es in seinen Augen deutlich zu lesen war. "Also bittest du mich, dir alles, was ich gelernt habe, beizubringen?" Er machte eine kleine Pause.

Zustimmend nickte ich.

Jetzt breitete sich das Lächeln auf seinem Gesicht aus. "Auf dem Klavier und im Bett?"

Meine Augen wurden riesengroß, weil er mich mit seinen Worten völlig auf dem falschen Fuß erwischte. Mein Gesicht nahm die Farbe reifer Kirschen an, zumindest fühlte es sich so an. "Ja, wenn du dazu bereit bist." Ich biss mir verlegen auf die Lippen.

Er schien in einer penetranten Stimmung zu sein, mich zu triezen. "Liebend gerne, mein Engel. Mit was möchtest du denn anfangen?"
Die Augen zusammengekniffen, fauchte ich ihn an: "Manchmal würde ich dich nur zu gerne hauen, weil du das verdienst mit deinen blöden Sprüchen. Lediglich aus Rücksicht auf deine Vergangenheit unterlasse ich es. Doch reiz mich nicht zu doll, okay?"
"O Ally", er lachte amüsiert auf. "Du bist unglaublich süß, in vielerlei Hinsicht. Ich liebe es einfach, dich zu ärgern, gerade *weil* du dann so verlegen wirst. Besonders dein Erröten ist derart hinreißend, dass ich mich dir jedes Mal vor die Füße werfen möchte ..."
Er räusperte sich. "Außerdem, wenn dir mal danach ist, mich zu boxen, dann mach das ruhig. Weißt du", seine Stimme wurde auffallend ruhig, "wenn es nicht aus rasender Wut heraus passiert, und wenn es weder Ledergürtel noch irgendwelche Holzstöcke beinhaltet, dann kann ich da durchaus mit umgehen." Er wandte seinen Blick nicht ab.
Ich war geschockt von seinen Worten, und schluckte krampfhaft. "Nein! Unter keinen Umständen will ich irgendwelche negativen Erinnerungen oder Gefühle in dir erwecken. Das ist es nicht wert."
Meine Hand legte sich an seine Wange, und ich streichelte sanft über die weiche Haut, genoss das kribbelnde Gefühl seiner Bartstoppeln.
Ein tiefes Einatmen, dann sagte er: "Und wieder bin ich an dem Punkt angelangt, wo ich dich am liebsten auf dieses Bett legen würde, um endlich meine Sehnsucht nach dir zu stillen." Sein Blick ließ mein Herz stolpern.

"O Ally, was machst du bloß mit mir? Wenn ich bei dir bin, verliere ich mich total. Du hast mich vollständig in deiner Hand. Ich fürchte, ich würde zu allem *Ja* sagen, wenn es dich nur glücklich macht."

Verlegen wollte ich meine Hand zurückziehen. Doch er riss seine hoch und hielt sie dort fest. "Ich liebe dich so sehr, mehr als ich jemals sagen kann." Er schenkte mir ein Lächeln, das mich innerlich schmelzen ließ.

Dann sprang er vom Bett hoch und zog mich an der Hand in den Flur.

Perplex fragte ich: "Wo gehen wir hin?"

Gabe lächelte geheimnisvoll. "Komm einfach mit. Ich muss weg aus der Nähe deines Bettes. Also werden wir jetzt das machen, was dem Sex am nächsten kommt." Er ging ins Wohnzimmer, nahm meinen Geigenkoffer an sich, und führte mich aus der Wohnung.

Kapitel 29

Anspielungen

Wir fuhren zu seiner Wohnung. Er parkte den Wagen in einer geräumigen Garage, die mir vage vertraut vorkam. Verwirrt runzelte ich die Stirn.
Mit einem zweiten Knopfdruck verschloss er das Tor, welches genauso aussah, wie das zum Treppenhaus.
Ich war noch dabei, mich abzuschnallen, da öffnete er mir schon die Tür.
"Bereit für ein weiteres meiner Geheimnisse?" Er lächelte mich an, reichte mir seine Hand - die ich ohne zu zögern ergriff - und half mir, auszusteigen. Meinen Violinenkoffer an sich nehmend, strebte er auf eine ebenerdige Tür zu.
Als er sie aufschloss und das Licht einschaltete, fand ich mich in einem fensterlosen Raum wieder. Keine Ahnung, was ich erwartet hätte, wenn ich mir Gedanken gemacht hätte, aber mit Sicherheit nicht das hier.
Wenn mich nicht alles täuschte, dann waren wir in einem Aufnahmestudio. Schaltpulte, Computer und jede Menge Kabel, das waren meine ersten Eindrücke.
Hinter einer gläsernen Wand stand ein glänzender schwarzer Flügel nebst Klavierbank und Mikrofon.
"Heiliger Strohsack!" Sprachlos sah ich mich um, und es juckte mich in den Fingern, die Knöpfe zu berühren.
"Du bist die Erste, der ich diesen Raum hier zeige." Gabe wirkte nervös, doch total in seinem Element.

"Wahnsinn! Ich meine, ist es das, was ich denke?"
"Ein Tonstudio, ja. Hierher komme ich, wenn ich ungestört Klavier spielen möchte. Hier nehme ich auf, was ich komponiert habe. Das bringt mir ein wenig Geld ein." Er zuckte mit den Schultern.
"Ich würde liebend gern etwas von dir hören."
"Ein anderes Mal mit Freuden. Doch jetzt möchte ich mit dir zusammen spielen. Denn davon träume ich seit der Nacht im Hotel."
"Das klingt in der Wortwahl so anders, als es tatsächlich war", sagte ich lächelnd.
Gabe grinste. "Es war nicht weit entfernt von dem, was ich mir an dem Tag erträumt habe. Und was wir hoffentlich bald gemeinsam erleben werden." Er führte mich in den Raum hinter der Glaswand. Dort setzte er sich auf die Bank und begann, sich mit ein paar flinken Fingerübungen warmzuspielen. "Du spielst am liebsten im Stehen, nicht wahr?"
"Ja, ich muss mich bewegen können."
"Spiel dich warm. Dann ist es an dir, ein Lied auszusuchen." Erwartungsvoll strahlte er mich an.
Wieder war ich hingerissen von seinen wunderschönen Augen. *Gott, ich liebe diesen Mann*, dachte ich anbetungsvoll.
Als ich zum Spielen bereit war, fragte ich: "Klassisch? Modern?"
"Klassisch."
"Ave Maria?"
Zeitgleich sprachen wir: "Schubert oder Bach?"
"Schubert", sagten wir unisono.
"Lass es uns versuchen." Lächelnd sah ich ihn an.

Er spielte die ersten Noten, und sofort überzog eine Gänsehaut meine Arme.
Ich wartete auf meinen Einsatz, dann spielten wir zusammen diese wundervolle Melodie. Die Luft füllte sich mit andächtigen Lauten, die sich wehmütig emporschwangen und in fast klagender Weise ihrem Höhepunkt entgegenstrebten.
Ich hätte nicht sagen können, weshalb es so harmonisch war, mit ihm zu spielen. Doch aus zwei Instrumenten wurde *ein* Vollkommenes, auf eine ganz mystische Weise.
Genau wie an dem Abend im Hotel überkam mich dieses urtümliche Gefühl, machte mich atemlos und staunend. Nun jedoch wob sich unsere Liebe hinein, verwandelte die Musik in ein Frohlocken, das aus sich heraus strahlte.
Gabe schien ähnlich zu empfinden, denn sein Gesicht leuchtete. Die ganze Zeit sahen wir einander an, es wäre mir nicht möglich gewesen, die Augen von ihm abzuwenden.
Die letzten Töne verklangen, ließen mich mit einer Gänsehaut zurück. Unfähig, ein Wort hervorzubringen, sah ich ihn an. Noch immer war ich gefangen in der unfassbaren Sphäre, die wir gemeinsam erschaffen hatten.
Er ließ die Hände in seinen Schoß sinken. "Wow! Ich liebe es, mit dir zu spielen. Es ist unglaublich! Tatsächlich fürchte ich, dass ich niemals genug davon bekommen werde."
Seine Worte ließen mich lächeln. "Spielst du öfter mit anderen Leuten?"

"An der Uni schon, aber nicht privat. Ich habe noch nie jemandem hier mit hergenommen."

"Ist es immer so? Ich meine, wenn du und ich zusammen spielen, kommt es mir so ..." Ich suchte nach einem passenden Wort, kam wieder auf das zurück, welches ich schon einmal in Gedanken verwendet hatte. "... magisch vor."

Nachdenklich verzog er den Mund. "Es macht Spaß, zu erleben, wie sich Musik verändert, wenn man gemeinsam spielt. Ich habe mit vielen gespielt, und es war immer gut, irgendwie. Doch zusammen mit dir ist es tatsächlich anders. Magisch, um dein Wort zu benutzen. Wenn ich mit dir musiziere, dann ist da eine Wärme in mir, die ihre Resonanz in dir findet. Wie eine Welle, die sich aufbaut, deren Macht man nicht eindämmen kann. Sie reißt einen mit, man kann ihr nicht entkommen." Gabe saß da und starrte auf seine Hände hinab. "Ganz ähnlich, wie meine Liebe zu dir."

Er lächelte. Dann schüttelte er den Kopf, als wollte er sich von einem Bann befreien. "Komm her, setz dich zu mir." Mit der Hand klopfte er neben sich auf die Bank.

Ich legte meine Geige samt Bogen in den Koffer und tat ihm den Gefallen.

Er rutschte zur linken Seite, um mir Raum zu geben. "Gib mir mal deine Hände, Süße." Er nahm sie in seine, betrachtete sie, drehte sie hin und her und spreizte meine Finger.

"Tauglich?", fragte ich leicht lächelnd und rechnete mit einer frechen Antwort, die ich auch prompt bekam.

"Ganz passabel, denke ich", erwiderte er grinsend.

"Welches Lied möchtest du lernen?"
"Uh, am liebsten den Canon von Johann Pachelbel. Aber ich denke, du solltest mir zuerst einmal die Grundlagen beibringen."
"Weißt du, es könnte sein, dass du über dich selbst erstaunt sein wirst, wenn du mit einer Melodie anfängst, Klavierspielen zu lernen. Du hast musikalisches Talent, also lass es uns nutzen und die Grundlagen überspringen. Vertraust du mir?"
Ich sah ihn geschockt an. "Hättest du mich das in anderer Hinsicht gefragt, hätte ich ja gesagt. Bei Musik ist das aber anders. Ich habe Angst, eine Bruchlandung hinzulegen, wenn ich nicht einmal die Grundkenntnisse beherrsche. Klingt das bescheuert?"
Mit einem Lächeln lauschte Gabe meinen Worten, dann sagte er bedächtig: "Nein, meine Süße, das klingt nicht bescheuert. Nur verängstigt. Doch vor einem Klavier muss man keine Angst haben. Wenn du es mich auf meine Weise versuchen lässt, dann wirst du das Lied in zwei Stunden spielen können. Sicher, die Fertigkeit jahrelangen Spielens wird dir fehlen, aber ich kann dir die Technik beibringen. Dein musikalisches Gespür wird es dir leichter machen, als einem totalen Neuling. Und wir machen es langsam, okay? Komm, lass es uns probieren."
"Wir machen es langsam?" Ich musste lächeln.
"Hey ..." Er stieß mir leicht den Ellenbogen in die Seite.
"Entschuldige", sagte ich, meinte es aber nicht so.
"Du bist total fies, weißt du das? Siehst du, wie meine Hände auf einmal zittern?" Er sah mich finster an, jedoch mit einem leisen Lächeln.

"So, bitte, zurück zur Musik. Das andere Thema ist tabu, bist du die Zeit hattest, die du brauchst. Ansonsten werde ich wirklich bald wahnsinnig ..."

Ich gab ein Schnauben von mir. "Hattest du schon einmal Sex auf diesem Flügel?"

Einige misstönende Klänge waren zu hören, als Gabes Finger an den Tasten abrutschten. Sein Atem ging eindeutig schneller.

Ich grinste, aber nur bis zu der Sekunde, in der er sich zu mir umdrehte und mir sanft die Finger um den Hals legte, als wollte er mich erwürgen. Auf diese Weise zog er mich zu sich. Seine Augen glühten, dann war sein Mund auf meinem. Mit spürbarer Leidenschaft küsste er mich, beendete aber den Kuss abrupt. Mit einem tiefen Stöhnen ließ er meinen Hals los. "Besser, ich höre auf, weil sonst ..."

"Sonst was?"

"Du weißt wirklich nicht, wann du besser aufhören solltest, nicht wahr?", fragte er schwer atmend.

"Eigentlich schon. Aber du reagierst total aufregend, wenn ich solche Andeutungen mache. Das finde ich total sexy ..."

Er biss sich auf die Lippen, atmete tief durch. Dann sagte er bedächtig: "Okay, lass uns eine Übereinkunft treffen: Du hörst mit diesen Anspielungen auf, weil du überhaupt nicht abschätzen kannst, wie sehr du mich damit reizt. Bis zu dem Tag, an dem du mir erlaubst, so zu reagieren, wie ich es gerne würde. Einverstanden?"

Von der Seite sah ich ihn an. Und ja, es stimmte: Ich wusste nicht, wann ich es gut sein lassen sollte ...

"Wie würdest du denn am liebsten reagieren?" Neugierig betrachtete ich ihn.
Er stöhnte auf, schloss die Augen und legte den Kopf in den Nacken. Eine ganze Weile saß er da, rasch atmend, und offenbar damit beschäftigt, sich zu beherrschen. Ganz langsam drehte er sich zu mir um und sah mich lange an. Mit jeder Sekunde, die verstrich, schienen seine Augen eine Schattierung dunkler zu werden. Ein nervöses Kribbeln entstand in meinem Bauch.
"Soll ich versuchen, es mit Worten zu erklären, damit du es verstehst? Oder mit Taten?"
Jetzt war es an mir, tief durchzuatmen. Ehrlich gesagt, ich wusste keine Antwort auf seine Frage.
"Sei mir nicht böse, aber ..." Er nahm meine Hand und drückte sie sich, ohne zu zögern, in den Schritt.
Keuchend holte ich Luft, und er grinste schief. Deutlich konnte ich spüren, dass er erregt war. Hastig entriss ich ihm die Hand.
Himmel, so heiß waren meine Wangen noch niemals zuvor gewesen ...
"Lass mich dir verraten, dass es mir ständig so geht, wenn du in meiner Nähe bist. Vor allem, wenn ich deinen Duft riechen kann, der es mir fast unmöglich macht, einen klaren Gedanken zu fassen."
Er räusperte sich. "Außerdem solltest du noch wissen, dass jede Anspielung - die du vielleicht als harmlos empfindest - es für mich noch schlimmer macht. Und glaube mir, einem Mann kann es weh tun, wenn auf die Erregung keine Erleichterung folgt. Also, bitte, tu mir den Gefallen: Lass die zweideutigen Anspielungen, ja?" Gabe hielt die ganze Zeit Augenkontakt.

Ich presste erschrocken die Lippen zusammen und nickte. "Ja. Entschuldigung, ich hatte keine Ahnung ...", sagte ich verlegen.

Er beugte sich zu mir, sah mir weiterhin tief in die Augen. "Noch härter als jetzt kann ich nicht werden, also werde ich dir auch noch verraten, wie ich *tatsächlich* gerne reagieren würde."

Er ließ ein leises Lachen hören, als er beobachtete, wie ich die Augen aufriss und meine Wangen noch einmal mit Glut nachlegten.

"Ganz allgemein formuliert, würde ich dich als Reaktion einfach gerne nehmen. Jetzt, im speziellen ..." Er schwang das rechte Bein über die Bank, sodass seine Beine rechts und links davon standen. Er umfasste meinen linken Knöchel, und machte mit dem Bein dasselbe, dann rutschte er etwas dichter. "... würde ich gerne *das* machen."

Er legte meine Beine über seine Schenkel, und zog mich kraftvoll zu sich heran. Seine Erektion drückte gegen meinen Unterleib, und er lächelte über mein Nach-Luft-schnappen. "Stell dir vor, wir wären beide nackt, und ich wäre in der besten Position, um ganz tief in dich zu kommen ..."

O Gott, was tat er mir bloß an?

Ich hatte nicht nur das Bild fast plastisch im Kopf, nein, ich verspürte auch noch ein extrem pulsierendes Verlangen im Unterleib. Ich konnte den Blick nicht von ihm lösen, auch wenn ich zutiefst verlegen war.

"Leider darf ich nicht, wie ich gerne wollte. Also sollte ich zusehen, dass ich Land gewinne." Gabe grinste knapp und zog sich zurück.

Gleich darauf stand er neben mir, die ich mit glühendem Gesicht auf der Bank saß. "Ich gehe schnell kalt duschen, wenn dich das nicht stört. Du kannst dich zwischenzeitlich mit dem Piano vertraut machen. Oder Geige spielen."
Er ging mit raschen Schritten zur Tür, drehte sich aber noch einmal zu mir um. "Um es dir ein wenig leichter zu machen, dich an dein Versprechen zu halten, verrate ich dir noch etwas ..." Er lächelte diabolisch. "Wenn ich gleich dusche, werde ich an dich denken. Weil ich ansonsten eine sehr unangenehme Nacht vor mir hätte." Dann war er verschwunden.
Hatte ich wirklich geglaubt, ich könnte nicht verlegener werden als gerade eben?
Irrtum, fataler Irrtum!
Allein die Vorstellung, wie er in der Dusche sich selbst ...
Ich schaffte es nicht einmal, die Worte zu denken, so beschämt war ich. Doch ich sah es fast bildlich vor mir. Ich schlug mir die Hände vors Gesicht, als könnte ich mich auf diese Weise vor meinen Gedanken verstecken. Ohne Pause flackerten die Bilder von eben durch meinen Kopf, während meine Hände unkontrolliert zitterten.
Himmel, ihn so zu spüren ...
Wäre ich nicht so verdammt schüchtern, dann wäre ich jetzt aufgestanden und ihm in die Dusche gefolgt.
Kopfkino, die Zweite!
Ich stellte mir vor, wie ich ihm ins Badezimmer nachlief. Es war nicht schwer, mir seinen überraschten Gesichtsausdruck vorzustellen.

Aber was würde weiter passieren? Würde er mich ausziehen, mich in die Dusche ziehen?
Die Hände sanken kraftlos wieder herab. Hier war meiner Fantasie eine Grenze gesetzt. Aber eines wusste ich mit Sicherheit: Ich wollte ihn, am liebsten sofort!
Ich war hin- und hergerissen. Sollte ich ihm tatsächlich folgen? Besaß ich genügend Mut, ihn zu bitten, meiner Jungfernschaft ein Ende zu bereiten?
Schwer atmend haderte ich mit mir, dann durchfuhr mich ein heftiger Schreck.
Gabe kehrte zurück, frisch geduscht, mit einem sanften Lächeln im Gesicht.
Panisch schlug ich mir die Hände vors Gesicht.
"Hey", flüsterte er und setzte sich mit gespreizten Beinen vor mich hin. So waren wir in fast derselben Position, wie wenige Minuten zuvor. "Entschuldige, ich wollte dich nicht verlegen machen. Kannst du mir verzeihen?"
Ich nickte, noch immer mit den Händen vor dem Gesicht. Er griff nach ihnen und zog sie hinunter.
"Danke, Süße. Ich denke, Klavierspielen lernen wird jetzt eine ganz einfache Sache."
Mit einer geschmeidigen Bewegung setzte er sich normal hin, dann sah er mich aufmunternd von der Seite an. "Bereit?", fragte er.
Bereit?
Ja!
Schade bloß, dass er anscheinend etwas anderes meinte, denn er legte seine Finger auf die Tasten.
Kurz zögerte ich, doch ich fand mich nicht mutig genug, ihm einen eindeutigen Hinweis zu geben.

Mich zusammenreißend, schaute ich auf seine Hände hinunter, und staunte, wie schön sie geformt waren.
"Du hast schöne Hände."
Sagte ich das gerade laut?
Ich sog meine Unterlippe in den Mund, zutiefst verlegen.
Dann fiel mir ein, was er just mit diesen Händen gemacht hatte ...
"Ach ja?" Überrascht sah er mich an, dann schenkte er mir ein warmes Lächeln.
Das Solo in der Dusche hatte offenbar eine überaus entspannende Wirkung, dachte ich im Stillen. Einmal mehr fühlte ich, wie ich rot wurde.
"Pass auf, wir spielen in D-Dur. Hier ist dein D, ich spiele eine Oktave tiefer."
D wie Dusche, schoss es mir durch den Kopf.
Was hatte er außerdem gesagt?
Eine Etage tiefer?
Verdammt, ich kam mit den Gedanken nicht davon los, es war wie verhext. Vielleicht musste ich es ihm nachmachen? Sollte ich um eine Klopause bitten?
"Hey, was ist los? Hast du keine Lust?"
Himmel, wenn er wüsste ...
Hilfe! Wo ist hier der Notausgang?
"Sorry, ich fürchte, ich muss mal dringend auf die Toilette."
"Oh, na dann. Die Treppe hoch, den restlichen Weg kennst du."
Hastig sprang ich auf und lief zur Tür hinaus.
In der Wohnung stand ich einen Augenblick ratlos im Flur. Tausend Gedanken jagten durch meinen Kopf.

Schnell war mir klar, dass ich nicht wieder ins Klavierzimmer zurückkehren konnte, da ich nicht den Mut besaß, Gabe um mehr zu bitten.
Neben dem Telefon in der Küche fand ich etwas zum Schreiben. Mit schlechtem Gewissen schrieb ich eine schnelle Notiz und legte sie auf den Küchentisch.
Dann rannte ich die Treppe hinunter und machte mich zu Fuß auf den Weg nach Hause.

Kapitel 30

Klärungsbedarf

Mein Handy klingelte, als ich gerade dabei war, die Wohnungstür aufzuschließen. Bevor ich das Gespräch annahm, holte ich tief Luft. "Hey, Gabe."
"Ally? Weshalb bist du einfach gegangen? Kannst du mir das sagen?" Seine Stimme war sanft, doch ich konnte hören, dass er verwirrt war.
"Es tut mir leid. Es war einfach zu viel. Ich muss eine Weile allein sein." Ich war nicht ganz aufrichtig, aber ich hatte ihm versprochen, Zweideutigkeiten zu unterlassen. Gleichzeitig war ich in Sorge, er könnte sich ins Auto setzen und herkommen.
Eine ganze Weile war es still, dann sagte er leise: "Entschuldige, bitte. Es liegt an dem, was ich gesagt, beziehungsweise getan habe, nicht wahr?"
"Mach dir keinen Kopf. Schieb es einfach auf mich, ich bin nicht ganz ich selbst."
"Okay ..." Er klang nicht überzeugt.
"Sehen wir uns morgen?" Dies war mein versteckter Hinweis, dass ich ihn an diesem Tag nicht mehr sehen wollte.
"Ja, gerne sogar. Hast du Zeit für ein gemeinsames Frühstück?"
"Warte kurz, ich gucke schnell nach." Ich klickte mich in den Stundenplan. Dann hielt ich mir das Telefon wieder ans Ohr.

"Nein, tut mir leid, ich muss schon um neun zur Uni. Aber ab vier habe ich Zeit." Das würde mir hoffentlich genügend Zeit geben, um wieder zu Sinnen zu kommen.

"Ich werde da sein, um dich abzuholen." Gabe klang bemüht munter, doch ich merkte, wie enttäuscht er war.

"Es tut mir leid, ehrlich." Jetzt bekam ich ein schlechtes Gewissen.

"Schon in Ordnung. Ich werde darüber hinwegkommen, versprochen." Er versuchte sich an einem kleinen Lachen, das ihm aber nicht richtig gelang. "Darf ich dich nachher noch anrufen, vor dem Schlafengehen?"
Ich zögerte. "Ja, natürlich. Ich liebe dich."
"Bis dann. Ich liebe dich auch." Er legte auf.
Ich fühlte mich elend, weil er sich jetzt wegen mir schlecht fühlte.

Meine Gedanken kehrten zu dem Klavierunterricht zurück. Dann schoss mir ein Gedanke durch den Kopf.

Ich schnappte mir mein Portemonnaie und machte mich auf den Weg zur Ambulanz.

Das Glück war auf meiner Seite: Meine Hausärztin war im Dienst. Fast zwei Stunden musste ich warten, bis ich an die Reihe kam, dann hielt ich ein Rezept in der Hand. Eine Apotheke befand sich im gleichen Gebäude.

Etwas später saß ich auf dem Sofa und studierte sorgfältig den Beipackzettel der Anti-Baby-Pille. Ich entschloss mich dazu, die erste Tablette morgen früh nach dem Aufstehen zu nehmen, da ich meine Regel erst in knapp drei Wochen bekommen würde.

Ich klebte mir einen Haftzettel mittig an den Badezimmerspiegel. Außerdem programmierte ich einen Timer, nur zur Sicherheit. Ich kannte ja meine Vergesslichkeit.
Die Schachtel mit den Kondomen legte ich in die Nachttischschublade.
Ein leises Knurren meines Magens erinnerte mich daran, mir etwas zu essen zu machen. Der Inhalt der Küchenschränke gab nicht viel her, also bestrich ich mir eine Scheibe Toast mit Schmelzkäse.
Ich setzte mich an den winzigen Küchentisch und zog das Handy aus der Hosentasche, auf dem ich zwei Nachrichten von Gabe entdeckte.
Weshalb waren mir die entgangen? Verwirrt klickte ich sie auf.

> **Gabe**
> Hey Süße, ich habe das Gefühl, dass ich mich nochmals entschuldigen sollte, weil ich zu weit gegangen bin. Ich hoffe, du kannst mir wirklich verzeihen.

Die zweite Nachricht war etwas länger und erst vor zwanzig Minuten abgeschickt worden.

> **Gabe**
> Hey, ich habe mich schweren Herzens dazu entschlossen, dich nicht mehr anzurufen. Auch wenn ich deine Stimme liebend gern hören würde. Doch mir scheint, du brauchst den Abstand gerade sehr dringend?

Die Stunden, die du weg bist, habe ich genutzt, um eine Komposition zu vollenden.

Es sind nur noch drei Tage bis zum Semesterende. Ich denke, ich sollte mich vielleicht etwas mehr auf die Uni konzentrieren. Dir geht es wahrscheinlich nicht anders.

Mein Gedanke war - und ich habe die letzte Stunde damit verbracht, darüber nachzudenken - vielleicht sollten wir uns eine Weile auf Textnachrichten beschränken. Zumindest, bis die Uni vorbei ist. Was denkst du?

Was ich darüber dachte?

Himmel, es klang, als würde er Schluss machen!

Wäre ich noch ein Teenager, dann wäre ich spätestens jetzt in Tränen ausgebrochen.

Stattdessen fragte ich mich, was in ihm vorging. War die Nachricht nur unglücklich formuliert? Ging er tatsächlich auf Abstand? Nicht ein Mal hatte er Süße oder Engel geschrieben ...

Unsicher sah ich auf meine Finger hinunter. Es war keine Überraschung, dass sie zitterten.

Sollte ich ihm dankbar sein, weil er mir Raum gab, mit mir selbst und meinen Gefühlen klarzukommen?

Meine Gedanken drehten sich im Kreis.

Doch mir wurde bewusst, dass ich keinen Abstand brauchte. Mehr als alles andere wollte ich ihn! Blieb nur die Frage, wie ich es ihm sagen sollte.

Den Verstand und die verwirrenden Gedanken ignorierend, schrieb ich eine Nachricht, über die ich nicht lange nachdachte.

Ally
Gerade habe ich deine Nachrichten gelesen.
Machst du Schluss mit mir? Es klingt ganz so.

Ich saß da und wartete mit ängstlich klopfendem Herzen auf eine Antwort. Meine Finger zitterten nach wie vor, das Handy hielt ich fest in der Hand.
Mit den Augen verfolgte ich, wie eine Minute nach der anderen verstrich, und sie schienen unendlich zähflüssig zu vergehen.
Eine Viertelstunde später sah ich endlich, dass er meine SMS gelesen hatte. Mir war fast übel, als ich die Nachricht öffnete, die er kurz darauf schickte.

Gabe
Himmel, NEIN!
Ich wollte dir sagen, dass ich es verstehe, wenn du mehr Abstand brauchst. Ich habe das deutliche Gefühl, ich bin *viel zu weit* über die von dir gezogene Grenze getreten. Und ich fühle mich grauenvoll deswegen. Nicht wegen mir, sondern wegen dir.

Ally
Ich bin froh über deinen ersten Satz. Und wegen dem Rest: Alles ist gut. Kein Grund, sich den Kopf zu zerbrechen. Ich liebe dich nämlich!

Kaum war die Nachricht abgeschickt, als mein Handy auch schon klingelte.
Lächelnd nahm ich das Gespräch an. "Hey, Gabe."

"Hey, Süße. Ich danke dir für deine Worte."

"Also sehen wir uns morgen?"

"Auf jeden Fall." Ich konnte das Lächeln in seiner Stimme hören.

"Dann kann ich jetzt offiziell sagen, dass es mir wieder gut geht."

"Das freut mich." Er ließ ein winzige Pause entstehen. Leise sagte er: "Ich werde jetzt versuchen, zu schlafen. Ich freue mich auf morgen."

"Schlaf gut. Bis morgen."

"Ich liebe dich", kam es flüsternd aus dem Telefon.

"Ich liebe dich auch. Gute Nacht."

"Gute Nacht, Ally."

Ich lauschte, doch er legte nicht auf. "Wieso legst du nicht auf?", fragte ich leicht irritiert

"Ich weiß es nicht. Ich mag mich gerade gar nicht von dir trennen."

"Oh." Er konnte es nicht sehen, aber sogar übers Telefon konnte er mich zum Erröten bringen. Ich presste meine freie Hand auf die heiße Wange.

"Ich kann dich atmen hören. Ein sehr schönes Geräusch."

Damit brachte er mich zum Kichern. "Du bist verrückt! Ich wusste es von Anfang an."

"Einzig verrückt nach dir, Süße."

"Leg endlich auf, Gabe", forderte ich ihn lachend auf.

"Ich würde dich jetzt liebend gern in meinen Armen halten, einfach nur halten."

"Oh!" Seine leisen Worte wischten mein Lachen weg, ließen in mir denselben Wunsch entstehen.

Eine Weile blieb es still.

Dann flüsterte er: "Schlaf gut, mein Engel."
Schon war die Verbindung unterbrochen.
Mit unbändiger Sehnsucht im Herzen saß ich da. Doch es wäre reiner Wahnsinn, ihn zum Herkommen aufzufordern. *Oder?*

> **Ally**
> Nur, damit du es weißt: Ich würde gerne von dir gehalten werden. Es ist ganz schön gemein, mir so etwas zu sagen und diese schlimme Sehnsucht in mir zu wecken.

Es kam keine Antwort.
Enttäuscht ging ich ins Badezimmer. In aller Ruhe putzte ich mir die Zähne und wusch mir das Gesicht. Dann zog ich mir ein frisches T-Shirt zum Schlafen an. Der Blick aufs Handy frustrierte mich, denn er hatte nichts geschrieben. Ich warf es auf den Nachttisch und schlug gerade die Bettdecke zu Seite, als es an der Tür klingelte.
Unnötig, es zu sagen, aber mir rutschte das Herz in die Hose.
Mit heftig schlagendem Herzen lief ich in den Flur, drückte den Öffner, und zog die Wohnungstür auf. Ich konnte eilige Schritte die Treppe heraufkommen hören.
Schon stand Gabe vor mir. "Hallo, mein Engel."
Wortlos starrte ich ihn an.
Lächelnd kam er näher, öffnete seine Arme.
Mehr Aufforderung brauchte ich nicht. Ohne Zögern warf ich mich hinein.

Sanft drückte er mich an sich, vergrub die Nase in meinen Haaren.

Mit geschlossenen Augen schmiegte ich mich an ihn, während der Duft seiner Seife in meine Nase stieg. Tief atmete ich diesen angenehmen Geruch ein und seufzte leise. Meine Welt war wieder im Lot.

"Ich liebe dich so sehr." Ganz leise sprach er diese schönen Worte.

Mein Herz wurde weit und warm.

Ich drückte mich dichter an ihn, und seine Arme schlossen sich fester um mich. "Es ist schön in deinen Armen." Ich bog den Kopf zurück, um ihn anzusehen. "Und ich liebe dich auch."

Jetzt strahlte sein Gesicht. Er hauchte mir einen federleichten Kuss auf den Mund. "Und ich bekomme nicht genug davon, es von dir zu hören."

Der harmlose Kuss war fatal für mich, denn er weckte mein Verlangen. Ich sah auf seinen Mund. Ohne es bewusst zu steuern leckte ich mit der Zunge über meine Lippen.

Ein Stöhnen kam von ihm. Leidenschaftlicher als jemals zuvor küsste er mich, doch als ich den Kuss erwidern wollte, schob er mich von sich weg.

"Besser, ich gehe jetzt. Solche Küsse sind verboten, sie zählen eindeutig zu den nicht erlaubten Anspielungen. Schlaf gut, meine Süße." Er drehte sich um und verschwand so schnell, wie er gekommen war.

Benommen stand ich da und hätte mich selbst ohrfeigen mögen.

"Du bist selbst Schuld. Wieso musstest du blöde Kuh ihn auch um Zeit bitten", murmelte ich mir selbst zu.

Es wäre höchst unfair, ihm vorzuwerfen, dass er sich mir zuliebe zurückhielt. Ich schloss die Tür und ging ins Schlafzimmer.

Entschlossen krabbelte ich ins Bett, kuschelte mich unter die Decke und rief mir das wohlige Gefühl in Erinnerung, das ich in seinen Armen empfunden hatte.

Wieder Erwarten schlief ich fast augenblicklich ein, mit einem Lächeln auf den Lippen.

Kapitel 31

Jeans

Die Sonne schien hell an diesem Mittwochmorgen. Die Vögel machten einen Heidenlärm draußen, als ich erwachte.

Rasch schaltete ich den Handywecker aus und sprang aus dem Bett. Ich fühlte mich herrlich, beschwingt und voller Energie. Im Eiltempo rauschte ich durch das Badezimmer, zog mich an und eilte die Treppe runter.

Kurz hinter der Haustür stoppte ich unvermittelt, denn Gabe lehnte am Briefkasten, dieses Mal mit einem hinreißenden Lächeln um den Mund.

"Du strahlst ja so", begrüßte er mich.

"Da habe ich auch allen Grund zu", lächelte ich ihn an.

"Ach ja?" Er sah mich fragend an.

"Ja. Ich habe herrlich geschlafen. Ich könnte mir vorstellen, daran war eine wunderschöne Umarmung schuld. Oder der Gute-Nacht-Kuss, den ich als Bonus bekommen habe." Mit einem leichten Augenaufschlag sah ich ihn an und ging langsam auf ihn zu.

Er lächelte, bewegte sich aber nicht.

"Dazu sagst du nichts? Bist du gar nicht eifersüchtig?"

Einen winzigen Moment flackerte sein Blick, dann fasste er sich wieder. "Fast hättest du mich reingelegt. Glaube mir, ich habe die Umarmung und den Kuss auch genossen."

"Also wärst du für eine Wiederholung?"

Jetzt stand ich direkt vor ihm und reckte mich zu ihm hoch.

"Allerdings bin ich für eine Wiederholung", flüsterte er und schloss die Arme um meine Mitte. Doch er gab mir keinen Kuss. Frustriert verzog ich den Mund.

Er lächelte breit, als er in unschuldigem Ton fragte: "Was ist denn?"

"Als ob du das nicht wüsstest." Fast knurrte ich die Worte.

"Doch, mein Engel. Da ich aber - im Gegensatz zu dir - letzte Nacht kein Auge zubekommen habe vor lauter Sehnsucht, werden wir diesen Teil erst dann wiederholen, wenn du bereit bist für mehr." Er hauchte mir einen flüchtigen Kuss auf die Nasenspitze und drückte meinen Kopf unter sein Kinn. Dann sagte er leise: "Das hier ist alles, was ich schwacher Mann verkraften kann. Sei mir nicht böse."

Seine Worte ließen mein Herz schmelzen. Denn ich wusste, er hielt sich für mich zurück.

Los, Ally, sag es ihm!

Ich holte tief Luft und sammelte all meinen Mut zusammen, um ihm endlich zu gestehen, dass ich seine Zurückhaltung gar nicht mehr wollte.

In diesem Moment löste er sich von mir und nahm meine Hand. "Komm, mein süßer Engel. Ich fahre dich zur Uni."

Verdammt, die Uni!

Frustriert verschob ich mein Geständnis.

"Ich habe dir übrigens deine Geige mitgebracht. Willst du sie schnell hochbringen? Oder spielst du James heute vor?"

Geschockt blickte ich ihn an. "Das habe ich total vergessen! Danke, dass du mich erinnerst. Nach der Mittagspause muss ich im Atelier sein, dann spiele ich für ihn."

Wir stiegen in seinen Wagen, und Gabe fädelte sich in den Verkehr ein. "Was meinst du, würde James mich zuhören lassen?"

"Ich kann ihn fragen. Hast du denn nach dem Mittagessen keine Vorlesung oder praktischen Unterricht?"

"Ganz sicher sogar. Aber die werde ich schwänzen. Ich bin viel zu gespannt, was James und die anderen zu deinem Spiel sagen werden."

"Oh. Dann schicke ich dir zwischendurch eine Nachricht und sag dir Bescheid."

Er warf mir ein schnelles Lächeln zu und sah dann wieder auf die Straße. Beiläufig fragte er: "Was machst du eigentlich Samstag? Besuchst du jemanden bei seiner Abschlusszeremonie?"

"Nein, ich kenne niemanden im letzten Semester."

"Und was ist mit mir?", fragte er mit einem Seitenblick. Ich schlug mir die Hand vor den Mund.

Er grinste. "Und? Hättest du Lust, mich zu begleiten?"

"Gabe, entschuldige. Ja, natürlich möchte ich."

"Ich hatte so gehofft, du würdest ja sagen. Ich freue mich darüber." Er griff nach meiner Hand und hauchte einen Kuss darauf.

"Wann und wo?", fragte ich, noch immer verlegen.

"Royce Hall. Beginn ist drei Uhr dreißig, aber wir müssen eine Stunde vorher da sein."

"Wir reden noch über Samstag. Ich hoffe, wir können den ganzen Tag zusammen verbringen?"

"Damit würdest du mich sehr glücklich machen."
Wir kamen an der Uni an, und ich sprang auf den Weg. "Bis nachher, ich texte dir. Und jetzt geh wenigstens in deine Vormittagsfächer", forderte ich ihn gebieterisch auf.
"Ma'am, yes, Ma'am." Zackig salutierte er.
"Das sieht sehr geübt aus. Warst du beim Militär?"
"Ja, ich war zwei Jahr lang bei den Marines."
"Oh. Davon würde ich gerne mehr hören. Doch ich muss los, damit du noch rechtzeitig in deine Vorlesung kommst." Ich warf ihm eine Kusshand zu, bevor ich in das Gebäude eilte.
"Hey, James", rief ich laut, als ich ihm auf dem Gang begegnete. Es freute mich, dass ich ihn nicht extra suchen musste.
"Ah, sieh mal an, meine freche Lieblingsstudentin." Er blickte auf den Geigenkoffer, lächelte breit. "Gut gemacht. Ein Lied und du hast dir die Spitzennote verdient, die ich für dich vorgesehen habe."
Ich zog eine Schnute, um mein Grinsen zu überspielen. "Gabe lässt fragen, ob er uns nach der Mittagspause Gesellschaft leisten kann."
"So so, möchte er das, hm?" Er rieb sich über das Kinn, als würde er schwer nachdenken. "Da wir ihm den Tipp verdanken, richte ihm aus, er ist uns herzlich Willkommen! Aber er soll sich etwas Entbehrliches anziehen, denn um Zugang zu bekommen zu unserem geheiligten Atelier, wird er einen Eintrittspreis zahlen müssen. Er wird mit uns ein Bild malen." Breit grinsend ließ James mich stehen.
Ich konnte ein amüsiertes Lachen nicht zurückhalten.

Sofort nahm ich mein Smartphone in die Hand, um Gabe davon in Kenntnis zu setzen.

Ally
Du hast Glück! Oder auch nicht …

Gabe
Welch rätselhafte Worte …?

Ally
Sorry, ich habe zu schnell auf Senden gedrückt. Ich möchte James zitieren: Da wir Gabe den Tipp verdanken, richte ihm aus, er ist uns herzlich Willkommen! Aber …

Gabe
Aber was? Hast du wieder zu schnell auf Senden gedrückt?

Ally
Nein, ich wollte nur etwas Spannung aufbauen. (lmao)
Ich zitiere weiter: Aber er soll sich etwas
Entbehrliches anziehen, denn um Zugang zu
bekommen zu unserem geheiligten Atelier, wird er
einen Eintrittspreis zahlen müssen. Er wird mit uns
ein Bild malen.

Gabe
WAS? Scheiße …
(Und darüber reden wir noch!)

Ally
Sieht so aus, als würde ein Kuss nicht mehr als Eintrittswährung akzeptiert.

Gabe
Das hätte mir aber um Längen besser gefallen!

Ally
Stellst du dich der Herausforderung? Oder ist der Preis zu hoch?

Gabe
Ally, um dich spielen hören zu können, würde ich noch viel mehr machen, als ein wenig Farbe auf eine Leinwand zu schmieren.
Ich fahre in der Mittagspause nach Hause und ziehe mich um. Warte kurz vor eins vor der Uni auf mich.

Ally
Wow, du beeindruckst mich! Ich freue mich auf nachher. Und auch auf das gemeinsame Malen.

Gabe
Aber wehe, du lachst dann wieder!
(Bezogen auf dein lmao)

Ally
Ich bewundere dich viel zu sehr, um über dich zu lachen.
(Ich liebe dich!)

Gabe
Oh, du bewunderst mich? *Das* möchte ich gerne von dir erläutert bekommen, aber nicht per Nachricht. Du darfst es mir unter vier Augen erklären, vielleicht später beim Abendessen?
(Ich dich auch, meine Süße!)

Ally
Gott sei Dank kannst du nicht sehen, wie rot ich gerade geworden bin.

Gabe
Verflixt! Das möchte ich immer (!) sehen, denn das ist eines der Dinge, die ich absolut an dir liebe! Also für die Zukunft: Bitte, nur noch erröten, wenn ich dabei sein und dich ansehen kann.

Ally
Jetzt habe ich den Beweis, dass du spinnst, schriftlich!

Gabe
Wenn es dich glücklich macht, lasse ich es sogar notariell beglaubigen!
Aber es ändert nichts an der Tatsache, dass ich darauf bestehe, bei jedem Mal dabei zu sein, wenn du so süß rot wirst!

Ally
So, Ruhe jetzt. Im Gegensatz zu dir nehme ich mein Studium ernst.

Gabe
Okay, du Streberin. Aber hat dir schon jemand gesagt, das Freitag der letzte Tag ist? Wenn du bis jetzt nicht fleißig warst, dann ist eh alles zu spät! (lmao)

Ally
Du bist FRECH! (In Bezug auf dein lmao)

Gabe
Und du hast mir keine Antwort gegeben … Abendessen?

Ally
Natürlich möchte ich gerne mit dir zu Abend essen. Ich bin zu allem bereit, solange ich nur mit dir zusammen sein darf!

Gabe
Wieder etwas, worauf ich mich freuen kann. Das gefällt mir! Aber nicht deine recht zweideutige Aussage … (Verbotene Anspielung, reiß dich zusammen!)

Ich musste schmunzeln, denn er war aufmerksam genug, um meine Worte richtig zu interpretieren.
Allerdings begriff er den Kern der Aussage nicht. Oder er ignorierte ihn mir zuliebe. Hm, sollte ich mich frustriert oder geschmeichelt fühlen?

Der Vormittag verging schnell, was sicherlich der Vorfreude geschuldet war. Da ich am Morgen vergessen hatte, mir etwas zum Essen mitzunehmen, unternahm ich einen kurzen Abstecher zum *Starbucks*.
Natürlich musste ich mich in die Warteschlange einreihen. Doch wenig später saß ich mit einem Becher heißer Schokolade, und einem Blaubeer Muffin, an einem kleinen Tisch in der Ecke.
Rasch schrieb ich Gabe eine Nachricht.

Ally
Sitze einsam im Starbucks. Mein Muffin schmeckt trotzdem lecker!

Gabe
Magst du mir einen großen Kaffee spendieren? Ich bin in fünf Minuten da.

Ally
Du willst dich ja nur vor dem Schlangestehen drücken …

Gabe
Genau! (lmao)

In dem Moment, als ich den Kaffee auf den Tisch stellte, ging die Tür auf und Gabe kam herein.
"Hallo, mein Engel!" Er schenkte mir ein warmes Lächeln, beugte sich zu mir herunter, und gab mir wieder einen dieser frustrierenden Federküsse.
"Hey." Ich freute mich riesig, ihn zu sehen.

"Danke für den Kaffee."
In diesem Moment bemerkte ich die Jeans, die er trug. Sprachlos starrte ich ihn an. Die schlimmsten Bilder entstanden in meinem Kopf, ich konnte absolut nichts dagegen tun …
"Ally? Was schaust du so seltsam?"
"Ich, äh …" Irritiert hob ich den Blick zu seinen Augen.
"Diese Jeans willst du anhaben beim Malen?"
Sag es ihm nicht, Ally, halt deine Klappe!
Ratlos schaute er an sich hinab. "Ja, wieso? Das sind die ältesten Jeans, die ich habe."
Stumm nickte ich und presste die Lippen zusammen.
"Sag, was ist los?" Gabe zog einen Stuhl hervor, schob ihn ein Stück näher an meinen heran, und setzte sich mit einem Seufzen.
Ich zögerte einen Moment, dann sagte ich ausweichend: "Ich musste dir versprechen, keine Anspielungen mehr zu machen."
Er bekam große Augen. "Oh? Dann gewähre ich dir eine Ausnahme. Bitte, das möchte ich jetzt gerne hören." Geschickt klappte er das Plastik der Trinköffnung hoch.
"Hm", ich rang um Worte, "ich fände es einfach schade, wenn die Jeans ruiniert würde. Du siehst ungemein sexy darin aus."
Hilfe, hoffentlich fragt er nicht weiter nach.
"Und das soll eine Anspielung sein?" Er lächelte nachsichtig und schüttelte belustigt den Kopf.
"Die Anspielung hätte ich anders formuliert."
Mädel, einfach mal die Klappe halten!
Für eine Sekunde kniff ich die Augen zusammen.

"Ally", seine Stimme hatte wieder diesen samtenen Unterton, "bitte, sag es ..."

Ich spürte, wie ich rot wurde. Es dauerte einige Sekunden, bis ich genug Mut gefasst hatte. Dennoch versuchte ich, auszuweichen. "Wirklich, da war nur plötzlich dieses Bild in meinem Kopf."

"Süße, sprich es aus. Ich flehe dich an!" Seine Augen wurden mindestens zwei Schattierungen dunkler.

Beschämt schloss ich die Lider. "Ich würde so etwas ohnehin nicht machen, dazu bin ich viel zu verlegen."

"Ally ..." Seine Stimme flehte förmlich um Erlösung.

"Ich ..." *Himmel, war das schwierig.* "Ich habe bloß gedacht, dass ..." *Atmen, Mädchen.* "Dass die Jeans zu hoch sitzt."

"Und das Bild in deinem Kopf?" Seine Samtstimme zitterte leicht. "Hast du sie tiefer gezogen?"

Ein weiteres Mal erglühte mein Gesicht. Stumm nickte ich.

"Und hast du dafür einen oder zwei der Knöpfe aufgemacht?" Jetzt flüsterte er nur noch.

Ich nickte ein weiteres Mal, schluckte und sog die Lippen in den Mund.

Gabe streckte seine Hand aus und hob mein Kinn an, um mir in die Augen blicken zu können. Doch ich sah angestrengt auf den Pappbecher.

"Die Jeans sind auch mit Farbflecken noch sexy. Ich werde sie für dich anziehen, und dann darfst du dieses Bild Realität werden lassen. Sag mir nur, wann." Tief holte er Luft und richtete sich auf. "*Himmel*, jetzt könnte ich eine kalte Dusche vertragen", stöhnte er und nahm einen großen Schluck von dem Kaffee.

Meine Augen ruckten zu ihm hoch, und ich schluckte trocken.

"Beruhige dich, Süße. Lass uns von etwas anderem reden, dann hat sich das Problem hoffentlich erledigt bis zum Ende der Pause." Er zwinkerte mir zu, und ich musste mich extrem anstrengen, nicht wieder auf die gleiche Stelle zu starren, die schon zuvor diese Bilder heraufbeschworen hatten.

Um mich abzulenken, biss ich von dem Muffin ab.

"Hast du dir schon überlegt, welches Lied du spielen willst?" Seine Stimme riss mich aus meinen verzweifelten Gedanken.

"Nein. Ich mache mir nie einen Plan."

"Echt nicht? Auch nicht für das *Mayflower*?" Überraschung stand in seinen Augen geschrieben.

"Ich spiele das, was mir in den Sinn kommt. Hast du einen Wunsch? Wenn ich das Lied kenne, dann spiele ich es gerne für dich."

Gabe sah mich an und dachte offenbar nach. Dann fragte er langsam: "Kennst du *Sadness And Sorrow*?"

"Das sagt mir jetzt leider nichts."

"Was ist mit *He's A Pirate*?" Jetzt grinste er frech.

"Ja, das kann ich."

"Ernsthaft? Wahnsinn, dann wünsche ich mir das." Er streckte die Hand aus und streichelte meine Wange. "Ich freue mich schon darauf. Und was *Sadness And Sorrow* angeht, das würde ich liebend gerne einmal mit dir zusammen spielen."

"In Ordnung, ich werde es für dich lernen."

"Ich habe die Noten zu Hause." Lächelnd deutete er auf den Becher. "Du solltest langsam mal trinken.

Deine Schokolade ist sicher schon kalt."
Auf den zweiten Satz ging ich nicht ein, aber ich sagte beiläufig: "Ich kann keine Noten lesen." Als ich einen Schluck nahm, verzog ich das Gesicht. Die Schokolade war tatsächlich lauwarm.
Fast ließ Gabe seinen Becher fallen. "Wie bitte?", keuchte er.
Der Handyalarm gab mir zu verstehen, dass die Pause sich dem Ende neigte. "Kommst du? Es ist Zeit fürs Atelier."
"Klar, mein Wagen steht draußen. Aber sag mal, wieso kannst du keine Noten lesen?" Er stand geschmeidig auf und zog die Hose am Po hoch.
Ich räusperte mich und starrte auf diese verflixte Jeans. Er bemerkte den Blick und zog fragend die Augenbrauen hoch. Dann schien es ihm zu dämmern. "Ich muss mich ja langsam über dich wundern ... Aber darf ich anmerken, dass mir dein Verhalten jede Menge Hoffnung schenkt? Und noch viel mehr zum Träumen?" Er griff nach meiner Hand, zog mich für einen schnellen Kuss zu sich.
Gemeinsam verließen wir den Coffeeshop.
Endlich fand ich meine Worte wieder. "Hast du das eben absichtlich gemacht?", fragte ich empört, ehe wir in den Wagen einstiegen.
"Was denn? Ich habe gar nichts gemacht. *Du* hast mich angestarrt", sagte Gabe, nachdem er losgefahren war.
Im Zweifel für den Angeklagten. Dann war es wohl eine unbewusste Geste gewesen.
Trotzdem!

"Du hast an dem Bund gezogen, wie soll ich denn da an etwas anderes denken?" Sogar in meinen Ohren klang ich sauer.
"Echt? Habe ich gar nicht gemerkt. Aber deine Gedanken gefallen mir, sie sind höchst aufreizend, wenn ich das sagen darf." Er warf mir einen bedeutungsvollen Blick zu. "Doch zurück zu den Noten, bitte."
"Was gibt es da groß zu sagen? Ich habe es halt nie gelernt."
"Dann spielst du alle Lieder nach Gehör?"
"Ja."
"Wie lange brauchst du im Schnitt, bis du ein Lied fehlerfrei spielen kannst?"
Ich zuckte mit den Schultern. "Ich weiß nicht, eine Viertelstunde vielleicht? Kommt auf die Länge und Komplexität des Liedes drauf an."
"Versprich mir, bitte, *Sadness and Sorrow* nicht zu hören, bevor wir es gemeinsam spielen. Ich möchte mir gerne ein Bild machen von deiner Lernmethode."
"Da wir gerade beim Thema Bild machen sind: Bist du schon bereit für die Farben?"
"Erst einmal wirst du für mich *Jack Sparrow* spielen."
"*Captain Jack Sparrow*, wenn ich bitten darf! Und ja, das werde ich gern für dich spielen."
"Und versprichst du mir das mit *Sadness And Sorrow*?"
"Ja, versprochen. Weil es dir anscheinend wichtig ist."
Er lenkte den Wagen auf den Parkplatz. Hand in Hand gingen wir zum Atelier.
Es war ein ungewohntes Gefühl, meine Zuneigung zu Gabe öffentlich zur Schau zu stellen. Doch gleichzeitig war ich auch stolz, neben ihm zu laufen.

Mit fielen die Blicke einiger junger Frauen auf, die ihn anstarrten, eine sogar mit offenem Mund. Er jedoch hatte nur Augen für mich, was mein Herz freudig hüpfen ließ.
"Du strahlst gerade so?" Er sah mich fragend an.
Ich schüttelte den Kopf, da mein Verlangen recht klein war, ihn auf die Bewunderung der anderen Frauen aufmerksam zu machen.

Kapitel 32

Musik & Kunst

James war bereits im Atelier, von den Jungs fehlte noch jede Spur. Ein Blick auf die Uhr verriet mir, dass wir fünf Minuten zu früh dran waren.
"Hey, auf euch zwei freue ich mich schon wie ein Schneider. Für dich, junger Mann, habe ich schon eine Staffelei besorgt."
"Eine was, bitte?"
James zwinkerte mir zu. "Schlimmer als ein Freshman im ersten Semester, nicht wahr? Die kennen zumindest die Grundbegriffe und kommen her wegen ihrer Leidenschaft. Und es sei mal dahingestellt, ob sich daraus etwas Gutes entwickelt, oder ob es Leiden schafft."
Ich konnte Gabes Gedanken förmlich lesen und flüsterte in sein Ohr: "Du fragst dich gerade, ob er ein wenig verrückt ist, nicht wahr?"
"Allerdings!" Ihm stand ein gespielt panischer Ausdruck in den Augen, und er zwinkerte belustigt.
Die Tür ging auf. Mario und Brad kamen herein. Mir fiel auf, wie Gabe sich etwas aufrechter hinstellte und Brad einen seltsamen Blick zuwarf.
"Fehlt noch jemand?" James sah auf und blickte kurz durch den Raum. "Ach ja, Timo. Hoffen wir mal, dass er gleich kommt, damit wir anfangen können. Ihr anderen könnt schon mal eure Acrylfarben rausholen und was ihr sonst noch so braucht."

Gabe schaute einigermaßen entsetzt drein.

"Keine Sorge, ich helfe dir", flüsterte ich sein Ohr.

Sichtlich entspannte er sich wieder und lächelte mich an.

Als erstes drückte ich ihm eine Leinwand in die Hand. "Versuch mal, die einzuspannen." Ich klopfte mit der rechten Hand gegen das Holz der Staffelei und ignorierte seinen geschockten Blick. "Ich mache es an meiner Staffelei vor, und du machst es mir nach. Und wir machen es langsam, okay?" Zwinkernd sah ich ihn an.

Seine Augen wurden groß, als er seine Worte von gestern wiedererkannte. Er schluckte, doch beherrscht überging er die Worte. Mit den Augen folgte er meinen Bewegungen und stellte sich nicht ungeschickt an, als er sie wiederholte.

Ich drückte ihm eine Palette in die Hand und zeigte ihm, wie er jeweils einen Klecks Farbe darauf geben konnte.

Endlich kam Timo herein.

James klatschte in die Hände, was Gabe zusammenzucken ließ.

Brad bemerkte es und grinste höhnisch.

"Gut, dann sind wir vollzählig. Timo, vorbereiten. Und dann wollen wir Ally spielen hören", sagte James. "Komm schon, Kleine. Nicht so schüchtern. Wir sind alle bereit für dich und deine Geige. Und um es noch einmal zu betonen: Ich bin sauer, dass du uns *nie* auch nur ein Wort verraten hast!"

"Na, das sind die perfekten Worte, um mich aufs Spielen einzustimmen", witzelte ich. Ich öffnete den Geigenkoffer, der bei James auf dem Schreibtisch lag.

Violine und Bogen in der Hand haltend, stellte mich vor meine Leinwand.

Doch James scheuchte mich weiter. "Komm schon, Mädchen. Du weißt genau, wo der Platz ist für die Menschen, die wir anstarren wollen." Damit schob er mich in die Mitte des Raumes, wo vor gar nicht langer Zeit Stephen als Aktmodell gesessen hatte.

Ich blickte in die traute Runde und schenkte Gabe ein Lächeln. "Okay, Leute. Auf besonderen Wunsch spiele ich einen Song, den ihr wahrscheinlich kennt: *He's A Pirat.*"

Ich legte mir die Geige unter das Kinn, hob den Bogen, und begann zu spielen. Meine Augen schlossen sich, und die mitreißende Melodie ließ meinen Körper förmlich tanzen. Schon versank ich in der Musik, vergaß alles um mich herum.

Die letzten Töne jubelten hoch, und ich beendete mein Spiel. Lächelnd öffnete ich die Augen.

"Wow, das war toll", rief Timo. Von den anderen bekam ich Applaus.

James jedoch wiegte den Kopf hin und her. "Wirklich gut ... Dennoch ..." Er machte eine künstliche Pause, woraufhin Gabe ihn mit wütend verengten Augen ansah. "Es fehlt etwas ... Ha!" In die Ecke tretend, in der die bemalten Leinwände an der Wand lehnten, zog er etwas nach vorne.

"Tja, Gabe. Wo wir dich schon einmal da haben ..."

Jetzt wurde mir klar, was er da in die Mitte schob.

"Nur ausgeliehen, und sicherlich nicht deinen Ansprüchen als Pianist genügend, doch auf die Schnelle konnte ich nichts Besseres organisieren."

Mit großer Geste zog er das Laken herunter. Ein elektronisches Keyboard kam zum Vorschein, auf einem rollbaren Ständer.

Gabe lachte und nahm den Stecker in die Hand. "Gib mir Strom, dann sehen wir mal, was ich mit dem Teil anstellen kann."

Unter johlendem Applaus von Mario und Timo zog James - mit erneut dramatischer Handbewegung - ein Verlängerungskabel aus der Tasche. Einen Moment später waren alle Stecker versorgt.

Unterdessen musterte Gabe die Knöpfe am Keyboard, dann sah er sich suchend um.

James zog den hölzernen Hocker heran.

"Herzlichen Dank."

Er setzte sich, schaltete das Keyboard ein und drückte ein paar Knöpfe. Probeweise spielte er ein paar Noten, hob den Kopf und sah mir in die Augen. "Bereit?"

"Spiel erst einmal ohne mich, bitte."

"Gut, dann wünsch dir etwas."

"Kannst du *A Thousand Years* spielen von Christina Perri?"

Er verzog einen Mundwinkel zu einem sexy Lächeln. "Da hast du Glück, mein Engel. Es ist das einzige Lied, welches ich von ihr kenne. Und das ich mit besonderen Erinnerungen verbinde." Er zwinkerte.

Schon erklangen die ersten Töne, fügten sich zu einer fast traurig anmutenden Weise zusammen. Fasziniert schaute ich seinen Händen zu.

Die Qualität des Keyboards war nicht besonders gut, doch er spielte mit so viel Herz, dass ich selig die Augen schloss.

Meine Finger agierten wie von allein, als ich zum Schluss meine Geige in das Lied einfließen ließ.
Nach der letzten Note lachte James laut auf. "Herrlich! Ganz hervorragend!"
Von der Tür her erklang ein scharfes Klopfen. Sie ging auf, und eine junge Frau steckte den Kopf in den Raum. "Hallo? Was ist denn hier los? Habt ihr das Studienfach gewechselt? Wir alle", sie deutete mit dem Daumen hinter sich, "wollen auch zuhören ..."
James riss die Tür weit auf. An die dreißig Leute standen draußen und versuchten, einen Blick ins Atelier zu werfen.
"Gabe?" Ich sah ihn fragend an.
"Wenn du möchtest, ich bin dabei." Er stand auf, drückte James den Hocker in die Hand. Dann schob er das Keyboard zur Tür und weiter hinaus in den Flur.
Ich folgte ihm, bewaffnet mit meinem Instrument.
Nach uns kam James, stellte den Hocker vor das Keyboard, und Gabe setzte sich wieder.
"Okay", sagte er laut. Unsere Zuschauer wurden leise. "Ally und ich sind bereit, Songwünsche entgegenzunehmen."
Die braunhaarige junge Frau, die uns in den Flur gelockt hatte, riss den Arm hoch. "Oh, könnt ihr *All Of Me* spielen von John Legend?"
Sie warf Gabe einen schmachtenden Blick zu, der mich daran erinnerte, dass mein Freund ein Frauenschwarm war. Doch ich nahm es gelassen auf, denn er sah fragend zu mir, und sein Lächeln war allein für mich bestimmt.
Ich bejahte mit einer knappen Kopfbewegung.

Er spielte die ersten Noten, denen ich sogleich folgte. Wie in seinem Pianoraum sahen wir uns an, versanken ineinander, als würden wir mehr tun, als nur gemeinsam Musik entstehen zu lassen. Mitten im Song ließ ich meine Geige verstummen, woraufhin er mich überrascht ansah. Statt mit der Violine begleitete ich ihn mit meiner Stimme, die zwar nicht perfekt war, doch es fühlte sich richtig an.

Gabes Augen strahlten. Dann sangen wir gemeinsam, während er spielte.

Tosender Applaus war zu hören, als wir den Song beendeten. Immer wieder öffneten sich Türen, und noch mehr Studenten kamen zu uns herüber. Wir spielten unzählige Lieder, und nicht ein klassisches war darunter. Doch nach eineinhalb Stunden bereitete James dem Ganzen ein Ende.

"So, Herrschaften. Ich habe es auch genossen, ich gebe es zu. Doch jetzt ist Schluss, unsere Farben trocknen allmählich ein. Sagt mal, ihr zwei, tretet ihr gemeinsam irgendwo auf? Nur, falls jemand hier noch immer nicht genug von euch hat?"

Die junge Frau bedachte Gabe mit einem hingerissenen Blick. "Ich habe definitiv noch nicht genug."

"Jeden Samstag Abend von halb zehn bis elf spielt einer von uns im *Mayflower*. Mit etwas Glück werden wir auch mal gemeinsam spielen", sagte er laut für alle.

Die Brünette stellte sich ihm in den Weg, als er aufstand. "Hey, wie heißt du eigentlich? Ich bin Francine."

"Hallo, Francine. Mein Name ist Gabe. Und diese bezaubernde Frau", er griff nach meiner Hand, zog mich zu sich, "ist meine Freundin Ally."

Er warf mir einen übertrieben verliebten Blick zu und küsste meine Hand.

"Oh", sagte sie enttäuscht, "verstehe. Ich komme aber auf jeden Fall, um euch noch einmal spielen zu hören."
Sie verschwand schneller als ein Blitz.
Er schmunzelte amüsiert, als er meinen tadelnden Blick bemerkte.
Die meisten Studenten waren schon wieder in ihre Räume zurückgekehrt, auch Keyboard und Hocker waren verschwunden.
"Na, das war mal etwas. Eine nette Abwechslung, würde ich meinen. Doch jetzt ist die Zeit gekommen, ein Bild zu malen." James klatschte wieder in die Hände.
Gabe sah die Geste. Dieses Mal zuckte er nicht zusammen. Doch er tat es, als ich ihm die Palette in die Hand drückte. Sein Lächeln verblasste.
James trug ein sehr selbstzufriedenes Lächeln, als er unserer kleinen Gruppe erklärte, dass Gabe mit uns malen würde.
Auf Brads Gesicht erschien ein undefinierbares Grinsen, als die zwei einen Blick tauschten.
"Was ist los?", fragte ich ihn leise.
"Was meinst du?"
"Irgendetwas stimmt nicht zwischen dir und Brad. Kennt ihr euch von früher?"
Er schnaubte. "Nein, zum Glück nicht. Auch wenn ich Typen wie ihn zur Genüge kenne."
Ratlos blickte ich ihn an, zuckte aber mit den Schultern, denn James räusperte sich ermahnend.
"Jetzt ist keine Zeit zum flirten, Ally! Okay, ihr Verrückten, dann legt mal los. Ihr habt sechzig Minuten.

Weil das Semester praktisch gelaufen ist, dürft ihr malen, was immer euch in den Sinn kommt. Gabe, nimm es locker, okay?"

"Keine Sorge, ich male so wenig, wie möglich." Er lachte und stippte einen breiten Pinsel in die gelbe Farbe.

Ich konnte mich kein bisschen konzentrieren, da ich immerzu Gabe aus den Augenwinkeln beobachtete.

Verdammt, diese Jeans sah aber auch zu sexy an ihm aus.

Eine Weile allerdings lag mein Augenmerk eher auf seinen Armen und den Muskeln, die sich ausdrucksstark unter dem engen T-Shirt bewegten, als er den Pinsel führte.

Offenbar malte er einen langen, senkrechten Strich auf die Leinwand. Dann mischte er ein wenig von dem Gelb mit der roten Farbe und wiederholte die Bewegung.

Er schien höchst konzentriert zu arbeiten, was mich faszinierte. Zu gerne hätte ich einen Blick auf seine Leinwand geworfen, doch ich sah die Staffelei nur von der Seite.

Jetzt kam er zu mir rüber und griff nach einer breiten Rolle Malerkreppband, die bei mir an der Staffelei hing.

Mit hochgezogenen Augenbrauen sah ich ihn an.

Er zwinkerte mir zu, ehe er zurückging. Er riss einen langen Streifen davon ab und klebte ihn senkrecht auf die Leinwand. Das wiederholte er ein paar Mal.

James stellte sich neben mich und murmelte: "Du scheinst mindestens ebenso gespannt zu sein, wie ich.

Aber darf ich fragen, weshalb deine Leinwand noch leer ist? Es gibt keinen Grund, sich auf der Spitzennote auszuruhen ..." Er boxte mich leicht gegen den Oberarm.
Reumütig tauchte ich den Pinsel in die Farbe.
Aus heiterem Himmel kam mir die Idee, was ich malen könnte. Ich hoffte bloß, Gabe würde noch mindestens zehn Minuten für sein Bild brauchen.
Mit schnellen Strichen malte ich eine schattenhafte Gestalt, die ein schlichtes graues T-Shirt trug, was aber nur andeutungsweise zu erkennen war. Dafür arbeitete ich umso gewissenhafter an der Darstellung der Jeans. Die ich um einiges tiefer auf die Hüften malte, als mein Modell sie gerade trug.
Wenige Minuten später schattierte ich einen hellen, orangefarbenen Hintergrund. Ich trat einen Schritt zurück, um mein spontanes Werk zu betrachten. Als ich einen prüfenden Blick auf Gabe warf, fand ich seine Augen auf mich gerichtet.
Er schaute mich fragend - und gleichsam neugierig - an.
Lächelnd griff ich nach einem feineren Pinsel, um ein paar Details an der Jeans zu vertiefen.
"Leute, kommt zum Schluss. Wir wollen doch alle pünktlich nach Hause, nicht wahr?" James klatschte in die Hände. "Wer von euch Verrückten ist fertig?"
Timo und ich hoben die Hand, ebenso Gabe, doch etwas langsamer als wir.
James ging zu Timo, sprach mit ihm und betrachtete sein Bild.
Eine Bewegung links von mir zog meinen Blick an.

Mit der Hand strich Gabe über seinen Oberschenkel. Sie hinterließ einen orangefarbenen, langgezogenen Streifen auf seiner Jeans. Er lächelte mich vielsagend an, berührte die gelbe Farbe mit der Fingerspitze und wiederholte die Bewegung.
Ich biss mir auf die Unterlippe. Mein Herz fing an zu rasen.
Dieser unverschämte Kerl!
Ich nahm mir zwei Pinsel, ging zu ihm hinüber.
Mit großen Augen schaute er mir zu, als ich jeweils einen Pinsel in die orange und gelbe Farbe auf seiner Palette tauchte.
Breit lächelnd ging ich zu meinem Bild zurück, warf noch einmal einen prüfenden Blick zu ihm. Dann imitierte ich die zwei Flecken, um anschließend das Bild mit orangefarbenen Initialen zu signieren. Wieder trat ich einen Schritt zurück. Was ich sah, gefiel mir.
In meinem Kopf sah ich schon den Platz, wo ich es aufhängen würde: An der Wand gegenüber dem Bett. Allein der Gedanke daran ließ mich erschaudern. Ich holte tief Luft und versuchte, mich wieder harmloseren Dingen zuzuwenden.
James kam zu mir und betrachtete eine Weile stumm die Leinwand. Dann brach er in herzhaftes Lachen aus.
Stirnrunzelnd sah Gabe zu uns herüber.
James winkte ihn zu sich, und sprachlos starrte er auf das Bild.
"Kinder, Kinder ... Hach, noch einmal so jung sein, dass die Hormone verrückt spielen ..."
Lachend ging er zu Gabes Staffelei und wurde unvermittelt still.

"Also ... Das überrascht mich jetzt!"
Neugierig trat ich zu James. Auch die Jungs gesellten sich zu uns.
Auf der Leinwand waren einige senkrechte Striche zu sehen. Manche davon waren nur zur Hälfte gemalt, doch es wirkte wie Absicht. Einer der Striche war seitlich verwischt, in einem Abschnitt waren ein paar schwarze Farbspritzer zu sehen. Dafür hatte er also das Kreppband gebraucht.
"So, du Anfänger, dann erkläre dich mal", forderte James ihn auf.
"Was soll ich erklären? Ich sagte doch, ich male so wenig wie möglich." Er zuckte mit den Schultern.
James schnalzte mit der Zunge und schüttelte den Kopf. "Verstehe noch einer die Welt", seufzte er. "Da haben wir eine Kunst studierende Musikerin und einen Klavier spielenden Künstler ..." Er wandte sich ab und trat vor Brads Leinwand.
Gabe und ich sahen uns an. Sein Mund verzog sich zu einem schiefen Grinsen. "Du bist", er deutete auf meine Leinwand, "nicht zu schlagen, weißt du das? Ehrlich mal, es ist bloß eine Jeans."
"Ja, stimmt. Und wahrscheinlich wäre sie nicht mal halb so sexy, wenn jemand anderer sie tragen würde. Aber deine kleine Farbeinlage", ich wies mit der Hand auf die Flecken, "war auch nicht gerade subtil. Du wolltest mich doch bewusst provozieren."
Wir starrten uns gegenseitig an.
"Ja, weil mir noch immer im Kopf herumspukt, was du vorhin gesagt hast." Er holte tief Luft. "Dass du daraus aber gleich ein Gemälde machst ..."

"Tja, du bist eben ein durchaus ansehenswerter Mann. Soll ich dir auch sagen, wo ich es aufhängen werde?" Ich ließ ihm keine Chance, es zu erraten. "In meinem Schlafzimmer. Dann kann ich es jeden Morgen nach dem Aufwachen als erstes sehen."

Seine Augen nahmen einen sinnlichen Ausdruck an. "Kannst du mir auch solch ein Bild malen? Von dir in deinem blauen, sexy Seidenkleid? Ein Träger, der von deiner nackten Schulter rutscht?"

Ich glotzte ihn an. "Noch weitere Wünsche?" Das war sarkastisch gemeint, doch er ignorierte es.

"Vielleicht in sitzender Position, der Saum ein gutes Stück deine Schenkel hochgerutscht ..." Seine Augen waren zur Hälfte geschlossen. Deutlich hörbar sog er Luft in seine Lungen.

"Hört sich an, als müsstest du dringend an etwas Harmloseres denken", stichelte ich, obwohl seine Worte bei mir eine ähnliche Wirkung hatten.

"Wie recht du hast." Er schloss für einen Moment die Augen, dann lächelte er.

"Komm, hilf mir lieber, die Pinsel zu reinigen, das bringt dich auf andere Gedanken." Zusammen mit ihm machte selbst diese ungeliebte Tätigkeit Spaß, da ich ihn herumkommandieren konnte und er es sich gutmütig gefallen ließ.

Er streckte mir die Hand entgegen, als wir fertig waren. "Meinst du, wir dürfen jetzt gehen?"

"Das habe ich gehört, genauso wie euer Geturtel. Und weil mir das zu viel wird, verschwindet schon, ihr zwei. Macht euch einen schönen Abend." James wedelte mit der Hand in Richtung Tür.

Gabe griff nach dem Geigenkoffer und zog mich zum Ausgang. Er rief den Jungs einen kurzen Gruß zu, und wir gingen den Flur entlang.
"So, mein süßer Engel, was machen wir jetzt?" Er sah mich von der Seite an.
"Keine Ahnung. Wonach ist dir denn?"
"O Ally, *so* solltest du nicht fragen, denn darauf habe ich nur eine einzige Antwort ..." Vielsagend zwinkerte er mir zu.

Kapitel 33

Einspringen

In diesem Moment klingelte mein Handy. Ich zog es aus der Hosentasche und starrte verblüfft auf das Display.
"Jenny?", fragte ich in den Hörer. "Was ist denn?"
Ich lauschte und verzog das Gesicht. "Warte mal kurz, ja?"
Mit der Hand deckte ich das Mikrofon ab. "Jenny ist dran, meine Kollegin von der Tankstelle. Sie ist krank und fragt, ob ich ihre heutige Schicht übernehmen könnte."
Gabe sah enttäuscht aus, doch er nickte. "Wenn du für sie einspringen willst, in Ordnung."
"Jenny? Ich bin in zehn Minuten da." Ich legte auf und blickte ihn an. "Es tut mir leid. Ich hätte den Abend wirklich gerne mit dir verbracht."
"Ist ja nicht tragisch. Wir werden noch viele gemeinsame Abende zusammen verbringen. Komm, ich fahre dich." Er schenkte mir ein warmes Lächeln.
Wir erreichten seinen Wagen, und wenig später die Tankstelle.
"Ich begleite dich hinein. Ich möchte mir deinen Arbeitsplatz einmal ansehen. Arbeitest du schon lange hier?"
Wir stiegen aus, und er nahm meine Hand.
"Seit Studiumbeginn, also schon viereinhalb Jahre.

Normalerweise arbeite ich aber Sonntags."
"Warst du nicht an dem Samstag arbeiten, als Ginger ihre Party feierte?"
"Ja. Eine Kollegin musste an dem Tag zum Arzt."
"Oh, dann bist du also die nette Kollegin, die immer bereit ist zum Tauschen? Ich hoffe, du wirst nicht ausgenutzt."
"Und wenn schon. Wenn ich arbeiten kann, dann ist es doch selbstverständlich, dass ich aushelfe."
Wir gingen hinein, und der mir vertraute Klingelton war zu hören.
"Hey, wie fühlst du dich?" Ich trat hinter den Kassentresen. Eine extrem blasse Jenny blickte hoch.
"Ally! Danke, dass du das für mich machst. Mir ist furchtbar schlecht. Du willst gar nicht wissen, wie oft ich schon auf dem Klo war, um zu ..., du weißt schon."
"Du siehst wirklich nicht gut aus. Sieh zu, dass du gut nach Hause kommst. Wann kommt die Ablösung?"
"Erst um halb zwölf. Es tut mir echt leid. Frank arbeitet hinten, du müsstest die Kasse übernehmen."
"Mach dir keinen Kopf. Werde schnell wieder gesund, okay?"
"Danke, du bist ein Schatz!" Sie griff nach Jacke und Tasche, dann ging sie mit schleppenden Schritten zur Tür.
"Hat sie es weit?", fragte Gabe, der ihr besorgt hinterher blickte.
"Ich weiß es ehrlich gesagt nicht. Jenny? Wohnst du in der Nähe? Wie kommst du nach Hause?"
Sie drehte sich um und sagte: "Nicht gerade in der Nähe. Aber ich schaffe das schon irgendwie."

"Soll ich dich fahren?" Er sah sie zurückhaltend an.
"Jenny, das ist mein Freund Gabe."
Er lächelte, als er meine Worte hörte.
Jenny starrte ihn verblüfft an. Sie nickte und sah noch dankbarer aus als zuvor.
Ich hielt ihm rasch zwei Plastiktüten hin, die er mit fragendem Blick entgegennahm. "Du willst doch nicht, dass sie deinen Wagen vollkotzt, oder?"
Er grinste und steckte die Tüten in seine hintere Hosentasche.
"Ich komme zurück, sobald ich sie nach Hause gebracht habe. Ist das okay?"
"Natürlich. Doch ich muss arbeiten, viel Zeit werde ich nicht für dich haben."
"Bin bald wieder da."
Er begleitete Jenny nach draußen. Kurz darauf sah ich sein Auto am Fenster vorbei fahren.
Ich griff nach dem Kommunikationsbuch, um mich auf den neuesten Stand zu bringen, als mehrere Kunden in den Laden kamen.
Als Gabe zurück kam, flaute der Ansturm gerade ein wenig ab.
"Danke für die Tüten", sagte er verschmitzt und zwinkerte mir zu.
Das ließ mich grinsen. "War es schlimm?"
"Nein. Sie tat mir bloß leid."
Wieder kamen Kunden herein, und er trat einen Schritt zur Seite.
Eine Weile kamen wir nicht zum Reden, weil ich alle Hände voll zu tun hatte. Als es sich wieder etwas beruhigte, fragte er: "Ist hier immer so viel los?"

"Ja, meistens. Doch so vergeht die Zeit wie im Flug, was mir gefällt."
"Soll ich dir etwas zum Essen vorbei bringen? Du hast nichts dabei."
"Oh, ich kaufe mir irgendeine Kleinigkeit, mach dir da keine Gedanken."
"Ich verschwinde dann mal. Um halb zwölf hole dich ab."
"Quatsch, ich muss doch nur einen Block weit laufen. Dafür musst du nicht extra herkommen."
Er schüttelte den Kopf. "Ich hätte dich eigentlich den ganzen Abend für mich gehabt, da will ich dir wenigstens Gute Nacht sagen dürfen. Bekomme ich einen Abschiedskuss?"
Lächelnd trat ich hinter dem Tresen hervor und reckte mich zu ihm hoch. Gabe schenkte mir einen festen Kuss. "Schon etwas besser als diese frustrierenden Federküsse, die du dir angewöhnt hast ..."
"Federküsse?" Er blickte mich erstaunt an. "Hey, nicht meckern, immerhin bist *du* Schuld daran. Ich würde dich am liebsten ganz anders küssen ..." Mit einem Zwinkern verließ er den Laden.
Weil gerade keine Kunden warteten, schnappte ich mir den Besen und fegte den Boden hinter der Kasse. Weit kam ich nicht, aber so war es eben. Stück für Stück erledigte ich meine Arbeit. Ich war gerade dabei, die Rubbellose aufzufüllen, als wieder jemand den Laden betrat.
"Hey", sagte meine Lieblingsstimme.
Perplex schaute ich auf. "Gabe? Was ...? Es ist gerade mal sieben."

"Ich dachte, du hast vielleicht Hunger? Ich habe Hühnchen gemacht mit Nudeln Alfredo."

Fassungslos sah ich ihn an, als er mir eine Plastikdose und eine Gabel reichte. Achtlos stellte ich die Sachen auf dem Tresen ab und lief zu ihm.

Ohne Umschweife warf ich mich in seine Arme und küsste ihn heftig.

"Wow, was ist denn jetzt los?" fragte er völlig überrascht. Seine Arme umschlangen mich.

"Das ist das Netteste, was jemals jemand für mich getan hat! Ich danke dir!" Meine Augen standen voller Tränen, so gerührt war ich.

"Oh", machte er und klang erfreut. "Doch, bitte, nicht weinen, Süße."

Ich schniefte und streichelte über seine Wange. Als der nächste Kunde hereinkam, verschwand ich wieder hinter dem Tresen.

Gabe winkte und verließ das Gebäude.

Wann immer ich eine Sekunde erübrigen konnte, steckte ich mir einen Bissen in den Mund. Der Duft allein war schon himmlisch, und es schmeckte sogar noch besser. Ich leerte die komplette Schale, auch wenn ich glaubte, platzen zu müssen.

Pünktlich um halb zwölf war er wieder da und schenkte mir ein hinreißendes Lächeln, als er den Laden betrat. "Fertig?"

"Ja", sagte ich, schnappte mir den leeren Plastikcontainer und die Gabel. Dann nahm ich seine Hand, die er mir entgegenstreckte. "Gute Nacht, Joan."

"Bye, Ally", erwiderte meine Kollegin und warf Gabe einen bewundernden Blick zu.

"Ich habe dich vermisst, meine Süße."
"Ich dich auch. Und danke für das Essen, es war himmlisch."
"Ich bin glücklich, wenn es dir geschmeckt hat." Sein Blick drückte deutlich seine Freude aus.
"Oh, viel zu sehr! Hast du nicht bemerkt, dass ich rolle, anstatt zu laufen?"
Er lachte lauthals, ehe wir ins Auto stiegen. Ich nahm den Geigenkoffer auf den Schoß, der im Fußraum gestanden hatte, und er fuhr los.
"Ich habe deine Geige mit in die Wohnung genommen, für den Fall, dass mein Auto geklaut worden wäre." Er zwinkerte mir zu.
"Sehr umsichtig. Ehrlich gesagt, habe ich nichts anderes von dir erwartet." Liebevoll lächelte ich ihn an.
"Ich habe lachen müssen, als ich vor zweieinhalb Wochen deine Nachricht las. Deinen Kommentar über mein Auto, meine ich."
"Ach ja? Die Chance dazu ist ja auch irre hoch."
"Findest du?"
"Ja. Solch ein Wagen, ich bitte dich. Der lädt doch förmlich ein zum Klauen."
"Ich denke eher, der ist etwas zu auffällig, um geklaut zu werden." Er zuckte die Schultern. "Aber deine Sorge um die Geige war wirklich süß."
"Sie bedeutet mir unendlich viel. Die Geige ist ein lebendiges Andenken an meinen Dad. Ich wäre untröstlich, wenn ich sie verlieren würde."
Gabe nickte, sah aber leicht verwirrt aus.
"Und? Was hast du gemacht, als ich gearbeitet habe? Außer zu kochen, meine ich."

"Nicht viel. Ein wenig Klavier gespielt. Einsam und allein einen Film angesehen."
"Ich hätte dir gerne Gesellschaft geleistet", seufzte ich.
"Und ich hätte dich liebend gern bei mir gehabt." Sein kurzer Blick war voller Sehnsucht.
"Welchen Film hast du geschaut?"
"Keine Ahnung." Er zuckte mit den Schultern.
"Wie meinst du das, keine Ahnung?" Amüsiert lachte ich.
"Ich konnte mich nicht darauf konzentrieren. Die meiste Zeit habe ich an dich gedacht."
"Oh?"
Doch er sagte nichts weiter, sondern lächelte nur.
Wir waren an meiner Wohnung angekommen, und ich hinderte ihn am Aussteigen. "Ich kann allein nach oben gehen."
"Du willst mich wirklich um die Minute bringen, die ich noch deine Gesellschaft genießen kann? Sei doch nicht so herzlos."
Sein Protest und der schmollende Mund ließen mein Herz schmelzen, sodass ich nachgab. "In Ordnung ..."
Strahlend lächelnd sprang er aus dem Wagen.
Er begleitete mich bis zur Wohnungstür. Ich schloss auf, und schon schob Gabe mich an die Wand.
"Zeit für den Gute-Nacht-Kuss!" Er drückte seinen Körper gegen meinen und küsste mich viel stürmischer, als ich es erwartet hätte.
Überrascht schnappte ich nach Luft.
"Was denn? Ich brauche etwas zum Träumen, nach dem ganzen Gerede über meine Jeans. Küss mich, bitte ...", hauchte er mit rauer Stimme.

Er senkte den Kopf, und Millimeter vor meinem Mund verharrte er in der Bewegung.

Der Aufforderung kam ich gerne nach. Mit der Zunge strich ich über seine Lippen, während meine Hände sich in seine Haare schoben.

Er stöhnte kehlig, als meine Zunge in seinen Mund drang. Mit den Händen umschloss er fest mein Gesicht, ehe er mit heißer Leidenschaft den Kuss erwiderte. "O Ally ..." Er seufzte meinen Namen, zog sich dann langsam zurück. "Jetzt habe ich wahrlich etwas zum Träumen."

Seine Finger streichelten über meinen Wangenknochen bis hinunter zum Mund. "Ich liebe dich, mein süßer Engel." Mit einem tiefen Seufzen ließ er mich los. "Träum von mir, machst du das?" Er sah mich bittend an.

Ich nickte zustimmend. Eine Sekunde darauf war er die Stufen hinunter verschwunden.

Kapitel 34

Überredung

Am vorletzten Semestertag saß ich mit meinen Freunden im Skulpturengarten, um die Mittagspause draußen zu verbringen. Die Sonne brannte heiß.
Wir hatten uns im Schatten eines Baumes ins Gras gesetzt.
"Hey, kennt ihr den schon?" Jarold sah fragend in die Runde.
Der Lehrer fragt einen Schüler: "Aus welchem Land kommst du?"
Der Schüler antwortet: "Czechoslovakia."
Lehrer: "Buchstabiere das, bitte, mal für uns!"
Schüler: "Ich glaube, eigentlich bin ich in Ungarn geboren ..."
Mike lachte so heftig, dass er sich verschluckte.
Sam klopfte ihm auf den Rücken, doch es wurde eher schlimmer als besser.
Weil er allmählich schon rot anlief, hielt ich ihm meine Wasserflasche entgegen. Wie ein Verdurstender griff er danach und trank mit hektischen Schlucken. Erleichtert registrierte ich, dass er sich allmählich entspannte, sein Husten wurde merklich weniger.
"Mensch, Alter, was machst du denn? War doch bloß ein ganz flacher Witz." Jarold starrte ihn an.
"Super! Sagt natürlich der, der den blöden Witz erzählt hat." Mike starrte ihn finster nieder.

Jetzt war es an Jarold, in heftiges Lachen auszubrechen.
Sam blickte die zwei an, dann fragte sie mich in trockenem Tonfall: "Kommen Männer schon so blöd zur Welt? Oder lernen sie das irgendwo? Ich hoffe, es ist nicht ansteckend." Während die Jungs uns noch ratlos anguckten, brachen wir Mädels in Lachen aus.
"Sam, ich liebe dich", sagte ich zu ihr und biss von meinem Apfel ab.
"Cool. Aber küssen verboten", gab sie trocken zurück. Einvernehmlich grinsten wir.
"Oh, schaut mal, ein Marienkäfer." Ein kribbelndes Gefühl auf dem nackten Arm erregte meine Aufmerksamkeit.
Alexander streckte die Hand aus und versuchte, den Käfer auf seinen Finger zu locken. Doch der krabbelte unbeirrt meinen Arm hinunter. Eine Weile versuchte er es weiter. Ich musste kichern, da sein Finger mich kitzelte.
"Hey, halt doch still, sonst kommt er nie zu mir", protestierte er.
"Dann hör du auf, mich zu kitzeln."
Wir lächelten einander an, als der Käfer davonflog.
Sam fragte unvermittelt: "Hat Gabe sich eigentlich entschieden, ob er mit uns Urlaub machen möchte?"
"Wir haben noch nicht wieder darüber geredet, aber plant ihn auf jeden Fall mit ein", antwortete ich. "Und falls es jemanden interessiert: Er wird sich ein Zimmer mit *mir* teilen."
Alle Köpfe wandten sich mir zu.
Mehr oder weniger sprachlos starrten sie mich an.

Alexander fing sich als Erster. Er sprang auf, zog mich hoch und nahm mich in die Arme. Lauthals lachend wirbelte er mich im Kreis umher, bis mir so schwindelig war, dass ich um Gnade flehte.

"Mensch, das ist mal eine Neuigkeit! Du musst ihn mir unbedingt vorstellen, damit ich ihn auf Herz und Nieren prüfen kann. Nicht jeden Kerl werde ich an deiner Seite akzeptieren."

Ich boxte ihm mit der Faust in die Seite, und er ächzte gespielt auf. "Halt dich bloß zurück. Ich liebe ihn und will nicht, dass du ihn mir vergraulst, hörst du?" Jetzt drohte ich ihm mit dem erhobenen Zeigefinger.

Sam mischte sich ein, und sie strahlte glücklich: "O Ally, ich freue mich so sehr für euch. Gabe ist ein toller Mann! Verwöhne ihn bloß ordentlich, nach seiner langen Quälerei ..."

"Quälerei?" Erschrocken blickte ich sie an.

"Er hat mit mir über dich gesprochen. Mir war schon an dem Tag, als ich mir das Bein brach, klar, dass er hoffnungslos in dich verliebt ist. Während der Party haben wir uns lange über dich unterhalten. Ich habe versucht, ihm Hoffnung zu machen, ihm gesagt, dass du Zeit brauchst, um Vertrauen zu ihm aufzubauen. Leider war er recht mutlos, und ich fragte ihn warum. Er hat mir ein paar Sachen erzählt, für die ich dir, liebe Ally, gerne eine runterhauen würde."

Ich fuhr auf. "Zum Beispiel?"

"Wie lange du beispielsweise seine Nachrichten nicht gelesen hast. Oder wie du ihn hast stehen lassen, als er mit dir reden wollte im *Mayflower*. Oder was du zu ihm im *Glendon* gesagt hast."

Verwirrt kaute ich auf der Unterlippe. "Das kann ich alles erklären."

"Natürlich. Dennoch bist du recht grausam gewesen. Hast du nicht seine Blicke bemerkt? Wie ein geprügelter Hund hat er sehnsüchtig um deine Liebe gebettelt."

Der Vergleich ließ mich schwer schlucken. Ohne es zu ahnen, hatte sie den Nagel voll auf den Kopf getroffen.

Etwas leiser fuhr sie fort: "Ich habe ihm gesagt, dass ich mich nicht einmischen werde, weil du meine Freundin bist. Ich habe ihm lediglich angeboten, ihm zuzuhören. Tatsächlich schien es ihm gut zu tun, sich einmal alles von der Seele reden zu können."

Ich nickte nachdenklich.

"Klingt, als hätte es ihn schwer erwischt", sagte Alexander. "Dennoch check ich ihn mal auf meine Weise, wenn ich ihn treffe."

Meine Hand streckte sich wie von allein aus, und ich legte sie ihm auf den Arm. "Sei aber nett, ja? Er hat es ohnehin schon schwer genug mit mir."

"Oh, ich beneide ihn nicht. Ich kenne deine Macken ..." Er zwinkerte mir zu.

Wieder boxte ich nach ihm, dieses Mal traf ich seine Schulter. "Aua", rief er entrüstet, brach dann aber in Lachen aus. "Mensch, bist du brutal."

Es war fast vier Uhr, und bis auf Brad hatten alle das Atelier bereits verlassen.

"Ally?"

"Ja?"

"Soll ich dich nach Hause fahren? Ich meine, wegen der Gemälde? Ich habe seit kurzem ein Auto."

"Lieb von dir, danke. Aber Gabe wird mich abholen." Kurz lächelte ich ihm zu. Dann konzentrierte ich mich wieder aufs Aufräumen.

"Dann seid ihr also fest zusammen?"

Ich ließ die Arme sinken und richtete mich auf. "Ja. Wieso fragst du?"

Brad zögerte, dann sagte er langsam: "Nicht so wichtig."

Prüfend sah ich ihn an. Ein lautes Klopfen ertönte von der Tür her. Schon schwang sie auf, und Gabe erschien im Türrahmen.

Ein freudiges Lächeln glitt über mein Gesicht. "Hey, da bist du ja."

"Hallo." Er warf mir einen flüchtigen Blick zu, dann deutete er auf die Leinwände. "Kann ich schon ein paar davon ins Auto bringen?"

Verunsichert fragte ich mich, was los war.

Kein Kuss, kein Lächeln, kein Kosename?

Leise sagte ich: "Ja, natürlich."

Schweigend schnappte er sich die Hälfte der Bilder und verließ das Atelier, ohne ein weiteres Wort zu sagen.

"Ehekrise?" Brads Worte ließen mich hochschrecken.

"Ich weiß nicht. Ich verstehe gerade gar nichts mehr, wenn ich ehrlich sein soll ..." Plötzliche Tränen schossen mir in die Augen, und ich versuchte sie zurückzublinzeln.

Er kam zu mir herüber. Unfreiwillig fand ich mich in seinen Armen wieder. "Hey, nicht weinen, okay?"
Ich wand mich unangenehm berührt, sofort waren die aufsteigenden Tränen versiegt. Doch er ließ mich nicht los. "Brad, bitte, lass mich los."
Er beugte seinen Oberkörper etwas zurück, um mich anzusehen. "Ally, ich hatte nie den Mut dazu. Aber ich muss dir endlich gestehen, dass ich mich in dich verliebt habe ..."
Die Tür ging auf. Erschrocken drehte ich den Kopf.
"Was geht hier vor?" Gabes finsterer Blick wanderte von mir zu ihm.
Ich versuchte erneut, Brad von mir zu schieben. "Lass mich los, bitte."
"Weshalb? Wegen ihm? Es sieht nicht so aus, als wollte er dich noch haben."
Ich sah zu Gabe, dessen Gesicht eine erschreckend blasse Farbe annahm.
"Täusche dich da mal nicht", sagte er mit kalter Stimme, den Blick finster auf Brad gerichtet. "Ich will sie, ohne Einschränkung. Und zwar mit Haut und Haar. Du hattest jahrelang deine Chance. Jetzt gehört Ally zu mir. Also nimm gefälligst deine Finger von ihr, wenn die noch heil bleiben sollen."
Als Brad keine Anstalten machte, seine Arme von mir zu lösen, kam Gabe zornig einige Schritte näher. "Wie du willst, aber ich warne dich. Ich bin ein Profi, wenn es um Schläge geht. Das ist meine letzte Warnung."
Endlich lockerte Brad den Griff, trat einen Schritt zurück. Er sagte nichts, sondern blickte sein Gegenüber nur grollend an.

Gabe griff nach meiner Hand und riss mich an sich, gab mir einen wütenden Kuss, der meine Lippen schmerzen ließ.

"Du Mistkerl", flüsterte Brad.

Gabe schubste mich leicht zur Seite, schon rammte er ihm seine Faust in den Bauch.

"Nein!" Meine Stimme war fast ein Kreischen. Vor Schreck fing ich an zu zittern. "Bitte, nicht!"

Schwer atmend blickte er auf Brad hinunter, der keuchend am Boden lag. Wortlos griff er nach den restlichen Leinwänden und verließ den Raum.

Ich lief hinter ihm her, überließ Brad sich selbst. "Warte, bitte."

Doch er blieb nicht stehen. Viel früher als ich kam er bei seinem Auto an. Er legte die Bilder in den Kofferraum und schlug dröhnend die Klappe zu. Mich noch immer ignorierend, setzte er sich hinter das Lenkrad und startete den Motor.

Abrupt blieb ich stehen.

Wollte er etwa ohne mich fahren?

Er sah kein einziges Mal in meine Richtung, das konnte ich durch die Windschutzscheibe erkennen, doch der Wagen setzte sich nicht in Bewegung.

Nach einem kleinen Zögern ging ich die letzten Schritte, öffnete die Beifahrertür und setzte mich. Kaum schlug ich die Tür zu, als er schon scharf anfuhr.

"Verdammt, darf ich mich anschnallen, oder willst du mich umbringen?"

Der Wagen bremste ab, nicht gerade sanft, aber immerhin so, dass ich mir nicht weh tat. Rasch schloss ich den Gurt, und sofort trat er wieder aufs Gaspedal.

"Gabe?" Ich warf ihm einen vorsichtigen Blick zu.
In seiner Wange zuckte ein Muskel. "Ich will jetzt nicht reden." Seine Stimme klang gepresst.
Es war, als hätte er mir eine Ohrfeige gegeben. "Weshalb bist du so wütend?"
Doch er antwortete nicht, sondern konzentrierte sich aufs Fahren.
Nahe meiner Wohnung parkte er den Wagen. Er stieg aus, öffnete den Kofferraum und nahm einige der Leinwände heraus. Wortlos drückte er sie mir in die Hand. Die restlichen Leinwände stützte er auf seinem Knie ab, bevor er den Kofferraumdeckel zuschlug.
Ich wartete neben ihm, doch er ging - ohne mich zu beachten - zur Eingangstür.
Während ich aufschloss, starrte er stur geradeaus. Noch immer zuckte der Muskel in seiner Wange. Wortlos lief er die Treppen hinauf, wartete an der Wohnungstür.
Ich folgte ihm langsamer, in Gedanken mit der Frage beschäftigt, ob er wegen Brad so sauer war?
Wie zuvor ging er voran, kaum dass ich aufgeschlossen hatte. Im Wohnzimmer stellte er die Bilder neben dem Schreibtisch ab, drehte er sich zu mir um. Mit schnellem Griff nahm er mir die sperrige Last ab und stellte sie zu den anderen.
Dann blickte er mich schweigend an. Es war mir unmöglich, seinen Blick zu entschlüsseln. Er wirkte kalt und abweisend. In seinen Augen jedoch loderte ein Feuer.
Allmählich wurde ich sauer.
Regungslos stand er da, sagte kein Wort.

Dann wollen wir mal sehen, wer von uns sturer sein kann, dachte ich. Mit Schwung drehte ich mich um und ging in die Küche hinüber.

Ich schaltete wütend das Radio ein, mein Lieblingssender MYFM spielte *The Lazy Song* von Bruno Mars. Eine Drehung an dem großen Knopf, schon wurde das Lied um einiges lauter.

Aus dem Obstkorb neben dem Kühlschrank nahm ich mir eine Birne und biss hinein. Natürlich tropfte mir etwas von dem Saft auf die Bluse. Mit der freien Hand wischte ich über den nassen Fleck, verschmierte ihn aber nur. Ich verzog unzufrieden den Mund.

Dem Fenster zugewandt blieb ich vor der Spüle stehen und sah hinaus. Kurz überlegte ich, die Wohnung einfach zu verlassen, entschied mich aber dagegen.

Im Nacken spürte ich mit einem Mal Gabes Blick. Jetzt nahm ich auch seine Schritte wahr, die auf dem Teppich ein leises Geräusch verursachten.

"Ally." Seine Stimme war lediglich ein Flüstern, und mir lief ungewollt ein Schauder über den Rücken.

Sollte ich so tun, als hätte ich ihn nicht gehört?

Das Geräusch der Schritte veränderte sich, als er über den Linoleumboden der Küche lief. Ganz dicht hinter mir blieb er stehen.

Augenblicklich wurde mir heiß und kalt zugleich. Eine Gänsehaut überzog meine Unterarme, meine Atmung wurde flacher.

"Ally ..." Wieder flüsterte er, dieses Mal ganz dicht an meinem Nacken. Ich spürte seinen warmen Atem, doch er berührte mich nicht.

Traute er sich nicht?

"Was, Gabe?" Den Rest der Birne legte ich auf einen Teller, der darauf wartete, abgewaschen zu werden. Schnell spülte ich mir die Hände ab, um das unangenehm klebrige Gefühl loszuwerden.

Er stand dicht hinter mir, deswegen war es mir unmöglich, an das Geschirrtuch heranzukommen, das über dem Griff des Backofens hing. Ich ließ meine Arme einfach nach unten fallen.

Er griff nach meiner Schulter und drehte mich zu sich herum.

Doch ich weigerte mich, ihm in die Augen zu schauen. Denn ich wusste, ein Blick von ihm würde ausreichen, um mir allen Wind aus den Segeln nehmen. Ich wollte sauer auf ihn sein. Aber meine Wut bröckelte wie alter Putz, verwandelte sich allmählich in Staub und machte einer gewissen Traurigkeit Platz.

Mein Blick lag auf dem schiefergrauen Hemd, dessen cremeweiße Knöpfe auffällig mit der dunkleren Farbe kontrastierten.

"Ally", flüsterte er ein drittes Mal. "Bitte, sieh mich an, Süße." Endlich sprach er das Kosewort wieder aus.

Als wäre ein Bann von mir genommen, konnte ich endlich den Blick zu seinen Augen heben.

"Gibt es irgendetwas, was du mir sagen willst?"

Diese seltsame Frage kam so unerwartet, dass ich ihn verwirrt ansah. "Wie meinst du das?"

Er holte tief Luft. Nicht nur einmal, sondern mehrere Male, ehe er weiter sprach: "Brad, zum Beispiel? Oder irgendein anderer Mann?" Abwartend, und offenbar zutiefst verärgert, blickte er mir geradewegs in die Augen.

"Wie bitte? Das ist nicht dein Ernst, oder?"

Gabe atmete schwer, doch er fragte ganz ruhig: "Wie viele Typen sind eigentlich in dich verliebt? Kannst du noch mitzählen? Ist jemand darunter, den du bevorzugst?"

Konsterniert sah ich in seine Augen, doch er starrte zurück, ohne mit den Wimpern zu zucken. In dem Blick schwelte unterdrückte Wut. Und noch etwas anderes, was ich nicht benennen konnte.

"Völlig irrelevante Fragen! Hör auf mit dem Blödsinn." In der Absicht, mich an ihm vorbeizuschieben, trat ich einen Schritt zur Seite, doch er folgte der Bewegung.

"Ich bin nicht bereit, dich zu teilen. Ich hoffe, dir ist das klar."

"Nein, das war mir bislang nicht klar, aber danke für die Aufklärung. Sobald ich mich entschieden habe, werde ich es dich wissen lassen, ja?" Ironie lag mir noch nie besonders, aber in diesem Moment war ich zufrieden mit meinem Tonfall.

"Verdammt, Ally! Mach dich nicht lustig über mich. Ich bin bis zum Hals eifersüchtig, also reiz mich nicht über Gebühr." Er wirkte fast bedrohlich, wie er so massiv vor mir stand, mit Augen, die fast schwarz waren.

Dennoch musste ich leise lachen. "Entspann dich doch mal. Es ist doch überhaupt nichts pass..."

Er schnitt mir das Wort ab, indem er mit beiden Händen nach meinem Kopf griff und mich zu sich zog. Schmerzhaft pressten sich seine Lippen auf meinen Mund, und ich hörte, wie er aufstöhnte.

Es war nicht der Kuss, sondern sein Stöhnen, das meine Leidenschaft aufflackern ließ.

Und einzig Gabe besaß die Macht dazu, sie in mir auszulösen.
Ohne nachzudenken presste ich mich mit dem ganzen Körper an ihn. Ich war verlegen und glücklich zugleich, als ich an meinem Bauch spürte, dass er erregt war.
"O Ally, was machst du bloß mit mir?" Seine Hand strich mir über die Haare, hinunter zum Nacken und weiter über den Rücken. Kurz vor dem Po stoppte er die Bewegung, und ich verspürte eine unwillkürliche Enttäuschung. "Süße, du hast keine Ahnung, wie heftig ich dich begehre, nicht wahr? Oder wie schwer mir das Warten fällt?" Sein glühender Blick bohrte sich tief in meine Augen.
Es war an der Zeit, ihm zu sagen, dass ich seit dem Tag an seinem Klavier nicht mehr warten wollte!
Allen Mut zusammenklaubend, holte ich tief Luft, doch Gabe ließ mich alles vergessen, als er seinen Unterleib fester an mich drückte.
"Kannst du spüren, dass ich dich begehre?" Seine Hand setzte ihren Weg fort, langsam und aufreizend. Sie legte sich um die Rundung meines Pos. Auf diese Weise drückte er mich noch fester an sich, und ich schnappte hörbar nach Atem.
Wieder küsste er mich, ein Stöhnen drang aus seiner Kehle. "Küss mich, Ally. Gib mir irgendetwas, damit ich nicht durchdrehe ..."
Sein Kuss wurde drängender, und gierig erwiderte ich ihn.
"O Ally, deine Küsse machen mich wahnsinnig. Dein Geruch und dein Geschmack bringen mich um den Verstand, ist dir das bewusst?"

Mit festem Griff legte er die Hand auf meinen Busen, und ich konnte ein Aufkeuchen nicht unterdrücken.
"Lass mich dich einen Augenblick lang berühren."
Zitternd lag ich in seinen Armen.
"Ich sollte aufhören, nicht wahr? Du bist noch immer nicht bereit für mich, oder?" Sein Daumen strich drängend über meine Brustwarze, die sich durch den Stoff hindurch der Berührung entgegenstreckte. Damit verwirrte er meinen Verstand so sehr, dass ich außerstande war, zu antworten.
"Ich werde so zärtlich sein, wie ich es nur vermag. Aber schick mich nicht weg, Ally. Lass mich dich ins Bett tragen und dich lieben. Ich flehe dich an." Sein gieriger Mund küsste mich, während seine Zunge mein Verlangen schürte. Immer stärker regte sich die Lust in mir.
"Bitte ..."
Flehte ich ihn um mehr an?
Ja, genau das tat ich!
"Schick mich nicht weg, bitte. Sag mir, dass du mich auch willst." Er schob eine Hand unter meine Bluse, die bebenden Finger legten sich um die Rundung meiner Brust. Sein Daumen strich über die Brustwarze, die von dem BH verhüllt war, und sie zog sich zusammen.
"O Süße, gib mir mehr. Ich brauche mehr." Er zog an dem BH, doch seine Finger zitterten zu stark.
Frustriert stöhnte Gabe auf. Entschlossen begann er, die Bluse aufzuknöpfen. Schon streifte er sie mir vom Körper. Der heiße Atem auf meiner Haut machte mich verrückt, und ich gierte nach mehr. Er hauchte einen Kuss auf meinen Brustansatz. Aufstöhnend ließ ich den Kopf nach hinten fallen, reckte mich ihm entgegen.

"Ally", er stöhnte meinen Namen. Noch nie zuvor hatte ich einen erregenderen Laut gehört. Mein Herz raste. Ich wollte mehr, so viel mehr.

Er strich mit der Hand über mein Schlüsselbein. Ein kleines Stück über der Brust blieb sie liegen. "Dein Herz schlägt so heftig wie meins." Die andere Hand strich über meinen nackten Rücken. Ich konnte fühlen, wie seine Finger an dem Verschluss des BHs nestelten, während er mich verzehrend küsste.

Mein Atem beschleunigte sich, als er mit beiden Händen die Träger von den Schultern streifte, dann lag mein Busen bloß dar. Unwillkürlich wollte ich mich mit den Händen vor seinem Blick verbergen, aber Gabe flüsterte rau: "Nicht, bitte. Ich möchte dich anschauen, mein Engel."

Ich erstarrte in der Bewegung und hielt die Luft an.

Sein Atem beschleunigte sich, seine zitternden Hände strichen meine Arme hinauf, während die Augen unverwandt auf meinen Busen gerichtet waren. Jetzt zwang er sich, langsamer zu atmen. An seinem Gesicht konnte ich die Anspannung ablesen. Es nötigte mir Respekt ab, als ich sah, wie hart er gerade um Selbstbeherrschung rang. Für diesen Moment gewann er den Kampf.

Seine warmen Finger streichelten qualvoll langsam über die Schultern, bis sie endlich meine Brüste umschlossen.

Meine Zähne bohrten sich in die Unterlippe, doch ein Aufstöhnen konnte ich nicht unterdrücken.

"Du kostest mich meinen Verstand." Den Kopf nach unten neigend, nahm er eine Brustwarze in den Mund.

Ein zittriges Keuchen entfuhr mir.

Saugend und mit der Zunge streichelnd, schaltete er mein Denken aus. Alles, wozu ich noch in der Lage war, war reines Fühlen. Ich schloss die Augen und drückte den Rücken durch.

"Bitte, sag es. Du willst mich auch, das stimmt doch?" Er zog sich von mir zurück.

Nach Luft schnappend nickte ich verzweifelt.

Ja, ja, ja!

"Sag es, bitte, Ally. Du musst es für mich aussprechen." Es klang wie eine Beschwörung, auf die es nur eine Antwort geben konnte: "Ja", hauchte ich, "ja, ich will dich."

Gabe atmete keuchend aus, als hätte er die Luft angehalten. Ein Strahlen glitt über sein Gesicht, doch schon wich dieser Ausdruck dem seines glühenden Verlangens. Mit angespannter Stimme flüsterte er: "Schling die Beine um mich, Süße." Er hob mich hoch, und ich gehorchte seinem Befehl. Mit langen Schritten trug er mich ins Schlafzimmer. "Sag, nimmst du die Pille?"

"Ja, aber noch nicht lange genug", murmelte ich befangen, mein Gesicht erglühte. "Ich bin zu meiner Ärztin gegangen, nachdem du mir dein Piano gezeigt hast. Ich, hm, habe aber ..."

Fragend sah er mir in die Augen.

Mit heißer werdenden Wangen flüsterte ich verlegen: "Schau in die Nachttischschublade."

Mich nicht loslassend küsste er mich noch einmal, dann zog er die Schublade auf und nahm die Packung mit den Kondomen heraus.

"Danke dafür!" Er schenkte mir einen intensiven Kuss.

Sanft setzte er mich auf das Bett, drückte mich nach hinten und streckte sich neben mir aus. "O Ally ... Davon träume ich seit dem Tag, an dem ich dir begegnet bin ..." Voller Verlangen presste er den Mund auf meinen, während seine Hand erneut begann, meinen Busen zu streicheln.
Er richtete sich auf, um mich anzusehen. Seine Brust hob und senkte sich in hektischem Rhythmus. "Einfach bildschön", murmelte er mit bewunderndem Unterton. Mit einem Stöhnen beugte er sich vor, umschloss mit dem Mund eine Knospe, leckte und saugte an ihr.
Ein unaufhaltsames Zittern durchlief mich, wieder war ich zu keinem klaren Gedanken mehr fähig.
Mit der rechten Hand schob er meinen Rock nach oben. Augenblicke später zog er mir den Slip aus. Seine Bewegungen wurden hektischer, als könnte er sich kaum noch beherrschen.
Er drückte meine Beine leicht auseinander, schob seine Hand dazwischen und strich quälend langsam an der Innenseite meines Schenkels hinauf. Allmählich geriet ich in Atemnot, ersehnte aber mehr.
"Süße, ich weiß, du bist noch unerfahren, aber ich verzehre mich nach dir. Bitte, lass mich spüren ... Ich muss wissen, ob du für mich bereit bist." Er keuchte seinen warmen Atem gegen meinen Busen, während die Finger beharrlich aufwärts strebten.
Ich schrie leise auf, als sie ihr Ziel erreichten, mittig zwischen meinen Schenkeln.
"*Himmel* ... Du bist ja ganz feucht!" Gabe atmete so unregelmäßig, dass seine Stimme zitterte. Doch die Finger stoppten nicht, sie drangen in mich ein.

Ich gab ein langgezogenes Stöhnen von mir. Meine Hände krallten sich in das Bettlaken. Das Gefühl, das seine Liebkosungen in mir erzeugten, ließ meinen Unterkörper erbeben.

"O Ally, du bist alles, was ich mir je erträumt habe ..." Seine Finger schoben sich rhythmisch vor und zurück, und ich begann unkontrolliert zu zittern.

O Gott, das war fast mehr, als ich ertragen konnte!
Glühendes Verlangen brodelte in mir, versengte mich, und ich drückte das Kreuz durch.

Wieder und wieder bewegte er seine Hand. "Ja. Lass dich fallen. Ich will sehen, wie du kommst, meine Süße", flüsterte er beschwörend. Mein Becken stemmte sich ihm entgegen. Ich besaß keine nennenswerte Kontrolle mehr über mich. Die Empfindungen, die er in mir auslöste, ließen mich willenlos werden.

Seine Hand stieß härter in mich, fester und beharrlicher.

Ich schluchzte laut auf, als alles in mir sich urplötzlich zusammenzog. Eine brachiale Erlösung ließ meinen Körper erbeben. Dann erschlaffte mein zitternder Leib, und mit geschlossenen Augen blieb ich heftig atmend liegen.

Ich konnte sein Aufkeuchen hören, wie aus weiter Ferne. Er bewegte sich, entfernte sich einen kurzen Moment. Ich hörte Stoff rascheln, dann eine Folienpackung aufreißen. Mit beiden Händen drückte er meine Beine weiter auseinander, schob sich mit seinem Körper dazwischen, über mich.

"Ally, ich kann nicht eine Sekunde länger warten. Bitte, lass mich zu dir kommen." Seine raue Stimme flehte.

Mühsam öffnete ich die Lider.
Begehrlich glühende Augen ließen meine Lust erneut aufflammen. Mein schwaches Nicken war alles, was er brauchte.
Schon fühlte ich, wie etwas gegen meine heiße Öffnung drängte. Ich presste die Augen für einen Moment zusammen, als ich spürte, wie er langsam in mich glitt.
O Gott, das Gefühl war unbeschreiblich ...
Gabe stöhnte auf, tief und kehlig. Er stoppte in der Bewegung und suchte meinen Blick. "Ich kann es spüren. Vielleicht tut es gleich etwas weh, aber das vergeht schnell, okay?"
"Ja", sagte ich keuchend, denn ich war gierig nach mehr.
Er schloss konzentriert die Augen und zog sich vorsichtig zurück. Dann sah er mir tief in die Augen, und mit einem festen Stoß kam er erneut in mich, tiefer als zuvor.
Ich zuckte zusammen, als ich einen Stich wahrnahm. Doch schon verblasste der Schmerz, denn ich war in dieser alles an sich raffenden Leidenschaft gefangen.
"Ally, alles in Ordnung?"
"O Gabe, hör endlich auf zu reden und mach weiter."
Schwer keuchend lachte er auf. Dann gab es offenbar kein Halten mehr für ihn, wieder und wieder versenkte er sich in mir.
Schon spürte ich, wie ich mich dem nächsten Höhepunkt näherte. Die Wellen der Lust kamen immer näher, rieben mich förmlich auf, um schlussendlich über mir zu kollidieren, und rissen mich mit sich in die Tiefe.

Wie unter Qual schrie ich auf.

Als wäre das sein Signal, wurden seine Stöße mächtiger und noch drängender.

Augenblicke später stöhnte er auf und erschauderte ungebändigt. Mit zitternden Armen verharrte er abgestützt über mir. Sein Atem ging heftig, und er schloss die Augen, den Kopf in den Nacken gelegt. Er bewegte sein Becken noch einige Male ganz langsam, immer noch mühsam atmend.

Allmählich kehrte ich in die Realität zurück.

Der erste Gedanke, der mir durch den Kopf schoss, war, dass er immer noch sein Hemd trug. Doch er verlor sich, als ich zu Gabe aufsah, sein Gesicht musterte.

Er öffnete die Augen, und es schien ihn Kraft zu kosten. Sie glühten in einem intensiven Licht, sein Mund begann zu lächeln. Den Kopf schüttelnd sagte er: "Himmel ... Das war ... Weshalb machst du mich bloß so verrückt?"

Er ließ sich neben mich fallen, zog mich dabei mit sich, und schloss mich fest in seine Arme.

Wir tauschten einen langen Blick, doch meine Lider wurden immer schwerer.

"Ich liebe dich, Ally. Und es tut mir leid. Ich wollte eigentlich, dass es ein unvergessliches erstes Mal für dich wird. Stattdessen bin ich einfach über dich hergefallen. Verzeih mir, bitte." Seine Hand streichelte zart über mein Wange.

Gerne hätte ich ihn beruhigt, doch ich war nicht dazu in der Lage. Ich war so müde, dass ich nicht mal mehr die Augen offen halten konnte. Ich schaffte es gerade noch, zu lächeln.

Dass Gabe mich fester in die Arme schloss und sein Gesicht in meinen Haaren vergrub, bekam ich nur noch am Rande mit. Vielleicht bildete ich es mir ein, das er mir ins Ohr flüsterte: "Ich ertrage es einfach nicht, dich zu verlieren."
Doch sofort verblasste diese Wahrnehmung, und ich versank in bleiernem Schlaf.

Kapitel 35

Traum oder Wirklichkeit?

Es war stockfinster im Zimmer. Ich war mir nicht darüber im Klaren, was mich aufgeweckt hatte, oder wie spät es war.
Als ich Fingerspitzen spürte, die meine Wange streichelten, erschrak ich zutiefst.
"Hey, Süße", raunte eine - mir sehr bekannte - Stimme. Ich schnappte nach Luft. "Träume ich?"
Gabe lachte leise. "Ich hoffe doch nicht." Er lehnte sich zur Seite, und tippte gegen die Nachttischlampe, die sofort ein sanftes Licht durch den Raum schickte.
Dennoch tat es mir in den Augen weh, sodass ich blinzelte.
Seine Augen sahen mich mit einem intensiven Blick an. "Ich brenne darauf, dir noch mehr Vergnügen zu bereiten, sozusagen als Verlängerung deines ersten Mals. Ich befürchte, du bist vorhin ein wenig zu kurz gekommen, weil ich keine Sekunde länger imstande war, mich zurückzuhalten." Er schob sich über mich, stützte sich mit den Armen ab, und sah mir tief in die Augen. "Es tut mir leid. Ich hätte mich besser beherrschen müssen. Kannst du mir das verzeihen?"
Sein Gewicht auf mir zu spüren war regelrecht köstlich. Mein Körper reagierte auf ihn, begann zu prickeln. Ich konnte nur nicken, denn ich traute meiner Stimme nicht.

"Danke, mein Engel. Ich werde es mir zwar bis in alle Ewigkeit vorwerfen, aber wenn du mir wirklich verzeihen kannst, dann milderst du meine Qual ein wenig." Jetzt beugte er sich hinunter und gab mir einen zärtlichen Kuss.

"Ah", seufzte ich sehnsüchtig.

"Weißt du eigentlich, wie maßlos ich mich verliebt habe in die Laute, die du vorhin von dir gegeben hast?"

Seine Worte ließen mein Gesicht erglühen. Peinlich berührt schüttelte ich den Kopf.

"Ich liebe es, wenn du unter mir liegst und stöhnst, Ally. Ich habe so viele Nächte davon geträumt, und jetzt möchte ich es wieder hören ..."

Verschämt schloss ich die Augen. Ich keuchte auf, als er mit der Handfläche über meinen Busen rieb, und riss die Augen wieder auf. Der Reiz fuhr wie ein Blitz durch meinen Körper.

"Ja", hauchte Gabe. "Solche Laute meinte ich." Seine Hand glitt zu meinen Knien, schob sich dazwischen.

Es gab keine Chance für mich, das Stöhnen zu unterdrücken, dass aus meinem Mund schlüpfte.

"Oh ja! Davon möchte ich mehr ..." Er küsste mich, während seine Hand an der Innenseite den Oberschenkel hinauf strich Seine Finger strebten weiter, fanden ihr Ziel.

Abrupt riss er den Kopf hoch. "Himmel, Ally." Er sah mich staunend an, heftig atmend. "Du bist schon wieder bereit für mich?" Die Finger rutschten in mich hinein, und ich warf den Kopf zurück, biss mir auf die Unterlippe, um ein weiteres Keuchen zurückzudrängen.

"Nicht, bitte! Unterdrücke niemals dein Stöhnen, du kannst nicht ahnen, wie sehr du mich damit erregst." Langsam zog er die Finger zurück und brachte mich damit an den Rand der Extase.

Ich wölbte das Becken vor, um ihn dazu zu verlocken, seine Finger noch einmal in mich zu stoßen.

"Bitte, Gabe ..." Mir war nicht bewusst, worum ich flehte, aber ich vertraute darauf, dass er es wusste. Er zog seine Hand komplett weg. Enttäuscht verzog ich den Mund.

"Gleich, meine Süße. Leider brauchen wir ein Kondom, bevor wir weitermachen können." Er nahm eins vom Nachttisch und riss mit den Zähnen die Packung auf.

Beschämt verschloss ich die Augen. Gleich darauf spürte ich, wie seine Hände sich an meine Schenkel legten und sie langsam auseinander drückten Ein Beben durchfuhr mich, weil ich mich verlegen und schamlos zugleich fühlte.

Gabe kniete sich dazwischen und schob sich wieder über mich. Die Hände stützte er rechts und links von mir ab. "Sieh mich an, bitte. Ich möchte deine Augen sehen, wenn ich jetzt in dich komme."

Mein Atem beschleunigte sich, und ich hielt den Blick auf ihn gerichtet. Dann spürte ich seine Hitze. Ganz langsam drang er in mich ein.

"Oh", keuchte ich, riss die Augen weit auf und bemühte mich, sie offen zu halten. Doch ich konnte nicht verhindern, dass ich mich unter ihm wand, weil die süße Qual einfach zu stark war. "Bitte", flehte ich, als er tief in mir war und in der Bewegung stoppte, meinen Blick noch immer gefangen hielt.

"O Ally, du bist so schön. Und unendlich begehrenswert. Ich möchte jetzt nichts anderes, als hart in dich stoßen. Doch du bist quasi noch Jungfrau, und ich will dir nicht weh tun." Sein Atem ging stoßweise, gewaltsam schien er sich zurückzuhalten.

"Bitte, tu es einfach. Ich will dich." Meine Augen schienen ihm zu verraten, dass ich die Wahrheit sprach.

Doch er schloss die Augen, schüttelte den Kopf und flüsterte: "Ich will es so langsam machen, wie ich kann. Für dich, meine Süße! Aber das werde ich nicht lange durchhalten." Bemüht gemächlich zog er sich zurück, und ebenso bedächtig drang er wieder in mich ein, gab dabei ein kehliges Stöhnen von sich.

Jetzt schüttelte ich verzweifelt den Kopf. Eindringlich murmelte ich: "Ich will es nicht langsam. Bitte, Gabe."

Er erstarrte und blickte mich wieder an. "Bist du dir sicher? Ich möchte wenigstens dein zweites Mal zu etwas Besonderem machen."

"Bitte, lass mich nicht warten." Um ihm zu zeigen, was ich meinte, drängte ich ihm das Becken entgegen, was ihm ein wildes Keuchen entriss.

"Wie könnte ich dir widerstehen?", murmelte er. Rhythmisch begann er sich zu bewegen, stieß in mich, füllte mich aus. Jedes Zurückziehen ließ mich nach mehr sehnen. Jedes Zustoßen ließ mich aufstöhnen, erregt bis zum Äußersten. Bald wimmerte ich, die Lust war mittlerweile so übermächtig, dass ich die Erlösung herbeisehnte.

Gabe keuchte mit jedem Atemzug, seine Hände umklammerten meine Hüften, ehe er unvermittelt viel härter in mich stieß.

O Gott, genau das war es, was ich brauchte!
Ich rief seinen Namen, lag zuckend unter ihm, von einem mitreißenden Höhepunkt geschüttelt.
"Ally, ja", hauchte er mit zitternder Stimme. In rasendem Tempo rammte er sich tief in mich hinein, wieder und wieder. "Jetzt", stöhnte er abgehackt in mein Ohr. Dann rief er laut meinen Namen. Einen Augenblick hielt er sich noch aufrecht, dann sank er auf mich, heftig atmend und mit rasendem Herzschlag.
Ich hob die Hand und legte sie an seine Wange.
Er drehte mir das Gesicht zu, öffnete seine strahlenden Augen und sah mich lange an.
Voller Glück zog sich mein Herz zusammen. "Ich liebe dich, Gabe. Und ich danke dir für das schönste zweite Mal, das ich mir nicht wundervoller hätte erträumen können."
Kurz zuckte sein Brustkorb, als er einmal auflachte. "Du, mein Engel, bist das süßeste Wesen und so leidenschaftlich ... Du bist mein wahr gewordener Traum!" Er rollte sich herum, zog mich mit sich. Sein Bein legte sich über meine, sodass wir eng umschlungen dalagen.
"So möchte ich jeden weiteren Abend meines Lebens einschlafen", flüsterte er und strich mir durchs Haar.
"Was meinst du? Nach leidenschaftlichem Sex?", fragte ich, matt vor Müdigkeit. Dennoch war ich höchst interessiert an seiner Antwort.
"Nein, nicht zwingend. Aber mit dir in meinem Arm, sodass ich dich jederzeit anschauen kann, wenn mir danach ist." Seine Augen glitten zärtlich über mein Gesicht.

Ich lächelte ihn an, seine Worte machten mich unbeschreiblich glücklich.
Ich rutschte noch näher an ihn heran, legte den Kopf unter sein Kinn. Meine Hand legte sich auf seine Brust, unter der ich den stetigen Herzschlag fühlen konnte.
Verrückt, er hat noch immer sein Hemd an, dachte ich erheitert, bevor ich einschlief.

Als ich wieder erwachte, war ich allein im Bett. Verwirrt setzte ich mich auf. Ein Blick auf den Wecker zeigte mir, dass es erst halb sieben war. Mit den Fingerspitzen tippte ich zwei Mal gegen den Keramikfuß der Nachttischlampe, um sie auszuschalten.
"Gabe?", rief ich laut, doch ich bekam keine Antwort. Sofort begannen Gedanken, die ich gar nicht denken wollte, in meinem Kopf umherzutaumeln.
Ist er gegangen? Habe ich etwas falsch gemacht?
Doch dann schüttelte ich über mich selbst den Kopf. Statt mich in Vermutungen zu ergehen, sollte ich mich besser auf die nach ihm Suche machen.
Energisch sprang ich aus dem Bett und verzog den Mund, da mein Körper mir verdeutlichte, dass ich in der Nacht nicht nur geschlafen hatte.
Ich zog mir ein frisches T-Shirt und einen sauberen Slip an, dann trat ich in den Flur.
Im Badezimmer war es dunkel, ein schneller Blick zeigte mir, dass es leer war. Als ich hoffnungsvoll die Küche betrat, in der das Licht eingeschaltet war, lag sie jedoch leer vor mir.

Die wenigen Meter zum Wohnzimmer ging ich ganz langsam, mein Herz wurde mit jedem Schritt schwerer. Endlich konnte ich den ganzen Raum überblicken, doch auch er war leer ...
Er ist gegangen, dachte ich fassungslos.
Ich war so geschockt, dass ich mich rasch auf den Boden setzte. Bis zur Couch hätte meine Kraft nicht mehr gereicht. Im Schneidersitz verharrte ich, mein Kinn sank mir auf die Brust.
Ich legte die Arme um den Oberkörper, irgendwie half mir das, nicht in Tränen auszubrechen. Allerdings nutzte es nichts gegen das Zittern, das meinen Körper ergriff.
Vielleicht waren fünf Minuten vergangen, als ich ein Geräusch hörte. Mein Kopf ruckte hoch, ich war zutiefst erschrocken. Doch mein närrisches Herz klopfte mit einem Mal hoffnungsvoll.
War das die Wohnungstür gewesen?
Ich konnte leise Schritte hören.
"Ally? Wo steckst du?" Die Stimme kam aus dem Schlafzimmer.
Schnelle Schritte waren zu hören. Einen Augenblick später kam Gabe um die Ecke. Ich konnte sein heftiges Ausatmen hören. "Was machst du hier im Dunkeln auf dem Boden? Erschrecke mich doch nicht so!" Er setzte sich neben mich und sah mich fragend an.
Ich biss mir auf die Lippen. *Bloß nicht heulen*, dachte ich angestrengt.
"Ally?" Er rückte etwas näher und legte einen Arm um meine Hüfte. "Sag mir, was du hast." Er neigte den Kopf, um mich besser anschauen zu können.

Trotz meiner Bemühungen begannen die Tränen nun doch zu fließen. "Ich dachte, du wärst gegangen." Ich war nicht imstande, ihn anzusehen.
"*Was?* Ally, nein! Ich bin Brötchen kaufen gegangen, weil ich doch weiß, wie gern du sie isst. Ich wollte zurück sein, ehe du wach wirst." Er legte die andere Hand an mein Gesicht, hob es leicht an, um mich besser sehen zu können. Er sprach weiter, die Stimme war eine Nuance tiefer und um einiges rauer: "Wie kannst du glauben, ich würde dich allein lassen? Besonders nach dieser wundervollen Nacht."
"Du kannst es ruhig sagen: Ich bin bescheuert."
"Du bist zum Verlieben süß." Er streckte sich mir entgegen und küsste mich ganz zärtlich.
"Ich wollte so nicht denken, weißt du? Aber als ich dich nicht finden konnte ... Ich dachte an all deine Wegwerfhäschen und ..." Mühsam schluckte ich, selbst mein Herz fühlte sich wund an.
"Hör mir jetzt einmal gut zu, Süße: Ich werde dich niemals verlassen. Das ist ein Versprechen! Tatsächlich gibt es so gut wie nichts, was mich dazu bringen könnte, dich allein zu lassen. Denn ich liebe dich, viel mehr als mich selbst." Er sah mich prüfend an. "Hast du das verstanden? Das mit der Unterlassungsklage habe ich ernst gemeint."
"Oh. Dann sollte ich mich wohl bemühen, dich nie zu verärgern, oder?" Verunsichert begegnete ich seinem Blick.
Gabe starrte mich entsetzt an. "Nein! Nein, bitte, das hast du falsch verstanden." Heftig schüttelte er den Kopf, hob die Hand und strich mir über die Haare.

"*Du* bist die Einzige, die mich dazu bringen kann, dich zu verlassen. Wenn du mich nicht mehr willst und mich wegschickst." Er atmete schwer, sah mir dabei tief in die Augen. "Ich kann dir nicht versprechen, mich nicht ab und an über dich zu ärgern. Aber du könntest mich niemals so erzürnen, dass ich dich deswegen verlassen würde. Weil ich dich liebe. Ich ertrage den Gedanken nicht, du könntest mich verlassen."

Himmel, wie finster er mit einem Mal aussah. Ich bemerkte eine Gänsehaut auf seinen Armen. Die gleiche, die auch meine Haut überzog, so sehr ergriffen mich seine Worte.

Meine Hand hob sich wie von allein, und ich streichelte seine Wange. "Wie gut, das ich dich auch liebe." Ein Lächeln legte sich um meinen Mund. Seine Worte hatten mir meine Zuversicht wiedergegeben.

Forsch sprang ich hoch und keuchte schmerzlich.

Erschrocken sah er mich an und stand rasch auf. "Was ist?"

"Oh. Ich ... Also ..."

Wie, um Himmels Willen, sagte man so etwas?

"Was?" Er war mittlerweile blass um die Nase und blickte mich fast ängstlich an.

"Ich ... Mir tut es eben ein bisschen weh, das ist alles."

Er starrte mich an, dann biss er sich auf die Lippe.

"Oh ... Verstehe. Ist es schlimm?"

Jetzt lachte ich auf, und sein Gesichtsausdruck verschlimmerte meinen Heiterkeitsausbruch noch. Ich lachte, bis mir die Tränen über die Wangen liefen. Gabe indes schaute immer düsterer drein. "Schön, dass du es so witzig findest."

Ich prustete bereits vor Lachen, doch dann bekam ich Mitleid mit ihm. "Verzeih", japste ich, nach Luft schnappend, "ich lache dich nicht aus. Doch wenn du dein Gesicht hättest sehen können ..."
Er verzog den Mund. "Es freut mich, dass ich dich wenigstens zum Lachen bringen kann." Ein winziges Lächeln legte sich um seinen Mund.
Als Entschuldigung schenkte ich ihm einen Kuss. "Nicht nur zum Lachen. Ich glaube, du hast mich auch ziemlich zum Stöhnen gebracht ..." Mein Gesicht lief heiß an.
Gabe schnappte hörbar nach Luft.
"Hattest du nicht etwas von Brötchen gesagt?" , fragte ich ablenkend.
Themenwechsel!
Ich atmete tief durch, um mich zu beruhigen.
Er sah mich an, sein Atem ging etwas zu schnell. Dann grinste er und nahm meine Hand. "Ich hoffe, du hast Honig im Haus, meine Süße."

Kapitel 36

Missverständnis

"Wie war der letzte Semestertag? Hattest du Spaß?" Gabe sah mich lächelnd an, als ich mich zu ihm ins Auto setzte.
"Ja, es war toll. Ich werde James und die Jungs den Sommer über vermissen, aber im September sehe ich sie ja wieder."
"Und was hast du noch vor? Irgendeine wilde Abschlussparty, auf die du gehen willst?"
"Du bist doch im Gruppenchat, da hast du doch sicher mitbekommen, dass nie von einer Party die Rede war."
"Stimmt. Heißt das, ich habe dich für mich ganz allein? Für den Rest des Tages?" Hoffnungsvoll sah er mich an, ein jungenhaftes Strahlen in den Augen.
Unwillkürlich musste ich lächeln. "Ja, hast du. Sogar für den ganzen Sommer, wenn du das möchtest ..."
Mit großen Augen starrte er mich an, dann lächelte er glücklich. "Selbstverständlich will ich das. Du hast gerade einen meiner geheimsten Wünsche aufgedeckt." Tief Luft holend fragte er: "Also, wohin möchtest du, Süße? Willst du, keine Ahnung, shoppen gehen? Oder irgendetwas anderes machen?"
Ich runzelte die Stirn. "Ähm, ich dachte eher, wir fahren zu dir oder zu mir." Zaghaft sah ich ihn an und überwand mich, es auszusprechen. "Ich hatte gehofft, du würdest mich in dein Bett einladen."

Innerlich verfluchte ich meine brennenden Wangen.
Gabe beugte sich vor. Er zog meinen Kopf zu sich und küsste mich heftig. "Ich habe darauf gehofft, aber ich hätte dich nicht danach gefragt."
"Wieso nicht?"
"Am Morgen hast du etwas von Schmerzen gesagt. Und das, was ich gerne mit dir tun würde, wird es nicht besser machen ..."
"Oh!" Jetzt schoss mir erneut das Blut in den Kopf. "An was genau hast du denn gedacht?", hakte ich aber interessiert nach.
Er schüttelte den Kopf, ein leises Lächeln spielte um seine Lippen. "Das verrate ich nicht. Lass uns erst einmal zu mir fahren. Mir hat es gefallen, als du sagtest, du möchtest in mein Bett eingeladen werden."
Er startete den Motor.
Ich liebte dieses Geräusch, ach was, das gesamte Auto. Aber noch viel mehr liebte ich den Mann, der ihn lenkte. Mein Herz floss über vor Liebe, als ich ihn von der Seite anschaute.
Himmel, hätte mir einer vor sechs Wochen gesagt, ich würde innerhalb so kurzer Zeit jemanden so sehr lieben, ich hätte ihm einen Vogel gezeigt.
Und doch war es eine unwiderlegbare Tatsache.
Ich konnte nicht einmal den Blick von ihm lösen ...
Fasziniert beobachtete ich ihn, wie er mit ruhigen Bewegungen den Wagen durch die Straßen lenkte, wobei er mir immer wieder ein Lächeln zuwarf.
Gabe parkte in der Garage.
Sofort waren die Bilder - von uns auf der Klavierbank - wieder vor meinen inneren Augen.

"Lass uns hoch gehen und etwas essen, was hältst du davon?" Seine Augen blickten warm in meine, und er lächelte sanft.

"Essen?" Überrascht blieb mein Mund offen stehen.

Sein Lächeln wurde breiter. Er beugte sich zu mir und flüsterte mir ins Ohr: "Hast du gedacht, ich schleife dich ohne Umweg in mein Bett?"

Verlegen verbarg ich das Gesicht in den Händen. "Vielleicht", nuschelte ich.

Himmel, wie peinlich!

"Wenn du das möchtest, werde ich dir diesen Wunsch gerne erfüllen. Ich ersehne ja nichts anderes. Ich wollte nur nicht unsensibel und egoistisch sein, sondern auch deine Wünsche berücksichtigen." Er zog die Hände von meinem Gesicht weg, ein liebevolles Lächeln ließ seine Augen strahlen.

"Oh", sagte ich abermals, dieses Mal aus positiver Überraschung heraus. Ein weiteres Mal verlor ich mein Herz an diesen Mann.

Er stieg aus und öffnete mir die Tür.

Hand in Hand liefen wir die Stufen hoch.

"Wieso sind alle Treppen hier so verflixt steil?", beklagte ich mich keuchend.

"Vielleicht müssen wir dich etwas besser in Form bringen? Mir fällt garantiert etwas ein, wie wir das schaffen könnten." Sein Lächeln brachte mein Herz zum Stolpern. "Es gibt da ein oder zwei Dinge, die ich gerne mit dir ausprobieren würde und die durchaus als Ausdauertraining durchgehen würden."

Noch während ich ihm eine Grimasse schnitt, schoss mir ein frecher Gedanke durch den Kopf.

War nicht Vorfreude die schönste Freude?
Innerlich nickte ich mit dem Kopf und fasste einen spontanen Entschluss.
Dann sind hiermit die Spiele eröffnet!
"Wenn ich es mir recht überlege ... Ich habe tatsächlich Hunger. Könnten wir doch etwas essen?" Meine Stimme klang beiläufig, und ich klopfte mir gedanklich auf die Schulter.
Gabe war gerade dabei, die Tür zu öffnen, und für einen kurzen Moment wurde sein Körper ganz steif. "Okay", stimmte er zu, in seiner Stimme schwang ein deutlicher Unterton von Enttäuschung mit. Er biss sich auf die Lippe und holte tief Luft, sagte aber nichts weiter.
Im Flur hängten wir unsere Jacken auf und zogen die Schuhe aus.
Ich ging ihm voran in die Küche und drehte mich erwartungsvoll zu ihm um. "Also, was kochst du uns?"
"Kochen?" Einen Augenblick zögerte er, dann gab er sich sichtbar einen Ruck. "Alles, was du möchtest."
Ein wenig verspürte ich Mitleid mit ihm, doch dieses Spiel besaß einen unwiderstehlichen Reiz. Noch mochte ich nicht damit aufhören. Natürlich hatte ich nicht vor, das Spiel über Gebühr auszudehnen. "Es ist deine Küche. Also sag du es mir." Ich lächelte ihn an.
Es wurde Zeit, etwas gemeiner zu werden. Mit der Hand streichelte ich über seinen Arm. Als ich sie wieder wegzog, fuhr ich mit den Fingerspitzen kurz über seinen Bauch.
Scharf sog er den Atem ein. Er trat einen Schritt zurück. "Bitte, wenn du etwas essen möchtest, dann ..."

"Was denn?" Ich versuchte mich an einem unschuldigen Augenaufschlag, doch er gelang mir nicht überzeugend, denn Gabe verengte die Augen und sah mich prüfend an.

"Ally? Spielst du mit mir?"

Er hat mich durchschaut, dachte ich.

"Was meinst du?", versuchte ich mich lächelnd aus der Affäre zu ziehen.

Er sagte nichts, sondern sah mich weiterhin abschätzend an. Ergeben zuckte er mit den Schultern und wandte sich dem Kühlschrank zu.

Allerdings nahm ich etwas an ihm wahr, was mich stutzig machte.

"Gabe? Was ist los?"

Er drehte sich zu mir um. Jede Freude an dem Spiel verging mir, denn da war etwas in seinen Augen, was meinen inneren Alarm losgehen ließ.

In den Kühlschrank blickend, fragte er beiläufig: "Was soll denn sein?"

"Hey, mach mir doch nichts vor, bitte. Du hast doch etwas!" Ungewollt war meine Stimme lauter geworden. Angst kroch in mir hoch.

Er presste die Kiefer aufeinander, starrte einen Moment lang auf den Boden. Dann zuckte er mit den Schultern. "Wenn du nichts hast, dann habe ich auch nichts."

"Sprich doch nicht in Rätseln, bitte."

Er holte tief Atem, und ich spürte seine jähe Anspannung, die so gar nicht zu seinen Worten passte. "Es ist nichts. Ignoriere mich einfach. Auf was hättest du denn Appetit?"

"Auf rein gar nichts, verdammt. Ich möchte wissen, was los ist." Mein Herz vereiste, und ich fror auf einmal.
Er schloss den Kühlschrank, sah mich aber nicht an.
"Du kannst mir alles sagen, was auch immer es ist, okay? Wenn dich das eben geärgert hat, dann verspreche ich, ein solch blödes Spiel nie wieder zu spielen. Mir kam die dumme Idee, dich ein wenig hinzuhalten, um die Vorfreude ein wenig in die Länge zu ziehen. Aber das war bescheuert, wie ich jetzt weiß. Es tut mir leid."
Überrascht hob er den Blick. "Also war es ein Spiel? Ich war mir nicht sicher."
"Ja. Es tut mir ehrlich leid." Ich ging zögernd einen Schritt auf ihn zu, blieb aber abrupt stehen.
Denn irgendetwas stimmte dennoch nicht mit ihm. Das spürte ich überdeutlich. "Sagst du mir jetzt, was los ist, bitte?"
Er knirschte mit den Zähnen, während ein dunkles Licht in seinen Augen aufglomm. "Nein, lieber nicht."
War das ein Abgrund, auf den ich gerade zutrieb?
Solch eine verzehrende Angst hatte ich nie zuvor verspürt.
Am liebsten wäre ich in Tränen ausgebrochen. Eine Ahnung kroch in mir hoch. Nein, keine Ahnung, eher eine Gewissheit.
Holt mich jetzt seine Vergangenheit ein?
Ich schöpfte tief Atem und stieß ihn zittrig wieder aus. "Du machst mir Angst. Ich möchte das jetzt wissen. Liegt es an mir? Oder läuft gerade bei dir ein Schema ab und du weißt nicht, wie du es mir sagen sollst?"

Ich schlang die Arme um mich, versuchte auf diese Weise, meine Gefühle unter Kontrolle zu bringen.
Wollte er mit mir Schluss zu machen?
Ich spürte, wie mir alles Blut aus dem Gesicht wich. Gingers Theorie von seinen One-Night-Stands kam mir wieder in den Sinn. Hatte er bereits eine Andere am Start?
"*Was*?" Seine Stimme klang alarmiert. "Wie meinst du das jetzt wieder?"
"Du willst Schluss machen, kann das sein? Ich habe das Gefühl, es steht plötzlich eine dritte Person zwischen uns."
Ich hatte es ausgesprochen. Jetzt blieb mir nur noch, auf den Schlag zu warten ... Eine Gänsehaut überzog kalt meine Arme.
"Die Frage wollte ich eigentlich dir stellen", klang seine Stimme vorwurfsvoll.
Völlig auf dem falschen Fuß erwischt starrte ich ihn an. "Wie bitte? Spinnst du jetzt?"
"Sag du es mir, Ally. Spinne ich?" Wut flackerte unversehens in seinen Augen auf.
"Ich komme gerade nicht mehr mit." Total konfus blickte ich ihn an.
Er starrte zurück und sagte langsam: "Willst du mir vielleicht etwas sagen?"
Die Frage hatte er mir gestern schon gestellt, fiel mir auf. "Wovon redest du, Herrgott noch mal? Ich verstehe nicht ein Wort. Am Morgen war doch noch alles in Ordnung."
"Am Morgen?" Gabe lachte trocken auf, und mir wurde immer kälter. "Ich rede eigentlich von gestern."

"Gestern?" Meine Gedanken taumelten wirr umher. "Oh! Redest du von *uns*? Habe ich etwas falsch gemacht?" Eine Träne bahnte sich ihren Weg meine Wange hinab. "Ich war noch Jungfrau, verdammt. Wenn ich nicht deinen Ansprüchen genügt habe ..."
"Meinen Ansprüchen?" Er sah verwirrt aus.
Aber ich sprach weiter, weil ich endlich Klarheit gewinnen wollte. "Bereust du es, mit mir geschlafen zu haben?"
"Nein, verdammt! Wenn du es genau wissen willst: Exakt das habe ich gewollt. Du hast es mir auch nicht allzu schwer gemacht, dich zu überreden."
"Mich zu überreden?" Fassungslos betrachtete ich ihn und wich einen Schritt zurück. "Wie meinst du das? Du hast mich dazu bringen wollen, mit dir zu schlafen?"
"Ja, verdammt noch mal!" Er ging um mich herum und stellte sich vors Fenster.
"Wieso?"
"Ich kann dich nicht gehen lassen, ohne dich vorher gehabt zu haben, wenn du es ganz genau wissen willst", fauchte er. Doch er blickte mich nicht an, sondern starrte in den Hinterhof hinaus.
Das musste ich erst einmal verarbeiten.
Mich gehen lassen?
Wenn ich nicht zufällig auf seine Hände geschaut hätte, die er zu Fäusten ballte, dann wäre ich vielleicht auf die Idee gekommen, ihm wäre dieses Gespräch völlig gleichgültig.
"Was genau meinst du damit? Wolltest du mich einmal in deinem Bett haben, und dann hättest du mich abgeschoben, wie all die anderen Frauen zuvor?"

"Nein, natürlich nicht!" Gabe atmete schwer, blickte mich immer noch nicht an. "Aber ich habe dich gesehen, okay? Mit diesem Typen, gestern, im Skulpturengarten. Ich habe gesehen, wie du mit ihm gelacht hast und er deinen Arm gestreichelt hat."

Ganz allmählich fügten sich die Puzzleteile zusammen und ich begann, zu begreifen. Doch ich wollte ihn erst einmal reden lassen. Und so fragte ich beiläufig: "Du warst da?"

"Ich wollte mit dir zu Mittag essen, ja. Doch dann habe ich dich mit diesem Kerl gesehen. Er hat dich umarmt!"

Das durfte doch nicht wahr sein!
Jetzt wurde ich allmählich wütend.

"Okay, noch einmal zum besseren Verständnis: Du hast mich absichtlich dazu verführt, mit dir zu schlafen, weil du mich mit Alexander gesehen hast. Und deswegen davon ausgehst, dass i..."

Mit grollender Stimme schnitt er mir das Wort ab: "Verdammt, Ally. Mach es nicht schlimmer, als es sein muss, okay? Der Typ stand auf dich, das war glasklar zu erkennen. Und wie du ihn angelächelt hast und er dich angefasst hat ..."

Er schluckte schwer, weigerte sich aber standhaft, mich anzuschauen. "Ich werde dir nicht im Weg stehen, wenn du gehen willst. So, jetzt habe ich es gesagt. Bist du zufrieden?"

"Aus dem Grund hast du mit mir geschlafen? Weil du mich nicht gehen lassen wolltest, ohne wenigstens einmal mit mir im Bett gewesen zu sein?" Meine Stimme klang selbst in meinen Ohren kalt wie Eis.

Ich war wütend! Ehrlich gesagt, ich hätte ihm gerne ein dutzend Mal eine runtergehauen.
Scheiß auf seine Vergangenheit!
Jetzt drehte er sich zu mir um, ganz langsam.
Erschrocken bemerkte ich, wie angespannt er war.
Nein, das traf es nicht richtig: Er war wie ein Panther kurz vor dem Sprung, bereit, mir die Kehle aufzureißen und mich verbluten zu lassen.
"Ja, verdammt! Ja! Ich wollte dich, schon vom ersten Tag an, als ich dich kennenlernte, das weißt du auch! Es war, weiß Gott, nicht leicht für mich, aber ich hatte akzeptiert, dass du noch warten wolltest. Doch als ich dich mit ihm gesehen habe, da ist eine Sicherung bei mir durchgebrannt, okay? Es war offensichtlich, dass da mehr zwischen euch ist. Mir wurde klar, dass du mich wegen ihm verlassen würdest. Und verdammt, ich werde dich gehen lassen, weil ich will, dass du glücklich bist. Auch wenn es mich umbringt. Und jetzt wirf mir gefälligst nicht vor, dass ich wenigstens eine Nacht mit dir haben wollte, bevor du mich verlässt!"
Ich hörte es, aber begreifen konnte ich es nicht, denn es war so absurd!
"Ich wollte warten, weil ich dich mit Gilda im Bett vorgefunden habe, verdammt noch mal", fauchte ich verächtlich.
"Ja", schrie Gabe mich an, "ich erinnere mich, danke. Und du weißt ganz genau, dass sie ohne mein Wissen in mein Bett gekommen ist. Ich habe sie nicht eingeladen, und es lief nichts zwischen uns. Sie hat diese beschissene Show abgezogen, um dich und mich auseinander zu bringen."

"Ja, schon klar. Aber ich brauchte dennoch Zeit, um Vertrauen zu dir aufbauen zu können. Nur deswegen war ich nicht bereit, mit dir sofort ins Bett zu steigen. Das solltest du mittlerweile kapiert haben."

"Ich weiß", sagte er, dieses Mal ganz leise. "Deswegen war ich bereit zu warten, bis du soweit warst."

"Aber das war hinfällig, als du mich mit Alexander gesehen hast?"

Seine Wut flammte sichtlich wieder auf. "Ja, verdammt! Ich wusste nicht, wie viel Zeit mir mit dir noch blieb, okay?"

"Aha. Also hattest du mich bereits aufgegeben, ohne um mich zu kämpfen. Aber auf Sex wolltest du nicht verzichten."

"Ja. Und nein. Schlichte Antwort. Willst du sonst noch etwas von mir? Wir drehen uns langsam im Kreis, und es braucht nicht mehr viel, dann verliere ich meine Geduld." Wieder wandte er sich dem Fenster zu.

Ein humorloses Lachen brach aus mir heraus. "Du bist ein Arschloch, weißt du das?"

Er schnellte herum, das Gesicht schneeweiß. "Wie bitte?"

"Statt mich nur ein einziges Mal zu fragen, hast du willkürlich Vermutungen angestellt und sie obendrein gleich als Wahrheit abgestempelt. Du bist ein Arschloch!" Tränen der Wut flossen über mein Gesicht.

Gabe sagte nichts, in seinen Augen flackerte es. Doch er richtete sich kerzengerade auf. Schwer atmend starrte er mich an.

Jetzt wollte ich wissen, ob er wirklich so abgebrüht war, wie er zu sein schien.

"Ich kann also gehen? Du gibst mich frei, für ihn? Oder willst du es noch einmal mit mir machen, bevor ich gehe?"

Das war zu viel für ihn. Ich erkannte es mit Schrecken in der gleichen Sekunde, in der ich den letzten Satz aussprach.

Mit zwei langen Schritten war er bei mir, riss mich wütend an sich. Schon presste sich sein Mund schmerzhaft auf meinen.

Mir war klar, dass er alle Gewalt über sich verloren hatte. Ich konnte seine Verzweiflung spüren, als er mich küsste, gierig und voller Verlangen.

Dann schmeckte ich Blut.

Abrupt brach sein Kuss ab.

Erschüttert starrte er mich an. Sein Gesicht war kreideweiß, und ihm stiegen Tränen in die Augen. "O Gott, was habe ich getan?" Sein Blick bettelte um Verzeihung. "Entschuldige, mein Engel, ich wollte dir nicht weh tun ..."

"Was ist nur los mit dir?" Ich war nicht mehr wütend, aber eine gewisse Traurigkeit stieg in mir hoch.

"Es tut mir unendlich leid." Eine Träne rann an seiner Wange herunter. "Lass sehen, bitte." Seine Hand bewegte sich auf meinen Mund zu, sein Daumen zog vorsichtig die Unterlippe nach unten, um nach der Wunde zu schauen.

Ich schob seine Hand zur Seite. "Hör auf, Gabe. Das ist nichts. Ich will über uns reden! Wieso kannst du nicht begreifen, dass ich *dich* liebe und bei *dir* sein will? Bei dir bleiben will?"

Regungslos stand er da, blinzelte nicht ein Mal.

Er starrte auf meinen Mund, aber gleichzeitig durch mich hindurch. Stockend sprach er: "Was hast du gesagt?" Seine Stimme klang vollkommen tonlos.
"Mensch, da war nichts mit irgendwem. Ich will keinen Anderen, ich will dich! Was verstehst du daran nicht?"
Er schloss die Augen, schlug die Hände vors Gesicht. „Himmel, was habe ich getan?", murmelte er. Auf einmal sank er in die Knie und kauerte auf dem Boden.
Zutiefst erschrocken kniete ich mich hin, schlang die Arme um ihn. Ich konnte fühlen, wie sein Körper bebte. Ich war der Verzweiflung nahe. "Gabe, nicht. Verzeih mir, bitte ..."
Jetzt hob er das Gesicht. "Du hast nichts getan, wofür du dich entschuldigen müsstest. Nur ich bin so ..." Krampfhaft schien er nach einem Wort zu suchen. Anscheinend fand er keines, da er nicht weitersprach. Stattdessen blickte er mich lange an, in den Augen lag ein trostloser Ausdruck. "O Ally, kannst du mir das jemals verzeihen?"
"Es gibt nichts zu verzeihen."
"Doch! Ich bin so grenzenlos dumm. Du hast keine Vorstellung davon, wie heftig ich mich gerade verachte. Ich hätte dich niemals dazu überreden dürfen, mit mir ins Bett zu gehen. Ich hä..."
"Gabe, hör auf! Ich dich liebe, das ist alles, was zählt. Wenn du mich auch liebst, dann ist alles okay. Wir machen Fehler, und mit Liebe im Herzen können wir sie auch verzeihen." Ich streichelte sein Gesicht, das so unendlich traurig aussah. "Vertrau mir einfach in Zukunft. Und wenn du es nicht kannst, dann rede mit mir über das, was auch immer dir Sorgen bereitet.

Wir können alles schaffen, solange wir uns lieben."
Er sah mich unverwandt an. Wie in Zeitlupe schüttelte er den Kopf. "Ich habe dich nicht verdient."
"Vielleicht nicht, aber zufälligerweise liebe ich dich. Und ich habe dich ganz sicher verdient, weißt du?"
Meine forschen Worte ließen ein kleines Lächeln um seinen Mund flackern.
"Ich liebe dich, Ally. So sehr, dass ich bereit bin, dich gehen zu lassen, solltest du es eines Tages wollen."
"Es sieht aber nicht so aus, als würdest du damit besonders gut klarkommen", erwiderte ich neckend und fuhr mit einer Hand durch seine Haare.
"Knapp daneben, mein Engel. Es würde mich umbringen, nicht weniger!" Gabe schluckte hörbar und schloss die Augen.
"Ein Grund mehr, um bei dir zu bleiben …"
Als er die Augen öffnete, zwinkerte ich ihm zu.
"Dennoch müssen wir über letzte Nacht reden …"
"Nein." Ich schüttelte kräftig mit dem Kopf. "Es war perfekt. Deine Leidenschaft, die Nähe zwischen uns. Ich war nie glücklicher als letzte Nacht."
"Es geschah aus den falschen Beweggründen heraus."
"Nein, das ist nicht wahr. Ganz im Gegenteil: Du wolltest mich, und ich wollte dich wahrscheinlich noch mehr. Es war falsch von mir, dich zum Warten zu zwingen, das weiß ich. Es tut mir ehrlich leid."
Er nahm die Augen nicht von mir. Jetzt hob er die Hand und legte sie an meine Wange. "Wie ich schon sagte: Ich habe dich nicht verdient. Aber ich liebe dich, mein Engel. Das wird sich niemals ändern. Ich werde dich lieben bis zu meinem letzten Atemzug!"

"Verstanden. Und jetzt küss mich endlich." Ich konnte ein freches Grinsen nicht unterdrücken.

"Immer muss ich den ersten Schritt machen", grummelte er, jedoch mit einem Schmunzeln. Er lehnte sich zu mir und gab mir einen schnellen Kuss.

Verdrossen verzog ich das Gesicht. "Das war alles? Irgendwie war mir, als könntest du das etwas besser ..."

Kapitel 37

Fantasien

Breit lächelnd beugte er sich zu mir. "So in etwa?" Er drückte den Mund auf meinen. Mit der Zunge strich er sacht über meine Unterlippe.
Ich konnte ein Stöhnen nicht unterdrücken, schlagartig wurde mir heiß. Ich öffnete die Lippen und fühlte, wie er die Zunge ganz sanft vorschob, um zart die meine zu umkreisen.
Mein Atem beschleunigte sich, doch mir war nicht nach Zärtlichkeit. Ich wollte mehr, ich wollte ihn! Nicht eine Sekunde länger war ich bereit zu warten.
Ich zog mich zurück und flüsterte ihm ins Ohr: "Wie war das noch? Mit dem Honig? Du hast geschrieben, du hättest mich am liebsten auf den Tisch gelegt und genommen?"
Ihm entfuhr ein Keuchen, und er nickte.
Flink stand ich auf und zog ihn hoch. Er half mir dabei, denn allein hätte ich es nicht geschafft. Die wenigen Schritte zum Tisch hinüber zog ich ihn, da ich seine Hand nicht losließ.
"Ally", sagte er mit schwacher Stimme, als ihm aufging, was ich wollte.
Ich leckte mir über die Lippen, murmelte erregt: "Zeig mir, wie."
Hastig legte er die Hände um meine Taille und hob mich hoch.

Allerdings setzte er mich nicht auf den Tisch, sondern auf seine Hüfte und ich schlang überrascht die Beine um ihn.

"Was machst du bloß mit mir?" Wieder küsste er mich, kreiste dabei leicht mit dem Becken, sodass er sich an mir rieb. Vorsichtig setzte er mich auf den Rand des Tisches. Die Hände legte er an die Innenseiten meiner Schenkel, was mich unruhig hin und her rutschen ließ.

"Ich begehre dich so sehr ... Willst du mich auch?", fragte er zwischen zwei Küssen.

Ich reckte den Hals und flüsterte ihm ins Ohr: "Nur ein paar Zentimeter weiter und du müsstest mich nicht fragen ..."

Geschockt sah er mich an. Dann lachte er leise: "Mir scheint, ich hielt dich für unschuldiger, als du in Wahrheit bist, meine Süße."

"Oh, das glaube ich auch. Weißt du, an der Theorie mangelt es mir nicht. Nur an der Praxis ..."

Ich schnappte nach Luft, denn seine Finger hatten auf meine Worte reagiert. Nun wusste er ohne Zweifel, wie heftig ich ihn begehrte.

"Verdammt ... Ich habe gar nicht an ...", murmelte er mit frustriertem Unterton.

Ich griff in seine hintere Hosentasche, zog ein Folienpäckchen heraus und reichte es ihm.

Erstaunt sah er mich an. "Wann ...?"

"Vorhin, auf der Treppe. Tust du mir einen Gefallen? Hör auf zu reden. Ich will dich. Mach es so, wie du es an dem Tag getan hättest."

Er stöhnte und küsste mich, wild und hungrig. Dann knöpfte er seine Jeans auf, zog sie etwas herunter.

Ich konnte nicht anders, ich musste ihm zusehen.
Mit offenem Mund starrte ich, und fragte mich, ob alle Männer so göttlich aussahen.
Schnell riss er die Folie auf und streifte sich das Kondom über.
Als er einen Finger unter meinen Slip schob, ihn zur Seite zog, verloren sich meine Gedanken.
Fest sah er mir in die Augen, und mit einem einzigen Stoß kam er tief in mich.
Ein schmerzlicher Laut entfuhr mir.
"Himmel, habe ich dir weh getan?" Mit weit aufgerissenen Augen starrte er mich an.
"Nicht schlimm. Bitte, mach weiter …" Vorsichtig presste ich mich gegen ihn und schloss die Augen.
Behutsam bewegte er sich in mir, was mir ein unbewusstes Seufzen entlockte. "Sieh mich an, bitte."
Ich öffnete die Lider und versank in den dunklen Tiefen seiner Augen.
"Gefällt dir das?" Seine raue Stimme ließ mich erschaudern.
"Ja", keuchte ich.
"Ich tue dir nicht weh?"
"Nein! Es ist himmlisch!"
Ein erleichterter Ausdruck glitt über sein Gesicht, und er begann sich fordernder zu bewegen.
Wieder und wieder drang er in mich ein, etappenweise beschleunigte er das Tempo, ließ sich aber dennoch Zeit.
"Hättest du damals auch so lange gebraucht?" Obwohl ich zutiefst erregt war, konnte ich mir diese freche Frage nicht verkneifen.

"Nein, wenn ich es damals gemacht hätte, dann hätten mir drei Sekunden gereicht", sagte er keuchend. "Doch du sollst ja auch etwas davon haben, meine Süße. Da du aber fragst ...", er hielt inne, und ich verging fast vor Verlangen, er würde sich wieder bewegen. "Zeit für eine weitere Fantasie, wo ich dich gerade hier habe. Erinnerst du dich an das Rührei?", flüsterte er mir ins Ohr.

Ein erwartungsvoller Schauer überlief mich.

Er zog sich aus mir heraus, hob mich vorsichtig von dem Tisch herunter, und drehte mich um, sodass mein Hintern an seinem Schoß lag.

Mir blieb die Luft weg, als mir klar wurde, was er vorhatte ...

Er drückte meinen Oberkörper sacht auf den Tisch hinunter. "Ist das okay?", flüsterte er.

Ich nickte, zitternd vor Erwartung. Schon konnte ich seine Hitze spüren, und eine Sekunde später war er wieder in mir.

"Oh", stöhnte ich, irgendwie spürte ich ihn auf diese Weise noch intensiver.

"Ich werde nicht mehr lange durchhalten", stöhnte Gabe an meinem Rücken und hauchte einen Kuss auf die Schulter. Immer schneller und härter wurden seine Stöße, sein Atem wurde zu einem Keuchen.

Unerwartet fühlte ich, wie sich sein Finger auf meinen empfindlichsten Punkt legte und ihn sachte rieb. Nur wenige Sekunden ertrug ich das, dann explodierte es in mir. Zuckend presste ich mich flach auf den Tisch.

Wenige Augenblicke später erreichte auch er den Höhepunkt und sackte auf mich herab.

Tief stöhnend bewegte er sich noch einige Male in mir. "O Ally, du machst mich glücklicher, als ich es mir je hätte vorstellen können", murmelte er atemlos.
Ich hob den Arm, streckte ihn so weit, dass ich ihm über die Haare streicheln konnte. "Dann frag mich mal. Ich glaube nicht, dass jemand glücklicher sein könnte als ich."
Er richtete sich auf, entfernte das Kondom, und zog er mich sanft vom Tisch hoch. Mich zu sich umdrehend, schlang er seine Arme um mich.
Ich legte den Kopf unter sein Kinn und fügte ein leises: "Oder befriedigter!" hinzu. An der Wange konnte ich sein Auflachen spüren.
"Dafür liebe ich dich umso mehr."
"Ach ja?", fragte ich und bog meinen Kopf zurück. "Wie sieht es denn aus mit einer weiteren Fantasie? Ich fand das eben höchst aufschlussreich und würde gerne noch weitere deiner Träume kennenlernen ..."
"Ja, ich glaube wirklich, ich habe dich ganz arg unterschätzt", sagte Gabe trocken.
"Höchstwahrscheinlich", murmelte ich.
Mit heißen Wangen legte ich meine Hand auf sein Hemd in Brusthöhe und ließ sie bergab streichen. Nervös biss ich mir auf die Lippe, aber ich wollte ihn unbedingt berühren, ich musste wissen, wie er sich anfühlte.
Mit der Hand umschloss ich ihn und riss die Augen auf.
Verblüfft über die widersprüchlichen Empfindungen - ich spürte Wärme, Festigkeit, aber auch Weichheit - sah ich erstaunt in seine Augen.

Unter meiner Berührung wurde er augenblicklich härter.

"Ally", hauchte Gabe und starrte mich an.

Ich zitterte, als er mich auf seine Arme hob. Im Hinausgehen warf er das Gummi in den Mülleimer. Mit ausgreifenden Schritten trug er mich in sein Schlafzimmer. Dort setzte er mich auf die Bettkante, während er sich zwischen meinen Beinen auf den Boden kniete.

"Ich kann nicht glauben, dass ich dich schon wieder will ..." Er nahm mein Gesicht zwischen seine Hände, und betrachtete es mit einem staunenden Ausdruck.

"Und worauf wartest du dann noch?" Ich konnte es nicht lassen, ihn zu necken.

"Ach Süße, wie gerne würde ich mich noch einmal in dir verlieren. Doch du hattest eben Schmerzen, das stimmt doch?"

Ich zögerte, dann sagte ich leise: "Nur einen kurzen Moment lang. Ich habe es viel zu sehr genossen, dich zu spüren, als das mich irgendwelche Schmerzen interessieren." Verlegen blickte ich auf seine Schulter.

"Ist das wirklich so?" Sein Blick suchte meinen.

Ich konnte nur nicken.

"Und was möchtest du jetzt?"

Überrascht sah ich ihn an. "Hast du nicht eben gesagt ...?"

"Süße, natürlich möchte ich dich noch einmal lieben. Doch ich will dich nicht über die Maßen beansp..."

Mit einem Kuss unterbrach ich ihn, fasste den Kragen seines Hemdes, und zog ihn zu mir.

Gabe keuchte auf, offenbar überrascht.

"Reicht das als Aufforderung, oder muss ich dich erst bitten, noch einmal mit mir zu schlafen?"
Seine Augen wurden mit einem Schlag dunkler.
Mit der rechten Hand zerrte er die Schublade von seinem Nachtschrank auf, nahm ein Kondom heraus und legte es an. Mit einen Knurren drückte er mich zurück auf die Matratze, schob meine Beine weit auseinander, und war eine Sekunde später tief in mir.
"O mein Gott", stöhnte ich auf.
Er zog sich fast vollständig aus mir heraus, um sich sogleich wieder langsam in mich zu schieben. "Verdammt, du machst mich verrückt." Wieder die gleiche Bewegung, und jegliche Gedanken erstarben in meinem Kopf. "Ich bekomme einfach nicht genug von dir ..."
Er bewegte sich immer langsamer, sodass ich ihn anflehte: "Bitte, Gabe ..."
"Was, meine Süße?" Der stockende Atem ließ seine Stimme zittern.
"Schneller, bitte."
"Nein" , flüsterte er in mein Ohr. "Denn wenn ich es schneller mache, dann ist es in fünf Sekunden vorbei. Doch ich möchte es genießen, es auskosten, in dir zu sein." Die Stöße, die er in mich trieb, waren langsam, aber intensiv. "O Ally, du bringst mich um den Verstand."
Gefangen in dieser quälenden Lust, rollte ich den Kopf von einer Seite zur anderen, während ich Laute von mir gab, die ich nicht kannte.
Eine Ewigkeit lang nahm er mich auf diese Weise, langsam und bedächtig. Ich verlor mich vollkommen.

Ich öffnete die Augen, als er mir ins Ohr flüsterte: "Du bist göttlich, weißt du das? Ich kann nicht fassen, dass du mich dich so halten lässt."
Sofort hatte ich den Eindruck, in den Gefühlen zu ertrinken, die unverhüllt in seinen Augen glühten.
"Ich liebe dich", murmelte ich matt.
Er stöhnte auf, unvermittelt wurden seine Stöße mächtig und schnell. Mit einem rauen Aufschrei kam er, verlangsamte aber nicht sein Drängen. Mehrfach murmelte er meinen Namen, trieb sich wieder und wieder in mich.
Tief in mir zerbarst die Lust, versengte mich von innen, sodass ich einen leisen Schrei ausstieß.
"Meine Ally", stöhnte er und ließ sich auf mich sinken.
Heftig zitternd lagen wir uns in den Armen, seine Stirn lehnte an meiner Wange, während wir beide nach Luft rangen.
Nach ein paar Minuten rollte er sich von mir herunter, und zog mich etwas weiter auf das Bett hinauf.
Ich protestierte leise, denn mir gefiel sein Gewicht auf mir.
Nachdrücklich schüttelte er den Kopf und sagte mit matter Stimme: "Ich will nicht riskieren, dich zu verlieren, weil ich dich erdrücke. Ich brauche dich nämlich, meine Süße. Und gewiss nicht nur für den besten Sex, den ich jemals mit einer Frau hatte."
"Du bist süß, doch übertreiben musst du nicht. Aber ich bin lernfähig und wissbegierig ..." Ich zwinkerte ihm zu, allerdings mit warmen Wangen, weil ich trotz allem verlegen war.
Ernst sah er mich an und hielt mein Kinn fest.

"Ally, ganz ehrlich, der Sex mit dir ist unglaublich! Besser als alles, was ich vor dir erlebt habe. Ich meine es genauso, wie ich es sage. Also stell dein Licht nicht unter den Scheffel." Er hauchte einen zarten Kuss auf meinen Mund. Dann lächelte er und fragte interessiert: "Was möchtest du denn noch lernen?"
"Nun", ich zog das Wort in die Länge, "wie einsatzbereit bist du denn?"
"Überhaupt nicht einsatzbereit! Süße, hab Gnade ..." Mit großen, erschrockenen Augen sah er mich an.
Laut lachte ich heraus. Ich stützte mich auf den Ellenbogen, um ihn besser ansehen zu können. Sanft strich ich mit den Fingerspitzen über sein Gesicht.
Gabe schloss die Augen und drehte den Kopf ein wenig, sodass ich besser an ihn heran kam.
Mit dem Zeigefinger zog ich seine Augenbrauen nach, spürte das Kitzeln der Wimpern und fuhr am Nasenrücken entlang. Absichtlich ließ ich seinen Mund aus, strich stattdessen über die Wangen und das Ohrläppchen. Ich folgte dem Kieferknochen entlang zum Kinn und seinen Hals hinunter.
"Hey", flüsterte er, "hast du nicht etwas vergessen?"
"Hm, was denn?", fragte ich neckend zurück.
Er öffnete die Augen. Einmal mehr staunte ich über die klare, graue Farbe, die so kühl wirkte und doch voller Wärme war. "Na, meinen Mund", entrüstete er sich leise.
"Was denn, fühlt er sich etwa vernachlässigt?"
"Ja", klagte er, sagte aber nichts weiter, sondern schaute mich nur mit einem süßen Schmollmund an.
Amüsiert lächelte ich, beugte mich dichter zu ihm.

Mit der Fingerspitze berührte ich seinen Mundwinkel.
Er schloss die Augen, und seufzte.
Mit dem Daumen strich ich über seine weiche Unterlippe, erforschte die Konturen seines Mundes. Hingerissen betrachtete ich ihn, kostete mit den Augen seine Schönheit aus.
Dann ließ ich die Finger nach unten fahren, begann, die Knöpfe seines Hemdes zu öffnen. Er half mir, es ihm auszuziehen, indem er seinen Oberkörper leicht anhob.
"Endlich!", murmelte ich atemlos.
Gabe sah mich fragend an: "Endlich?"
Ernst erwiderte ich: "Wir hatten vier Mal Sex, und endlich hast du kein Hemd mehr an ..."
"Oh." Verhalten lächelte er mich an.
Beiläufig sagte ich leise: "Weißt du, davon träume *ich* seit dem Tag mit dem Honigbrötchen."
"Wovon?", stieß er geschockt und atemlos hervor. In seinen geweiteten Augen stand gewaltige Neugier.
"Ich wusste nicht, dass du von mir geträumt hast."
Verhalten lächelte ich. "Das verwundert dich?"
"Ja. Und ich gestehe, ich finde es aufregend, davon zu hören. Verrätst du mir, wovon du geträumt hast?"
Mit dem Finger tippte ich bedeutsam auf die Tätowierung. "Ich habe mich immer gefragt, was für ein Motiv du dir hast stechen lassen. Ich habe nämlich nicht richtig hingesehen, weißt du?"
Endlich konnte ich es mir ansehen. Es war ein Herz, umschlungen von Eisenketten und mit einem Vorhängeschloss gesichert. Mit dem Finger zog ich die Linien nach, während er tiefer zu atmen begann.

Meine Hand strich sanft über das Tattoo.
Er ließ die Augen nicht von mir.
"Magst du erzählen, was es damit auf sich hat?"
Eine ganze Weile sah er mich schweigend an. "Es spricht eigentlich für sich, oder? Ich habe es mir an dem Tag stechen lassen, als ich von zu Hause abgehauen bin."
"Wie alt warst du?"
"Sechzehn. Es war an meinem sechzehnten Geburtstag." Er wandte den Blick zur Seite.
Ich zögerte, dann fragte ich: "Hat es dir geholfen, das Tattoo?"
Wieder sah er mich nachdenklich an. Dann nickte er. "Ein Stück weit schon. Ich habe niemanden an mich herangelassen, wegen meinem Vater. Weil ich die Scheiße viel zu viele Jahre mitgemacht habe."
"Du hast sie *nicht mitgemacht*. Doch lass uns jetzt nicht davon reden. Aber sag, hat das Tattoo noch seine Gültigkeit?"
Stumm schüttelte er den Kopf, und ich lächelte erleichtert. Wieder strich ich mit den Fingerspitzen über das Tattoo.
Dann sprach er, als ich gar nicht mehr damit rechnete: "Mit dir hat es seine Gültigkeit verloren. Erst mir dir."
Er sagte es mit ganz leiser Stimme.
Ich biss mir auf die Lippen, da mir die Augen feucht wurden, so glücklich machten mich seine Worte. Gleich darauf schenkte ich ihm ein Lächeln. "Dann darf ich mir einen Schlüssel tätowieren lassen?"
Seinen Blick konnte ich nur als geschockt betiteln.
Er hob seine Hände, legte sie um mein Gesicht.

"Ally... Ich glaubte nicht, ich könnte dich noch mehr lieben, aber das eben ..." Sein Daumen strich über meinen Mund, dann setzte er sich abrupt auf und verschloss ihn mit einem leidenschaftlichen Kuss.

Nach einem Augenblick drückte ich ihn sachte zurück, sodass er wieder vor mir lag. "Also darf ich?"

Gabe fragte kurz nach: "Den Schlüssel?"

"Ja."

"Das würde mir überaus gefallen, mein süßer Engel."

Freude stieg in mir hoch, mein Mund schien ganz von allein zu lächeln.

Ich richtete den Blick wieder auf seinen Brustkorb.

Gott, war dieser Mann sexy!

Ich biss mir auf die Lippen, um es nicht laut auszusprechen. Genießerisch ließ ich die Hände über seine Brust streichen, erspürte die Muskeln, fühlte, wie schnell sein Herz schlug.

Mich nach vorne beugend, hauchte ich einen Kuss auf sein Tattoo. Tatsächlich war es nur einer von vielen Küssen, die ich über seiner Brust verteilte.

Lange zögerte ich es heraus, doch nun gab ich dem Drang nach: Ich drückte meine Lippen auf seine Brustwarze, strich mit ihnen darüber.

Scharf sog er die Luft ein.

Das ermutigte mich. Mit den Lippen umschloss ich sie, ließ die Zunge in einem engen Kreis drumherum fahren, um anschließend daran zu saugen.

"*Himmel*", stöhnte er.

Gingers Rat beherzigend, ließ ich meine Zähne an ihr entlanggleiten, biss ganz zart hinein.

Seine Hände drückten mich von sich weg.

Überrascht sah ich ihn an.
"Ich denke, jetzt bin ich an der Reihe", hauchte er.
"Ach ja? Was möchtest du denn machen?"
Er atmete durch seinen geöffneten Mund. "Das ist leicht zu beantworten: Ich möchte zu gerne *deinen* Körper besser kennenlernen." Ein Lächeln erhellte sein Gesicht. Sich aufsetzend, griff er nach mir, und drückte mich auf das Laken.
Seine Hände legten sich auf meinen Bauch, streichelten darüber. Er griff nach dem Rock, und ließ sich viel Zeit, ihn mir auszuziehen. Etwas später folgte der BH. Noch viel langsamer zog er mir den Slip aus.
Jetzt lag ich vollkommen nackt vor ihm. Mit angehaltenem Atem verfolgte ich, wie seine Augen über mich tasteten.
Sich zu mir beugend, flüsterte er: "Soll ich dir verraten, dass ich mir in ausnahmslos jeder einsamen Nacht vorgestellt habe, deinen Körper zu erforschen? Es ist eine Sache, Schönheit mit den Augen wahrzunehmen, doch dich berühren zu dürfen ..." Kurz schloss er die Augen und schluckte hörbar. "Du bist so schön, mein Engel."
Seine Hände legten sich wieder auf meinen Bauch, und ich sog scharf den Atem in meine Lungen.
Er ließ sie aufwärts fahren, strich zwischen meinen Brüsten herauf und über die Schultern meine Arme hinab. Mit den Fingern umschloss er die Handgelenke, dann streckte er meine Arme nach oben.
"Bleib so", bat er leise und ließ seine Hände in die entgegengesetzte Richtung fahren. Dieses Mal umfingen sie meine Brüste, schmiegten sich an die Rundungen.

Schon neigte er den Kopf und küsste eine der aufgerichteten Spitzen.

Ein leises Seufzen entschlüpfte mir, und verwandelte sich in ein Stöhnen, als er die Lippen darum schloss und zu saugen begann.

Unterdessen glitten seine Hände weiter nach unten, streichelten meine Hüften, dann die Schenkel, und ich vergaß alles um mich herum.

Er brauchte keine Kraft aufzuwenden, um meine Beine zu spreizen. Ich spürte, wie er mit zwei Fingern in mich eindrang, was mich aufkeuchen ließ.

"Du bist hinreißend ... Ich glaube nicht, dass ich jemals genug von dir bekomme." Die Hand begann sich zu bewegen, langsam und aufreizend.

Stöhnend wand ich mich unter seiner Berührung.

Allmählich beschleunigte er das Tempo. Mit einem hochkonzentrierten Gesichtsausdruck beobachtete er mich, während seine Finger die Folter fortführten, die mich vom Hier und Jetzt fortrissen.

Ich schloss die Augen und ließ mich fallen in diesen Strudel aus Gefühlen. Immer höher baute sich die Lust in mir auf, um schlussendlich wie eine Mauer einzustürzen. Aufschluchzend klammerte ich mich an ihm fest, als ich erneut kam.

Gabe schob sich an mir hoch und schenkte mir einen langen Kuss. Ich blieb mit fest geschlossenen Augen liegen, spürte das harte Klopfen meines Herzens, das meine Brust zu sprengen schien.

Erst jetzt zog er seine Hand zurück, und ich hörte das mittlerweile vertraute Geräusch von aufreißender Folie.

Ein drittes Mal?
Matt lehnte ich den Kopf an seine Schulter.
Er schob sich zwischen meine Beine, rutschte in mich, und mein Becken antwortete mit einer unwillkürlichen Bewegung auf sein Eindringen.
Wir stöhnten beide auf.
Gabe bewegte sich geruhsam, aber in einem steten Rhythmus. Es hätte mir nichts ausgemacht, wenn ausschließlich er auf seine Kosten gekommen wäre, doch er ließ sich Zeit.
Unsere Blicke ließen einander nicht los.
Er beherrschte seine Bewegungen, die fast quälend langsam waren. Liebte mich mit einer Ausdauer, die einen unwiderstehlichen Reiz auf mich ausübte.
Erst Minuten später schlug mein Verlangen von siedend auf kochend um, und ich bettelte ihn förmlich an: "Oh, bitte …"
Er schien zu verstehen, denn sofort bewegte er sich schneller und kräftiger, während von seiner Brust feine Schweißtropfen perlten.
Machtvoll stieß er in mich hinein, und ich konnte dem Ansturm nicht mehr standhalten. Laut schluchzte ich auf. Die Muskeln in meinem Unterleib zogen sich fast schmerzhaft zusammen, wieder und wieder. "Gabe", flehte ich und hätte nicht sagen können, ob ich seinen Namen laut gerufen oder leise geflüstert hatte.
Er stieß weiter in mich. Sein Atem ging keuchend und sein Oberkörper war schweißnass. Ich hob eine Hand, rieb seine Brustwarze. Dann reckte ich mich ihm entgegen, bis unsere Münder aufeinandertrafen.
Mit einem Stöhnen brach er über mir zusammen.

Heftig nach Atem ringend blieb er auf mir liegen.
Erst eine Ewigkeit später drehte er sich herum, hielt mich dabei fest, sodass wir eng umschlungen nebeneinander zum Liegen kamen.
Schnell entledigte er sich des Kondoms, verknotete es, und ließ es auf den Boden fallen. Er zerrte an der Bettdecke, die zusammengeknüllt neben uns lag und zog sie halbherzig über unsere Körper. Dann hauchte er mir einen Kuss auf die Schläfe, drückte meinen Kopf an seine Schulter, und murmelte mit geschlossenen Augen: "Wehe, du rührst dich, bevor nicht mindestens drei Wochen vergangen sind und ich vollständig regeneriert bin."
Belustigt lächelte ich und flüsterte: "Ich liebe dich, Gabe."
"Und ich liebe dich, meine süße Ally."
Ich fühlte mich unendlich geborgen und erfüllt von Glück. Arm in Arm schliefen wir ein.

Als wir am nächsten Morgen erwachten war es gerade mal viertel nach fünf. Der Himmel vor dem Fenster zeigte eine dunkle, pflaumenblaue Färbung, der kommende Tag war bereits zu erahnen.
Sehr lange lagen wir einfach da und hielten uns in den Armen, genossen die Nähe des anderen.
Ich hob meine Hand und streichelte über seine Wange. Es war mir nicht möglich, mich an ihm sattzusehen. Ich stellte mir sogar die Frage, ob ich es je werden würde, glaubte aber nicht daran.

Mit dem Zeigefinger fuhr ich die Augenbrauen nach, liebkoste seinen Nasenrücken.
"So schön es auch war, aber lass es nicht auf das Gleiche wie gestern hinauslaufen. Ich glaube nicht, dass ich mich schon wieder rühren kann ..." Gabe schlug die Augen auf, die er geschlossen hatte, als mein Finger ihn zu streicheln begann. Er lächelte, und mein Herz schmolz unter seinem warmen Blick.
"Glaube mir, selbst wenn ich es wollte, wäre ich körperlich überhaupt nicht in der Lage dazu."
"Willst du mir zu verstehen geben, dass du dich ebenfalls verausgabt hast?"
"Komplett verausgabt." Mein Lächeln war hoffentlich so zärtlich, wie die Gefühle, die in diesem Moment in meinem Herzen anschwollen. "Ich befinde mich in einem Traum, richtig? Unfassbar! Womit habe ich es verdient, neben dir aufwachen zu dürfen?" Mein Zeigefinger strich über seinen Mund, und er hauchte mir einen blitzschnellen Kuss darauf.
"Dieselbe Frage stelle ich mir auch schon die ganze Zeit. Tatsächlich bin ich so erfüllt mit Dankbarkeit, dass ich das Gefühl habe, gleich vor lauter Glück zu platzen", flüsterte er.
"Du bist ein Schmeichler." Lächelnd schüttelte ich fast unmerklich den Kopf.
"Ich spreche nur die reine Wahrheit aus. Ich dich liebe nämlich. Noch immer kann ich es nicht fassen, dass du mir erlaubst, an deiner Seite zu sein, mein Engel."
"Ich liebe dich auch, Gabe", hauchte ich glücklich.
"Wie schön du bist ..." Sein Blick strich über mein Gesicht, und er schüttelte wie in Zeitlupe den Kopf.

"Wenn du nur ahnen könntest, wie sehr ich dich anbete."
"Okay, das akzeptiere ich mal so und schiebe es auf die rosarote Brille, die da übergroß auf deiner Nase sitzt." Mein Nasenrücken kräuselte sich, als ich ihn anlächelte.
Er grinste zurück, streckte die Hand nach mir aus. Eine kleine Vorwarnung gaben mir seine Worte: "Bist du eigentlich kitzelig?" Schon fühlte ich seine Finger, die mir in bösartiger Absicht die schrecklichste Folter angedeihen ließen.
Ich wand mich aus seinem Arm, verzweifelt kichernd. "Aufhören! Ja, ich gebe es zu, ich bin kitzelig. Bitte, hör auf!" Es war mir fast unmöglich, genug Atem zu holen, um diese Worte hervorzuwürgen.
Er war gnädig und stellte dieses unerhörte Tun sofort wieder ein. "Gut zu wissen, mein süßer Engel", flüsterte er in mein Ohr.
"Was willst du damit sagen?"
Klang ich ängstlich?
"Nun, die Kitzelstrafe ..."
"Die *was*?" Meine Stimme überschlug sich fast.
Breit grinsend sah er mich an. "Kitzelstrafe. Du hast mich schon richtig verstanden. Jetzt habe ich doch ein nettes Druckmittel gegen dich in der Hand ..."
"Das wagst du nicht!" Sprachlos lehnte ich meinen Kopf zurück und suchte verzweifelt nach einer passenden Erwiderung.
"Nur im äußersten Notfall. Ich bin nicht so böse, wie du gerade denkst."
Ich gab einen erbosten Laut von mir.

"Mir wird schon etwas einfallen, um mich dagegen zu wehren." Angestrengt dachte ich darüber nach.
Gabe beobachtete mich amüsiert.
Dann murmelte ich, äußerst gespannt auf seine Reaktion: "Hm ... Liebesentzug ..."
"Bitte, *was*?" Jetzt klang er leicht panisch.
Ich ließ das Wort noch einmal genießerisch über meine Lippen kommen: "Liebesentzug. Du weißt schon: Keine Küsse, kein Kuscheln, kein Sex ..."
Fassungslos starrte er mich an, sein Mund stand weit offen. "Das ist ... Das ist ja wohl um tausend Längen fieser, als ich mit meiner Kitzelstrafe!"
"Findest du? Ansichtssache ..." Frech grinste ich ihn an. "Aber ich schränke es gerne ein, um dir ebenbürtig bleiben zu können. Ich werde die Strafe lediglich im äußersten Notfall anwenden."
"Na, da freue ich mich aber." Beleidigt schloss er die Augen, und ich musste leise kichern.
Schnell hauchte ich ihm einen Kuss auf den schmollenden Mund. "Da fällt mir wieder ein, was ich dir gestern eigentlich schon sagen wollte."
"Na, das ist mal ein Themenwechsel ..." Er lehnte sich zurück und sah mich abwartend an, seine Augen trugen noch immer einen pikierten Ausdruck.
"Daran gewöhne dich schon mal, an meine Gedankensprünge." Kurz tippte ich ihm mit dem Zeigefinger an die Nase, und lachte leise. Ernst sprach ich weiter: "Alexander ist ..."
Er zuckte zusammen und machte eine abwehrende Handbewegung.
"Nein, hör zu! Alexander ist übrigens schwul."

Seine Augenbrauen schossen hoch, ehe ich weitersprach: "Und er hat nicht meinen Arm gestreichelt. Er hat versucht einen Marienkäfer auf seinen Finger zu locken, der meinen Arm entlang gekrabbelt ist. Und dann wollte ich noch sagen, dass wir über dich geredet haben."

Gabe schnappte nach Luft.

"Wir haben über den Strandurlaub geredet und ob du mitkommst. Ich habe ihnen gesagt, dass du auf jeden Fall dabei ist. Und dass du dir ein Zimmer mit mir teilst. Du kannst Sam fragen, falls du mir nicht glaubst. Deswegen hat Alexander mich auch hochgehoben und umhergewirbelt, weil er sich für mich gefreut hat."

Als ich verstummte, schloss er die Augen. "Scheiße", murmelte er und stieß seufzend seinen Atem aus.

"Wie bitte?"

"Jetzt fühle ich mich noch beschissener als gestern ..." Er öffnete die Augen und sah mich traurig an. "Dennoch danke, dass du es mir gesagt hast."

"Hey, wieso sagst du so etwas?" Entsetzt sah ich ihn an.

"Weil ich diesen ganzen Mist nur verbockt habe wegen meiner dämlichen Eifersucht." Gequält verzog er den Mund.

Schnell gab ich ihm einen Kuss. "Du hast keinen Mist gebaut, sag das nicht noch einmal. Und rede nie wieder so schlecht von dem Mann, den ich liebe!"

In seinen schönen Augen glomm ein Staunen auf, das mich verlegen machte.

"Ally, du bist wirklich ... Ich bete dich an, meine Süße." Sein Mund verzog sich zu einem Lächeln.

Ein mutwilliges Glitzern entstand in seinen Augen. Ganz langsam stemmte er sich hoch, schob sich über mich, und wollte mich küssen.
"Stopp! Was soll das werden?", fragte ich ängstlich, plötzlich am ganzen Leib zitternd.
"Dir tut doch eh schon alles weh, oder? Da dachte ich, einmal mehr wird es nicht schlimmer machen ..."
"Gabe", mein Stöhnen war keineswegs gespielt. "Ich denke nicht, dass ich zu mehr imstan..."
Doch seine Lippen verschlossen meinen Mund, und ich konnte spüren, dass er dabei lächelte.

Ende